A PROPOSTA

AMADEU RIBEIRO

© 2023 por Amadeu Ribeiro
© iStock.com/NiseriN — iStock.com/D-Keine

Coordenadora editorial: Tânia Lins
Coordenador de comunicação: Marcio Lipari
Capa, diagramação e projeto gráfico: Equipe Vida & Consciência
Preparação: Janaina Calaça
Revisão: Equipe Vida & Consciência

1ª edição — 1ª impressão
2.000 exemplares — setembro 2023
Tiragem total: 2.000 exemplares

CIP-BRASIL — CATALOGAÇÃO NA PUBLICAÇÃO
(SINDICATO NACIONAL DOS EDITORES DE LIVROS, RJ)

R367p
    Ribeiro, Amadeu, 1986-
      A proposta / Amadeu Ribeiro. - 1. ed. - São Paulo : Vida &
Consciência, 2023.
      320 p. ; 23 cm.

      ISBN 978-65-88599-87-7

      1. Romance espírita. 2. Obras psicografadas. I. Título.

23-85376
                                    CDD: 869.3
                                    CDU: 82-31(73)

Todos os direitos reservados. Nenhuma parte desta edição pode ser utilizada ou reproduzida, por qualquer forma ou meio, seja ele mecânico ou eletrônico, fotocópia, gravação etc., tampouco apropriada ou estocada em sistema de banco de dados, sem a expressa autorização da editora (Lei nº 5.988, de 14/12/1973).

Este livro adota as regras do novo acordo ortográfico (2009).

Vida & Consciência Editora e Distribuidora Ltda.
Rua das Oiticicas, 75 – Parque Jabaquara – São Paulo – SP – Brasil
CEP 04346-090
editora@vidaeconsciencia.com.br
www.vidaeconsciencia.com.br

A PROPOSTA

AMADEU RIBEIRO

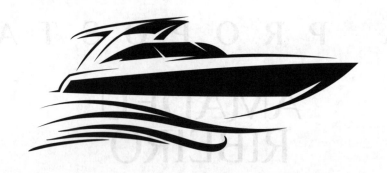

CAPÍTULO 1

Não havia muito para ver através da janela do apartamento em que Dominique morava, principalmente durante uma noite em que parte do bairro estava mergulhada na escuridão. O apagão aconteceu às vinte horas, durante a violenta tempestade que desabara sobre a cidade de Porto Alegre. Até aquele momento, próximo da meia-noite, a energia elétrica ainda não retornara.

O apartamento alugado era simples, aconchegante e bem organizado. Possuía dois pequenos dormitórios, sala e cozinha espaçosas e um banheiro sempre limpo e cheiroso. Estava localizado na periferia da capital gaúcha, em uma área frequentada por todos os tipos de pessoas, como estudantes dedicados, dependentes químicos, bandidos, prostitutas, mendigos e trabalhadores decentes. Dominique morava ali com sua avó havia dez anos, e jamais haviam tido qualquer transtorno. Estavam acostumadas a viver na região, e ela sabia que sua avó não se mudaria dali sob hipótese alguma.

Apoiada no parapeito da janela, que ficava três andares acima da calçada, Dominique observava as ruas perdidas na penumbra, vendo um ou outro transeunte andando apressadamente de um lado a outro, corajosos o suficiente para enfrentarem o blecaute e a chuva, que ainda caía em grossas gotas.

Uma brisa gelada sacudiu os cabelos longos, lisos e muito negros da moça, que sentiu um arrepio e se afastou da janela, fechando-a lentamente. Mesmo assim, manteve a cabeça encostada no vidro, olhando para fora, apesar de a paisagem naquele momento ser escassa.

Enxugou o rosto frio e parcialmente molhado pelos respingos e passou a mão pelos cabelos. Ainda que não conseguisse enxergar as horas no relógio pendurado na parede da sala, sabia que faltavam menos de vinte minutos para ministrar a próxima dose dos medicamentos de Cida.

Com um suspiro que sugeria desânimo, Dominique caminhou até a cozinha, desviando-se dos contornos dos móveis, e segurou o pires sobre o qual estava a vela que deixara acesa. Havia uma lanterna na casa, que não teve funcionalidade, pois a moça não encontrara pilhas para ela. Andando devagar, ela foi até o dormitório onde a avó repousava. Bateu suavemente à porta e entrou logo depois.

— Está acordada? — Em meio à luz amarelada e trêmula, provocada pela chama da vela, Dominique sorriu para Cida. — Já está quase na hora do remédio.

— É por isso que não quero ficar velha. — Fazendo um grande esforço, Cida sentou-se na cama. Com a voz um pouco engrolada, ela continuou: — Estou tão dependente de medicamentos quanto uma viciada em cocaína. É um absurdo!

— Não seja resmungona!

Dominique pousou o pires com a vela sobre a cômoda, sentindo-se feliz por ver que a avó estava bem. Cida era seu tesouro mais precioso. As lembranças que tinha de sua mãe, morta há mais de dez anos após um quadro de pneumonia muito agressiva, eram poucas se comparadas aos bons momentos que vivera com a avó. A jovem não conheceu o pai biológico, que fugiu logo após descobrir que Marília estava grávida. Mãe solteira, amorosa, dedicada e esforçada, Marília criou a filha praticamente sozinha, embora contasse com o apoio e carinho de sua mãe, Cida, que doava parte de sua aposentadoria para ajudá-la a sustentar a menina.

Dominique ainda conseguia se lembrar do quanto chorara abraçada à avó, quando recebeu a notícia de que Marília havia morrido, após duas semanas de internação lutando para tentar reverter a infecção nos pulmões. Recordava-se também do quanto Cida fora maravilhosa desde então, dando continuidade à exímia criação materna iniciada pela filha. Ela adotou a neta, então com oito anos, e fez de tudo para minimizar o sofrimento da criança após a perda da mãe.

Uma das primeiras providências que Cida tomou foi devolver ao senhorio a antiga casa em que moravam, num dos bairros mais afastados do centro da cidade, e alugar o apartamento no qual as duas moravam até então. O imóvel continuava distante do centro, num bairro de fama não muito encantadora, mas dispunha de um quarto para Dominique e outro para Cida. O valor do aluguel era pago com o que ela recebia da aposentadoria, e ainda sobrava algum dinheiro para as demais despesas. Ela acreditava que, para o início do processo de superação da criança, era fundamental que morassem em outro lugar que não oferecesse tantas recordações de

Marília. Ela mesma estava profundamente abalada e inconformada com a morte repentina da filha, que sempre gozou de plena saúde. Sabia, porém, que a vida tinha seus motivos para levar embora uma mulher linda, generosa e adorável, no auge de seus vinte e sete anos.

A partir daí, Cida sempre fez tudo o que estava ao seu alcance para que Dominique desfrutasse de uma vida boa. Como o valor que recebia de seu benefício mensal não dava margem para gastos excessivos, não tinha condições de pagar um colégio particular, que oferecesse uma qualidade melhor de ensino para a neta. Por outro lado, sempre incentivou Dominique a estudar, ressaltando a importância de uma boa formação acadêmica para que ela tivesse destaque e reconhecimento na sociedade, principalmente quando a jovem estivesse pronta para ingressar no mercado de trabalho.

— Dominique, o que faz aí parada olhando para sua avó, como se estivesse esperando que ela se torne mais bonita da noite para o dia? — Brincou Cida de repente, tirando a moça de seus devaneios. — Apesar da escuridão, consigo enxergar você me encarando.

— Como não tenho muita coisa para fazer enquanto a energia não volta, estou me sentindo meio deslocada. Estava até agora na janela, observando a chuva e o bairro escuro.

— Quer pegar um resfriado, guria? — Cida contraiu os olhos, numa atitude muito típica de quando estava descontente com alguma coisa. — Está fazendo um frio terrível. Mesmo com dois cobertores e a janela fechada, eu estou tremendo como uma gatinha abandonada.

— Quanto drama, vovó! — Dominique mostrou um sorriso encantador. — Este quarto está quente como um forno, com tudo trancado. Daqui a pouco, vou começar a suar.

— Com certeza você não é uma guria normal.

Dominique não conteve uma risada gostosa. Sempre foi daquele jeito. Cida gostava de reclamar de muitas coisas, mas sem se tornar chata, arrogante ou exagerada. Sempre foi uma mulher muito forte, que não se deixava abater diante de um problema. Nem mesmo o falecimento da única filha foi motivo para ela se entregar à tristeza ou afundar em uma violenta depressão. Ainda sofria com a morte de Marília, porém havia aprendido a aceitar o inevitável.

Certamente, ela não estaria em cima de uma cama havia quase três meses se não tivesse sofrido um AVC[1], que por pouco não a levou a óbito. Aconteceu de repente, sem sintomas aparentes, durante uma tarde em que Cida estava lavando roupa. Ela contou depois que, pouco antes de cair ao lado do tanque, sentira uma dor de cabeça muito forte e uma espécie de vertigem. Quando Dominique chegou da rua, após entregar alguns

---

1 Acidente Vascular Cerebral.

currículos, encontrou a avó inconsciente. A jovem entrou em pânico e só conseguiu tranquilizar-se quando o médico lhe informou, quase quinze dias depois, que a avó estava fora de perigo, mas que um segundo AVC, se viesse a acontecer, possivelmente seria fatal.

Como Cida já tinha quase setenta anos, as chances de isso acontecer eram muito grandes, e o próprio médico que a atendera comentou que era praticamente um milagre o fato de ela ter sobrevivido. Mais uma vez, Cida demonstrou que seu organismo ainda estava muito saudável, pois sua recuperação vinha acontecendo de forma espantosamente rápida. Ela mantivera sua lucidez de raciocínio e se comunicava normalmente.

Contudo, houve sequelas e não foram poucas. Cida constantemente reclamava de fortes dores de cabeça, sem causas aparentes, alteração nas vistas e formigamento na face e nos membros. O lado esquerdo de seu rosto ficara paralisado, e ela tinha dificuldade de movimentar o braço e a perna desse lado. A fala também ficara prejudicada, porque os lábios já não se mexiam com naturalidade.

Ao relatar esses sintomas ao médico, Dominique ouviu o que já imaginara. Eram consequências esperadas após um AVC, mas também poderiam ser indícios de que outro estivesse a caminho. Não havia como prever se isso aconteceria e não havia meios para impedi-lo. Criada dentro dos costumes católicos, só restava à moça rezar pela recuperação de Cida.

Tentando deixar suas preocupações de lado, para que a avó não percebesse e ficasse igualmente angustiada, Dominique serviu um copo de água para Cida e colocou um comprimido em sua mão direita. Alguns medicamentos tinham de ser ingeridos na hora certa, e a moça não reclamava de ter que despertar durante a madrugada para ajudar a avó. Por Cida, isso valia a pena. Amava aquela mulher acima de qualquer dificuldade.

— Devo estar parecendo uma assombração. — Cida devolveu o copo vazio à neta. — Descabelada no escuro, meio torta, trêmula e dependente de remédios. Onde vou parar assim?

Ela esforçava-se para não perder seu habitual bom humor, e Dominique a admirava ainda mais por isso.

— Se não me deixar cuidar da senhora, seguindo à risca as ordens médicas, realmente vai se tornar um fantasma.

— Ainda bem que não posso me olhar no espelho, enquanto a energia elétrica não voltar. Eu gritaria por três dias seguidos se visse meu reflexo agora.

— Não está tão mal assim — atestou Dominique, olhando carinhosamente para o rosto da avó, iluminado pelo clarão amarelado da vela. — Quer tomar um chá?

Cida caminhava com dificuldade, pois mal podia mover a perna esquerda. Dominique comprara-lhe uma bengala, que ela fazia questão de "perder" em qualquer lugar do apartamento, apenas para não precisar se apoiar nela. Cida afirmava que detestava a ideia de se sentir deficiente. O fato de estar com a mobilidade reduzida a deixava irritada.

— E você vai prepará-lo em meio às trevas que dominaram nosso bairro?

— Você deveria receber o título de rainha do drama, vovó. Está tudo escuro, sim, mas não estou cega.

As duas riram. Dominique aproximou-se da avó e pousou um suave beijo em sua testa. Ambas pareciam tão tranquilas que ninguém diria que existiam problemas na vida delas. Cida sempre foi uma mulher muito calma e transmitira esse clima de pacificidade à neta. Era até contraditório pensar que ela sofrera um AVC, pois raramente esquentava a cabeça com as dificuldades que surgiam no dia a dia.

— Pode ser de camomila — tornou Cida, ainda referindo-se ao chá.

— Às ordens, senhora. — Bem-humorada, Dominique virou-se para sair do quarto.

De repente, a lâmpada do quarto acendeu sozinha, revelando que a energia elétrica fora reestabelecida.

— Graças a Deus! — Dominique assoprou a chama da vela. — Agora, penso até que poderia substituir o seu chá por algo com mais "sustância". A senhora ainda não jantou, vovó. Quer que eu lhe prepare uma sopa?

— Não precisa. Já está tarde. É melhor você ir dormir.

— O apagão me tirou o sono. E acredito que nós duas vamos dormir mais felizes com a barriga cheia. Sua sopa será a de feijão, seu sabor predileto.

— Ainda acho que você deveria ter entregado seus currículos em restaurantes, bares e lanchonetes. Querida, você é um desperdício fora da cozinha.

Com o comentário elogioso de Cida, que Dominique compreendeu como uma resposta positiva à sua oferta, voltou a sorrir e saiu do quarto da avó. Assim que se viu do lado de fora do cômodo, porém, seu sorriso desapareceu como num passe de mágica. E não porque estivesse sendo falsa nem forçando um sentimento que não existia, mas simplesmente porque, no fundo, ela não estava feliz nem animada.

Entrou na cozinha com os olhos cheios de lágrimas. Era verdade que amava Cida. Por outro lado, gostaria de saber até quando aquela situação perduraria. Quase noventa dias haviam se passado desde que a avó sofreu o AVC, e ela continuava ali, presa aos cuidados com a idosa. Gostava de cuidar de Cida, entretanto, era tudo o que fazia ultimamente. Já completara dezoito anos e nem sequer conseguira seu primeiro emprego. Conquistar uma vaga em algum curso da UFRGS[2] era apenas um sonho distante, pois

---

2 Universidade Federal do Rio Grande do Sul.

sabia o quanto os exames de vestibular eram concorridos e tinha certeza de que a qualidade da aprendizagem que tivera nos últimos anos do Ensino Médio estava muito aquém do que seria necessário para passar na prova.

Abriu um dos armários da cozinha pequena e muito limpa e retirou dois pacotes de sopa instantânea. Já passava da meia-noite, e ela desejava algo rápido e eficiente. Sentia que o corpo estava cansado demais para permanecer muito tempo diante do fogão. Escolheu a de feijão para a avó e a de cebola para si.

Enquanto preparava as refeições, Dominique lembrou-se de quando percorreu as ruas de Porto Alegre, principalmente a região do centro da cidade, distribuindo cópias de seu currículo. Cida nunca permitiu que a neta trabalhasse antes de atingir a maioridade, e, até então, a aposentadoria que ela recebia fora suficiente para cobrir todas as despesas. No entanto, havia muito tempo, a jovem sentia necessidade de ter o próprio dinheiro. Queria inspirar o ar da independência, pois já tinha idade para isso. Não pretendia ganhar muito, mas ficaria satisfeita se conseguisse um emprego que a sustentasse. Aos dezoito anos, não achava justo que a avó continuasse a mantê-la.

Seu currículo era simples, uma vez que estava em busca de seu primeiro emprego. O fato de ter concluído o Ensino Médio com notas exemplares deveria contar para alguma coisa, já que essa era toda a sua qualificação. Estava disposta a trabalhar em qualquer horário, recebendo um salário mínimo, se fosse o caso. Sentia uma grande necessidade de ser útil e, principalmente, de dividir os gastos com Cida.

Infelizmente, uma semana depois de ela entregar trinta cópias do currículo em lojas, mercados, sorveterias e pequenas empresas, a avó foi internada às pressas após o AVC. A moça recebeu vários telefonemas de alguns locais em que tivera interesse de trabalhar. Dois dos serviços tinham carga horária diária de apenas seis horas, e ela poderia conciliar os dois sem grandes problemas. Com o que receberia, poderia pagar o aluguel e até garantir uma compra razoável de mantimentos no mercado.

Todos os seus sonhos relacionados ao primeiro emprego escoaram como água em direção ao ralo, quando ela soube que seria a única esperança para auxiliar na recuperação de Cida. O médico fora categórico ao afirmar que sua avó necessitaria de cuidados constantes em casa, logo após lhe dar alta. Como não tinham condições de contratar uma enfermeira particular, não havia opção a não ser permanecer vinte e quatro horas com a senhora convalescente. Não havia como conseguir um emprego, enquanto Cida não voltasse a gozar da saúde que tinha antes, o que possivelmente jamais tornaria a acontecer.

Ela baixou os olhos escuros e expressivos para as panelas sobre o fogão, parecendo pensativa. Em pouco tempo, os deliciosos aromas dos dois sabores das sopas impregnaram a cozinha. Do lado de fora, a chuva finalmente dera uma trégua, deixando em seu lugar uma brisa gelada que vinha do Lago Guaíba.

Desde que a avó passou a necessitar de uma atenção maior, as despesas das duas aumentaram consideravelmente. Nem todos os medicamentos que Cida tomava eram disponibilizados gratuitamente nos postos de saúde. Alguns deles custavam bem caro, e não havia outra fonte de renda além da aposentadoria que ela recebia. Isso fez elas terem de pisar no freio com relação aos gastos. Quando ia ao mercado, Dominique economizava o máximo que podia, sempre comprando produtos de terceira linha e apenas o estritamente necessário.

Os gastos extras com os remédios as fizeram atrasar o aluguel do apartamento. Sempre foram boas inquilinas e nunca deixaram de pagar em dia suas contas, contudo, o senhorio já cobrara Dominique várias vezes, pois elas não pagavam o aluguel havia três meses. A última conversa que tiveram na portaria do prédio soara bastante ameaçadora. O proprietário do imóvel disse que, se elas não pagassem pelo menos a metade do que lhe deviam, ele se veria obrigado a despejá-las do local, por mais que afirmasse compreender a situação delicada que elas estavam vivendo. Obviamente, Dominique não repassou essas informações a Cida, para que a avó não ficasse preocupada.

Quando achou que as sopas já estavam prontas, desligou o gás e serviu a da avó em um prato de cerâmica decorado com flores amarelas, que pertencera a Marília, assim como o jogo de porcelana que raramente elas usavam. Dominique tinha boas recordações da mãe, além de algumas fotografias e os lampejos de lembranças que, de vez em quando, faiscavam em sua mente.

— Por que não nasci em uma família rica? — murmurou para si mesma, experimentando a sopa que levaria para a avó. Achou que estava quase sem sal, o que era bom, já que a alimentação de Cida tinha de ser controlada. — Todos os meus problemas estariam resolvidos.

Tornar-se uma mulher rica e bem-sucedida sempre foi um grande desejo de Dominique. Não era um mero sonho, como o de qualquer adolescente, mas, sim, um tipo de objetivo que latejava em seu peito desde a infância. Quantas e quantas vezes não criara em sua cabeça a imagem de si mesma casando-se com um homem milionário, que a levaria para viver em um castelo na Europa, dando-lhe tudo do bom e do melhor? Quantas não foram as noites em que sonhou ser dona de lindos e caros vestidos, sapatos de grife e bolsas de marcas famosas? Isso sem mencionar as vezes em que falava consigo mesma diante do espelho, fingindo dialogar com alguma criada, dando-lhe ordens e comandos enérgicos. Ou quando ela gastara horas do seu tempo folheando revistas de viagens, de veículos importados, de moda internacional ou de refinados acessórios femininos. Ela sentia que seu ego se regozijava quando fantasiava suas vontades, que certamente nunca se realizariam. Conforme sua adolescência foi avançando, e ela foi se tornando mais madura, deixou um pouco suas bobagens de lado, porque sua realidade estava longe de parecer-se com tudo aquilo.

O fato é que rezava todos os dias para que Cida voltasse a ficar boa e ela pudesse trabalhar. Afinal, em sua vida real não havia pretendentes ricos nem roupas ou carros valiosos. Não tinha joias nem uma vasta coleção de sapatos elegantes. Tudo não passava de ilusão de sua mente fértil e criativa.

Com um longo suspiro, que denotava cansaço, desânimo e tristeza, ela levou a sopa para a avó, voltando para buscar o prato dela. As duas comeram juntas, e, conforme Cida comentava algumas coisas engraçadas, fazendo piada de seu atual estado de saúde, Dominique foi, aos poucos, sentindo-se melhor.

CAPÍTULO 2

O dia seguinte amanheceu nublado e frio. Dominique já estava de pé muito antes das sete. Quando a avó despertou por volta das nove horas, a jovem já tinha varrido todo o apartamento, molhado as plantas que ficavam no corredor, espanado o pó dos móveis e limpado os vidros.

Ao perceber que Cida estava acordada, Dominique correu para lhe ministrar o medicamento daquele horário, logo depois de guiá-la até o banheiro para ajudá-la com sua higiene pessoal. Depois, desceu à rua e seguiu às pressas até a padaria. Ao retornar, fez um chocolate quente para si mesma e preparou um leite morno para a avó, pois o médico a proibira de tomar café. Ela só podia comer pão integral e manteiga pura, além de frutas frescas. Sua alimentação sofrera uma mudança radical.

Dominique auxiliou a avó a comer o lanche matinal e a vestir uma roupa mais grossa, pois a temperatura caíra bastante. Lavou toda a louça, jogou algumas peças de roupa na máquina e, mais tarde, estendeu-as no varal que ficava na sacada do apartamento. Bateu os tapetes na janela e lavou todo o banheiro. Quando olhou as horas, percebeu que já estava quase na hora de preparar o almoço e de ministrar outro remédio para Cida.

Com a respiração pesada, a jovem jogou-se sobre o sofá, apenas para reunir forças para continuar seus serviços. Que falta fazia uma empregada para ajudá-la com as tarefas domésticas ou uma enfermeira para dar maior suporte à avó. Se a situação financeira delas fosse um pouco melhor, ela não precisaria se matar de trabalhar dentro de casa somente para manter o lar em ordem. Antes de adoecer, era Cida quem fazia quase tudo aquilo, mas agora cabia a Dominique agir em seu lugar. Gostando ou não, todo o peso da responsabilidade estava sobre suas costas.

Enquanto descansava por alguns instantes, ouvindo o som abafado da televisão a que a avó assistia em seu quarto, Dominique esticou o braço e apanhou uma revista de moda que encontrara largada sobre a prateleira do mercado. Era uma edição antiga, de quatro meses atrás, que trazia em suas páginas as últimas tendências europeias e americanas. Ela já tinha folheado aquela revista no dia em que a trouxe para casa e agora olhava tudo de novo, porque admirava o porte, o estilo, o requinte e a elegância daquelas mulheres retratadas ali. Analisava atentamente os modelos, as cores, as combinações de chapéus, bolsas e casacos, os sapatos de saltos altíssimos, os relógios fenomenais e as joias que cintilavam nos pulsos, no pescoço e nas orelhas daquelas mulheres como uma verdadeira constelação.

Pousando a revista no colo, Dominique fechou os olhos e imaginou que estava atravessando um tapete vermelho, ladeada por uma multidão de ambos os lados, enquanto acenava polidamente para as pessoas e sorria para os flashes que pipocavam mirando seu rosto. Em sua mente, ela usava um vestido longo, feito sob medida, os cabelos presos no alto da cabeça e uma maquiagem impecável, que a embelezava muito mais. Seu coração explodia de felicidade e realização. Provavelmente, era assim que as celebridades famosas se sentiam por levar uma vida repleta de glamour.

Ela reabriu os olhos, afastando aquelas imagens da cabeça, e levantou-se.

— Chega de sonhar! Esse mundo não pertence a mim! — murmurou para si mesma. — O que eu realmente tenho é uma casa para limpar e uma avó para cuidar. Quem sabe na próxima encarnação eu nasça com melhor sorte.

Encontrou algumas folhas de jornal antigo e amassou-as. Com a bola de papel na mão, ela jogou o limpa-vidro no grande espelho que decorava um dos cantos da sala e começou a limpá-lo. Quando removeu a última partícula de sujeira, jogou os cabelos por cima dos ombros e contemplou-se por alguns instantes.

Viu a imagem de uma moça alta, de pele clara e rosto delicado. Os olhos castanhos, grandes e expressivos exibiam traços de cansaço. O nariz fino e a boca de lábios carnudos conferiam-lhe um ar de sensualidade. Tinha a testa larga, e seus cabelos pretos desciam numa cascata de fios lisos e sedosos até quase a cintura. Dona de um corpo escultural, embora se achasse muito magra, Dominique era alvo constante de assovios e cantadas quando saía às ruas. As pernas bem torneadas, apesar de pouco tomarem sol, eram outros de seus atrativos. Para completar, dentes brancos e corretamente enfileirados, resultado de cinco anos utilizando aparelho dentário, faziam o sorriso de Dominique ser um de seus maiores pontos positivos.

Dando pouca atenção à própria aparência, que, embora fosse muito bela, estava um tanto malcuidada, ela retomou as atividades. Encerou toda a sala e o próprio quarto e deixou o dormitório de Cida para outro momento. Ainda tinha que passar roupa, mas faria isso no dia seguinte. Estava cansada demais para gastar sua tarde de pé, diante de um ferro quente.

Avisou à avó que iria ao mercado, porque o arroz e alguns temperos estavam no fim. Sempre que saía, não demorava a regressar, porque se preocupava muito em deixar Cida sozinha, por mais que ela garantisse que ficaria bem. Como a jovem ficara responsável por administrar a aposentadoria da avó, pegou algumas cédulas onde costumava guardá-las, em uma das gavetas dos armários, trancou a porta e chamou o elevador. Não tinha certeza se a aposentadoria de Cida duraria até o fim daquele mês. Dois de seus remédios tiveram reajuste no preço, o que deixou Dominique extremamente preocupada. Realmente, o dinheiro estava escasso e, se surgisse algum gasto extra, não sabia o que faria para supri-lo.

Quando passou pelo balcão da portaria, onde um casal conversava com o porteiro, Dominique cumprimentou os três com um acenar de cabeça. Já estava se afastando, quando ouviu seu nome ser chamado por uma voz masculina, rouca e irritada.

Ao se virar, percebeu que o senhorio de seu apartamento acabara de sair do outro elevador. Ele morava no mesmo prédio e era proprietário de outros dois apartamentos. Tratava-se de um homem na casa dos cinquenta anos, vários centímetros mais baixo do que ela, quase obeso, calvo e com expressão zangada. À medida que se aproximava de Dominique, sua papada balançava.

Os olhos escuros, que já eram miúdos, estreitaram-se até quase se tornarem duas fendas. Ele apontou um dedo curto e roliço para Dominique, que, prevendo o tema da conversa, tentou ser cordial:

— Bom dia, senhor Pascoal!

— Meu dia só será radiante se você me trouxer boas notícias — ele falava num tom tão alto que o casal e o porteiro podiam acompanhar o diálogo perfeitamente. — Quero saber quando você e sua avó vão me pagar os aluguéis atrasados. Já me devem três meses, e juro que não vou esperar juntar quatro.

Ele colocou as duas mãos sobre o ventre avantajado, o que fez Dominique pensar no personagem Senhor Barriga, do seriado *Chaves*, cobrando Seu Madruga. Ela teria rido da ideia, se não estivesse tensa por ser cobrada em público.

— Mais uma vez, peço desculpas ao senhor pelo atraso. Infelizmente, não conseguimos dinheiro para quitar os aluguéis, senhor Pascoal, porque os remédios que a minha avó está tomando parecem aumentar de preço a cada mês.

— Lamento muito, mas não tenho nada a ver com isso.

— Eu sei que não, assim como sei que o senhor já foi compreensível até mais do que deveria. — Ela juntou as palmas das mãos, como se fizesse uma prece. — Só preciso que tenha um pouco mais de paciência. Garanto que vamos lhe pagar tudo direitinho, com juros e correção.

— Paciência não quita dívidas. Eu também tenho as minhas despesas e conto com esse dinheiro. Além disso, este prédio tem condomínio, pois pagamos os funcionários e as demais taxas. — Pascoal apontou para o porteiro, que nem piscava para prestar mais atenção à discussão. — O que eles fariam se atrasássemos seus salários?

— Eu entendo tudo isso. O senhor está coberto de razão. Porém, veja nosso lado. Todo o dinheiro que recebemos é o valor da aposentadoria da minha avó. Não trabalho, porque não posso arranjar nada sem deixá-la sozinha. Ela ainda não está bem. Mal consegue mexer o braço e a perna do lado esquerdo. Precisa de ajuda até para usar o banheiro, pois temo que ela sofra algum acidente.

— Você já me contou toda essa história, quando nos encontramos semana passada. Estou penalizado com a saúde de dona Cida, porém não posso adiar. Assim como compreendo a difícil situação de vocês, tente compreender a minha também.

— E onde vou arranjar dinheiro para lhe pagar, senhor Pascoal? — Dominique estava pálida, sentindo os olhos encherem-se de lágrimas. — Eu até pensei em vender alguns objetos pessoais, que não valem grande coisa. Mal cobririam um mês de aluguel.

— Peça um empréstimo no banco.

— Como aprovariam meu crédito, se não tenho emprego fixo?

— Sua avó pode conseguir isso. Os aposentados têm condições especiais.

— E aí deveríamos ao banco, pagando juros em uma dívida quase eterna. Ela não tem condições de ir a uma agência bancária, e, mesmo que tentasse negociar pelo telefone, descobriria que estamos no fundo do poço e passaria nervoso. E isso, senhor Pascoal, não posso permitir.

Pascoal cruzou os braços curtos, meditando sobre o que ouvia. Dominique era inteligente e rápida em dar respostas, não havia como negar. Ele sabia que a jovem tinha razão em quase tudo o que estava falando, porém, não podia ser caridoso e receber os aluguéis somente quando elas voltassem à época das vacas gordas, afinal, sabe-se lá quando e se isso aconteceria. Nunca passara por situação semelhante, pois seus outros locatários eram excelentes pagadores, como a própria Cida fora antes de sofrer o derrame cerebral.

Todavia, o Brasil vinha atravessando uma grave crise financeira, e todo mundo estava reclamando da falta de dinheiro. Muitas empresas foram vendidas ou faliram, as dívidas aumentaram, e o momento pedia economia e corte de gastos. Por isso, não podia bancar o herói e deixar a situação de lado. Elas teriam de se virar para levantar o dinheiro, pois Pascoal precisava dele com urgência.

— Dominique, é o seguinte: você e sua avó têm quinze dias para me pagarem pelo menos dois meses de aluguel. Se não efetuarem o pagamento dentro desse prazo, serei obrigado a solicitar uma ordem de despejo.

Ela ficou ainda mais lívida e não percebeu que suas mãos começaram a tremer.

— Tenha piedade, senhor Pascoal. Para onde eu iria com minha avó doente? Não temos parentes nem amigos que concordem em nos receber.

— Sinal de que devem melhorar seu círculo de amizade.

— Dê-me mais um mês, então. Juro que vou arrumar algum emprego, nem que eu trabalhe durante a madrugada. Vou procurar ainda hoje. Assim que receber algum adiantamento de salário, eu lhe entrego tudo.

Pascoal balançou a cabeça em negativa, e sua papada agitou-se completamente.

— Não, senhora. Não vou esperar nem mais um dia além do prazo que acabei de lhe dar. Arranje o dinheiro para os dois meses atrasados em até quinze dias, ou serei obrigado a tomar atitudes radicais.

Dando a conversa por encerrada, ele passou pela jovem e chegou à calçada sem olhar para trás. Dominique permaneceu imóvel por alguns segundos, sentindo o rosto ardendo e as lágrimas escorrendo pelo rosto. Ao erguer a cabeça, viu que as três pessoas continuavam a fitá-la.

— Sinto muito por sua situação — disse a mulher. — Meu marido e eu nos mudamos pra cá há apenas três semanas e ainda não tivemos a oportunidade de conhecer sua avó. Desejo melhoras a ela.

— Se nosso apartamento fosse grande o bastante, não veria problema se vocês passassem alguns dias conosco, ao menos até reorganizarem financeiramente sua vida — completou o homem, apertando a mão da esposa com firmeza.

— Aceita um lenço? — O porteiro estendeu um lenço de papel para Dominique, que até pensou em recusar, mas acabou aceitando.

— Minha avó sempre pagou em dia os aluguéis e teria continuado assim se não adoecesse. — Dominique secou o rosto ainda com as mãos trêmulas. — Parece que o senhor Pascoal não se recorda disso. Ela não é uma mulher caloteira.

— Não tenho dúvidas disso. — A mulher arrumou os cabelos avermelhados e aproximou-se de Dominique. — Posso imaginar o quanto o momento está sendo difícil para você e sua avó.

— Ela não sabe que os aluguéis estão atrasados. — Dominique atirou o lenço de papel no cesto de lixo. — Nem sabe o quanto alguns remédios são caros. Ela acredita que eu os consigo gratuitamente no posto. Se lhe disser a verdade, ela vai ficar preocupada. Isso seria um trampolim para outro AVC, e ela certamente não resistiria.

— Augusto e eu temos uma filosofia de vida que costuma dar muito certo. — A ruiva sorriu para o marido. — Quando nos deparamos com alguma situação muito complicada, que parece não ter saída, refletimos juntos sobre o que a vida quer nos ensinar com aquilo. Também buscamos respostas dentro de nós, tentando encarar o problema sob vários pontos de vista. Assim, percebemos que estávamos dando uma importância maior ao dilema do que ele realmente tem.

— Se, ainda assim, a solução não chegar, é hora de entregar tudo nas mãos de Deus — completou o marido, parando ao lado da mulher. — Há momentos em que não basta apenas corrermos atrás de resultados, até porque parece que eles nunca chegam. Nesses casos, precisamos adicionar um ingrediente especial: a fé.

— Deus sempre pode mais do que nós. Confie, querida! Vai dar tudo certo.

— Queria ter essa esperança. Não sei o que será de nós se o senhor Pascoal nos despejar — murmurou Dominique, tentando não chorar de novo.

— Pense positivo. Já é um bom começo. O pessimismo sempre nos mantém paralisados, impedindo nossas ações. Ele nos faz sentir medo do futuro, o que bloqueia conquistas e atrasa nossa evolução em todos os sentidos. Só têm progresso na vida aqueles que não se preocupam com o amanhã, porque sabem e acreditam que sempre será melhor do que o hoje.

— Tudo é desafio, que a vida manda para que você possa desenvolver suas capacidades — emendou o homem. — Todas as fases que vivemos, boas ou más, sempre nos deixam muitos ensinamentos. Você sairá mais sábia dessa situação. Só não fique fechada numa concha, negando sua capacidade de superar os obstáculos. Converse com Deus por meio de uma prece, independentemente de sua religião. Faça do seu jeito, como se fosse dialogar com um amigo. Conte suas angústias e aguarde. A resposta chegará até você em pouco tempo, seja por meio de uma mensagem, de uma ideia, de um telefonema ou de um sonho. Sempre chega, porque a presença divina se manifesta em nosso interior.

Dominique fez que sim com a cabeça, sentindo-se mais calma. As palavras confortadoras do casal serviram para tirar dos seus ombros parte do peso opressor causado pela preocupação. Faria o que eles estavam sugerindo. Rezaria muito, ao passo que faria tudo o que fosse possível para conseguir o dinheiro para quitar os aluguéis.

— Muito obrigada. Vocês nem sabem o quanto me ajudaram — ela agradeceu sendo sincera.

— Moramos no apartamento 51. Sempre que quiser conversar, basta nos procurar. — A mulher mostrou-lhe um sorriso generoso. — Eu me chamo Alessandra e meu marido, Augusto. Graças às iniciais dos nossos nomes, sempre fomos conhecidos como o casal AA. Só não vá pensar que fazemos parte dos Alcóolicos Anônimos!

A brincadeira fez Dominique rir, ainda mais aliviada. Quando se lembrou de que estava a caminho do mercado para comprar os itens que faltavam para o almoço, agradeceu novamente ao casal e saiu à rua, andando a passos largos pela calçada.

CAPÍTULO 3

Nos dias seguintes, a rotina de Dominique foi a mesma. Acordava muito cedo, limpava a casa, lavava ou passava roupas, medicava a avó e preparava as refeições para ambas. Usou alguns trocados para tirar mais cópias de seu currículo, pois pretendia continuar entregando-os, com a ressalva de que necessitava de um emprego noturno, que se estendesse durante a madrugada. Havia um remédio que a avó tomava às três horas da manhã, mas não era tão importante para seu tratamento a ponto de prejudicá-la, caso não o tomasse nesse horário.

Pelos seus cálculos, se conseguisse um serviço de seis a oito horas diárias, ela teria apenas quatro ou cinco horas de sono, isso se conseguisse dormir um pouco durante a tarde. Sabia que seu corpo gritaria de exaustão, porém, estava disposta a ir até o fim. Sacrificaria suas energias o quanto fosse possível, desde que isso auxiliasse na recuperação de Cida. Só o que lhe importava era que a avó ficasse bem.

Todas as noites, antes de dormir, ela ajoelhava-se diante da cama, tal qual aprendera com Cida quando criança, e fazia uma prece, pedindo a Deus que lhe mostrasse um caminho. O casal de vizinhos parecera-lhe sincero quando falaram sobre a importância da fé. E Dominique achava que tinha fé o bastante, pois nutria sincera esperança de que conseguiria um emprego.

Com o prazo que Pascoal lhe dera se esgotando rapidamente, Dominique, tentando não entrar em desespero, saía de casa todas as noites depois que a avó dormia e percorria as ruas de Porto Alegre, principalmente as próximas ao centro, distribuindo seus currículos em lanchonetes, bares, farmácias, academias, mercados e outros estabelecimentos que funcionassem vinte e quatro horas. Não eram muitos, contudo, ela tinha certeza de que daria certo.

Uma semana depois, ela estava novamente aflita. Nenhuma empresa havia entrado em contato, convidando-a para uma entrevista. Tinha somente mais uma semana para arrumar o dinheiro necessário para acalmar Pascoal. Venderia alguns de seus pertences pessoais, torcendo para que rendessem dinheiro suficiente para pelo menos um mês de aluguel.

Foi o que fez. Sempre agindo silenciosamente para que Cida não percebesse, Dominique vendeu a televisão seminova que a avó lhe dera um ano antes, além de seu aparelho de DVD e toda a sua coleção de bonecas, que guardava desde a infância. Algumas foram presentes de sua falecida mãe. Vendeu vestidos, calças e blusas para um brechó, e livros usados para um sebo. O dinheiro que recebera com as vendas era uma mixaria, por isso também precisou vender o belo espelho que ficava na sala e o aparelho de som. Se Cida desse falta deles, diria que jogara o espelho fora, após quebrar o vidro por descuido, e que o aparelho de som estava no conserto.

— Estou descobrindo um santo para cobrir o outro — ela balbuciou para si mesma, contando na cozinha todo o dinheiro que arrecadara. — Talvez eu tenha que chegar ao ponto de mentir para minha avó, somente porque quero protegê-la.

Descobriu que tinha em mãos o suficiente para quitar um mês atrasado e a metade para o segundo. Poderia tentar barganhar com Pascoal, mas duvidava que ele fosse ceder. Não havia mais nada que pudesse vender, a não ser objetos grandes, como sua cama e seu guarda-roupa. Por sorte, todos os seus produtos pessoais estavam muito bem conservados. Também não poderia vender as roupas que lhe sobrara ou terminaria praticamente pelada.

Em último caso, se não conseguisse um emprego nos próximos dias, não hesitaria em sair batendo de porta em porta, pedindo um empréstimo aos vizinhos. Se lhes contasse sua situação com Cida, tinha quase certeza de que os comoveria. Poderia até exagerar um pouco para que a contribuição fosse mais polpuda.

Voltou a se encontrar com Pascoal mais duas vezes. Uma delas aconteceu no elevador, e o senhorio ignorou-a completamente. Na outra ocasião, ela estava saindo, quando o viu chegar e segurou a porta do elevador para ele. Pascoal entrou sem nem sequer agradecê-la pela gentileza.

Dominique continuou distribuindo seu currículo durante a noite, no bairro em que morava, em outros mais próximos e até em alguns mais afastados. O problema é que pagava condução para chegar aos lugares mais distantes, pois não havia como ir a pé. Não sabia mais o que fazer. Além disso, evitava ficar muito tempo fora de casa, porque havia a possibilidade de Cida acordar e chamar por ela.

Em uma noite, quando estava chegando de sua peregrinação em busca de um trabalho decente, o porteiro fez-lhe um sinal para que ela se aproximasse. Era um senhor de cabelos grisalhos, com mais de cinquenta anos, dono de uma barriga estufada e pernas curtas. Trabalhava havia menos de dois meses no condomínio. Era o mesmo que presenciara o momento em que Pascoal a cobrara em público e que estivera conversando com Alessandra e Augusto, o gentil casal de vizinhos. Tinha o nome Silvério estampado na camisa do uniforme.

— Sei que não é da minha conta, Dominique, mas você já conseguiu o dinheiro de Pascoal? — ele perguntou, apoiando o queixo na palma da mão.

— Foi ele que pediu para o senhor me perguntar?

— Não. É apenas uma curiosidade minha.

— Ainda tenho quatro dias para o fim do prazo que ele me deu. Caso eu não arrume o valor suficiente, o senhor me emprestaria o que faltasse? — Era uma possibilidade, e Dominique torceu por uma resposta positiva.

— Só se eu rodasse bolsinha na esquina. — Silvério riu tanto da própria frase que lágrimas brotaram de seus olhos.

Dominique franziu a testa e começou a se irritar com aquela intromissão. Se ele não pretendia ajudá-la, por que estava se metendo nos assuntos dela?

— Com sua aparência, duvido que arranjasse clientes — ela devolveu, fechando a cara, satisfeita quando ele parou de rir. — Com licença, preciso subir.

— Pelo que ouvi, vocês estão devendo três meses a Pascoal. Ele disse que deixaria vocês morando no apartamento, se pagassem ao menos dois meses. Caso contrário, rua.

— Sim, foi o que ele disse. Ao final do prazo, ele terá nas mãos os valores atrasados, com as devidas multas.

— Mas você ainda não conseguiu tudo. Acha que não a vi levando a televisão e o espelho para vender? Isso sem falar dos objetos menores, que deve ter levado na bolsa. Não sou cego, garota.

— Problema seu. Você é pago para cuidar da portaria do prédio e não da vida pessoal dos moradores. Se continuar metendo o bedelho onde não é chamado, vou prestar queixa ao síndico.

— Com os aluguéis e condomínios em atraso, duvido que ele lhe dê ouvidos. — O porteiro soltou uma gargalhada zombeteira.

— Não me encha a paciência! Estou cansada demais para ficar aqui perdendo tempo com suas asneiras.

Quando Dominique fez menção de se afastar na direção dos elevadores, ouviu:

— Você é quem deveria ficar nas esquinas. É linda e muito gostosa. Facilmente arrumaria um freguês. — Ele lambeu os lábios quando a viu encará-lo.

— Está sugerindo que eu me prostitua? — A voz dela soou gélida e cortante.

— Pode começar comigo, se quiser. — Silvério saiu de trás do balcão, exibindo seu corpo fora de forma e sua baixa estatura, e posicionou-se diante dela. — Volte daqui a duas horas, quando largo o serviço, e eu a levarei a um motel nas redondezas. Dou-lhe uns trocados para ajudá-la a pagar sua dívida, desde que ofereça um bom desempenho na cama. Sempre quis lamber suas coxas e apertar seus...

A bofetada veio rápida e violenta. O homem cambaleou para trás, quando o peso da mão de Dominique se chocou contra sua face flácida. O rosto dela estava corado, e seus olhos estavam contraídos de fúria.

— Prefiro passar fome a ter que me deitar com um porco imundo como você! Saiba que vou dar parte sua para o síndico e, se ele não resolver a situação, vou procurar a polícia.

— Você nasceu para ser vagabunda! — Silvério rugiu, alisando a bochecha atingida. — Está escrito em sua testa. Você anseia por diversão.

— E você anseia por levar uma surra. Mantenha as mãos longe de mim, seu ordinário! — Ela apontou para a câmera de segurança no alto da parede. — Ainda bem que toda a cena foi gravada. Usarei isso a meu favor.

— Essa câmera grava somente imagens, não sons. Verão apenas você agredindo um senhor, que estava em seu horário de trabalho. Vejamos quem se sairá melhor.

— Imundo! Cretino! — xingando-o, Dominique deu-lhe as costas e foi até o elevador. Ao apertar o botão, completou: — Nunca vou me prostituir. Isso eu posso jurar a mim mesma.

— E eu juro que você vai me pagar por esse tapa, sua imbecil! — ele ameaçou, soltando fagulhas de rancor pelos olhos. — Aguarde, pois vou lhe dar o troco.

Longe de se intimidar pela ameaça, Dominique entrou no elevador, e seus batimentos cardíacos só se acalmaram quando a moça se viu em seu apartamento. Obviamente, nada diria à avó sobre aquilo. Bem que ela já havia notado que Silvério a olhava com lascívia e malícia, contudo, não fazia ideia de que ele tinha tais planos a respeito dela.

Tentando esquecer-se do ocorrido, Dominique tomou um banho e foi ao quarto da avó, que ressonava tranquilamente. Preparou um macarrão instantâneo para si e dirigiu-se ao próprio dormitório. Vencida por um dia longo e cansativo, ela adormeceu segundos depois de se deitar.

Acordou no dia seguinte com o telefone fixo tocando estridentemente. Ainda meio grogue de sono, Dominique lançou-se até o aparelho, atendendo à ligação com voz pastosa:

— Alô?

— Gostaria de falar com Dominique de Souza Luz. — O homem ao telefone falava com suavidade.

— É ela mesma. Quem gostaria?

— É do restaurante *Água na Boca*. Você deixou um currículo aqui.

Os olhos dela iluminaram-se. O sono desapareceu numa velocidade incrível.

— Sim, pode falar.

— Vimos que está em busca de seu primeiro emprego, não tem nenhuma experiência e precisa trabalhar no turno da noite. Temos uma vaga de garçonete disponível, no período das 22 horas às cinco da manhã. Como também vendemos pizzas, mantemos nosso estabelecimento aberto todos os dias, vinte e quatro horas. A vaga a interessa?

Seria aquela a resposta para suas orações? Ela agradeceu ao casal de vizinhos mentalmente.

— Interessa muito. Posso começar hoje mesmo, se quiser.

— Sou o dono do restaurante e gostaria de, primeiramente, fazer uma entrevista com você. Se eu achar que é a funcionária adequada para a função, poderá começar hoje mesmo. Ao chegar aqui, eu lhe darei mais informações. Poderia vir às dezenove horas?

— Com certeza. Só preciso que confirme o endereço de novo, pois distribuí currículos quase na cidade inteira.

Ela riu, mas o homem ao telefone, não. Dominique anotou tudo o que precisava, agradeceu inúmeras vezes e desligou com o coração saltitando de alegria. Daria seu melhor na entrevista para ser contratada e se esforçaria ainda mais para agradar ao novo patrão. Quem sabe ele não lhe daria um adiantamento de salário, para ela completar o que ainda faltava para pagar os aluguéis de dois meses? Não custava tentar.

Logo depois, a jovem deu início às tarefas domésticas. Começou fazendo uma faxina geral em seu quarto e passando as roupas que deixara acumular. Sentia muita falta de sua televisão e da maioria de suas roupas. Assim que tivesse condições, compraria outras mais bonitas e uma nova TV, ainda que fosse menor do que a anterior.

Duas vezes por semana, Cida ia ao hospital para fazer as sessões gratuitas de fisioterapia, que visavam ao total restabelecimento dos músculos do braço e da perna esquerdos da senhora, que atrofiaram após o AVC. Como a avó não podia caminhar nem tinha condições de subir em um ônibus, elas precisavam pegar um táxi, o que consumia mais dinheiro. Dominique tinha menos de setenta reais guardados, que precisariam durar até o próximo pagamento da aposentadoria de sua avó, ou até o primeiro adiantamento de seu salário, caso ela conseguisse o emprego no restaurante.

Quando voltaram do hospital, Dominique preparou um almoço simples para ambas. Havia apenas um pedaço de carne, que ela separou para a avó, porque não podia comprar mais. Cida não deixou de notar enquanto comiam juntas.

— Por que não colocou carne em seu prato?

— Não estou com vontade. Acho até que vou virar vegetariana, vovó.

— Duvido. Você ama carne. Ajude-me a cortar um pedaço da minha, pois quero dividi-lo com você.

— Nada disso. A senhora vai comer tudo, e sem discussão. Precisa de nutrientes muito mais do que eu.

Cida esticou o braço direito, que estava bom, e afagou o rosto de Dominique com carinho, brincando em seguida com os longos cabelos da moça.

— Você é um presente de Deus, Dominique! Não sei o que seria de mim sem você em minha vida. Cuida tanto de mim, quando qualquer outra guria de sua idade estaria mais preocupada com roupas e namorados. Eu a amo, minha flor.

Emocionada, Dominique curvou o corpo para beijar a avó no rosto.

— A senhora é a minha maior riqueza, vovó. Não tenho tempo para pensar em roupas, muito menos em namorados. E saiba que também a amo demais.

As duas continuaram comendo alegremente. Dominique fez tudo o que pôde para dissimular sua ansiedade diante da avó, porque mal podia aguardar o momento da entrevista. E, quando o horário se aproximou, ela vestiu calça e blusa pretas, calçou um par de tênis e prendeu os cabelos em um rabo de cavalo. Não se maquiou e dispensou as bijuterias. Queria mostrar-se o mais natural possível para causar uma boa impressão.

Pouco antes de sair, voltou a procurar a avó, que, como sempre, estava deitada assistindo a uma novela mexicana. Dominique olhou para a tela e viu uma mulher belíssima, conspirando consigo mesma para tirar a protagonista de seu caminho. Cida dizia que adorava a perversidade das vilãs.

— Sua bruxa! — Cida gritou para a TV. — Se você estivesse aqui, eu lhe daria umas boas bordoadas com meu braço que ainda está se movimentando.

— Vovó, não ameace as mulheres na televisão. — Sorrindo, Dominique parou ao lado da cama de Cida. — Uma amiga, que estudou comigo no Ensino Médio, perguntou se eu poderia ir à casa dela agora para conversarmos um pouco. Disse que está sentindo muita saudade de mim e gostaria de me ver.

— A essa hora? Não poderiam ter marcado esse encontro durante o dia?

— É porque a mãe dela chega agora do trabalho e também quer falar comigo. — Era uma mentira atrás da outra, mas tudo pelo bem de Cida. — Juro que não demorarei a voltar, por isso queria saber se a senhora vai precisar de mim.

— Não. Posso me virar sozinha, meu amor. Não me trate como se eu fosse uma total inválida.

— Não seja malcriada.

— Quanto a você, não se preocupe tanto comigo. — Cida piscou um olho para Dominique. — Não vou desmaiar nem cair por aí. Vou ficar bem, prometo. Só não quero que demore. Não gosto de saber que está andando sozinha por essas ruas escuras.

— Obrigada, vovó. Fique com Deus!

E, antes de fechar a porta do quarto de Cida, Dominique a ouviu berrar:

— Sua maldita, sem-vergonha! Nunca ficará com ele.

Um dia, quando não tivesse tantas preocupações na cabeça, Dominique também gostaria de se esticar diante de uma televisão e brigar com personagens detestáveis. Por ora, tinha um emprego a conquistar. Precisava garantir sua moradia, sempre agindo em silêncio para que Cida não descobrisse a verdade.

Passou pela portaria e agradeceu a Deus por não se deparar com Silvério. Quando pegou uma condução rumo ao restaurante, que ficava a meia hora de ônibus de sua casa, flagrou-se rezando mais uma vez para ser contratada. Daria certo. Ela tinha certeza.

CAPÍTULO 4

Dominique chegou ao restaurante cinco minutos antes do horário combinado. Lembrava-se de ter deixado uma cópia de seu currículo ali apenas por descargo de consciência. Era um bairro de alto padrão, assim como o estabelecimento. De todos os lugares por onde passara, aquele seria um dos últimos em que ela se via trabalhando.

Manobristas uniformizados manuseavam com cuidado os veículos dos clientes, quase todos carros importados. Ao entrar no restaurante, Dominique avistou uma funcionária elegante atrás de um balcão, que sorriu para ela com dentes muito brancos.

— Seja bem-vinda ao *Água na Boca*. Mesa para uma pessoa?

— Na realidade, vim participar de uma entrevista de emprego. O dono do restaurante me ligou.

— Pode seguir em frente. A sala dele fica naquela direção. — A moça esticou o braço, sem deixar de sorrir. — Boa sorte!

Dominique a agradeceu e percorreu com o olhar o amplo salão do restaurante. Muitas mesas estavam ocupadas, e os garçons, treinados, locomoviam-se entre elas com sutileza e eficiência. As mesas e cadeiras eram todas feitas de madeira natural. As porcelanas e as baixelas pareciam ser importadas. Vasos escuros com plantas naturais adornavam o ambiente, iluminado pela luz branca proveniente de pequenas lâmpadas em formato de gotas. Em duas das paredes, figuras abstratas decoravam o cenário. A terceira parede era de vidro fumê, que revelava a rua. A última dava acesso às toaletes, à cozinha e à administração, para onde Dominique estava indo. A jovem notou a elegância dos clientes, principalmente as mulheres, que exibiam joias brilhantes e roupas caríssimas. Imaginou como seria trabalhar naquele lugar, mesmo que não tivesse experiência nenhuma como garçonete.

Depois de atravessar toda a extensão do restaurante, Dominique bateu na porta onde se lia a palavra ADMINISTRAÇÃO, com letras maiúsculas e douradas. Recebeu autorização para entrar e sorriu para o homem muito branco, magro, com cabelos alourados e olhos azuis faiscantes, que estava sentado atrás de uma mesa, onde havia um computador, um porta-caneta e um porta-retratos, que exibia a foto de uma jovem, extremamente semelhante ao homem, abraçada a ele.

Após se identificar e cumprimentá-lo, ela ouviu do proprietário do restaurante:

— Como já deve ter percebido, antes de chegar aqui, que atendemos a uma clientela seleta. Funcionamos vinte e quatro horas por dia, porque, após as vinte, também servimos pizzas. Isso aqui fica lotado até o fim da noite, principalmente aos fins de semana. Você terá uma folga por semana e um domingo por mês. Seu horário de trabalho, caso seja admitida, será das 22 horas às cinco da manhã. Como é seu primeiro emprego, estagiará com nossos garçons para aprender o serviço. Seu salário inicial — ele rascunhou alguns números em um pedaço de papel — será esse aqui. Contará também com a porcentagem extra referente ao adicional noturno.

Dominique arregalou os olhos ao conferir o valor. Dois salários mínimos e meio para trabalhar apenas sete horas diárias, além de abono adicional? Era praticamente uma fortuna para quem não tinha a mínima experiência com nada que não estivesse relacionado a serviços domésticos. Somando seu pagamento à aposentadoria da avó, poderia comprar todos os remédios dela, pagar o aluguel e ainda sobraria algum dinheiro para poupar ou gastar com pequenas diversões bobas, roupas e sapatos novos.

Ela pegou-se sorrindo como uma criança, o coração disparado e as mãos frias e trêmulas. Tinha que conseguir aquele emprego. Faria qualquer coisa por ele. Além de ter a chance de incrementar seu currículo, tendo nele o nome refinado daquele restaurante, ainda trabalharia vendo e conversando com clientes ricos e luxuosos, como ela sempre desejou.

Seu futuro patrão continuava falando:

— Acha que o que oferecemos aqui está de acordo com o que você está procurando?

— Totalmente de acordo. — Assim como as mãos, as pernas de Dominique também tremiam de empolgação. — Serei contratada?

— Sim. Já lhe adianto que será devidamente registrada e passará por exame médico admissional. Creio que não terá grandes dificuldades para aprender o serviço. Com um pouco de treinamento, pegará o jeito.

— Não sei como posso lhe agradecer, senhor... — Na euforia, ela descobriu que nem sequer sabia o nome dele.

— Eu me chamo Pierre. Demonstre seus agradecimentos por meio do seu trabalho, para que eu não me arrependa de tê-la contratado. — Ele pareceu pensar em algo antes de falar: — Prezo por pontualidade, gentileza e educação. Jamais economize sorrisos diante dos clientes. Não admito reclamações que envolvam o atendimento do restaurante, pois, para isso, damos prioridade à qualidade e ao sabor de nossas refeições.

— Tem toda razão, senhor Pierre. — Dominique mordiscou o lábio inferior, pensando na melhor abordagem que faria para o próximo assunto. — Eu queria falar sobre algo que me deixa muito desconcertada e sei que o senhor não tem nada a ver com isso. Moro com minha avó, que está acamada devido a um AVC. Não tenho irmãos nem pais vivos. Até hoje, nossa única fonte de renda era a aposentadoria dela, que mal dá para comprar seus remédios. Sou a única responsável por minha avó, por isso optei pelo horário da noite. Durante o dia, preciso estar em casa para cuidar da alimentação dela e da limpeza do apartamento em que moramos.

Pierre olhava fixamente nos olhos castanhos de Dominique, brilhantes como duas gotas de chocolate. Ali, ele percebeu uma mistura de sinceridade e desespero.

— Estamos com os aluguéis atrasados, porque não consigo pegar todos os remédios de minha avó nos postos de saúde. Para as sessões de fisioterapia, vamos de táxi, porque ela não pode andar muito. E... fomos ameaçadas de despejo. Queria saber se o senhor poderia me adiantar parte do salário... — ela sorriu parecendo triste. — Sei que vai me achar uma idiota por lhe pedir isso, já que nem comecei a trabalhar e não tenho direito a nada ainda. Acontece que, se minha avó e eu formos despejadas, não teremos para onde ir. Ela não sabe disso, assim como não sabe que trabalharei aqui. Pensa que a aposentadoria dela está cobrindo todas as despesas. Não lhe digo a verdade para não complicar seu quadro. Caso me julgue uma interesseira, juro que não me sentirei ofendida se cancelar a oferta de emprego e me mandar embora daqui.

Após refletir um pouco, Pierre indagou parecendo sereno e curioso:

— Por que eu faria isso?

— O senhor não é obrigado a nada, é óbvio. Acontece que eu realmente estou desesperada, precisando muito de algum dinheiro. Pode pedir a algum dos seus funcionários ou mesmo ir pessoalmente ao apartamento onde moro para comprovar tudo o que estou lhe dizendo. Se quiser, posso apresentá-lo ao senhor Pascoal, que é nosso senhorio...

— Não precisamos chegar a tanto. Consigo ver a verdade transparecendo nos seus olhos. Tento detectar de longe a sinceridade nas pessoas, o que quase sempre dá certo. Jamais tive grandes problemas com qualquer funcionário que contratei. Quando simpatizo com alguém, é imediato, e eu nunca erro.

— O senhor vai confiar em mim? — Dominique parecia incrédula.

— Preciso confiar nas pessoas que contrato. Além disso, você também se encaixa no padrão de funcionários do restaurante. É muito bonita, educada, gentil, simpática e inteligente. — O tom azul dos olhos de Pierre pareceu se tornar mais escuro. — Sei que, por ser seu primeiro emprego e por necessitar muito de dinheiro, se esforçará para dar o seu melhor. É disso que preciso.

Dominique quase chorou de emoção. Conteve-se para não tomar as mãos de Pierre e beijá-las em nome de sua gratidão.

— Amanhã de manhã, você deverá me trazer os seguintes documentos para eu encaminhá-los ao contador — ele citou as cópias dos documentos pessoais, comprovante de endereço e a carteira de trabalho — Você começará amanhã, às 22 horas. Eu lhe farei um cheque com o valor solicitado. Basta descontá-lo no banco no dia seguinte.

Dominique precisou se esforçar para não chorar diante dele, embora soubesse que faria isso a caminho de casa. Agradeceu-o efusivamente pela confiança, antes de voltar ao ponto de ônibus. Estava tão contente que sorriu para todas as pessoas que aguardavam os coletivos.

O ônibus estava cheio, porém a jovem não se importou de viajar de pé, agarrada às barras de ferro, sendo espremida por trabalhadores cansados, sonolentos e exalando odor de suor. Sua vida estava praticamente resolvida com aquele emprego, e isso era o que lhe importava. Sua gratidão a Deus era tanta que não se importaria de abraçar cada passageiro daquele veículo lotado.

Conseguiu um lugar para se sentar à janela, quando o ônibus passou pela Praça da Alfândega, um dos pontos mais centrais e tradicionais da cidade, onde se localizam prédios históricos, que abrigam importantes museus, além da Feira do Livro, que acontece anualmente e é considerada a maior feira a céu aberto da América Latina.

Viu também um veículo reluzente e importado, com a capota abaixada, no qual uma mulher bonita e bem-vestida, com ares de turista, fazia *selfies* a partir do assento traseiro. O chofer uniformizado dirigia lentamente, de acordo com as ordens de sua patroa. Dominique imaginou que aquela mulher deveria ser não apenas rica, mas também corajosa por não temer ser assaltada.

Fechou os olhos e imaginou que um dia ela também seria uma feliz proprietária de um conversível como aquele, com um motorista particular para guiá-la aos lugares aos quais tivesse vontade de ir. A resposta era simples: a menos que trabalhasse por anos a fio, sempre em busca de melhores oportunidades, além de cursar uma faculdade que lhe garantisse titulação superior, suas chances eram praticamente nulas. Não acreditava em jogos de loteria, e a esperança de se casar com um homem milionário nunca passara de fantasia de uma adolescente sonhadora.

Contudo, ao adentrar a portaria de seu prédio e deparar-se com o semblante sarcástico e provocador de Silvério, que deveria estar ali cobrindo o turno da noite, seu bom humor diminuiu um pouco. Dominique baixou o olhar para o chão a fim de não o encarar e seguiu até os elevadores. Ao passar por ele, o ouviu dizer entredentes:

— Uma vez vagabunda, sempre vagabunda.

Dominique sabia que deveria ignorá-lo para evitar aborrecimentos desnecessários. Mesmo assim, algo a fez virar-se e rebater:

— Uma vez desgraçado, sempre desgraçado.

— Aposto que seu corpo está queimando de desejo.

A voz do porteiro estava rouca e saía num tom sussurrado.

— Se você continuar me assediando, irei à polícia.

— Com qual prova? Você não tem nada contra mim.

— Ah, não? — Dominique enfiou a mão no bolso traseiro da calça e sacou o celular, exibindo-o com a tela apagada. — Antes de entrar no prédio, já imaginando que o encontraria sentado atrás desse balcão, com sua aparência de sapo cansado, coloquei o aparelho para gravar. Tudo o que você me disse desde que entrei foi gravado, e poderei levar à delegacia quando eu quiser, caso não me deixe em paz.

— Não acredito em você! Seu celular parece estar desligado.

— Continue brincando com a sorte. Quer uma prostituta? Há várias delas disponíveis aqui no bairro. Encontre uma que esteja mortalmente desesperada por dinheiro, pois só assim para se deitar com um homem seboso e nojento como você.

Dominique aproveitou que um dos elevadores chegara ao térreo, desembarcando duas mulheres, para escapar dali e chegar logo em casa. Claro que mentira. Só falara da gravação para assustar aquele homem asqueroso, mas, se fosse necessário, passaria a registrar os próximos diálogos. Não sabia se fora convincente e esperava que o blefe servisse pelo menos para tirá-la do foco de Silvério.

Bem cedo, na manhã seguinte, Dominique saiu de casa rumo ao restaurante após se certificar de que a avó ficaria bem. Cida não percebera que a neta chegara de madrugada, porque alguns de seus medicamentos a deixavam excessivamente sonolenta. A moça dormiu por poucas horas. Assim que acordou, correu à padaria para buscar pães frescos e preparar o café da manhã de ambas. Depois, comunicou à avó que visitaria uma amiga e que voltaria para casa por volta do horário do almoço, no mais tardar.

Sabia que, por enquanto, o melhor a fazer seria omitir de Cida o emprego no restaurante. A avó lhe faria muitas perguntas, obrigando Dominique a inventar mentiras. A velha senhora estava convicta de que sua aposentaria era mais do que suficiente para bancar todas as despesas das duas, por isso a jovem não queria preocupá-la com nada.

— Demore o tempo que precisar, minha querida — disse Cida, terminando de beber o suco de laranja preparado pela neta. — Você precisa de tempo para se divertir também. Tem apenas dezoito anos, e todas as moças de sua idade divertem-se com amigos e namorados. Quais delas cuidam de uma mulher doente e chata?

— Tenho poucos amigos, nenhum namorado, e a senhora não tem nada de chata. Quanto a estar doente, saiba que é só uma fase.

Dominique beijou a avó na bochecha, lavou a louça rapidamente e trocou de roupa. Depois, ajudou Cida a acomodar-se na cama, pois ela gostava de acompanhar pela televisão um programa de culinária que passava todas as manhãs.

Confiante de que a avó ficaria bem enquanto ela estivesse ausente, Dominique pegou o ônibus e chegou ao restaurante por volta das nove horas. Desta vez, atrás do balcão da recepção, estava uma mulher alta, corpulenta, de pele muito clara, olhos escuros, e que usava os cabelos presos num coque. Aparentava ter mais de quarenta anos e fitou Dominique com pouco caso, pois, apenas pelas roupas simples da moça, já sabia que ela não era cliente do estabelecimento.

— Bom dia! Poderia falar com o senhor Pierre? — cumprimentou Dominique.

— Você é...

— A nova funcionária. Ele me entrevistou ontem à noite e me pediu que lhe trouxesse alguns documentos.

— Sei. — A mulher continuava encarando-a de um modo incômodo. — Sou a gerente daqui. Eu me chamo Brígida.

— Muito prazer! — Dominique estendeu a mão direita, que ficou suspensa no ar durante alguns segundos até ela recolhê-la, após constatar que Brígida não a cumprimentaria.

— Se já sabe onde fica a sala de Pierre, pode se dirigir até lá. Siga pela esquerda, para não atrapalhar a limpeza — Brígida ordenou, curta e seca.

Dois homens varriam o salão do restaurante, enquanto um terceiro passava um esfregão próximo à entrada da cozinha. As cadeiras estavam todas viradas ao contrário sobre as mesas. Um odor adocicado de lavanda predominava no ambiente.

Bateu à porta da sala de Pierre e, assim que recebeu autorização para entrar, plantou um sorriso nos lábios. Seu futuro patrão, mais uma vez, estava sentado atrás da mesa e encarou-a sem expressão no semblante.

— Bom dia, senhor Pierre! Aqui estão todos os documentos que o senhor solicitou. — Animada, Dominique pousou um envelope pardo sobre a mesa.

— Vejamos se falta algo.

Calmamente, ele conferiu os documentos da jovem, folheou a carteira de trabalho de Dominique, totalmente em branco, com exceção dos dados informativos, e concluiu que estava tudo em ordem.

— Conforme conversamos ontem, hoje à noite você deverá iniciar seu expediente. Brígida, a nossa gerente, lhe dará todo o suporte necessário.

Dominique meneou a cabeça em concordância, pensando na mulher sisuda com quem acabara de conversar e que não fora nada simpática com ela.

Antes que precisasse lembrar Pierre do adiantamento que ele lhe prometera, Dominique viu o patrão sacar um talão de cheques de uma gaveta e preencher um valor. Destacou a folha e entregou-a a ela.

— Isso deve ser suficiente para ajudá-la a quitar suas dívidas.

Dominique conferiu o valor e quase executou uma dancinha de alegria. Pierre a encarava com seus olhos azuis brilhantes, e ela segurou um impulso de abraçá-lo.

— O senhor não sabe como me sinto grata por essa ajuda e por sua confiança em mim. Acabou de salvar minha vida. — Ela sacudiu a folha do cheque.

— Assim que o banco abrir, poderá descontá-lo — confirmou Pierre, sempre impassível.

Antes de sair do restaurante, Dominique voltou a agradecê-lo mais duas vezes. Ao passar por Brígida, ignorou o olhar gélido que a gerente lhe lançou e voltou à rua.

Pelo horário, sabia que os bancos ainda estavam fechados. Encontrou uma agência onde poderia descontar o cheque e aguardou a abertura das portas do lado de fora, ao lado de uma senhora simpática, que não tardou a puxar assunto:

— Não vejo a hora de poder sacar minha aposentadoria, que caiu hoje, para poder comprar a comida do Betão, do Raul e da Joana.

— São seus filhos? — indagou Dominique por curiosidade.

— De certa forma, sim. — A senhora mostrou um sorriso desprovido de dentes. — São meus gatinhos. Posso passar fome, mas não deixo faltar a comida deles.

Dominique sorriu. A velha senhora pôs-se a lhe contar as peripécias dos três gatos de uma forma divertida, fazendo a jovem rir. Ambas nem sentiram a hora passar e foram as primeiras a entrar na agência assim que abriram as portas.

Não houve dificuldade para trocar o cheque por dinheiro em espécie. Dominique guardou as cédulas cuidadosamente no fundo da bolsa, despediu-se da dona dos gatos, que estava no caixa ao lado contando as proezas dos felinos à atendente, e, minutos depois, já estava dentro do ônibus a caminho de casa.

Chegou ao prédio sem conter o alívio por não se deparar com Silvério e mostrou um lindo sorriso de alegria à avó, vendo-a deitada assistindo a um noticiário.

— Não sei por que as tragédias sempre dão audiência. As pessoas gostam de ver desgraças — resmungou Cida, parecendo irritada.

— A senhora é uma delas, já que está fazendo a mesma coisa — brincou Dominique.

Após se certificar de que tudo estava bem com a avó, Dominique foi até a gaveta onde deixara guardadas as suas economias e as juntou com o adiantamento que recebera. Pierre deveria ser um patrão exemplar, pois adiantara parte do salário de uma funcionária que nem sequer começara a trabalhar.

Conferiu todo o dinheiro duas vezes. A quantia total era justamente o valor dos dois aluguéis atrasados, além de um valor extra, caso Pascoal quisesse cobrar juros. Diria a ele que o terceiro mês atrasado seria quitado o mais depressa possível.

Dominique disse à avó que iria resolver um assunto rápido na portaria e dirigiu-se ao apartamento de Pascoal. Seus problemas financeiros, incluindo as contas em atraso, estavam temporariamente resolvidos, e só Deus era testemunha do quanto ela se sentia grata e feliz.

E foi com o dinheiro dobrado na mão e um sorriso no rosto belíssimo que ela tocou a campainha do apartamento do senhorio e aguardou ser atendida.

CAPÍTULO 5

Se tivesse coragem suficiente para desenhar tatuagens pelo corpo, as palavras que Pascoal escolheria seriam ganância e dinheiro. Viúvo e sem filhos, no auge de seus cinquenta anos, sua única motivação na vida era ser ganancioso o suficiente para conseguir muito dinheiro. Para ele, não havia objetivo melhor.

E o dinheiro, quando chegava às suas ávidas mãos, era dividido em duas partes. A primeira seguia para uma conta bancária, na qual ele acumulava uma boa soma para investir em algo bem lucrativo, geralmente em um apartamento que pudesse alugar. A outra parte ele gastava com comida, viagens e mulheres. Pascoal sempre contava aos amigos mais chegados que ninguém precisava de uma vida melhor do que essa.

Estava justamente devorando um farto café da manhã, enquanto conferia pelo *notebook* um vídeo em que mulheres começavam uma dança usando fardas militares e terminavam inteiramente nuas, quando a campainha soou. Ele resmungou alguns impropérios, pois detestava ser interrompido em seus momentos de lazer, e arrastou-se pesadamente em direção à porta.

Vestia apenas uma bermuda larga. Seu torso despido e peludo, sua barriga imensa e redonda pendurada para frente, logo acima das pernas curtas e tortas, não lhe conferiam a melhor das imagens. Foi essa a visão que Dominique encontrou quando ele abriu a porta.

— Bom dia, senhor Pascoal! Espero não estar atrapalhando.

— Se veio até aqui me pedir um prazo maior, pode esquecer.

— Na realidade, vim por um motivo bem melhor. — Sentindo-se segura e confiante, ela entregou-lhe o dinheiro. — Aí está o valor referente a dois meses de aluguéis atrasados.

Os dedos gorduchinhos de Pascoal o ajudaram a contar as cédulas com uma velocidade incrível. Quando terminou de recontar o dinheiro pela terceira vez, esfregando os dedos pelas notas de maior valor para atestar sua legitimidade, soltou um chiado semelhante ao de uma fritura.

— E os juros pelo atraso? — ele informou o valor, e, como Dominique já esperava por aquilo, pagou-o sem discussão com o dinheiro a mais que tinha. — Você e sua avó continuam me devendo o terceiro mês. — Com habilidade, Pascoal depositou o dinheiro no bolso da bermuda imensa.

— Sim, eu sei disso. Eu consegui um emprego e posso lhe garantir que poderei lhe pagar o último mês assim que receber meu primeiro salário. Só espero que tenha mais um pouco de paciência.

— Você adora me pedir paciência. Será que meus credores sabem disso? — Pascoal coçou a careca. — Não se esqueça de que também tenho contas a pagar.

— O senhor já me falou isso. E, como me deu a garantia de que poderia esperar pelo terceiro mês, se eu conseguisse pagar os dois primeiros, pensei que...

— Como? Eu nunca disse isso.

Dominique piscou, aturdida. Por um instante, pensou que ele estivesse brincando com ela. Porém, ao constatar a seriedade nos olhos miúdos do dono do apartamento, ela soube que Pascoal falava sério.

— O senhor disse que nós teríamos até quinze dias para lhe pagar dois meses de aluguel, se quiséssemos evitar o despejo.

— Não coloque palavras em minha boca, mocinha. Sei muito bem o que falei. Disse que, se vocês não me pagassem todos os aluguéis atrasados, bem como as multas e os juros, eu me veria na lamentável obrigação de lhes exigir o apartamento de volta.

— Não é verdade! — Dominique começou a se desesperar. — Tenho testemunhas de nossa conversa. Aquele casal simpático que mora no apartamento 51 estava presente quando firmamos esse acordo. — Ela lembrou-se de que Silvério também estava lá, mas não mencionaria o insuportável porteiro. — O senhor não pode combinar uma coisa comigo e depois fingir que se esqueceu.

— O proprietário do apartamento onde você e sua avó moram sou eu. Não sei como conseguiu arranjar esse dinheiro em um curto espaço de tempo, então, penso que pode arrumar mais. Pague o último mês atrasado até o fim desta semana, ou solicitarei a ordem de despejo. A lei do contrato de locação me permite isso.

As ameaças implacáveis fizeram Dominique sentir vontade de chorar, contudo, não o faria diante daquele sujeito asqueroso, disso ela tinha certeza.

— Senhor Pascoal, pedi um adiantamento ao meu novo patrão e foi uma sorte imensa ter conseguido. Nem comecei a trabalhar, e ele confiou parte do salário a mim. Não posso procurá-lo de novo e lhe pedir mais dinheiro. Ele...

— Mocinha, por acaso tenho cara de Muro das Lamentações de Jerusalém? Seus problemas não me interessam. O que eu quero é o dinheiro. Se não estiver satisfeita, arranje outro canto para morar com sua avó, onde o aluguel seja mais barato. — Ele fez menção de entrar no apartamento. — Aguarde aqui fora, enquanto preencho o recibo dos dois meses.

Numa última tentativa, Dominique agarrou-o pelo braço, ganhando um furioso olhar de Pascoal.

— Sei que não terei meios de arrumar mais dinheiro em tão poucos dias. Por favor, seja complacente. O senhor sabe que minha avó não tem condições de...

— Solte meu braço. — Num gesto brusco, ele afastou-se dela. — Não quero saber de seus problemas pessoais. Lamento por sua avó, mas não adianta usar isso como pretexto para me comover. Ver dinheiro entrando em minha conta bancária é o que me emociona. Suas historinhas tristes só conseguem me enfezar.

Sem mais palavras, ele entrou e fez questão de bater a porta na cara de Dominique. Enquanto aguardava o recibo, ela sentou-se nos degraus das escadas que levavam aos outros andares e enterrou o rosto entre as mãos. Uma dor de cabeça violenta apoderou-se dela, enquanto o pranto represado parecia machucá-la por dentro.

Pascoal reapareceu cinco minutos depois, entregou-lhe o recibo e, sem dizer uma palavra, deu-lhe as costas. Com os olhos marejados, ela apertou o botão dos elevadores, abalada demais para pensar em outra coisa que não fosse o iminente despejo. Em anos morando ali, jamais atrasaram os aluguéis, mas isso não era levado em conta por Pascoal. Para ele, o dinheiro tinha de chegar às suas mãos no dia certo, sem qualquer tipo de atraso.

De volta ao apartamento, esforçou-se para não deixar transparecer suas preocupações. Sua avó poderia estar limitada em vários aspectos, porém continuava com sua visão clínica, que parecia enxergar o que acontecia dentro da moça. Por isso, preferiu se dedicar aos cuidados da casa. Limpou a cozinha, varreu o apartamento inteiro e adiantou o almoço.

Logo após lavar a louça, decidiu que tiraria um cochilo, já que precisaria estar desperta o suficiente para dar conta de seu trabalho noturno. Quando anoiteceu, ela tomou um banho, vestiu-se com roupas simples, mas que lhe caíam muito bem, prendeu os longos cabelos num coque e evitou maquiar-se. A avó já estava adormecida quando ela pegou a bolsa para sair. Passou pelo quarto de Cida, que ressonava suavemente, e beijou-a com carinho na testa. Amava tanto aquela mulher que não hesitaria em dar sua vida por ela, da mesma forma que Cida fizera ao longo dos últimos anos para criar a neta com carinho e muito amor.

Ao chegar à portaria, passou de cabeça baixa, por isso não viu se era Silvério quem estava lá. Já tivera sua cota de discussões no dia ao lidar com Pascoal e não queria apresentar-se em seu primeiro dia de trabalho com a expressão de quem está participando de um cortejo fúnebre.

O restaurante estava bem mais movimentado do que na noite anterior. Sentindo-se um tanto deslocada, ela conversou com a mesma mocinha da recepção que a atendera um dia antes e que era muito mais agradável do que Brígida. Dominique contou-lhe que conseguira o emprego, e a jovem respondeu com empolgação na voz:

— Que excelente notícia! Seja muito bem-vinda. Espero que goste de trabalhar conosco. Eu me chamo Olívia e já lhe aviso que pode contar comigo para o que precisar.

— Até que eu aprenda o serviço, com certeza vou precisar da ajuda de todo mundo. — Dominique sorriu, tentando demonstrar que seria uma pessoa acessível.

— Imagino que o senhor Pierre a esteja aguardando outra vez. Agora você já sabe o caminho. — Olívia apontou para o fundo do restaurante, na direção da sala do dono do estabelecimento.

Dominique ampliou o sorriso e caminhou devagar, observando o movimento frenético dos garçons, aspirando o delicioso aroma que emergia da cozinha, ouvindo os talheres chocando-se levemente contra as porcelanas delicadas dos pratos em que a comida era servida. Notou que Brígida estava parada de pé a um canto, mãos na cintura, lançando um olhar duro para os funcionários. A mulher olhou para a novata com desinteresse, mas Dominique sentiu que foi vigiada o tempo todo até o momento em que entrou no escritório de Pierre.

— Como lhe disse ontem, valorizo as pessoas pontuais. — Ele estava de pé desta vez e apertou a mão de Dominique com firmeza. Era um homem magro, quase franzino, apesar de seus olhos azuis transmitirem uma força que parecia estar muito além de sua capacidade física. — Encaminhei seus documentos ao meu contador. Esperamos regularizar sua vida profissional o mais depressa possível.

— Devo lhe dizer que descontei o cheque e já paguei ao meu senhorio. Antes de qualquer outra coisa, saiba que nunca me esquecerei desse gesto de confiança e generosidade de sua parte. — Dominique não pretendia mencionar que Pascoal não se dera por satisfeito e que continuava a ameaçá-la de despejo.

— Fico feliz por ter sido útil. Agora, vou apresentá-la a algumas pessoas, com as quais trabalhará diariamente. Você também se reportará a elas em minha ausência. Já lhe consegui alguns uniformes e espero que se ajustem às medidas de seu corpo.

Dominique era magra, de estatura mediana. Não parecia ser difícil prever os tamanhos de roupas que lhe cairiam melhor.

— Obrigada. — Ela ofereceu-lhe outro de seus belos sorrisos, enquanto Pierre a conduzia para fora da sala. De volta ao salão principal do restaurante, ela teve a impressão de que Brígida a encarara com o olhar mais gélido que já vira, pouco antes de os olhos da mulher parecerem inexpressivos outra vez. — Imagino que uma dessas pessoas seja a gerente.

— Vocês já se conheceram? — Dominique assentiu, e Pierre fez um sinal discreto para Brígida, que se aproximou devagar. — Apesar de parecer um tanto durona, Brígida é muito justa. Se você andar na linha, não terá problemas com ela.

Dominique quis perguntar o que precisaria fazer para andar na linha, quando a gerente corpulenta se acercou deles.

— Brígida, Dominique é a nossa nova garçonete. Ela iniciará o expediente sempre a partir das 22 horas. Quero que lhe explique algumas regras do nosso estabelecimento e as normas que regem o trabalho dos funcionários. Este é o primeiro emprego dela. Também quero que designe o Cris para treiná-la e que esse treinamento, além de ocorrer com a maior rapidez possível, seja eficiente o bastante para deixá-la apta para desempenhar sua função com profissionalismo e destreza para agradar aos nossos clientes.

— Deixe comigo. — Foi tudo o que Brígida respondeu, fitando Dominique com ar superior.

— Cris é o chefe dos garçons — explicou Pierre. — Servir mesas parece tarefa fácil, contudo, pode se tornar um desastre se você não tiver o mínimo de preparo. E, como você já notou, nosso público não permite falhas. Ele já treinou outros garçons inexperientes, que hoje são os melhores aqui.

— Venha comigo. — Brígida estalou os dedos, como se chamasse por um cachorrinho.

Dominique tentou não demonstrar que o gesto não a agradara. Acompanhou a gerente por um corredor, cujo piso brilhava de tão encerado, cruzou a lateral da grande cozinha e seguiu por outro corredor, que terminava em várias portas. Ela notou dois banheiros para os funcionários, dois vestiários, alguns armários nas paredes, e, através de uma das portas que estava aberta, viu um espaço imenso que funcionava como despensa, repleta de freezers, armários e refrigeradores. Não se surpreendeu com o fato de Brígida não lhe apresentar nenhum daqueles locais.

A mulher, sempre com cara de poucos amigos, destrancou uma porta mais bonita do que as anteriores e revelou uma sala bem parecida com a de Pierre, apesar de um pouco menor. Sentou-se atrás da mesa e não convidou Dominique a fazer o mesmo.

— Pierre detesta atrasos, faltas sem justificativas plausíveis, funcionários que fazem corpo mole e, principalmente, desrespeito com os clientes. Se você cometer alguns desses erros, o olho da rua será seu lugar — avisou Brígida, com a voz seca e autoritária.

— Acho que não é muito diferente de qualquer outra empresa.

— Então, este é seu primeiro emprego, hein? — A gerente uniu as sobrancelhas muito bem-feitas e uma ruga formou-se entre elas. — Qual é a sua idade?

— Dezoito.

— O que a levou a vir trabalhar como garçonete em um ambiente tão requintado como o *Água na Boca*, sendo que não tem experiência nenhuma? Notei por suas roupas que você certamente vem de uma região mais... simples de nossa cidade.

Dominique cruzou as mãos para evitar que elas tremessem, enquanto uma fagulha de irritação surgia em seu peito.

— Preciso de dinheiro. Não é por isso que todo mundo trabalha, inclusive a senhora?

A ruga entre as sobrancelhas se juntou a outras rugas, que surgiram na testa de Brígida. Os olhos da mulher endureceram-se de novo.

— Você é muito bonita, Dominique. Algum cliente pode se interessar por você. Já havia pensado nisso?

— Sei bem qual será meu papel aqui. Não pretendo dar em cima dos clientes nem tolerarei qualquer tipo de assédio. O senhor Pierre me contratou para trabalhar como garçonete. Servirei as mesas e nada mais.

— Muito bem! — Brígida suspirou, contrariada por notar que Dominique era mais inteligente do que ela imaginara. Pelo menos, pensava rápido nas respostas. — Eu sou sua superiora aqui, já que gerencio o local. Estarei de olho em você, e, caso faça algo que me desaponte, saiba que será chamada a atenção. E eu não tenho pena quando o assunto é dar broncas.

— Espero que não precise chegar a esse ponto comigo. Caso perceba que estou fazendo algo errado, basta conversar comigo para que o erro não se repita — rebateu Dominique, sustentando o olhar inquietante da gerente.

Brígida preparou-se para falar mais alguma coisa, quando alguém bateu na porta. Um homem magro, com olheiras fundas e ar gentil pediu licença para entrar.

— Este é o Cristiano — apresentou Brígida. — Não haverá problema se chamá-lo de Cris. Ele orienta todos os demais garçons e irá prepará-la para que se torne minimamente capacitada para atender às nossas expectativas.

Dominique fingiu não escutar a última frase, pois não queria detestar sua futura gerente mais do que já antipatizara com ela logo de cara. Ao contrário de Brígida, Cris demonstrou uma gentileza incrível, sempre sorrindo e atestando que ela se tornaria uma excelente garçonete.

— Não há muito a falar! Tenho certeza de que aprenderá tudo rapidamente — finalizou Cris, parecendo animado com a oportunidade de orientar mais uma funcionária.

— Ela vai se trocar agora, e você já poderá ensinar-lhe o que deve fazer. — Brígida dispensou a ambos com um gesto da mão. — Agora podem ir. Estarei atenta aos seus movimentos, mocinha. Não nos faça nos arrepender de tê-la contratado.

Dominique, logo que se viu no corredor com Cris, não evitou um comentário:

— Essa mulher é sempre tão amargurada assim? Parece que se considera a dona do restaurante!

— Brígida é uma funcionária como qualquer outra, mas o cargo de gerente lhe subiu à cabeça e ela acha que pode mandar e desmandar como bem entender — Cris informou. — O único proprietário é Pierre. Aquele, sim, é um homem íntegro e decente. De toda forma, tenha cuidado. Evitar atritos diretos com ela é a melhor coisa que você pode fazer para manter seu emprego. Brígida consegue demitir um funcionário antes que ele tenha tempo de soltar o ar dos pulmões.

Dominique prometeu a si mesma que não se esqueceria daquele conselho, pois Deus era testemunha do quanto precisava trabalhar.

Depois que Cris e Dominique saíram, Brígida permitiu-se ficar mais alguns minutos sentada à sua mesa, refletindo sobre a nova funcionária. Seus quarenta e seis anos de vida lhe concediam vivência e experiência suficientes para saber que teria problemas com aquela jovem. E nada que se referisse ao seu trabalho, pois tinha quase certeza de que Dominique evitaria falhas como o diabo evita a cruz.

Havia apenas mais três mulheres no restaurante, incluindo a recepcionista Olívia, que, além de não ter um terço da beleza natural e um tanto sedutora de Dominique, já se declarara lésbica. As outras duas eram as cozinheiras, ambas mais velhas que a própria Brígida. Até mesmo os responsáveis pela limpeza eram homens, e a recém-chegada seria a única representante do sexo feminino que serviria as mesas.

Houve outras garçonetes no restaurante, mas Brígida conseguira espirrá-las de lá com a velocidade de um raio. Algumas porque eram preguiçosas, burras e desatenciosas. Outras, porque cometeram o gravíssimo erro de olhar para Pierre e enxergá-lo além de um bom patrão.

Brígida trabalhava ali havia cinco anos e era apaixonada por Pierre. Ele era um homem sério, que raramente sorria, jamais gargalhava, mas que tinha tino para os negócios de uma forma que ela nunca vira antes. Tinha a mesma idade que ela, era divorciado e tivera uma única filha, que faleceu em um acidente de carro. Brígida já trabalhava com ele à época da tragédia e viu o patrão murchar como uma flor ressecada. Pensou que ele jamais sairia da depressão, pois Pierre chegou a se afastar do trabalho por cerca de dois meses. Ele só conseguia chorar, arrependido até o âmago de ter presenteado a filha com um automóvel zero quilômetro no dia em que ela completou dezoito anos. Mal sabia ele que aquele carro e a imprudência da filha seriam os responsáveis por levarem embora sua menininha três meses depois. Ela dirigia à noite, quando perdeu o controle do veículo, chocando-se contra um caminhão.

Passado o trauma inicial, o remorso esmagador, a culpa dolorosa, as lágrimas amargas e a sensação de ter sido o pior pai do mundo, Pierre reassumiu suas funções no restaurante. Seu psicólogo, à época, lhe disse que a depressão o mataria se ele não tentasse distrair a cabeça com outras ocupações. E foi o que fez: continuou tocando o restaurante, satisfeito com os bons serviços prestados por Brígida em sua ausência.

Vendo-o tão abatido e fragilizado, a gerente decidiu que ali estava uma oportunidade de ouro. Se o seduzisse, lucraria duplamente: traria um pouco de prazer e alegria ao coração paterno tão sofrido e obteria a chance de se tornar a dona de um dos restaurantes mais conceituados de Porto Alegre. Pierre era rico, e ela também queria ser. Se conseguisse casar-se com ele, nunca mais precisaria se preocupar com dinheiro.

Infelizmente, suas investidas provocantes não tiveram efeito algum sobre Pierre, que deixou claro que não estava procurando uma mulher. Disse que não pretendia se envolver em um relacionamento sério, pois não tinha mais emocional para isso. Há muito estava divorciado da mãe de Ingrid, e sua vida seguia com normalidade até o acidente. Brígida não se deu por vencida e continuou tentando provocá-lo, aguardando uma brecha que, no entanto, nunca veio. Chegou até a pensar que Pierre gostasse de homens ou de mulheres muito mais jovens que ela. Ela nunca o via com ninguém, porém não achava que fosse possível um homem da idade dele ter se fechado definitivamente para relações sexuais somente porque a filha morrera. Cedo ou tarde, seus hormônios falariam mais alto.

Mas não falaram, pelo menos não para Brígida. Quando notou que as novas funcionárias também tentavam seduzi-lo, deu um jeito de fazê-lo despedi-las, sabotando o trabalho das moças até que Pierre não tivesse alternativa senão demiti-las. Ele era um homem justo e extremamente generoso com seus funcionários, o que a deixava furiosa. Se um dia assumisse o controle do *Água na Boca* — e ela ansiava por esse momento —, levaria os empregados no cabresto.

Havia alguns clientes bem endinheirados, todos casados, que se engraçavam com Brígida sempre quando apareciam lá para alguma refeição. Ela sabia que, em troca de sexo, até poderia conseguir algumas joias ou, com muita sorte, um apartamento simples. Reconhecia que não era uma mulher fenomenal, mas confiava em sua sensualidade. E não queria simplesmente ganhar presentinhos. Desejava ser proprietária de algo que pudesse liderar, logo, a única opção era o restaurante. Pierre não tinha herdeiros a quem deixaria seus negócios, então, qual seria o problema se ela assumisse o estabelecimento?

Agora, Dominique poderia se tornar uma nova ameaça, caso ela notasse qualquer investida da moça sobre o patrão. Era a mais bonita de todas que já passaram por lá, e Brígida teve a impressão de que Pierre fora demasiado gentil com a garçonete. Se ela comprovasse suas impressões, faria da vida daquela jovem um verdadeiro inferno. Um inferno tão horroroso, que ela imploraria para ser demitida o quanto antes.

CAPÍTULO 6

Todos os músculos das pernas de Dominique doíam como se ela tivesse levado uma surra, enquanto aguardava de pé, no ponto, o primeiro ônibus daquela manhã. Por sorte, Cris lhe dera uma carona até metade do caminho. Ele prometeu que faria isso em todas as noites seguintes, pois saía no mesmo horário que ela. E, quando os primeiros raios dourados surgiram no céu, dando as boas-vindas a mais um dia, ela finalmente chegou em casa. Estava tão exausta que simplesmente verificou se a avó estava bem e se atirou na cama.

Dominique não imaginava que tantas pessoas sentissem fome durante a madrugada. Após a meia-noite, o cardápio principal era composto de pizzas, mesmo que continuassem servindo comida. Faziam entregas constantes, sem deixar de atender aos inúmeros clientes que frequentaram o estabelecimento durante as horas em que ela estivera lá. Cris era dinâmico, bem-humorado, prático e bastante eficiente. Ensinou Dominique a mexer no pequeno *tablet*, onde eram anotados os pedidos, que, via *Wi-Fi*, chegavam até a cozinha. A jovem mostrou-se atenta a tudo, prestando atenção aos mínimos detalhes. Quando Cris a deixou mexer no aparelho, ela conseguiu registrar alguns pedidos e levou-os até as mesas, sem cometer nenhum erro. O sistema de automação era simples, e ela achou o máximo toda aquela tecnologia.

Percebeu que os clientes simpatizaram com ela e que alguns homens lhe lançaram olhares calorosos. Chegou a receber algumas gorjetas, o que a deixou emocionada. Brígida acompanhava de longe seu trabalho e, felizmente, não interveio em nenhum momento. Pierre, de vez em quando, também saía de seu escritório para cumprimentar alguns clientes e conferir a movimentação. Quando viu Dominique ser elogiada por um casal, limitou-se a assentir com a cabeça em aprovação, sempre com seu semblante austero. Ao término do expediente da jovem, ele chamou-a em seu escritório para lhe dizer que estava satisfeito com seu desempenho na primeira noite de trabalho.

Dominique acordou por volta do meio-dia, com Cida cutucando seus pés. Deu um pulo ao notar a avó de pé, com os cabelos arrumados e um sorriso alegre nos lábios.

— Bom dia, Bela Adormecida! Está tudo bem? Confesso que estou preocupada, pois nunca a vi acordar tão tarde.

Como diria à avó que, daquele dia em diante, não conseguiria acordar antes daquele horário? Como confessaria que estava trabalhando durante a madrugada para que não fossem despejadas, pois o dinheiro de Cida não era mais suficiente? Como revelaria tantas notícias desagradáveis a uma pessoa que sofrera um AVC recentemente e que não podia sofrer fortes emoções?

— Acho que o cansaço me venceu. Bom dia, vovó! — Ela espreguiçou-se e não conteve um bocejo. — Aliás, posso saber o que a senhora está fazendo fora da cama?

— Não sou um lençol para ficar estirada sobre o colchão vinte e quatro horas por dia! — Com seu bom humor habitual, Cida sentou-se na beirada da cama de Dominique com certa dificuldade. — Não gosto de pensar que você tem trabalhado como uma escrava dentro deste apartamento, além de se ver obrigada a cuidar de uma velha doente. Reconheço que estou tirando toda a sua juventude.

— De novo com esse papo? — Dominique sentou-se e aproximou o corpo para estalar um beijo barulhento na bochecha enrugada de Cida. — Não faço nada por obrigação. Amo a senhora, cuidar da casa e ter saúde para cumprir com as minhas obrigações. E isso é tudo. Agora, vou preparar seu almoço, já que não acordei a tempo de fazer seu café da manhã.

— Eu mesma fiz isso! — declarou Cida com orgulho. — Um dos meus braços pode estar paralisado, mas o outro funciona que é uma beleza.

Dominique riu e abraçou-a. Logo depois, auxiliou Cida a retornar ao quarto, enquanto agilizava os preparativos do almoço. Não tinha muita coisa nos armários e praticamente fez um milagre ao cozinhar macarrão ao molho de carne moída, completando com uma sala mista de alface, pepino e tomate.

O restante do dia correu sem novidades. Ela ainda tinha alguns trocados guardados consigo, que utilizou no mercado para comprar um pouco de carne e produtos de limpeza. Não teve o desprazer de encontrar-se com Pascoal ou com Silvério, o que foi um verdadeiro alívio.

A segunda noite no restaurante foi um pouco menos corrida que a primeira, ainda que o público fosse grande. Desta vez, ela sentiu-se bem mais segura de si e garantiu a Cris que ele não precisaria acompanhá-la na noite seguinte, pois já havia aprendido o básico de sua função. O chefe dos garçons, por sua vez, afirmou que tinha plena convicção de que ela realmente se sairia bem caminhando com as próprias pernas.

Quando chegou para trabalhar em sua terceira noite, Dominique notou que havia alguma coisa diferente na atmosfera do local. Os garçons pareciam mais agitados, inclusive Cris, Brígida estava mais sorridente do que o comum, Olívia parecia um tanto irrequieta na recepção e Pierre circulava pelo salão, o que não era muito corriqueiro. Vários casais, homens desacompanhados e algumas famílias jantavam tranquilamente. Havia somente três mesas vazias e próximas umas das outras, o que era esperado, tamanha a frequência de clientes no *Água na Boca*. Mesmo assim, ela tinha certeza de que algo parecia estranho.

Dominique vestiu o uniforme de garçonete, prendeu os cabelos em um belo coque e preparou-se para iniciar mais uma noite de trabalho. Assim que retornou ao salão principal, observou dois homens, ambos usando ternos sóbrios, adentrarem o estabelecimento. A agitação dos funcionários pareceu tornar-se ainda maior. A própria Brígida conduziu-os às mesas. Em seguida, outros três cavalheiros cruzaram a porta de entrada. E foi o único que se vestia com trajes esportivos que realmente chamou a atenção de Dominique.

O homem aparentava ter menos de quarenta anos. Os cabelos pretos, cortados bem rentes, combinavam com a barba que não era feita havia uns três dias. Ambos davam um charme especial ao rosto viril, de queixo quadrado e lábios finos. Usava um brinquinho em uma das orelhas, tinha nariz estreito, testa alta e olhos escuros, que pareceram varrer todo o restaurante num só momento. Parecia ser musculoso, mas as roupas pretas que ele usava eram largas e não davam muitas pistas sobre sua anatomia corporal. A pele era clara, mas não tanto quanto a de Pierre, que já estava diante do homem, cumprimentando-o com entusiasmo.

Brígida recebeu o recém-chegado com um beijo no rosto, o que revelava que o cliente já era conhecido da casa. Cris puxou uma cadeira para que o desconhecido se sentasse e fez o mesmo para os outros quatro homens de terno que o acompanhavam. Não era preciso ser muito inteligente para deduzir que aquele cavalheiro de porte tão distinto era um dos clientes vips do restaurante. E, com certeza, o grupo estava ali para um jantar de negócios.

Assim que todos se acomodaram nas três mesas, Brígida, ao notar que Dominique estava de pé em um canto observando a cena, caminhou rapidamente até a moça:

— Passe longe daquelas mesas. Eu mesma atenderei os nobres senhores. Você ainda está crua demais para servi-los.

— Quem são eles? — indagou Dominique por simples curiosidade.

— Trata-se do senhor De Lucca e seus amigos. Eles telefonaram pedindo que lhes reservássemos três mesas. Frequentam o *Água na Boca* há algum tempo e posso lhe dizer sem receio que são os clientes mais peculiares que temos aqui.

Sem mais explicações, Brígida girou o corpo, esticou seus lábios em um largo sorriso e retornou para próximo das mesas. Dando de ombros, Dominique foi até uma mesa onde um homem com cerca de oitenta anos e sua acompanhante de vinte acabavam de se sentar. Ela atendeu-os com cortesia, ganhando um sorriso simpático do senhor e um olhar enviesado da moça.

E, quando se virou para seguir até a cozinha, seus olhos cruzaram-se com os do homem, que não se fez de rogado ao fixá-la descaradamente. Dominique sentiu o coração disparar, porque o sujeito era lindo como o diabo e parecia ser tão enigmático quanto.

Ela desviou o olhar e continuou seu trajeto até os fundos do restaurante. De Lucca acompanhou-a com a cabeça até perdê-la de vista. Por fim, voltou-se para Brígida, que tagarelava alegremente:

— Quero que saiba que nosso espaço se enche de luz quando o senhor está aqui. E tenha certeza de que não digo isso da boca para fora! Sua ilustre presença...

— Quem é aquela moça que passou ali? — Cortou De Lucca, gesticulando com o polegar por cima do ombro. — Não me lembro de tê-la visto antes.

— Ah, é só uma garçonete nova. Começou a trabalhar anteontem. Ela...

— Quero que ela sirva nossa mesa. — A voz dele era grave e firme.

— Como? — O sorriso de Brígida esfriou um pouco. — Devo lhe dizer que ela ainda é inexperiente. Não tem...

— Apenas atenda ao meu pedido, querida.

Ele sorriu, mas Brígida poderia jurar que havia uma ameaça oculta por trás daquele belo sorriso.

Tentando conter a raiva, Brígida assentiu com a cabeça e repassou a ordem a Cris. Quando Dominique foi informada do pedido do visitante, ficou surpresa.

— Por que ele quer que eu os atenda? — a jovem questionou num sussurro.

— Não sei, e é melhor não fazer perguntas — Cris também retrucou com a voz cochichada. — Faça o que ele está pedindo e tente não cometer nenhum deslize.

— Quem é aquele homem, afinal? Ele me parece ser alguém de grande importância. Percebi que todos estão um pouco nervosos com a presença dele e de sua equipe aqui.

— E com toda razão. Aquele é Luciano De Lucca, um dos grandes milionários do nosso país, que continua enriquecendo diariamente. Dizem que ele tem tanto dinheiro que não daria conta de gastá-lo nem mesmo se reencarnasse mais duas vezes.

— O que ele faz para ter tanto dinheiro assim? Ou já nasceu em berço de ouro?

Cris abriu a boca para responder e fechou-a em seguida ao notar que Brígida se aproximava.

— Mocinha, já está sabendo que o senhor De Lucca quer que você sirva a ele e aos seus amigos? Sou totalmente contra essa ordem, mas não podemos contrariá-lo. Vá lá e faça seu melhor. Atenda a todos os pedidos deles com o máximo de gentileza.

Dominique apenas concordou com a cabeça. Aquele não era o momento de discutir nem de fazer perguntas à sua gerente. Respirou fundo, consultou o *tablet* e descobriu que eles ainda não haviam realizado o pedido.

— Boa noite! — Ela sorriu, postando-se diante de Luciano. — Sejam bem-vindos ao *Água na Boca*. Como posso ajudá-los?

Ele demorou alguns segundos para responder, enquanto encarava Dominique tão fixamente que ela se sentiu ligeiramente incomodada. Notou que a jovem não usava nenhum tipo de aliança nos dedos das mãos.

— Como você se chama?

A pergunta de Luciano foi feita em voz baixa. Dominique sentiu um arrepio lhe percorrer o corpo. Não saberia dizer o que aquela sensação significava.

— Dominique. — A resposta dela veio acompanhada de um sorriso. — Como posso ajudar o senhor e os seus amigos?

— Já lhe falaram que o sorriso é o cartão de visita das pessoas? — Luciano cruzou as mãos sobre a mesa, e Dominique viu o brilho reluzente das pulseiras de ouro nos pulsos dele. — Você se torna mais linda quando sorri.

Ela sentiu-se enrubescer. Como se estivesse se divertindo com aquela situação, Luciano continuou fixando-a atentamente por mais alguns segundos até decidir consultar o cardápio.

Ele escolheu um dos pratos mais caros da casa e pediu um vinho branco, da safra mais antiga da adega do restaurante e que também custava um valor altíssimo. Dominique anotou tudo no *tablet*, passando a vez para os acompanhantes de De Lucca, que também não foram nada econômicos em suas bebidas e refeições. Quando todos finalizaram os pedidos, ela pediu licença e caminhou velozmente até os fundos do restaurante. Precisava se sentar por alguns minutos e tomar um copo de água para se acalmar. Aquele homem olhara para ela como se desejasse enxergá-la por dentro.

Ela mal se sentara em um dos bancos próximos à sala de Brígida, quando a gerente apareceu com o rosto contraído de raiva.

— O que pensa que está fazendo sentada aí, como se tivesse tempo para descansar? Agora não é o horário de sua pausa.

— Desculpe, Brígida. Acontece que aqueles homens me assustaram.

— Por quê? Por acaso, disseram ou mostraram algo que a horrorizasse? — Vendo Dominique sacudir a cabeça para os lados, Brígida a agarrou pelo braço e a forçou a ficar de pé. — Pare de frescura e mexa-se! Não a contratamos para ganhar seu dinheiro sentada. Se De Lucca solicitou seu atendimento, deve manter-se próxima à mesa dele e dos cavalheiros que o acompanham. Parece até que está se escondendo.

— Solte meu braço! — reclamou Dominique, de cara feia. — Você está me machucando. Sei quais são minhas obrigações aqui dentro. Não ganho para ficar sentada nem para ser tratada como escrava. Se voltar a me tocar dessa forma, reclamarei para o senhor Pierre.

Dominique passou por Brígida, que estava rígida como um soldado na guerra, e retornou ao salão principal.

Brígida mordeu o lábio inferior com tanta força que foi um milagre não o ter cortado. Nunca sentira tanto ódio de um funcionário. Aquela jovem era mesmo petulante! Como se atrevia a respondê-la daquela forma? Quem aquela ordinária pensava que era? Ali, todos os empregados abaixavam a cabeça quando ela dava uma bronca. Jamais permitira que eles retrucassem ou contestassem seus comandos. E, quando alguém se excedia, ela fazia Pierre demitir a infeliz pessoa.

Para ampliar ainda mais a fúria de Brígida, De Lucca requisitara o atendimento exclusivo de Dominique. Não lhe faltava mais nada. O cliente mais rico e um dos mais bonitos da cidade, que todas as mulheres sabiam que era solteiro, demonstrara interesse na garçonete sem sal nem açúcar. A própria Brígida era capaz de abandonar todos os seus projetos de conquistar Pierre se De Lucca lhe desse a menor oportunidade que fosse. Sempre o cortejava quando ele aparecia no restaurante, com a esperança de ser retribuída retumbando em seu peito. Ele era educado e solícito com ela, mas os diálogos nunca avançaram além disso. E agora ele não tirava os olhos daquela idiota, que chegara ao *Água na Boca* havia menos de setenta e duas horas.

"Veremos até onde chega essa guria atrevida", pensou Brígida, bufando como um touro bravo. "Depois do que aconteceu hoje, não me restará outra opção a não ser expulsá-la daqui! Farei com que seja demitida o mais depressa possível."

Dominique estava completamente desperta e eufórica quando voltou para casa. Na portaria, cruzou com Silvério, que apenas deu uma risadinha sarcástica. Ela ignorou-o por completo, destrancou a porta de seu apartamento e atirou-se debaixo do chuveiro, refletindo sobre os acontecimentos daquela noite.

O grupo de Luciano De Lucca permaneceu no restaurante até por volta das duas horas da manhã. Durante todo esse tempo, Dominique foi a única pessoa que os atendeu. O olhar intenso e abrasador de Luciano, que tinha o poder de esquentá-la como as chamas de um incêndio, manteve-se fixo na moça durante o tempo todo. Ele não fez perguntas pessoais. Somente perguntou a idade dela e se estava gostando do novo emprego. Pouco antes de partir, disse que retornaria em breve e que novamente gostaria de ser atendido por Dominique.

Os quatro homens de terno também a observavam, mas a jovem notou que a forma como a fitavam não estava carregada de luxúria, desejo ou interesse. Eles a estudavam, como se devessem vigiar seus passos. E, quando a "ficha caiu", Dominique ficou levemente pálida. Eles não eram amigos de Luciano nem estavam ali para uma reunião de negócios. Considerando as informações que obtivera de Cris, os quatro só poderiam ser os seguranças do milionário. E, naturalmente, todos deveriam estar armados, já que um homem com tanto dinheiro obviamente não andaria sozinho pelas ruas, à noite, como se pedisse para ser sequestrado.

Pelo menos, Dominique não teve nenhum problema com eles. Se Luciano aprovou seu atendimento era porque a jovem fizera um bom trabalho. O melhor era esquecer-se daquelas pessoas, porque tinha certeza de que eles já haviam se esquecido dela.

Ao sair do banho, deitou-se na cama, logo depois de fazer uma rápida visita ao quarto de Cida para verificar como a avó estava. Apagando homens armados e misteriosos da mente e vencida pela exaustão da noite, Dominique adormeceu em poucos segundos, enquanto um novo dia nascia.

Confortavelmente instalado em um dos assentos de couro legítimo de sua limusine, bebericando champanhe francês em uma taça alta, Luciano analisava com desinteresse o gigantesco diamante encrustado em um dos anéis que usava. Lembrava-se de quando conseguiu aquela joia, que tanto ambicionara, e o que foi preciso fazer para retirá-la de seu antigo proprietário. Agora, a peça valiosíssima simplesmente o entediava.

— Senhor, já estou com todas as informações que me pediu. — Trazendo um *tablet* na mão, um de seus seguranças acercou-se do patrão.

— Estou ouvindo, Kamil. — Luciano esticou o braço para beliscar uma das uvas verdes que estavam dispostas em uma tigela de cristal.

— Ela se chama Dominique de Souza Luz, tem dezoito anos e mora com a avó em um apartamento alugado, na periferia de Porto Alegre. — Kamil deslizou o dedo pela tela do aparelho e continuou a ler: — Há um registro hospitalar de internação recente da avó, que sofreu um AVC. A mãe morreu quando ela era criança. Não encontrei referências sobre o pai. Aquele é seu primeiro emprego. O apartamento é de propriedade de um sujeito chamado Pascoal Albuquerque, morador do mesmo edifício. Não há registros de matrícula em cursos ou universidades. Não possui antecedentes criminais nem restrição no nome. Não sei se possui algum envolvimento amoroso, mas, se o senhor quiser, até amanhã posso descobrir isso. Ao que tudo indica, é uma "guria limpa".

— Bom, muito bom. Não me importo em saber se ela tem namorado. Consiga essa informação para mim apenas para saciar minha curiosidade. — Luciano fitou Kamil com seus olhos escuros e inexpressivos. — É tudo, por enquanto.

Kamil assentiu e afastou-se de Luciano, que se manteve pensativo, enquanto o longo veículo continuava circulando silenciosamente na madrugada fresca da capital gaúcha.

CAPÍTULO 7

Ela sentia-se leve, como se pudesse voar. Talvez estivesse mesmo flutuando, ou vivendo algo muito parecido, que lhe concedia a maravilhosa sensação de liberdade. Seu corpo não parecia ser feito de carne e ossos, mesmo que jurasse senti-los ao se tocar.

Não saberia explicar como fora parar no interior de uma casinha de aspecto rústico, simples e agradável. Viu-se sentada em uma poltrona com o encosto um pouco inclinado para trás, admirando belos gerânios em um vaso vermelho sobre a mesa. Ao apurar a audição, captou o cantar alegre dos pássaros, que brincavam ali perto, certamente tão livres quanto ela se sentia.

— Como você está linda! — exclamou uma voz feminina, carregada de amor e emoção. — Deixe-me vê-la melhor.

Dominique virou o rosto e deparou-se com uma mulher muito bonita, de cabelos e olhos castanhos e sorriso largo. Imediatamente, sentiu vontade de chorar. Não sabia explicar o que estava acontecendo, mas ali estava Marília, sua mãe, que falecera havia tantos anos. E ela nunca lhe parecera tão viva.

— Mãe? — Dominique levantou-se devagar. — Isso é algum tipo de sonho?

A jovem guardava algumas lembranças da mãe, que não resistira a um grave quadro de pneumonia, desencarnando quando Dominique tinha oito anos. A infância da jovem foi muito feliz, pois ela foi criada com zelo, carinho, respeito e muito amor.

— Quando você despertar, poderá pensar que tudo não passou de um sonho. Acontece que seu espírito está temporariamente separado do corpo. Há anos, eu aguardo a possibilidade do nosso reencontro, que foi permitida por amigos espirituais mais instruídos.

— Meu espírito? Está dizendo que eu também morri?

— Não, querida. — Marília esfregou carinhosamente a mão na bochecha da filha. — Na Terra, quando adormecemos, nosso espírito geralmente se desprende do corpo físico e retorna à sua verdadeira morada: a astral. Com isso, muitos encarnados têm o privilégio de rever amigos, parentes e conhecidos que desencarnaram anteriormente. Nunca ouviu as pessoas comentarem que sonharam com filhos, pais, esposas, maridos ou grandes amigos que já partiram?

— Sim. Confesso que nunca acreditei que isso pudesse ser verdade. Achava que a morte era o fim de tudo. Talvez por pensar assim, eu tenha sofrido tanto quando você me deixou e sofro ainda mais ao imaginar que minha avó possa vir para cá também. — As lágrimas de Dominique finalmente chegaram. — Não quero ficar sozinha. Tenho medo...

— Calma, meu amor. Não chore. — Marília a tomou pela mão. — Venha comigo. Vamos caminhar um pouco lá fora.

Elas saíram, e Dominique surpreendeu-se com a explosão de cores vibrantes das diversas espécies de flores que ladeavam o jardim da pequena casinha. Ao atravessarem aquele belíssimo espaço, chegaram a uma espécie de alameda bem arborizada, cujo caminho se perdia de vista, com outras residências semelhantes à de Marília. Dominique não conteve um comentário:

— Tudo aqui é tão lindo! Parece ter sido extraído da tela de um talentoso pintor. Isto é o céu?

— O céu do qual ouvimos falar quando estamos encarnados é apenas aquela extensa faixa azul acima das nuvens. Não há locais de moradia denominados céu ou inferno. Aliás, dependendo de nossos pensamentos e de nossas ações, nossa vida pode se tornar um paraíso ou um vale de sofrimento, porque somos nós quem respondemos por tudo de bom ou de ruim que nos acontece — Marília cumprimentou um casal que passou por elas. — Esta é uma comunidade astral, conhecida também como colônia espiritual. Existem muitas, de variados tamanhos e frequências energéticas. Algumas são bem famosas como a Nosso Lar. A maioria paira acima das cidades terrenas, mas há outras um pouco mais afastadas.

Dominique assentiu, prestando atenção em cada palavra dita.

— Quando cheguei aqui, confesso que dei muito trabalho. — Marília sorriu. — Eu chorava demais, porque achava injusto ter morrido tão jovem, deixando-a para trás, com pouca idade. Fui informada de que sua avó faria um excelente trabalho em sua criação, exatamente como fez comigo. Foi isso o que me tranquilizou aos poucos. Conforme fui me habituando à minha condição de desencarnada, comecei a aprender um pouco de tudo o que existe aqui. É quase como viver no mundo corpóreo. Há regulamentos a serem seguidos, serviços que demandam nossa ajuda, cursos, palestras, momentos de lazer... A morte, da forma como aprendemos, não existe.

— Ainda não entendi direito como você conseguiu me trazer para cá.

— Nossa verdadeira essência é a espiritual. Este é um dos locais para onde vêm os espíritos dos que desencarnaram em decorrência de doenças graves. Há complexos hospitalares especializados em nossa recuperação. — Notando o olhar espantado da filha, Marília sorriu de novo. — Sim, isto é real. As doenças pertencem à Terra, porém alguns espíritos, como eu, precisam passar por um processo de desintoxicação. É como uma limpeza, entende? As energias aqui são bastante sutis, e é preciso certo preparo antecipado para residir nesta comunidade. Você se manterá aqui por um período de tempo relativamente curto, já que permanece ligada ao seu corpo físico, que está adormecido. Veja! — Marília indicou um cordão prateado preso à altura do ventre de Dominique, que a moça não tinha reparado até então. — Esse fio a mantém ligada ao seu corpo. Quando ele se rompe definitivamente, ou seja, durante seu desencarne, sua nova condição de vida passa a ser a astral. Eu a trouxe aqui para que pudéssemos conversar. Foi a primeira vez que recebi essa autorização, e espero que haja novas oportunidades, meu amor. A saudade existe nos dois lados da vida e é muito forte. Quem veio para cá também sente falta dos entes queridos que ficaram no mundo físico. Você não faz ideia do quanto senti sua falta nos últimos dez anos.

Borboletas amarelas e azuis flutuavam graciosamente ao lado de um paredão de pedras redondas, por entre as quais escorria filetes de água como uma pequena cascata. O barulho suave do fluxo da água pareceu música aos ouvidos de Dominique.

— Agora, vamos ao assunto que realmente me preocupa e pelo qual eu a trouxe para cá. Você acredita em Deus, em Sua bondade e justiça?

— Nem sempre. Vovó está doente, nossas dívidas só aumentam, mal temos o que comer em casa, estamos sendo ameaçadas de despejo, e a gerente do meu trabalho me detesta... Fica difícil ter fé em alguém que não vemos e que nem sempre parece ser bom e justo.

— Deus está em todos os lugares e também está dentro de você. — Marília encostou suavemente a ponta do dedo no peito de Dominique. — É Ele quem provê nossas necessidades, cura nossas feridas, consola nossas angústias e preocupações. A Presença Divina em nós representa nossa luz, paz, segurança, coragem, resiliência, esperança, fé e nossa força. Ele opera verdadeiros milagres em nossa vida. Sabe aquela oportunidade que parecia impossível de se conseguir e que se torna real, aparentemente do nada? Isso é Deus trabalhando.

Dominique pensou no convite para trabalhar no restaurante conceituado de Pierre e na aparente facilidade com que fora contratada.

— Deus em nós é mais genuíno do que muitos podem pensar. Essa energia viva e poderosa, que sustenta nosso espírito, é um verdadeiro bálsamo de amor. Ela faz grandes bênçãos ocorrerem quando menos esperamos. Portanto, Dominique, se você acredita Nele, também precisa acreditar que as coisas são dirigidas por essa Inteligência Superior, que não falha, não se engana nem comete injustiças. Tudo está certo da forma que está, pois cada acontecimento, seja ele negativo ou positivo, nos traz uma importante lição. Tudo é experiência, tudo é riqueza para nosso crescimento espiritual.

— Por que você está me falando tudo isso? Minha atual situação representa um aprendizado para mim?

— Com certeza, mesmo que você não sinta ou perceba isso agora. No entanto, muitas mudanças estão por vir. Algumas podem ser dolorosas, dependendo de como você encare a situação. A todo instante, você terá oportunidades de escolher o que deseja fazer, mas reflita bem sobre cada escolha, pois são elas que moldarão seu destino.

— E como saber qual escolha será a melhor para mim?

— Ouça seu coração, converse com Deus e peça auxílio aos amigos espirituais. A ajuda sempre chega, e a resposta aparece. Podemos fazer mais do que imaginamos, porque nunca estamos sozinhos. Você não ficará abandonada, independentemente do que ocorra com minha mãe. — Marília parou de andar e virou-se para fitar a filha nos olhos. — Prepare-se para os desafios que estão chegando. Serão muitos, e todos eles já estão previstos antes do seu reencarne. Não tenho tempo para lhe explicar os pormenores agora, pois já passa do horário de devolvê-la ao seu corpo. Só quero que tenha em mente duas coisas: a primeira é que Deus jamais a abandonará e que qualquer situação que surgir em sua vida é para seu crescimento. Ombros frágeis não carregam fardos pesados, pois a Vida se encarrega de que tudo funcione em perfeita harmonia. A outra questão é sobre suas escolhas. Não se deixe seduzir pela ilusão material. Faça bom uso de seu livre-arbítrio. Utilize a oportunidade de sua atual reencarnação para crescer, aprender, desenvolver ainda mais sua consciência e criar oportunidades de progresso para seu espírito. Tudo é lição, ensinamento, evolução.

— Será que vou me lembrar de tudo isso ao acordar?

— Talvez, não. Mesmo assim, esta conversa ficará armazenada em seu subconsciente. Seu espírito se lembrará de tudo o que foi dito, e é possível que a mensagem chegue aos poucos à sua mente. Não importa. Você saberá o que precisa ser feito. E nunca se esqueça de confiar em seu poder, em sua fé e na Divina Presença, que a todo o momento está trabalhando beneficamente em sua mente, em suas emoções e em seus sentimentos.

— Obrigada, mãe. Obrigada por continuar existindo deste lado e por me amar como sempre me amou.

Marília pousou um suave beijo na testa de Dominique e abraçou o espírito da filha com carinho e ternura.

Foi com essa sensação que Dominique despertou. A jovem lembrou-se imediatamente de ter sonhado com a mãe, contudo, não conseguiu se recordar das palavras de Marília. Como já passava de meio-dia, ela saltou rapidamente da cama, pois queria compartilhar com a avó aquela agradável novidade.

As noites seguintes no *Água na Boca* tornaram-se estranhas e desafiadoras para Dominique. Brígida passou a tratá-la fria e secamente. Mal dirigia a palavra à garçonete, e houve uma ocasião em que chamou a atenção da moça na frente dos clientes, simplesmente porque Dominique bateu a mão por descuido em uma taça de vinho, entornando a bebida sobre a toalha da mesa.

— Olha só o que você fez, sua incompetente! — Brígida falou num tom alto o bastante para que os demais clientes as olhassem, principalmente Pierre, que estava saindo de sua sala. — Poderia ter sujado a roupa do senhor! — Indicou com o queixo um ancião de cabelos brancos, que mais parecia estar se divertindo com a situação do que zangado. — Outra falha dessa, e sua presença não será mais necessária aqui!

Dominique, com o rosto ardendo de vergonha, desculpou-se com o cliente e correu até a cozinha para trocar a toalha. Quando retornou, Brígida já havia acomodado o idoso em outra mesa. Pierre, sempre calado, não parecia nada satisfeito, observando tudo de longe.

Depois desse episódio, situações semelhantes voltaram a acontecer. Dominique enviava o pedido dos clientes à cozinha por meio do *tablet*. Quando ia retirá-los para levar os pratos à mesa, percebia que não era o que tinha solicitado, o que gerava atraso e insatisfação nas pessoas. As cozinheiras pareciam confusas, e Dominique não entendia o que estava ocorrendo. Mostrava o registro dos pedidos no aparelho, e a cozinheira mostrava o que ela recebera, às vezes totalmente diferente. Ao questionar Brígida sobre o ocorrido, a jovem ouviu:

— Isso está acontecendo porque você está anotando errado os pedidos. Ontem mesmo, um cliente reclamou do seu trabalho. Disse que você é lerda e desatenta. Falou que não recomendaria nosso restaurante aos amigos dele. Obviamente, já repassei essa queixa a Pierre.

Ambas estavam de pé, na sala da gerente.

— É como se houvesse uma falha em meu aparelho ou no sistema de comunicação! — Nervosa, Dominique balançou o *tablet* em sua mão. — Posso provar que pedi exatamente o que o cliente desejava. Não compreendo por que a informação está chegando de forma diferente à cozinha.

— Repito: você não está prestando atenção em seu serviço. Por que anda com a mente tão distraída? — O sorriso que Brígida exibiu era afiado como uma lâmina. — Por acaso está pensando em algum namorado?

— Evito pensar em meus problemas pessoais quando estou aqui. Nem mesmo gosto de pensar em minha avó sozinha em casa. Ela está doente, sabia?

— E o que eu tenho a ver com isso?

— Cris me disse que eu poderia trocar de aparelho. — O nervosismo de Dominique começou a se tornar desespero. — Talvez o meu esteja com algum defeito.

— O que está havendo aqui? — indagou Pierre, entrando sem bater na sala de Brígida. — O movimento está grande, e creio que vocês possam ter essa conversa em outra ocasião. — Ele fitou Dominique com seus olhos azuis brilhantes.

— Tem acontecido uma sucessão de erros no trabalho dela. — Brígida deu de ombros. — Não sei o que fazer, Pierre. Há clientes reclamando. Eu me preocupo com a reputação que temos. Se continuar assim... — Propositadamente, ela não terminou a frase.

— O senhor poderia trocar o meu *tablet*? — Dominique, com os olhos cheios de lágrimas, lançou um olhar suplicante ao patrão. — Ou pedir para que algum técnico venha avaliá-lo? Os pedidos que anoto ficam registrados aqui. Pode ver que não fui eu quem cometeu os equívocos.

— Amanhã, você terá um dispositivo novo — prometeu Pierre. — Faremos testes antes que comece a utilizá-lo. Agora, volte ao atendimento e, antes de levar os pratos às mesas, sempre se certifique na cozinha de que o pedido esteja correto.

— Muito obrigada. — Dominique mostrou um sorriso trêmulo e deixou a sala.

— Nada disso deveria estar acontecendo. — Pierre aproximou-se de Brígida. — Nosso sistema de automação é um dos mais avançados do mercado, portanto, não podem existir falhas como essa.

— Não é o sistema, querido. Essa moça é uma péssima funcionária. Ela...

56

— Até então não tenho reclamações dela. Não falta, não chega atrasada, trata os clientes com cortesia e parece gostar do que faz. Cris a elogiou para mim, dizendo que ela demonstra interesse em aprender um pouco de tudo.

Brígida respirou fundo para conter a fúria. Mostrou um sorriso amarelo, sem vestígio algum de humor.

— Não é o que tenho visto, Pierre. Dominique não presta atenção no que faz, do contrário não estaria enviando pedidos errados à cozinha.

— Isso é quase impossível de acontecer, ainda mais tantas vezes seguidas. E você, como gerente dela, deveria ter sido a primeira a providenciar a troca do *tablet* ou solicitar ao suporte técnico do programa uma avaliação do sistema. Se os erros realmente partiram dela, eu a chamarei para uma conversa. No entanto, se as falhas são técnicas, cabe a nós providenciarmos reparos.

Pierre girou as costas e caminhou na direção da saída. Ao abrir a porta, antes de sair, olhou por cima do ombro:

— E uma última coisa, Brígida... nunca mais volte a chamar a atenção dela ou de qualquer outro funcionário diante dos clientes. Sabe muito bem que detesto esse tipo de coisa, pois mostra uma fragilidade na equipe e uma mácula no nome do restaurante.

Quando ele saiu, Brígida encheu um copo descartável com água e, sorvendo o líquido em grandes goles, tentou aplacar a secura em sua garganta. Quando terminou de beber, esmagou o copo com a fúria com que desejava esmagar aquela pirralha.

Tivera tanto trabalho para sabotar o sistema, de forma que os erros se voltassem para Dominique. Agora teria de reverter tudo, pois, se chamasse os técnicos, eles descobririam as alterações que ela fizera. O *software* que gerenciava o programa do restaurante, utilizado como meio de comunicação entre os garçons e as cozinheiras, estava instalado em seu computador e apenas ela tinha acesso às suas configurações.

O que a deixava ainda mais irritada era o fato de Pierre defender a jovem de uma forma que ele nunca fizera com outros funcionários. Ele era extremamente justo e só demitira as garçonetes anteriores, porque Brígida conseguira provas contra as moças que iam contra o trabalho delas. A gerente chegara ao ponto de afanar disfarçadamente o celular de uma cliente e escondê-lo dentro da bolsa da funcionária. Brígida tentou de tudo para que Pierre a despedisse por justa causa, mas ele não fez isso, o que a enfureceu ainda mais. Também contratou uma pessoa para criar uma verdadeira cena no restaurante, acusando outra garçonete de ter se esfregado em seu braço. Para evitar escândalos, coube a Pierre dispensá-la do *Água na Boca*, ainda que contrariado.

Desta vez, seria obrigada a mudar de tática com Dominique. Talvez valesse a pena gastar algum dinheiro para contratar falsos clientes para armarem um escândalo durante a refeição, alegando algum erro fictício que teria cometido. Além disso, envenenaria Pierre contra a moça, noite após noite. Afinal, água mole em pedra dura...

E, quando se casasse com Pierre e se tornasse a dona daquele estabelecimento, ela mesma teria o poder de demitir os empregados imprestáveis quando bem entendesse. Seria uma mulher rica e poderosa, e ninguém mais ficaria em seu caminho.

Larvas astrais, semelhantes a lagartas gordas e negras, rastejavam devagar sobre os ombros e as costas de Brígida. Um líquido escuro, espesso como petróleo, visto apenas do lado espiritual, escorria pelas paredes da sala da gerente, formando pequenas poças junto dos rodapés. Se ela tivesse a sensibilidade mais desenvolvida e pudesse ver o que seus pensamentos maldosos atraíam para si, certamente não daria continuidade aos seus planos maléficos contra Dominique.

CAPÍTULO 8

Exausta, sonolenta e triste, Dominique saltou do ônibus no quarteirão de seu prédio. Não gostava de levar bronca, principalmente quando o erro não partira dela. Esperava que Pierre pudesse solucionar o problema, pois não estava conseguindo trabalhar direito. Desde o início, ele lhe parecera ser um homem íntegro, sensato e bondoso. Além disso, quem merecia ficar fechada em uma sala com Brígida, ouvindo os sermões desprezíveis que só ela sabia dar?

Amanhecia, quando a jovem se aproximou da portaria. Ao ver Silvério olhando-a com escárnio, preferiu ignorá-lo, da forma como vinha fazendo sempre que o encontrava.

Entretanto, desta vez não deu certo. Ele saiu de trás do balcão e colocou-se diante dela, obstruindo sua passagem até os elevadores.

— Se quer minha opinião, saiba que você está tão bonita quanto o sol nascendo lá fora. — Ele mostrou seus dentes amarelos e tortos no que deveria ser um sorriso. — E, para dizer o mínimo, cada vez mais gostosa.

— Você é nojento mesmo! Saia da minha frente ou chamarei a polícia.

— Tenho tido muitos sonhos eróticos com você. No último, estávamos na Praia do Belém Novo, totalmente deserta, e você caminhava até mim inteiramente nua.

Dominique apertou os lábios, enquanto a raiva efervescia dentro dela.

— Eu só ficaria nua em sua frente na condição de cadáver. Se olhe no espelho, cara. Você é ridículo, seboso, ignorante. Não transaria com você nem por cem mil reais, dinheiro que seus bolsos estão longe de ter.

Ela fez menção de avançar, e ele mexeu o corpo, alisando a barriga saliente por baixo da camisa branca engomada.

— Nesse horário, o movimento aqui é tranquilo. Há um quartinho nos fundos do prédio. Podemos fazer uma brincadeira rápida. Que tal?

— Vamos ver se você gosta de brincar na frente do delegado.

Ela sacou o celular do bolso e começou a discar 190. Rápido como o bote de uma cobra, Silvério arrebatou o aparelho das mãos dela. Empurrou-a para trás, fazendo Dominique bater as costas contra o balcão. Ele lambeu os lábios e esticou a mão para acariciar os seios da moça.

O joelho de Dominique subiu com força, chocando-se contra os órgãos genitais do porteiro, que arfou e arregalou os olhos. Ela desferiu uma bofetada no rosto dele, o que o fez recuar alguns passos. Estava se preparando para atacá-lo de novo, quando ouviu o suave apito do elevador indicando que chegara ao térreo.

Um homem de porte ereto e cabelos grisalhos saiu apressado. Assim que percebeu que algo estava estranho, olhou de Silvério para Dominique, exigindo uma resposta. Tratava-se do síndico do prédio, que não admitia o menor vestígio de bagunça nas dependências do edifício.

— Vocês estavam discutindo? Tive a impressão de ouvir vozes alteradas de dentro do elevador.

— Senhor Tomás, estou cansada de ser assediada pelo seu funcionário — começou Dominique, alterada, rosto afogueado, aproveitando o momento para recuperar seu celular. — Sempre quando estamos sozinhos, ele faz provocações com teor sexual.

— Essa guria é maluca, Tomás! Ela chegou gritando comigo. Saí de trás do balcão para lhe dizer que ela não tinha o direito de me tratar assim, pois está devendo o aluguel a Pascoal. Eu ouvi quando ele a cobrou, dias atrás.

— Isso não é problema seu! — berrou Dominique, voltando-se para o síndico. — O que o senhor fará a respeito disso? Se está acontecendo comigo, pode haver outras moradoras passando pela mesma situação.

— Não tive nenhuma denúncia semelhante. — Tomás franziu a testa. — Silvério é um excelente funcionário. Não acredito que ele colocaria seu emprego à prova por causa de uma perversão sexual. Ademais, Pascoal me contou que você e sua avó estão com dificuldade de manter o aluguel em dia. Isso significa que não estão pagando o condomínio, de forma que você não tem direito algum de reclamar do prédio ou dos seus funcionários.

— Será que o senhor é tão imbecil quanto ele? — Trovejou Dominique, pronta para socar o síndico. — Ou compartilha de sua lascívia sexual? Se você não pode resolver a situação, a polícia pode. Faço uma viatura parar na portaria para chamar a atenção de todos os moradores.

— Não seja burra, Dominique. Deixe Silvério em paz e vá tratar de arranjar dinheiro para pagar Pascoal. — Tomás aproximou-se do porteiro e, como se nada tivesse acontecido, estendeu-lhe a mão direita. — Bom dia, meu amigo! Alguma novidade?

— Se eu for molestada por esse verme mais uma vez, vamos todos parar na delegacia. — A passos largos, ela caminhou até o elevador e, antes de entrar, completou: — Dupla de cafajestes!

Dominique ainda bufava de ódio quando entrou em seu apartamento. Tomou um banho rápido e quente, o que a acalmou um pouco. Ao visitar a avó no quarto, viu que Cida ressonava baixinho, alheia aos mais recentes acontecimentos na vida da neta.

Pensou em comer alguns biscoitos e servir-se de um pouco de café com leite, antes de se entregar a algumas merecidas horas de descanso. Lentamente, seu relógio biológico estava se habituando ao horário da madrugada, mas ela sabia que ainda demoraria um pouco para se acostumar definitivamente a trabalhar à noite.

Assim que mordeu o primeiro biscoito, o toque da campainha a tirou de seus devaneios. Imaginou quem pudesse ser àquele horário. Ainda não eram sete da manhã. Seguiu devagar até a porta, sem conter o bocejo, que representava fome e sono. Espiou pelo olho mágico e não conteve um muxoxo ao identificar o rosto de Pascoal, um tanto distorcido pelo efeito da pequena lente.

Respirou fundo, enquanto destrancava a porta.

— Bom dia! — cumprimentou-o Dominique.

— Vim receber o valor do último aluguel, que continua em atraso. — Pascoal esticou o braço, com a palma da mão direita virada para cima.

— Nós já conversamos sobre isso. Vou lhe pagar quando receber meu próximo salário. Não tenho como lhe entregar esse dinheiro agora.

— Ah, não? Então hoje mesmo vou conversar com meu advogado, para que ele cuide de todos os trâmites para seu despejo.

Dominique empalideceu. Saiu para o corredor e fechou a porta atrás de si. Não queria que Cida ouvisse aquela conversa.

— O senhor não pode fazer isso com a gente. Eu lhe paguei os dois meses atrasados com os devidos juros. Na primeira vez em que conversamos, o senhor me disse que isso seria suficiente...

— Outra vez com esse papo, tentando colocar palavras em minha boca? — Os olhos apertados de Pascoal transformaram-se em dois risquinhos, cercados de pés de galinha. — E, como se não bastasse ser caloteira, agora deu para causar confusão no prédio? Tomás acabou de me telefonar e me contou que você ofendeu o porteiro e a ele também. Isso porque nem amanheceu direito!

Cida, que estava em seu quarto, despertou ao escutar vozes alteradas vindo de algum lugar próximo. Com dificuldade, conseguiu se levantar e foi se apoiando nas paredes e nos móveis, seguindo devagar na direção da discussão. Ao identificar a voz de Dominique, chegou um pouco mais perto. A neta estava brigando com alguém, do lado de fora do apartamento. Escorou-se em uma parede, com a mão sobre uma estante, de onde podia ouvir perfeitamente o teor da conversa.

— Foi isso que ele contou ao senhor? Pois fique sabendo que aquele porteiro decrépito vem me assediando sexualmente. Eu o ameacei com a polícia e certamente farei isso, caso a situação se repita.

— Você não tem direito de reclamar de nada, enquanto não pagar o que me deve.

— Tenho o direito de cidadã, o direito voltado às mulheres. O que Silvério tem feito é contra lei, é um crime contra uma pessoa. O senhor deveria se inteirar melhor da legislação.

— E a senhorita deveria quitar o aluguel do mês passado! — gritou Pascoal, assustando Dominique. Quando se tratava de dinheiro, ele perdia a compostura numa velocidade incrível. — E já que entende tanto de leis, deve estar a par de como funciona o processo de despejo por inadimplência. Preciso da grana e não vou deixar acumular dois ou três meses outra vez. Você e sua avó irão para o olho da rua, se não me pagarem até o fim desta semana!

"Dominique não está pagando o proprietário do apartamento?", refletiu Cida, confusa, nervosa e surpresa. Suas mãos começaram a tremer, ainda pensando: "O que ela tem feito com o dinheiro de minha aposentadoria?".

— Não grite comigo! — Dominique deixou toda a educação de lado. — Fale baixo, pois não quero acordar os vizinhos e muito menos minha avó! Estou pedindo um prazo maior ao senhor. Quando vencer o segundo mês, pagarei os dois juntos.

— E como pretende fazer isso?

— Já lhe disse que estou trabalhando. Posso falar com meu patrão e tentar conseguir outro adiantamento, algum empréstimo, sei lá.

— Sua avó sabe disso?

— Não e nem deve saber. Quero poupá-la de desgastes e preocupações.

— Por que você está mentindo para mim? — indagou Cida, abrindo a porta com força, por pouco não se desequilibrando. — O que está havendo, Dominique?

O rosto da jovem, que já estava pálido, ganhou uma lividez cadavérica. Entrou em pânico ao ver que tanto as mãos quanto os lábios de Cida tremiam muito.

— Não é nada, vovó. Por favor, volte para seu quarto.

— A culpa é toda sua, dona Cida, por ter deixado sua neta assumir o comando do seu dinheiro! — Pascoal exibiu um sorriso presunçoso.

— Aposto que ela gasta tudo em baladas e não sobra nada para suas obrigações legais.

— Você disse que está trabalhando? — Cida encostou-se na parede do corredor. Sua voz tornou-se ofegante. — E nunca me falou nada? O que Pascoal está dizendo é verdade?

— Não exatamente. — Lágrimas verteram dos olhos de Dominique. Naquele momento, seria capaz de esganar Pascoal, que estava colocando em risco a saúde de uma senhora adoentada. — Acontece que o dinheiro de sua aposentadoria não era mais suficiente para bancar nossas despesas, vó. Nem todos os seus remédios são gratuitos. E eu precisava colocar comida em nossos pratos. Foi por isso que não consegui quitar os aluguéis.

Dominique abraçou Cida com força, tanto para confortá-la quanto para impedi-la de cair.

— Vendi muitos objetos de casa, principalmente coisas minhas — prosseguiu Dominique, apertando a avó como se pudesse impedi-la de continuar tremendo. — Mas o dinheiro que arrecadei não foi suficiente... Então, Deus me ajudou a conseguir um emprego como garçonete em um restaurante renomado. Trabalho à noite e na madrugada. Meu salário é ótimo. Meu patrão é um homem muito justo e generoso, que chegou a me conceder um adiantamento, mesmo antes de eu começar a trabalhar. Estou devendo apenas o mês anterior ao senhor Pascoal, pois o próximo ainda não venceu.

— E é justamente por esse mês estar em aberto que pretendo colocar ambas na rua! — explicou Pascoal, nem um pouco comovido com a cena entre a avó e a neta. Para ele, o dinheiro sempre tinha mais poder do que os sentimentos das pessoas.

— Na rua? — Cida sentiu uma dor de cabeça muito forte instalar-se próximo à sua nuca. Mesmo assim, emendou: — Durante todos esses anos em que moramos aqui, nunca houve qualquer tipo de atraso. O senhor não leva nada disso em conta? Não tem nenhuma sensibilidade, um mínimo de compaixão?

— Minha senhora, atos benevolentes não quitam dívidas. Já falei para Dominique que também tenho minhas obrigações financeiras. Se vocês não podem mais pagar o aluguel daqui, mudem-se para um imóvel menor e mais barato. Assim que desocuparem este apartamento, vou alugá-lo rapidamente por um valor mais alto.

— O senhor não pode simplesmente nos colocar para fora! — inflamou-se Cida, cujo rosto ficava cada vez mais vermelho.

— Quer apostar que eu posso? — rebateu Pascoal.

— Vovó, fique calma — interveio Dominique. — Se ele realmente levar nossa ordem de despejo adiante, talvez consigamos um prazo maior na justiça. O fato de a senhora estar se recuperando e de estarmos com apenas um mês em atraso pode contar pontos a nosso favor.

Pascoal mastigou a raiva. Aquela mocinha petulante era mais esperta do que ele supunha. Não poderiam se livrar da ordem de despejo, contudo, se elas fossem à justiça e apresentassem suas defesas, talvez esse momento pudesse ser adiado. Ele mesmo conhecia inquilinos que moraram de graça por quase dois anos, antes de finalmente serem despejados.

Por ora, só o que poderia fazer era intimidá-las, impondo pressão e as aterrorizando um pouco.

— Assim que meu advogado chegar ao escritório, entrarei em contato com ele. A ordem de despejo será feita, e as duas serão obrigadas a deixar o imóvel. Não tenho piedade de pessoas caloteiras.

Cida preparava-se para retrucar, quando, subitamente, sua visão turvou-se. Algo pareceu explodir dentro de sua cabeça, e ela sentiu uma dormência tomar seu corpo. O lado esquerdo de seu rosto, que já estava paralisado em virtude do AVC, começou a formigar. Ao notar que a avó estava perdendo a consciência, Dominique tentou segurá-la, todavia, Cida nunca lhe pareceu tão pesada, e ambas caíram no piso frio do corredor. A avó da jovem tentou falar algo, mas sua voz se transformou num murmúrio enrolado. A perna e o braço esquerdo aparentemente estavam travados, e uma tontura violenta fez tudo girar, antes de se tornar uma completa escuridão.

Pascoal assistia a tudo com indiferença, pensando que aquilo fosse uma encenação de Cida para tentar demovê-lo da ideia do despejo. Mesmo quando, abraçada à avó no chão, Dominique ergueu para ele o rosto molhado de lágrimas, o senhorio não se comoveu.

— Por favor, chame um médico. Meu celular ficou lá dentro, e não posso deixá-la aqui sozinha.

— Essa atuação de sua avó me parece convincente, mas meu dinheiro vale mais do que isso. Se não me pagarem o aluguel atrasado até o próximo domingo, estarão na rua na semana que vem. — Sem esperar resposta, Pascoal girou o corpo e desapareceu escadaria acima.

As cenas seguintes pareceram extraídas de um filme de terror ou de um pesadelo horripilante. Dominique começou a gritar, desesperada para que a avó recuperasse a consciência, o que não acontecia de jeito nenhum. Vizinhos surgiram no corredor e deram toda a assistência, dizendo que uma ambulância do SAMU estava a caminho. Cida permaneceu desacordada enquanto era levada à Santa Casa de Porto Alegre, no centro histórico da cidade, onde foi imediatamente internada.

CAPÍTULO 9

Dominique não tinha condições emocionais de pensar em nada, enquanto aguardava uma posição dos médicos sobre o estado de saúde da avó. Sentada nos desconfortáveis bancos de espera, a moça observava outros familiares tensos, chorosos ou nervosos, que também esperavam uma resposta sobre seus entes queridos.

Por volta das duas da tarde, a jovem obrigou-se a comer um lanche, que comprou de um vendedor ambulante próximo dali. De volta ao hospital, soube que Cida tivera um novo AVC e que permanecia em coma desde sua internação. Indagada pelo médico se a senhora passara por algum momento angustiante de preocupação, Dominique narrou-lhe brevemente a discussão que elas tiveram com Pascoal. O médico concluiu:

— Ela deveria ter sido poupada desse momento. Agora, faremos o que estiver ao nosso alcance para que ela sobreviva. Infelizmente, as mulheres têm menos resistência do que os homens aos AVCs. Pelo histórico de sua avó, vejo que ela passou pelo segundo AVC em poucos meses. É um grande milagre ela ainda estar viva.

O médico soube que a jovem era a única acompanhante da paciente e pediu que Dominique fosse para casa descansar, pois, previsivelmente, não haveria novidades nas próximas horas, a menos que Cida falecesse. A neta não ajudaria em nada passando horas a fio na sala de espera.

No entanto, Dominique não arredou o pé de lá. Rezava com toda a fé que tinha dentro de si para que Cida escapasse com vida mais uma vez. O primeiro AVC lhe deixara sequelas desagradáveis, e Dominique fora alertada de que um segundo seria fatal. Contudo, se a avó continuava viva, havia esperança.

Dominique sabia que não tinha psicológico para trabalhar naquela noite, mesmo que não quisesse desapontar Pierre. Seu estado de espírito não lhe daria forças para suportar o mau humor de Brígida nem suas provocações idiotas. Além disso, não queria ser vista chorando diante dos clientes.

Por outro lado, não queria faltar ao trabalho. Pierre lhe dissera que não aprovava funcionários sem comprometimento. Sem muita escolha, pegou o celular e telefonou para o restaurante. Olívia a atendeu com sua simpatia peculiar e encaminhou a ligação ao patrão. O *Água na Boca* funcionava vinte e quatro horas por dia, revezando os grupos de funcionários, mas, surpreendentemente, parecia que Pierre estava lá a qualquer momento.

— Em que posso ajudá-la, Dominique? — ele perguntou assim que atendeu.

— Minha avó passou mal, teve outro AVC e está internada, senhor Pierre — ela falava desesperadamente, sem esconder o choro. — Estou com ela no hospital desde cedo, pois não há outra pessoa com quem eu possa revezar. Gostaria de saber se o senhor ficará irritado se eu chegar atrasada hoje. Prometo repor as horas não trabalhadas em outro dia.

Ela começou a rezar baixinho para que ele aceitasse seu pedido, sem se zangar.

— Não precisa vir — determinou Pierre. — Amanhã, se sua avó estiver melhor, traga-me apenas a declaração do hospital de que você a acompanhou.

— Jura? Que Deus o abençoe muito, senhor Pierre! Farei horas extras gratuitas para compensar tudo isso.

— Melhoras à sua avó.

Pierre desligou no momento que Brígida entrava em sua sala, bebericando um chimarrão em uma cuia marrom. Chegara mais cedo ao restaurante para alterar novamente o *software* que gerenciava o trabalho dos garçons, mais especificamente o de Dominique.

— A avó de quem está doente? — Quis saber, curiosa. Interessava-se por tudo que se referisse a Pierre.

— De Dominique. Hoje, ela não virá. Disse que a avó teve um AVC e que está internada.

— Conversa para boi dormir. Aposto que ela tirou a noite para descansar ou para cair na gandaia. — Ela puxou uma cadeira para sentar-se e colocou a cuia do chimarrão sobre a mesa, ao lado do porta-retratos em que Pierre aparecia abraçado a uma jovem, tão loira quanto ele. Tratava-se da filha do patrão, que falecera em um acidente de carro. — Você não acreditou nesse papo, né? Deduzo que descontará esse dia do salário dela.

— Não tenho motivos para duvidar dela, até que não consiga me provar o que me disse. Se a avó de Dominique realmente estiver internada, não haverá desconto no salário dela.

Brígida mordeu os lábios para dissimular a revolta.

— Para ela as coisas são fáceis, hein? Não teme que ela fique mal-acostumada?

— Não são fáceis, e, sim, justas. Podemos nos virar por uma noite sem ela. Não estávamos trabalhando com uma pessoa a menos até a contratação de Dominique?

— Pois quero que saiba que não concordo com sua posição, Pierre.

— É um direito seu, mas, enquanto eu estiver à frente do restaurante, qualquer decisão sobre os funcionários caberá a mim.

Brígida assentiu sem responder e procurou mudar o assunto. Por dentro, sentia exacerbar seu ódio por Dominique. Tinha de se livrar daquela ordinária, custasse o que custasse e o mais rápido que pudesse.

Enquanto voltava para casa, Dominique não sabia dizer até que ponto o fato de não haver alterações no quadro clínico de Cida era algo bom ou péssimo. A avó permanecia estável, embora estivesse em coma. Dessa forma, nem melhorava nem piorava. O médico voltou a dizer a Dominique que não havia como prever nada, enquanto a paciente não esboçasse reação. Foi com muito custo que ele convenceu a jovem a retornar para casa, pois era visível sua exaustão. Desde que saiu do restaurante, Dominique ainda não dormira. Estava acordada havia mais de vinte e quatro horas, e o sono já começava a lhe cobrar seu preço.

Como fora dispensada de trabalhar naquela noite, Dominique saiu do hospital por volta das vinte e três horas. Não sentia fome, e o lanche que comera mais cedo parecia pesar em seu estômago. Sabia que, se deitasse, apagaria por completo. Queria se manter acordada, aguardando qualquer telefonema do hospital. Haviam lhe dito que, caso Cida apresentasse alguma novidade, ela seria informada imediatamente.

A avó estava internada na UTI, e Dominique sabia o quanto isso era grave. Cida também ficara lá na ocasião do AVC anterior. Desta vez, até o momento, a jovem não recebera permissão para vê-la. O médico tinha certeza de que a moça estava muito sensível e até poderia passar mal se visse Cida entubada e monitorada por diversos aparelhos.

A temperatura havia caído bastante. Enquanto esteve na sala de espera do hospital, Dominique ouvira duas mulheres comentando que, de acordo com as notícias meteorológicas, uma frente fria, acompanhada de uma forte massa de ar polar, estava atravessando a cidade. Os dias seguintes prometiam ser de frio intenso, com temperaturas baixíssimas.

Dominique não gostava do frio, apesar de não estar nem um pouco preocupada com o tempo.

Àquele horário, em decorrência do frio e da garoa gelada que caía aos poucos na capital gaúcha, não havia ninguém no ponto de ônibus. O coletivo que ela pegava para chegar em casa estava demorando mais do que o habitual. Não queria ficar ali sozinha, correndo o risco de ser assaltada. A jovem deu sinal quando um veículo se aproximou. Aquele ônibus a deixaria a uns quatro quarteirões do prédio, mas pelo menos sairia dali. Pretendia despertar logo pela manhã e voltaria correndo ao hospital.

O ônibus estava quase totalmente vazio, e Dominique sentou-se nos últimos bancos, fechou os olhos e tentou concentrar-se em uma oração. Sua mente, no entanto, estava muito agitada. A jovem estava preocupada demais e não conseguiu mentalizar uma força maior. Vencida pelo sono, apoiou a cabeça no vidro da janela e cochilou.

Alguns instantes depois, Dominique acordou assustada, olhou rapidamente para fora e acalmou-se, quando viu que só faltavam dois pontos para saltar. Se não tivesse acordado a tempo, teria ido parar no ponto final da linha.

Quando se viu na rua, cruzou os braços e lançou-se na direção de seu prédio. Não era uma distância muito longa, que, com rápidas passadas, a jovem venceria em menos de dez minutos. Não havia transeuntes por perto, exceto um bêbado desorientado e um dependente químico, que andava quase correndo antes que alguma viatura o abordasse. Ela passou a mão para secar o rosto molhado pela garoa e continuou a andar rápido.

Ao chegar ao terceiro quarteirão, a jovem conseguiu visualizar o edifício em que morava. Não apreciava muito aquele trecho, porque dois dos postes estavam sem iluminação. As lâmpadas estavam queimadas havia mais de quinze dias, e a prefeitura ainda não as trocara, o que deixava a calçada praticamente imersa na penumbra.

Dominique não saberia dizer de onde surgiu a mão que se fechou em seu braço esquerdo com a força de um torno, esmagando seus músculos. Ela tentou gritar, mas foi impedida por outra mão igualmente robusta e agressiva, que lhe tapou os lábios com violência. A moça foi arrastada para um beco escuro e estreito, um corredor entre duas lojas, ambas fechadas àquela hora. A mão que a segurava pelo braço agora agarrava seus cabelos, puxando-os com força para trás e fazendo a jovem gritar de dor.

Um relâmpago riscou o céu, prenunciando que a garoa logo se transformaria em tempestade. Foi graças ao clarão repentino que Dominique pôde vislumbrar, numa fração de segundo, o rosto assustador e perigoso de Silvério.

— Onde está sua valentia agora, hein, gatinha manhosa? — ele sussurrou ao ouvido dela, prensando seu corpo contra o da moça de tal forma que ela não conseguia se mexer. A mão continuava firmemente colada aos lábios de Dominique.

O tom de voz de Silvério encheu a jovem de pânico e desespero. Lágrimas de medo e humilhação chegaram aos olhos dela.

— Sempre quando estou de folga, aproveito para vigiá-la. E, hoje, eu tive a chance que vinha esperando. Neste lugar, neste horário e em meio à chuva, você vai sentir o que é um homem de verdade! — rumorejou Silvério, com o desejo consumindo-o por dentro como ondas imensas engolindo pequenos barcos.

Dominique conseguiu gritar por socorro uma única vez, mesmo sabendo que não seria ouvida. Tentou lutar, tentou reagir, mas isso só serviu para enfurecer Silvério, que acertou um soco em um dos olhos da moça.

A jovem já não tinha mais forças, quando ele a possuiu, deixando-a largada no chão, exausta e derrotada.

— Eu já lhe disse isso antes e vou repetir: você nasceu para ser vagabunda! Se pensar em contar algo sobre isso à polícia, vou encontrá-la sozinha outra vez, e seu destino será o cemitério — ameaçou o porteiro, levantando-se.

Ele ajeitou as roupas e saiu correndo dali, largando-a banhada pela chuva gélida que despencava do céu. Silvério já estava preparado para se defender, caso ela o denunciasse à polícia.

Dominique ficou caída ali por muito tempo, pois não tinha forças para se levantar. Quando finalmente o fez, gemendo muito e sentindo que estava destruída por dentro, apanhou a calça e encontrou o celular no bolso. A chuva o deixara molhado, mas continuava funcionando. Acendeu a lanterna e enxergou o fluxo de sangue que escorria de dentro dela para transformar-se em um pequeno rio, que seguia na direção de um bueiro.

Pensou em chamar a polícia, mas a ameaça de Silvério reverberou em seus ouvidos. Depois daquele ato dantesco, teve certeza de que ele seria capaz de cumprir a promessa. Vestiu-se como pôde e arrastou-se mancando e grunhindo pela calçada até seu prédio. Sabia que nunca mais seria a mesma pessoa depois daquela noite, após ter sido sobrepujada, violada, maltratada e humilhada. E, sozinha, não havia com quem desabafar nem compartilhar o ocorrido.

Na quietude de seu apartamento, ela demorou-se quase uma hora sob o chuveiro, lavando as feridas do corpo, consciente de que jamais poderia lavar as da alma.

Nem mesmo se tivesse sido atropelada por um trem, Dominique acordaria com aquela sensação no dia seguinte. Mal podia se mexer. Seu corpo, principalmente a região da virilha, ainda explodia de dor. Notou traços de sangue nos lençóis. Se o sangramento continuasse, precisaria passar por uma avaliação médica.

Um pensamento funesto a assaltou. E se Silvério a tivesse contagiado com alguma doença sexualmente transmissível? E se ele a tivesse engravidado? Com tantos problemas que vinha enfrentando atualmente, como conseguiria lidar com qualquer uma daquelas terríveis possibilidades? Logo, ela própria acabaria tendo um AVC.

O espelho revelou seu olho roxo e os lábios cortados. Passou uma pomada ali e outra anestésica na área íntima. Sua aparência estava péssima. Como trabalharia assim?

Como não obtivera retorno do hospital, precisaria ir até lá, independentemente de sua condição física. Colocou óculos escuros de lentes grandes para disfarçar o hematoma e uma base cicatrizante nos lábios. Ainda estava traumatizada, de maneira que não conseguia nem sequer chorar. Ao sair, implorou a Deus para nunca mais reencontrar Silvério, nem mesmo na portaria. Por sorte, era outro homem quem estava lá, e ela ganhou a rua logo depois.

Lembrou-se de passar em uma farmácia e adquirir uma caixa de pílulas do dia seguinte. Não podia nem cogitar a possibilidade de gerar um filho de Silvério.

Ao chegar ao hospital, o médico a informou de que o quadro de Cida permanecia inalterado. Ele estranhou ao vê-la usando óculos escuros na sala de espera, quando a manhã lá fora estava fria e chuvosa. Também notou a boca ferida e inchada.

— Está tudo bem com você? — Ele achava que não. A jovem parecia muito mais quieta, tensa e agitada do que no dia anterior. Seria preocupação com Cida?

— Eu saí daqui ontem à noite, escorreguei em uma calçada molhada e bati o rosto no chão. Machuquei a boca e o olho.

— Posso dar uma olhada? — Ele avançou a mão, e a jovem recuou. — Por que não quer que eu veja?

Ela não respondeu. Sabia que desataria a chorar se o médico insistisse em lhe fazer perguntas. Mesmo assim, tirou os óculos, sem fitá-lo nos olhos.

— Já ouviu falar da Delegacia da Mulher? Não se sinta acanhada em procurar ajuda. Você não é obrigada a suportar os maus-tratos desse sujeito.

— Ninguém me bateu — Dominique quase se engasgou com a mentira. — Não tenho padrasto, namorado ou qualquer presença masculina em minha vida. Sei que parece estranho, mas isso foi causado pelo meu tombo na calçada. Estou bem.

Recolocou os óculos, e o médico balançou a cabeça com compaixão. Aquela não seria a primeira nem a última mulher a temer denunciar os agressores. Na maioria dos casos, eles representavam figuras amorosas, como namorados, maridos ou amantes. Talvez por medo de ameaças ou simplesmente por medo de perdê-los, essas mulheres suportavam todo tipo de violência e torturas físicas e psicológicas.

Quando o médico se afastou, Dominique sentou-se em um banco e abaixou a cabeça. Silvério poderia tentar matá-la. Um homem como aquele, depois do que fizera com ela, certamente não estava blefando. Todavia, se ele não sofresse nenhum tipo de punição, poderia voltar a atacá-la ou a alguma outra mulher, se é que já não estuprara outras vítimas.

Considerando tudo isso, o que deveria fazer? Render-se à ameaça ou denunciá-lo à polícia, ainda que não tivesse provas acusatórias nem testemunhas?

Só o que sabia era que, mais uma vez, não poderia trabalhar, não com a dor que ardia em seu baixo-ventre nem muito menos com aquele olho arroxeado e inchado. Outra vez telefonou para Pierre e, por incrível que parecesse, a informaram de que ele ainda não havia chegado.

Aproveitou o momento para voltar à rua, localizou uma farmácia próxima ao hospital e comprou uma caixa de pílulas do dia seguinte. Ao tomar o primeiro comprimido, fez uma prece, pedindo para não engravidar de Silvério.

Dominique voltou a ligar à tarde para o restaurante e desta vez conseguiu entrar em contato com Pierre. A jovem contou-lhe que a avó não havia melhorado e que por isso não trabalharia de novo. Ao ouvir a voz do patrão, notou que agora ele já não parecia tão compreensivo quanto antes.

— É o seguinte, Dominique, a menos que consiga uma licença médica para cuidar de terceiros, o que não é o caso, já que sua avó está sob os cuidados do hospital, não poderei acatar suas faltas.

— Eu sei disso. Se tiver de descontar os dias, faça isso. Só imploro que não me demita agora.

— Quando eu a contratei foi porque precisávamos de mais uma pessoa para atender às mesas — recordou Pierre com a voz um tanto fria. — Você sabe como o movimento no restaurante é intenso. Nem com todos os garçons juntos conseguimos atender os clientes com a agilidade que eles merecem. Lembre-se: se amanhã você não vier trabalhar de novo, sem nenhuma liberação médica, infelizmente, não precisarei mais de seus serviços.

Ouvir aquilo fez o coração de Dominique doer, tanto quanto estava doendo sua região íntima. Sabia que sua demissão representaria outra derrota em sua vida e a vitória de Brígida, que nunca fez questão de gostar dela. Pascoal a despejaria de vez, se perdesse aquele emprego.

Se não tivesse alternativa, iria trabalhar na noite seguinte com os lábios e os olhos do jeito que estavam. Lá, conversaria com Pierre e apresentaria a mesma desculpa que dera ao médico. O formato do hematoma deixava óbvio que ela fora agredida por um punho, porém, achava que não faria mal sustentar a mentira. Por sua própria segurança, faria isso, já que jamais sentira tanto medo de alguém como estava sentindo de Silvério.

CAPÍTULO 10

Milagrosamente, se é que o fato poderia ser encarado dessa forma, Cida despertou após mais de quarenta e oito horas em coma. O médico rapidamente repassou essa informação a Dominique, dizendo que, apesar de estar acordada, a senhora não conseguia reconhecer ninguém nem o ambiente à sua volta. Isso era esperado após o novo AVC. Ainda não era possível determinar as sequelas que o derrame lhe trouxera. Pelo menos desta vez, sua face não sofrera nenhuma alteração física.

— Já posso vê-la? — indagou a jovem, ansiosa para constatar por si mesma o quadro clínico de Cida.

— Logo após realizarmos alguns exames preliminares. Você será informada.

Dominique agradeceu-lhe as informações e retornou aos bancos duros da sala de espera. Continuava usando os óculos escuros. Seus lábios estavam começando a desinchar, mas seus olhos permaneciam arroxeados como se tivesse acabado de ser atacada.

A jovem não voltou a ver Silvério, e isso a enchia de alívio. Também não reunira coragem suficiente para procurar ajuda da polícia, pois temia represálias. Naturalmente, não pretendia contar a ninguém sobre o estupro. Sentia vergonha, receio e tristeza, quando se lembrava do que ele lhe fizera.

Em seus mais fantasiosos sonhos, Dominique idealizara muitas maneiras pelas quais perderia a virgindade. Em todas elas, um homem riquíssimo e dono de uma beleza ímpar, que a pediria em casamento, seria o responsável por esse momento. Se trocasse a ficção por algo mais próximo da realidade, imaginava um homem com boa formação, estável financeiramente e de boa aparência, que cumpriria essa função. No entanto, jamais esperou que sua pureza fosse arrancada de forma tão destrutiva, indecente e violenta. E todas as vezes em que pensava naqueles longos e tenebrosos minutos sob a água gélida da chuva, não conseguia conter o pranto.

Teria de trabalhar naquela noite, se não quisesse ser demitida. Deduzia que Brígida lançara todo tipo de veneno sobre o patrão, incentivando-a a despedi-la. Quem sabe por isso Pierre lhe parecera menos amável quando lhe telefonou pela segunda vez. Simplesmente, Dominique não conseguia se lembrar de quando sua vida virara de cabeça para baixo de tal forma que não parecia mais ser possível recolocá-la nos eixos. E tudo se tornaria pior, se perdesse aquela fonte de renda.

Com a notícia de que Cida acordara, a jovem ficou bem mais animada e voltou para casa no fim da tarde para trocar de roupa e ir trabalhar. O frio era intenso, e ela precisaria se agasalhar bem. Quando o vento gelado tocava em sua face ferida, as dores na região pareciam aumentar.

Quando chegou ao restaurante, com a noite sem luar sobre a cidade, Dominique colocou os óculos escuros e entrou. Mostrou um sorriso rápido para Olívia, mas não parou para conversar com a moça, como costumava fazer sempre que chegava. Alguns clientes ergueram o rosto, acompanhando-a com o olhar e vendo-a seguir para os fundos do estabelecimento. Certamente, questionavam-se sobre os motivos de aquela garota usar óculos de sol em uma noite nublada.

No vestiário, Dominique colocou o uniforme de garçonete e prendeu os cabelos em um coque. Não sabia se seria mais chamativo trabalhar com os óculos ou com o hematoma visível, que revelava seu olho inchado. Temeu que aquilo desapontasse Pierre e servisse de justificativa para que ele a demitisse.

— Aonde vai usando esses óculos? — perguntou Brígida, que foi atrás dela após vê-la entrar quase correndo no restaurante. — Por acaso é alguma moda bizarra da qual eu não tenho conhecimento?

— Vou explicar o que aconteceu ao senhor Pierre.

— Eu também sou sua superiora e exijo saber o que houve com você. Não queremos nada que chame a atenção dos clientes ou os deixe descontentes.

— Meu patrão é o senhor Pierre, pois ele é o dono do restaurante e foi a pessoa quem me contratou. Além dele, não devo satisfações a mais ninguém — rebateu Dominique, irritada por ter sido interceptada por sua gerente intrometida.

Brígida abriu a boca para retrucar e tornou a fechá-la, estática com tamanha audácia da funcionária. Dominique passou por ela sem olhá-la e foi diretamente até a sala do patrão. Bateu na porta e entrou após Pierre autorizar sua presença.

Pierre estava de pé e fitou-a por alguns instantes sem dizer nada. Antes de qualquer cumprimento, pediu:

— Pode tirar os óculos, por favor?

Dominique obedeceu, enquanto o rosto enrubescia de vergonha. Sentiu-se como uma aluna peralta diante do severo diretor da escola, após aprontar alguma travessura.

— O que houve? — Ele estudava o rosto ferido com seus intensos olhos azuis.

— Eu escorreguei em uma calçada molhada e caí. O resultado foi esse.

— Vou perguntar de novo e espero que, desta vez, me responda com a verdade. O que houve, Dominique?

Os olhos da jovem encheram-se de lágrimas, que logo desceram pelo rosto. Mesmo assim, negou:

— Eu não estou mentindo. Caí e me machuquei quando estava voltando do hospital. — Para tentar mudar o assunto, tirou um papel do bolso. — Aqui está o comprovante que o senhor me pediu, atestando que acompanhei minha avó.

Pierre olhou para o documento com certo desinteresse. Permaneceu encarando-a fixamente até se sentar novamente atrás de sua mesa.

— Você pretende trabalhar assim? Não acha que vai impressionar a clientela?

— Eu sei que vou. Por isso, gostaria de saber se o senhor não poderia me designar para outra função, pelo menos até que meu rosto esteja melhor. Posso ajudar na cozinha, lavar os banheiros, arrumar a despensa... faço qualquer coisa que não me exponha ao público.

— Você não é obrigada a me contar o que realmente aconteceu, Dominique. Deve ter suas razões para acobertar quem a agrediu desse jeito. Não vou insistir. Porém, hoje é sexta-feira, dia de grande movimento aqui. Preciso de você como garçonete. Todos os braços e as mãos serão insuficientes para atender o número de clientes que costuma passar por aqui.

— O senhor tem certeza? E se alguém reclamar? Brígida implicou comigo por eu estar de óculos.

— Ela não faz nada melhor do que implicar com as pessoas. — Ele mostrou um de seus raros sorrisos. — Por outro lado, admito que não é comum uma garçonete trabalhar assim, com esses óculos. Tente ocultar seu hematoma. Ninguém precisa saber que você está machucada.

Desvie-se das perguntas dos clientes, caso algum curioso tente xeretar sua vida pessoal.

— O senhor é a pessoa mais bondosa que conheci ultimamente, sabia? — Ela olhou para o retrato de Pierre abraçado a uma moça loira. Pensou em Pascoal, em Silvério, em Tomás, o síndico do prédio, e em Brígida... Sim, Pierre era a única pessoa, dentre todas essas, que possuía um coração em vez de uma pedra de gelo no lugar. — Desculpe ser intrometida. Essa adolescente é sua filha?

Dominique notou quando o rosto de Pierre empalideceu. Ele assentiu, olhando para a foto. Baixou o olhar para que ela não visse que seus olhos ficaram repletos de dor.

— Sim. Ela estava prestes a completar dezoito anos quando tiramos essa foto. — A voz dele estava trêmula.

— E como ela se chama? Quantos anos tem agora?

— O nome dela é Ingrid. — De repente, Pierre levantou o rosto e fitou Dominique. — Faleceu em um acidente de carro há quase cinco anos.

Dominique viu que a expressão de Pierre se tornara fúnebre. Seus olhos pareceram perder todo o brilho que ela sempre enxergava neles.

— Sinto muito. Também perdi minha mãe e acho que nunca experimentei uma dor tão grande.

— A morte tem o dom de nos causar esse sofrimento. — Pierre pigarreou, e, quando voltou a falar, sua voz pareceu firme de novo. — É melhor voltar ao salão. Os clientes chegam a partir deste horário.

Dominique assentiu, com a mente fazendo mil perguntas e conjeturas sobre a vida pessoal do patrão. Provavelmente, ele era tão sério e formal devido ao falecimento da filha. Será que, antes da morte de Ingrid, ele era um homem alegre e brincalhão?

Procurando abandonar aqueles pensamentos, Dominique recolocou os óculos e regressou ao salão, no exato instante em que Luciano De Lucca e seus acompanhantes cruzavam a porta de entrada.

Por um momento, pareceu que todos os garçons prenderam a respiração ao mesmo tempo. Ao vê-los entrar, Brígida, que conversava alegremente com duas mulheres, apressou-se a ir encontrá-los, como se a vida dela dependesse disso.

— De Lucca, meu querido! — Ela jogou beijos no ar ao lado das bochechas dele. — Por que não me avisou que viria com seus amigos, como sempre costuma fazer?

— Decidi de última hora jantar aqui. — Seus olhos escuros percorreram o restaurante como se ele procurasse alguém. — Consegue nos disponibilizar duas mesas?

— Quantas você desejar. Vou providenciar agora mesmo. Acompanhe-me, por favor.

Sabendo que ele vinha em seu encalço, Brígida pôs-se a rebolar de um jeito fora do comum, chacoalhando tanto os quadris que a cena quase beirava o ridículo. Quando se virou de repente, certa de que encontraria o olhar dele fixo em seu traseiro, ficou incrédula quando o flagrou encarando Dominique, que, do outro lado do salão, anotava algo no *tablet*.

— Suas mesas podem ser essas? — Brígida apontou para duas mesas, ambas encostadas à parede e próximas uma da outra.

— Está perfeito. — Luciano fez um gesto para os outros homens, que compreenderam a mensagem e se sentaram. Desta vez, eram apenas três, que se instalaram em uma das mesas. Ele permaneceu de pé, atento aos movimentos da garçonete. — Por que aquela moça está usando óculos escuros?

— Eu também gostaria de saber — resmungou Brígida, com desgosto. Ainda não tinha perdoado Dominique por tê-la ignorado momentos antes. — De qualquer forma, não se preocupe com ela. Sente-se, meu querido. Como posso ajudá-los?

Como se não tivesse escutado nenhuma palavra de Brígida, Luciano permaneceu de pé, atento aos movimentos de Dominique. Mais uma vez, ele vestia-se inteiramente de preto, e as roupas escuras lhe caíam muito bem. O perfume cítrico que espargira em si deixou Brígida inebriada de prazer.

— Quero que ela me atenda. — Ele indicou Dominique, e a pulseira de ouro, que cintilava em seu pulso, reluziu como um raio de sol.

— Ora, já lhe disse que ela é inexperiente, para não dizer incompetente. Está me dando um trabalho danado. Anota os pedidos errados...

— Obrigado por cumprir meu pedido, Brígida. — Luciano sorriu para ela, um sorriso belíssimo e gelado como a noite lá fora.

Ela também sorriu, somente para conter a indignação. Se não tivesse a esperança de se casar com Luciano (assim como também sonhava em se tornar a esposa de Pierre), teria inventado algum pretexto para tirar Dominique de cena.

Furiosa por ter sido trocada por aquela imbecil mal-educada, Brígida cruzou o salão com passadas largas. Postou-se diante de Dominique e viu seu próprio rosto maquiado refletido nas lentes largas e escuras.

— Alguém já lhe falou que está ridícula usando esses óculos?

Dois casais, que compartilhavam uma mesa, não contiveram as risadinhas sarcásticas ao ouvirem aquilo. Dominique sentiu o rosto queimar de humilhação.

— Já expliquei meus motivos ao senhor Pierre — balbuciou Dominique.

— Pare tudo o que estiver fazendo e vá atender o senhor De Lucca e seus amigos. Saiba que este restaurante tem estirpe, conceito e fama, quesitos que você jamais conhecerá de perto. E por isso você não tem o direito de trabalhar da forma como bem entende. A aparência aqui é fundamental.

— Se a aparência fosse importante, você já teria sido demitida há muito tempo — devolveu Dominique, empinando o queixo num gesto desafiador.

Desta vez, os dois casais caíram na gargalhada. Brígida precisou usar toda a sua força de vontade para não esbofetear aquela cínica perante todos. Sempre fora temida pelos funcionários, e jamais alguém tivera peito suficiente para afrontá-la daquele jeito.

— Faça o que lhe ordenei imediatamente, se quiser conservar seu emprego! — decretou Brígida, mastigando o ódio. — Há dezenas de pessoas querendo seu lugar, sabia?

Dominique não respondeu. Passou por ela e seguiu até Luciano, que demonstrara ter acompanhado toda a discussão entre as duas, mesmo que o diálogo tivesse acontecido num tom quase sussurrado.

— Boa noite, bela jovem! — Ele continuava de pé e sorria para ela. — Você está com algum problema nos olhos?

— Não... É que eu...

— Permita-me. — Num gesto espontâneo e imprevisível, ele retirou os óculos de Dominique antes que ela conseguisse impedi-lo.

— Não faça isso, por favor... — ela pediu, pronta para chorar.

Os lábios dele apertaram-se ao observar o hematoma roxo perto do olho inchado. De perto, conseguia perceber os lábios feridos e viu quando eles tremeram.

— Não vou perguntar o que lhe aconteceu, pelo menos não aqui. — Ele virou-se para um dos homens. — Kamil, prepare nosso veículo. Mudança de planos.

— Sim, senhor. — Um dos homens de terno ergueu-se da cadeira e saiu do restaurante silenciosamente.

— Pode colocá-los novamente. — Luciano devolveu os óculos a Dominique.

— De qual veículo está falando? Já está partindo? Desistiu de jantar?

— Você virá comigo.

Dominique ficou imóvel, totalmente sem reação. Brígida já estava se aproximando outra vez:

— Guria, por acaso ganha para ficar parada como uma estátua? Não a contratamos para isso.

— Isso deve cobrir a ausência dela durante o restante da noite? — Luciano pousou sobre a mesa um maço de notas de cem reais.

— Sim, mas... não estou entendendo. — Brígida mostrou-se confusa, agarrando o dinheiro como uma ave de rapina apanhando sua presa.

— Diga ao seu patrão que Dominique não trabalhará mais esta noite. Com esse dinheiro, o restaurante não terá prejuízos. — Ele virou-se para Brígida e mostrou um novo sorriso, o que sempre suavizava seu semblante misterioso e atraente.

— Não vou a lugar algum com o senhor — contestou Dominique. Imediatamente, ela entrou em pânico. E se ele tivesse intenções semelhantes às de Silvério? O que conhecia sobre aquele homem e seus amigos?

Quase como se adivinhasse a razão dos temores da garçonete, Luciano retrucou:

— Eu jamais faria mal a uma jovem como você. Gostaria apenas de conversar... em um lugar mais reservado.

Ela encarava-o fixamente por trás dos óculos. Os olhos escuros de Luciano, que refletiam algo quase hipnótico, pareciam intimá-la a acompanhá-lo, ao mesmo tempo que demonstravam a certeza de que ele não pretendia machucá-la — não da forma como o porteiro fizera.

Vendo que Dominique estava hesitante, ele segurou-a delicadamente pelo queixo e ergueu novamente os óculos da moça para poder fitá-la nos olhos.

— Deduzo que você esteja insegura em seguir comigo e a compreendo perfeitamente. Está em horário de trabalho, não me conhece e parece que alguém de sangue frio a tocou de uma forma bem desagradável. — Luciano indicou os hematomas. — Será que, pelo menos, poderíamos conversar do lado de fora? Não pretendo sequestrá-la. Pode confiar em mim. Ademais, a garçonete-chefe já recebeu pelo prejuízo que sua saída pode custar ao restaurante.

Brígida estava próxima o bastante para ouvir o insulto. Luciano De Lucca poderia ser o cliente mais requintado do *Água na Boca*, mas isso não lhe dava o direito de chamá-la de garçonete-chefe. Ela era a gerente daquele lugar e, se seus planos corressem a contento, logo se tornaria a proprietária do restaurante. Além disso, não estava aprovando aquele interesse misterioso que Luciano vinha demonstrando pela babaca do olho roxo. Ainda não havia desistido de seduzi-lo até que aquele fascinante homem estivesse rendido aos seus pés.

— E então? — ele insistiu. — Poderia me dar a honra e o privilégio de alguns minutos de conversa?

Dominique estava tentada a recusar. Não que a presença masculina a tivesse traumatizado, como ela sabia que costumava acontecer com algumas mulheres vítimas de estupro. Havia também o fato de que Pierre sempre lhe dizia que eram necessários todos os esforços para agradar aos clientes. Seu patrão já parecia estar um tanto aborrecido por conta de sua ausência nas duas noites anteriores. Não queria dar razão para que ele ficasse ainda mais chateado. Ela tinha percebido que Luciano e seus acompanhantes formavam um grupo vip, com determinadas exclusividades que outras pessoas não desfrutavam. Bastaria ser cortês, educada e simpática, requisitos fundamentais para ganhar qualquer clientela. Além do mais, ter o prazer de irritar Brígida era algo que não tinha preço.

— Eu aceito — Dominique concordou. — Vou apenas guardar meu *tablet*. Volto em um instante.

Dominique afastou-se, deixando de notar o brilho enigmático que surgiu nos olhos de Luciano. Um brilho indecifrável, que poderia ter mil significados, mas que a jovem só descobriria tempos mais tarde.

CAPÍTULO 11

O Jaguar preto, reluzente como ônix recém-polido, estava estacionado rente ao meio-fio, bem diante do restaurante. Os vidros dianteiros estavam abaixados, e Dominique notou que Kamil estava ao volante. Sem dizer uma palavra, Luciano aproximou-se do carro, fez um sinal com a mão, e o discreto funcionário abandonou o veículo em total silêncio. Olhando por cima do ombro, Dominique viu que os outros dois homens também saíram do *Água na Boca* e seguiram a pé por uma direção oposta à do patrão. Não houve troca de olhares. Era como se aqueles homens soubessem exatamente o que fazer em nome do sigilo e da discrição.

— Como eu sei que você está bastante insegura, não vou convidá-la a entrar no carro — explicou Luciano, com voz suave e compreensiva. — Podemos nos apoiar nele, aqui mesmo na calçada. Se eu tentar sequestrá-la, basta berrar histericamente, que todos os clientes e funcionários, incluindo Brígida, surgirão para ajudá-la.

Dominique quase sorriu diante daquele pensamento.

— Brígida seria a primeira pessoa a me entregar ao sequestrador — ela brincou. — Ainda lhe ofereceria refeições gratuitas por seis meses, se ele prometesse nunca mais me trazer de volta.

— Ela a odeia tanto assim?

— Não sei se é ódio. Simplesmente nosso santo não bateu, como se costuma dizer. Ela é dominadora, e o cargo que ela ocupa lhe permite isso, de certa forma. Julga-se a dona do estabelecimento e, se os funcionários não andarem na linha, ela os enxota de lá com um belo pontapé. Olívia, a recepcionista, já me contou algumas histórias tenebrosas sobre Brígida.

— Que certamente são verdadeiras. — Ele mostrou outro sorriso. Dominique não se lembrava de ter visto um homem tão bonito quanto aquele nos últimos anos. Nem tão insondável. Estar com ele era quase como mergulhar em um oceano escuro, sem saber o que havia à espreita por baixo da água.

Sentia-se bem diante de Luciano e poderia jurar que sentia certa segurança estando ao seu lado.

— Penso que podemos conversar dentro do carro — ela convidou, de repente. — Só peço que mantenha o veículo parado aqui.

— Como achar melhor.

Num gesto cavalheiresco e um tanto teatral, ele abriu a porta para que Dominique entrasse, o que fez a moça rir. Em seguida, contornou o carro e entrou pelo lado do motorista. Kamil havia deixado o veículo ligado, porém Luciano simplesmente rodou a chave na ignição, desligando-o. Com tranquilidade, ele pousou a chave no colo de Dominique.

— Assim, você terá a certeza de que não iremos a lugar algum — ele acrescentou.

Dominique segurou a chave, olhou para fora através da janela aberta e, finalmente, contemplou o interior do carro. Sabia que um modelo daquele custava uma fortuna, e não era qualquer bolso que podia comprá-lo. Havia tantas perguntas que desejava fazer a ele. Entretanto, ainda não era a hora certa.

— Para onde foram seus amigos? — Interessou-se Dominique.

— Eles se encontrarão comigo quando os chamar. Sabiam que eu desejava conversar a sós com você e não me perturbarão enquanto eu não ordenar que voltem.

Assim como ela deduzira anteriormente, os sujeitos eram funcionários de Luciano, e não simples amigos.

— Por que você quer falar comigo? — Ela fitou-o com timidez. Havia retirado os óculos e, estranhamente, não estava mais preocupada em esconder seus ferimentos.

— Você está triste, muito triste. Pude sentir isso assim que a vi. Ao contrário do outro dia em que estive aqui, hoje me pareceu que você está guardando algo muito dolorido dentro de si, algo que a incomoda mais do que esse olho inchado e essa boca cortada.

Dominique surpreendeu-se. Como ele conseguiu perceber tudo aquilo apenas olhando-a de longe?

— Estou passando por uns problemas — foi tudo o que ela disse. Como poderia abrir seu coração para um desconhecido?

— Talvez você já saiba que eu me chamo Luciano De Lucca. E você?

— Dominique de Souza Luz.

Ele já sabia daquilo e de muitas outras informações sobre a jovem. O prestativo e eficiente Kamil efetuara uma busca completa sobre Dominique. Como tudo deveria soar normal, como se não soubesse de nada, perguntou a idade dela.

— Tenho dezoito anos.

— Como você é cruel! Acabou de me fazer sentir que sou uma múmia velha com os meus trinta e oito.

Os dois riram. Ele lhe disse sua idade verdadeira. Pretendia que Dominique soubesse o máximo possível sobre sua vida ou sobre o que ele gostaria que ela soubesse.

— Você tem namorado, marido ou amante?

— Refere-se a isso? — Ela encostou levemente a ponta do dedo sobre o olho, e Luciano assentiu. — Ninguém me bateu. Eu estava caminhando pela calçada molhada, escorreguei e caí. Foi à noite, e, como sou muito descuidada...

— Que calçada estranha! Ela tem quase o formato de um punho.

Dominique remexeu-se, inquieta. Tornou a olhar para fora, desta vez como se quisesse respirar um pouco do ar externo. Luciano antecipou-se:

— Saiba que não a chamei para um interrogatório, até porque você não precisa me dar satisfações de sua vida. Tem todo o direito de descer do carro quando não se sentir mais à vontade e de nunca mais querer me ver. Por outro lado, estou aqui no papel de um amigo, mesmo que não se considere minha amiga. Fico um pouco incomodado observando a tristeza nas pessoas, principalmente em uma jovem tão bonita como você, com todo o respeito.

As palavras de Luciano, que surgiram por meio de uma fala macia e delicada, tiveram o dom de acalmá-la. Entretanto, uma angústia surgiu de repente, deixando os olhos de Dominique marejados. Não tinha amigos nem parentes próximos, além da avó. Não tinha com quem conversar nem desabafar sobre a sua vida pessoal.

Silvério havia levado consigo boa parte de sua riqueza íntima, além de sua dignidade, sua honra e sua alegria. O que teria a perder se contasse a verdade àquele homem? Ele parecia estar num patamar financeiro muito mais elevado do que o porteiro estuprador, então, não havia a possibilidade de serem amigos. Se não colocasse toda aquela dor para fora, todo aquele pranto represado, acabaria doente.

— Eu moro com minha avó, desde que minha mãe morreu. O nome dela é Aparecida. Somos só nós duas. E, anteontem, ela teve um AVC, o segundo dentro de poucos meses.

Como numa enxurrada, Dominique desatou a falar. Contou sobre a morte de Marília, sobre o pai que nunca conheceu, sobre a doença da avó, que colocou ambas em uma complicada situação financeira. Falou sobre Pascoal e sua ganância sem limites, que ela vendera quase tudo que havia no apartamento para tentar abrandar sua dívida, que conseguira um adiantamento com Pierre, mas que, ainda assim, o senhorio continuava ameaçando-as com o despejo.

— Minha avó ouviu nossa discussão e descobriu que estamos endividadas — concluiu Dominique, chorando como uma criança assustada.

— Ela ficou muito nervosa, e isso lhe rendeu outro AVC. Acordou do coma, mas não reconhece ninguém. Só sei que, se ela morrer...

— Não chore! — Luciano acariciou suavemente os cabelos da moça. — Além de não melhorar a saúde de sua avó, isso pode prejudicar a sua. Chorar não soluciona os problemas.

— O que eu faço? Não tenho de onde arrancar mais dinheiro. — Dominique lhe lançou um olhar desesperado. — O senhor Pierre está insatisfeito comigo devido às faltas no trabalho para ficar com ela no hospital. Sei que a insuportável da Brígida deve estar tentando convencê-lo a me demitir.

— Vamos pensar em uma solução. Só não quero que chore. — Ele deslizou o dedo indicador suavemente pelo rosto de Dominique e enxugou as lágrimas, tomando cuidado com a região machucada. — Quanto a esses ferimentos, eu imagino que você e esse Pascoal tenham saído na porrada. Você apanhou, mas tenho certeza de que o nocauteou.

Apesar de estar chorosa, ela quase sorriu outra vez. Luciano parecia saber o jeito certo de fazê-la rir, mesmo nos piores momentos.

— Confesso que não me faltou vontade. Mas sei também que, se tivesse feito isso, não teria um teto sobre minha cabeça na noite seguinte.

Luciano simplesmente a encarou em silêncio. Dominique sondava o semblante dele tentando descobrir suas impressões, mas ele estava impassível. Não demonstrava dor, raiva, compaixão ou preocupação. Simplesmente a fitava atentamente, como uma belíssima estátua esculpida por um talentoso artista.

— Vou perguntar pela última vez, Dominique. Caso não queira me contar ou prefira me enrolar com alguma mentira, eu a compreenderei perfeitamente. Já falei que não quero pressioná-la a nada. Compreenderei qualquer atitude que venha a tomar.

— Isso também aconteceu anteontem — ela revelou antes que se desse conta. — Ele me machucou muito... Ele me... me...

Soluços incontroláveis brotaram com novas lágrimas. Luciano simplesmente a abraçou, apoiando a cabeça de Dominique em seu peito. Ela ficou assim por quase cinco minutos, deixando o pranto extravasar, sentindo a carícia suave e o perfume envolvente de Luciano. Quando achou que teria condições de recobrar a fala, sufocada pela emoção, afastou-se um pouco para olhá-lo de novo.

— Eu fui... estuprada.

— Por Pascoal? Foi seu senhorio quem lhe fez isso?

Ela sacudiu a cabeça para os lados. No auge de seu rompante sentimental, não reparou que a voz de Luciano estava gelada, quase sussurrada.

— O nome dele é Silvério. Ele é porteiro no prédio em que moro. Eu vinha sendo assediada por ele sempre que passava pela portaria. Nunca houve testemunhas por perto, no entanto. Cheguei a ameaçá-lo de procurar a ajuda da polícia. Deveria ter feito isso. Duas noites atrás, quando eu estava voltando do hospital, ele me encontrou na calçada e me arrastou para um beco...

Ela contou tudo com detalhes que soariam macabros a qualquer pessoa. Luciano, contudo, não demonstrou nenhuma emoção. A jovem falou sobre o medo que sentiu, sobre a violência de Silvério em meio à chuva fria e sobre os golpes que ele acertara em seu rosto. Ao final, admitiu que não tornara a vê-lo desde então, mas que isso era só questão de tempo. Temia procurar a polícia e sofrer represálias dele mais tarde.

— Você sabe que terá de fazer exames de sangue para averiguar a possibilidade de ele a ter contagiado com alguma doença sexualmente transmissível? Está ciente disso, não é?

— Sim, eu pensei nisso. — E pensei também em como seria minha vida se tal possibilidade tivesse acontecido. Não queria depender de remédios para controlar a doença pelo resto da vida.

— Também deve saber que alguns vírus, como o HIV, não são imediatamente detectáveis após a infecção. Será necessário que você realize um exame de sangue dentro de trinta dias e outro após sessenta.

Dominique balançou a cabeça em concordância, muito desanimada. Além de todo o impacto devastador que a violência do estupro lhe causara, ainda havia a possibilidade de ter sido infectada por algo perigoso.

— Quero que me telefone imediatamente, caso ele volte a importuná-la. — Luciano retirou do bolso da calça um cartão de visitas preto, em que estavam impressos um número de celular e o sobrenome De Lucca logo abaixo, e entregou-o a Dominique em seguida. Não havia nenhuma outra informação além dessas.

— Farei isso. Quero lhe agradecer por estar me ajudando. Sinto que posso confiar em você e que podemos ser amigos — ela agradeceu com um sorriso tímido, guardando o cartão que recebera.

— Obrigado por essa confiança. Contar algo tão íntimo a mim, mesmo que esta seja nossa primeira conversa, me fez pensar que estou agindo da melhor forma.

— Algo dentro de mim me diz que você não pretende me machucar. E eu realmente estou precisando de amigos.

Luciano simplesmente a fitou em silêncio. Seus olhos brilhavam na leve penumbra do interior do carro.

— Quer que eu a deixe em casa? Lembre-se de que sua noite de trabalho já foi paga ao restaurante.

— Prefiro conversar com o senhor Pierre primeiro. Pode me aguardar aqui?

Ele assentiu. Dominique lhe devolveu a chave do carro e saltou.

Assim que a viu desaparecer no restaurante, Luciano apanhou o celular e fez uma ligação.

— Kamil, no endereço em que Dominique mora há um funcionário chamado Silvério. Parece que é o porteiro do prédio. Quero que levante todas as informações que conseguir sobre ele o mais depressa possível.

— Sim, senhor.

Ele colocou o celular de volta no bolso da calça e fitou demoradamente a entrada do restaurante, com a mente em devaneios. Só pareceu voltar a si quando viu Dominique, com um leve sorriso nos lábios, saindo do trabalho. Assim que entrou no carro, ela comentou:

— O senhor Pierre não gostou muito de saber que não trabalharei essa noite, porém creio que o dinheiro que você lhe entregou tenha sido suficiente.

— Assim fico mais tranquilo.

— Sou realmente tão importante assim, a ponto de ter valido tamanha despesa?

— Não é do meu perfil discutir negócios com uma dama — murmurou Luciano, apresentando um de seus misteriosos sorrisos.

Dominique deu de ombros, deixando-se levar. Gostava da companhia dele, sem falar do luxo daquele carro. De antemão, notara que Luciano era um homem observador, inteligente e objetivo, que não fazia rodeios para chegar aonde queria. Demonstrava ter uma personalidade forte e interessante, além de uma educação excepcional, características fundamentais para ela na construção de uma boa amizade.

Ele a deixou diante do prédio, após Dominique lhe garantir que Silvério não estava na portaria. Mesmo assim, Luciano saltou do carro e aguardou na calçada, pois, durante o trajeto, combinara com ela de que só iria embora depois que a moça surgisse na janela e lhe fizesse um sinal de que estava tudo bem.

Minutos mais tarde, quando Dominique assomou na janela e fez um gesto de positivo com o dedo, ele piscou para a jovem e retornou para o Jaguar faiscante. Depois de vê-lo se afastar, Dominique tomou um banho, refletindo sobre a conversa que tivera com Luciano. Jogou-se na cama logo em seguida, para adormecer em menos de três minutos.

Na manhã seguinte, em Sarandi, considerado um dos bairros mais violentos de Porto Alegre, entre alguns arbustos de uma praça, o corpo de Silvério foi encontrado por dois adolescentes, que acionaram a polícia. Havia cinco perfurações de bala em seu peito e um bilhete enfiado no bolso de sua camisa, que dizia: "Um estuprador a menos no mundo".

CAPÍTULO 12

Augusto e Alessandra estavam casados havia doze anos e lembravam-se do dia em que se conheceram como se tivesse acontecido na semana anterior. Ele fora contratado para trabalhar como *office boy* pela mesma loja em que Alessandra trabalhava como operadora de caixa. Ambos estavam com vinte anos na época, e, após duas semanas de conversas informais, que se transformaram em convites para jantares e sessões de cinema, o namoro iniciou-se. Descobriram que estavam apaixonados, e esse amor só ganhou força ao longo de mais de uma década.

Devido a uma má formação, Alessandra nasceu com o útero comprometido, por isso nunca puderam ter filhos. O casal, então, acostumou-se com a independência e o romantismo que floreavam a relação dos dois, o que os fez optar por não adotar uma criança. Fora uma decisão sensata para eles, que nunca se arrependeram da decisão tomada. Agora, estavam prestes a completar o décimo segundo aniversário de casamento. Uma criança mudaria muitas coisas na rotina que haviam construído, e eles acreditavam que ainda não era o momento de ampliar a família.

Alessandra foi criada no seio de uma família espiritualista, que a ensinou sobre os verdadeiros valores do espírito. Dotada de mediunidade desenvolvida, ela, desde pequena, conseguia pressentir algumas situações, que aconteceram ou que estavam por acontecer consigo ou com amigos próximos. Nunca vira nem ouvira espíritos, porém, sempre que essas sensações chegavam, não tinha erro: ou o fato já ocorrera ou estava próximo de acontecer.

Ela tinha uma mente aberta, desprovida dos dogmas e dos preconceitos criados e sustentados por muitas religiões. Para ela, nenhum assunto era tabu nem motivo para virar polêmica. Sabia respeitar opiniões contrárias às suas, contudo, não permitia que ninguém tentasse doutriná-la ou invadisse seu espaço. Após se casar com Augusto, falou-lhe sobre os conceitos em que acreditava, como reencarnação e sobrevivência do espírito após a morte do corpo. Ele sentiu um grande interesse pela temática desde o início e aprofundou-se nos estudos ao lado da esposa. Nos fins de semana, eles trabalhavam na casa de estudos espiritualistas que pertenciam aos pais de Alessandra, onde promoviam cursos, palestras, feiras de livros, além de várias técnicas de trabalhos espirituais, como aplicação de passes fluídicos, reiki, cromoterapia, entre outros.

Como Alessandra costumava dizer que o lar é o santuário de cada um, procurava manter elevadas as vibrações e as energias no ambiente, por meio de estudos, incensos, florais, velas, cristais, ervas aromáticas e muita oração. A disposição dos móveis era muito organizada. Nada de objetos velhos e entulhados num canto. Tudo era muito limpo, bem distribuído, cercado por paredes pintadas com tons pastéis ou com amarelo-claro e branco. As cores, de acordo com Alessandra, também influenciavam o padrão energético de um espaço.

Foi justamente essa sensação acolhedora, harmônica, leve e equilibrada que Dominique encontrou, logo após tocar a campainha dos vizinhos e ser recebida por eles. Não sabia explicar exatamente o motivo de ter despertado com um desejo grande de procurá-los. Não tornou a vê-los desde o dia em que os conheceu na portaria, enquanto Silvério e Pascoal a cobravam diante de todos.

Eles haviam lhe dito coisas muito bonitas e a feito a jovem se sentir bem. Os últimos acontecimentos em sua vida não foram nem um pouco agradáveis, e Dominique sentia uma necessidade íntima de ser consolada, orientada e de fazer novos amigos. Sabia que entraria em pânico quando revisse Silvério ou se ele a provocasse novamente. Ademais, a qualquer momento, Pascoal a expulsaria do apartamento, a menos que arranjasse o dinheiro para quitar o mês de aluguel em atraso. Disseram que Cida havia despertado, mas não dava sinais de que melhoraria, e Dominique temia que o novo AVC houvesse trazido graves consequências para a avó. Por fim, sua situação no restaurante, embora adorasse trabalhar lá e apreciasse o patrão, não caminhava às mil maravilhas. Brígida a atormentava como uma figura demoníaca, e ainda havia a incerteza quanto ao seu emprego. No dia em que Pierre se cansasse dela ou de seu trabalho, ela estaria desempregada.

Como se fosse um contrapeso em meio a tantas atribulações, houve a estranha aproximação do misterioso Luciano De Lucca. Por que um homem rico, que andava ladeado por seguranças, demonstraria interesse em uma garçonete qualquer, a ponto de gastar um bom dinheiro para simplesmente conversar com ela? Certamente, ele tinha interesses escusos por trás de sua fachada de homem amável, mesmo que Dominique não conseguisse detectar nada de ruim ou perigoso vindo dele. Se Luciano realmente era mesmo rico como ela imaginava, poderia arranjar as mulheres que desejasse, melhores do que ela em todos os níveis. Por que demonstrara tanta preocupação, tanto zelo, tanto carinho com ela?

Cida sempre foi uma ótima conselheira, mas, agora, sua avó não estava mais por perto. Tinha certeza de que Alessandra cumpriria bem esse papel. Mal sabia Dominique que, na última noite, após se afastar temporariamente do corpo físico, a jovem se encontrou novamente com o espírito de Marília, que a aconselhou a buscar o auxílio do casal de vizinhos. Assim, ao despertar, ela sentiu uma grande vontade de reencontrá-los.

— Bom dia! Espero que não esteja incomodando vocês. — Começou Dominique, assim que foi recebida à porta por Alessandra.

A mulher de sorriso fácil e volumosos cabelos vermelhos retribuiu a visita com um abraço afetuoso.

— Fique à vontade, minha querida. Fomos nós que a convidamos, está lembrada? Penso até que essa visita já poderia ter acontecido antes.

Alessandra tomou Dominique pela mão, que se mostrava um tanto tímida e deslocada, e conduziu-a até a sala, onde o marido digitava algo em um *notebook* pousado em seu colo. Ao vê-la, também sorriu:

— Olha só que visita agradável! Bem-vinda ao nosso humilde aconchego.

Eles ofereceram um suco a Dominique, mas a jovem recusou. Ao sentar-se, ela reparou na decoração de bom gosto, nos móveis modernos e no aroma de lavanda que predominava na sala. O apartamento de Augusto e Alessandra tinha uma configuração diferente do de Dominique. Possuía um dormitório a mais, os cômodos eram maiores, e a vista das janelas dava para a direção oposta à dela.

Ao notar que a jovem vizinha parecia um tanto acanhada, Alessandra começou a puxar conversa de um jeito agradável, até que, logo depois, Dominique já se mostrava entrosada no papo. Nem ela nem Augusto fizeram qualquer pergunta sobre o hematoma em torno do olho ou sobre o ferimento no lábio da moça, mas deduziram facilmente que parte do motivo que levara Dominique até eles tinha a ver com aquilo.

Augusto contou que era supervisor na loja na qual começara a trabalhar como *office boy* e onde conhecera Alessandra e que, atualmente, estava de férias. Ela havia se formado em Letras, feito um mestrado na área de linguística e agora ministrava aulas em uma universidade particular à noite. Dominique contou sobre seu primeiro emprego, que trabalhava em um restaurante de luxo e que estava gostando de sua profissão. Achou que não era necessário falar sobre Brígida para não azedar a conversa.

— Ainda não sei por que estou aqui — ela disse, de repente. — Só sei que acordei com muita vontade de conversar com vocês.

— Não precisa ter um motivo para nos procurar — contrapôs Alessandra de forma gentil. — Venha sempre que quiser. Eu já a considero uma grande amiga, sabia?

Dominique baixou a cabeça, sem jeito. Ao erguer o rosto novamente, havia lágrimas em seus olhos.

— Percebo que você está precisando de alguma coisa — Augusto, que havia desligado o *notebook*, olhou-a com atenção. — Espero que possamos ajudá-la.

— Tenho passado por uma fase muito difícil... — As lágrimas ganharam força, e os soluços surgiram. — Me sinto muito sozinha.

Alessandra a abraçou, beijando os cabelos escuros e lisos de Dominique. A jovem chorou por um longo tempo, até que, finalmente, a emoção serenou.

— Quer nos contar o que está acontecendo? — sondou Augusto. — Fale apenas o que achar necessário. Não queremos pressioná-la.

Dominique contou sobre a avó internada e sobre as constantes cobranças e ameaças de Pascoal. Por fim, revelou somente que, enquanto voltava do restaurante, fora agredida e assaltada por um homem e que ele a deixara com aqueles sinais no rosto.

— Se minha avó morrer e eu for despejada, não sei o que será da minha vida — Dominique finalizou, enxugando mais algumas lágrimas.

— Querida, antes de qualquer coisa, gostaria que tentasse se acalmar. Você tem fé? Acredita em Deus?

— Na maioria das vezes, sim.

Alessandra não conteve o sorriso diante daquela resposta.

— Seriam nas vezes de maior necessidade?

— Eu me envergonho de só rezar quando preciso de alguma coisa.

— Não precisa sentir vergonha, assim como também não precisa conversar com Deus somente quando desejar algo. Ele vive em nós e conhece nossas reais necessidades antes mesmo de pensarmos em Lhe contar. Tenha certeza de que Deus sempre sabe o que faz.

Dominique assentiu, ainda recostada em Alessandra.

— Parece que existe algo escuro dentro de mim. Uma escuridão feia, que me assusta, me entristece e me angustia. Há momentos em que ela parece ter vida própria, e eu sinto até o peito doer.

— O coração angustiado revela que há um conflito a ser resolvido dentro de si — explicou Augusto. — Essa escuridão que você está sentindo pode ser o somatório de todos esses acontecimentos, que estão machucando-a por dentro, talvez pelo fato de você não saber lidar com eles.

Quando você compreender que existe solução para todas as coisas e que a vida age a nosso favor, provavelmente a escuridão diminuirá.

— E como aprendo a enfrentar meus problemas?

— A alma é o nosso senso e sabe o que é melhor para nós — completou Alessandra, acalentando-a como se Dominique fosse sua filha. — Diante de uma decisão difícil, aprenda a consultá-la e descubra o que sua alma quer lhe dizer. Sabe como fazer isso?

Dominique sacudiu a cabeça para os lados, secando o rosto outra vez. Alessandra prosseguiu:

— Procure um lugar calmo, sem agitação e de preferência silencioso ou com uma música suave ao fundo. Tente não pensar em seus problemas nesse momento. Feche os olhos e peça inspiração divina. Procure enxergar dentro de si, como se quisesse se ver por dentro, como se buscasse conversar com seu espírito. Ligue-se ao seu verdadeiro eu. Você encontrará a resposta que busca. Deus vive em você, minha amiga.

Ao ouvir aquilo, Dominique caiu em prantos novamente, pois havia se recordado dos momentos de medo e horror vivenciados com Silvério. Quase contou ao casal sobre o estupro e só não o fez porque aquele assunto lhe fazia muito mal. Sofreu ao revelar a verdade a Luciano, pois, ao falar, revivia aqueles instantes como se estivessem acontecendo novamente.

Augusto e Alessandra já havia percebido que Dominique não lhes contara tudo e que algo muito pior do que uma avó em coma e um senhorio ganancioso a estava atormentando, contudo, respeitariam o tempo dela. Aguardariam o momento em que ela desejasse falar tudo, mesmo que isso não acontecesse naquele dia.

— Deus vive em mim e, mesmo assim, meus problemas são maiores. Não sei o que fazer.

— Não se deixe derrotar por nenhum problema — orientou Alessandra. — Isso só revela fraqueza. Nosso espírito é forte. Não há obstáculo que não possamos vencer. Sua força interior é tão grande que é capaz de surpreendê-la.

— E quero acrescentar uma coisa — Augusto pousou o *notebook* sobre o sofá e a fitou com carinho. — Você não está sozinha. Mesmo que não acredite, seu mentor espiritual a acompanha diariamente. É como uma espécie de anjo da guarda, entende? Há também outros amigos invisíveis, que só querem nosso bem. Por último, você tem Alessandra e a mim. Modéstia à parte, não existe companhia melhor.

Ele piscou um olho, e Dominique riu. Ela olhou mais uma vez ao redor, admirando a beleza daquela sala.

— Eu me sinto tão bem aqui. Há algo muito bom no apartamento de vocês.

— Trabalhamos diversas técnicas para manter elevadas as energias do nosso ambiente. Se quiser, depois posso lhe ensinar algumas. São fáceis e simples de aplicar. — Alessandra apontou para uma base de madeira, onde havia algumas cinzas. — Hoje, por exemplo, acendi um incenso de sálvia branca e pedi a proteção dos nossos guias contra qualquer vibração maldosa e negativa.

— Parece que dá certo. Assim que entrei, senti uma paz imensa. Isso sem falar no fato de que vocês dois parecem ser anjos. Nunca vi pessoas tão bondosas.

— Já ouviu dizer que o bem faz bem? Não somos tão perfeitos assim. Ainda temos muito a aprender. A caminhada na jornada evolutiva é longa. Augusto e eu seguimos devagar, mas sempre em frente.

Alessandra assoprou um beijo para o marido, e Dominique sorriu quando o viu retribuir o beijo para a esposa.

— Gostamos de praticar o bem ao próximo, que é um grande ensinamento bíblico. No entanto, muitas pessoas entendem essa questão como a caridade, vista apenas como ajudar as pessoas financeiramente. Dessa forma, muitas vezes acabamos nos deixando de lado em prol dos outros. Desde pequena, meus pais me ensinaram que devemos nos colocar em primeiro lugar e que isso não tem nada a ver com egoísmo. De que adianta amar ao próximo e não me amar? Aprendi também que só devo realizar coisas que me agradem, me façam sorrir e me mantenham no bem. Augusto faz o mesmo. É dessa forma que nós nos fazemos felizes.

— A tristeza e a dor interior são sinais de que existe algo não resolvido dentro de nós — tornou Augusto, indicando o peito de Dominique. — Sabe aquela escuridão sobre a qual você comentou? É como uma ferida na pele, que insiste em arder. Quando aprendemos como tratá-la, ela cicatriza e nunca mais volta a doer ou a nos incomodar. Você precisa preencher seu corpo de luz para espantar as sombras interiores.

— Preciso aprender a confiar mais em Deus, não é mesmo?

— Com certeza, Dominique, mas é fundamental que aprenda também a confiar em si. Augusto e eu aprendemos que esse é o melhor caminho.

— Eu não queria que tantas coisas ruins estivessem acontecendo de uma vez só.

— A vida não funciona do seu jeito, minha querida. Qual seria o mérito se tudo acontecesse como a gente deseja? — reforçou Augusto.

— Como vocês são espíritas e estudam sobre o assunto há muito tempo, têm mais facilidade de compreender certas coisas. Eu não sei de nada. — Dominique deu de ombros. — Por outro lado, confesso que esses poucos minutos de conversa me fizeram muito bem.

— Não somos espíritas — confessou Alessandra com um sorriso. — Não professamos nenhuma crença religiosa. Adotamos um conceito de espiritualidade independente, de acordo com nossas pesquisas sobre a vida e seu funcionamento. Como lhe disse, nasci em uma família que tinha essa visão. Comecei a estudar e a me aprofundar nessa temática. Quando me casei com Augusto, ele me ajudou nessa busca. Somos ávidos estudiosos da vida e do mundo espiritual. E ainda há muito mais para aprendermos.

Dominique assentiu, e a conversa desviou-se para outros assuntos. Augusto voltou a lhe oferecer um suco, e desta vez ela aceitou. Quando ele retornou com uma jarra de limonada, três copos e um pedaço de bolo de chocolate, entregou tudo para a esposa segurar e apanhou a carteira.

— Gostaríamos de ajudá-la com parte de seus problemas. Qual é o valor que você está devendo para o proprietário do apartamento?

— Por favor, não façam isso. Não tenho como lhes devolver o dinheiro por enquanto.

— Então, nos devolva quando puder — tranquilizou-a Alessandra. — Se o valor em aberto é de apenas um mês, então, não deve ser nada exorbitante.

Dominique falou o valor, e Augusto contou o dinheiro. Quando o entregou a Dominique, ela recomeçou a chorar.

— Não sei o que dizer. Vocês são mais do que anjos.

— Quite sua dívida e nos pague quando puder — pediu Alessandra, emocionada com a expressão sincera de gratidão da jovem vizinha. — Infelizmente, não podemos fazer nada pela saúde de sua avó, mas pelo menos você terá um teto garantido.

Dominique beijou Alessandra no rosto e fez o mesmo com Augusto. Guardou o dinheiro com cuidado, como se temesse perdê-lo. Por fim, anunciou que precisava ir ao hospital saber notícias de Cida. E foi nesse instante que o rosto de Alessandra se tornou pálido como uma folha de papel.

— O que houve, querida? O que está sentindo? — Augusto a segurou pelos ombros, atento ao semblante contraído da esposa.

— Dominique — ela fechou os olhos e tomou as mãos da moça —, seja forte. Não deixe que seu barco afunde em meio à tempestade nem permita que ondas tempestuosas o façam virar. Lembre-se de que Deus está no controle de tudo. Que essa escuridão dentro de você não ganhe mais espaço! Que a luz divina se faça em sua vida, agora e sempre!

Naquele momento, Dominique não entendeu muito bem o que estava acontecendo nem percebeu que Alessandra havia sido intuída por um espírito superior. Despediu-se do casal, agradecendo-lhes mais uma vez pelo empréstimo do dinheiro.

Dominique passou pelo seu apartamento para guardar o dinheiro e dali seguiu direto para a Santa Casa, onde procurou o médico. Quando o viu, antes mesmo que ele dissesse qualquer palavra, soube que algo ruim havia acontecido. Um calafrio percorreu sua espinha. Estava prestes a perguntar se a avó tinha piorado, quando o médico se adiantou:

— Cida está viva, porém, ela teve um terceiro AVC há menos de uma hora e seus sinais vitais caíram muito. Está novamente em coma. As chances de sobrevivência, infelizmente, são baixíssimas.

Dominique não disse nada. Como um robô, caminhou até as cadeiras duras da sala de espera, sentou-se em uma delas e enterrou o rosto entre as mãos. Ali, deixou-se ficar.

CAPÍTULO 13

Não houve novas alterações no quadro clínico de Cida ao longo da manhã e da tarde. A equipe médica estava surpresa com a luta da paciente pela vida. O último AVC fora mais devastador do que os anteriores, deformando toda a sua face direita. Mesmo assim, os demais órgãos continuavam funcionando relativamente bem. Não era possível prever quando ela sairia do coma, se é que isso aconteceria, nem deduzir quais sequelas ela teria caso sobrevivesse.

Dominique só saía do hospital quando ia procurar algo para comer, pois não gostara dos lanches que eram vendidos lá dentro. À noite, o outro médico, que revezava o turno com o primeiro, apareceu para lhe dar algumas informações. As notícias não eram nada animadoras, e ele foi diretamente ao ponto:

— Dominique, infelizmente, sua avó teve morte cerebral.

O coração da jovem disparou, e suas pernas ficaram tão moles que, por pouco, ela não caiu ali mesmo.

— Como assim? O que é morte cerebral?

— Não há mais nenhum tipo de atividade cerebral. O coração e os pulmões ainda estão funcionando, pois estão ligados a aparelhos que os estimulam a funcionar. Lamento muito.

— Com isso, você quer dizer que minha avó morreu?! — Dominique começou a falar alto demais, chamando a atenção das pessoas que estavam próximas. — Não pode ser, doutor! Por favor, diga que isso não é verdade.

— Eu realmente sinto muito. É doloroso dar esse tipo de notícia aos pacientes e sei o quanto é difícil ouvi-la. Todavia, a morte cerebral é considerada o quadro oficial de falecimento. Não há meios para fazer o cérebro voltar a funcionar nem reverter o quadro do paciente nesses casos. Gostaríamos que você permanecesse no hospital pelas próximas horas para iniciar os trâmites necessários. Se houver alguém que você gostaria de chamar para lhe fazer companhia, este é momento.

O médico se afastou, deixando Dominique chorando convulsivamente. Quem ela chamaria? Não se sentia no direito de arrastar Alessandra e Augusto para seus problemas. Eles já fizeram por ela mais do que podiam. Ela também tinha o número de Luciano, entretanto, ela não desejava envolvê-lo naquela situação.

Uma mulher que havia acompanhado o desespero de Dominique, quando a jovem recebeu a notícia da avó, lhe trouxe um copo com água. Ela agradeceu e tomou tudo em um só gole. Sua garganta estava ressecada, da mesma forma que ela sentia que sua vida também estava.

Decidiu telefonar para Pierre e lhe dizer que, mais uma vez, não iria trabalhar. Não tinha certeza de que ele seria tolerante e compreensivo, mesmo que o motivo fosse justificável. Quando Olívia atendeu, Dominique pediu para falar com o patrão, contudo, ouviu a voz irritante de Brígida após a ligação ser transferida.

— Se você está ligando para comunicar que faltará novamente, já lhe aviso que não vou me surpreender.

— Onde está o senhor Pierre?

— Não está aqui — retrucou Brígida de má vontade. — Foi por isso que ligou? Você não virá hoje?

— Minha avó teve morte cerebral. Estou muito mal. — Dominique soluçou, ante a indiferença gélida da gerente. — Pediram para eu permanecer no hospital.

— Entendo. Darei o recado a ele assim que o vir.

— Se ele quiser, pode telefonar para meu celular, e eu explicarei todos os detalhes.

— Sem problemas.

Brígida desligou com um sorriso triunfante no rosto. Aquela era a oportunidade perfeita para se livrar daquela imbecil. Não haveria outra chance. Teria de atacar com todas as suas armas.

Pierre apareceu dois minutos depois. Ele estava no salão conversando com uma famosa atriz de novelas, que estava passando as férias com o namorado em Porto Alegre e escolhera o *Água na Boca* para jantar.

— Aconteceu alguma coisa, Brígida? Você está com um olhar estranho.

— Adivinhe quem acabou de telefonar para dizer que não virá trabalhar!

Pierre passou por Brígida e sentou-se atrás da mesa, antes de retrucar:

— Dominique?

— A própria. Disse que está com uma forte dor de cabeça e que, graças a essa indisposição, não terá condições de vir — mentiu Brígida com toda a naturalidade.

— Isso já é demais. Não pensei que essa mocinha fosse me decepcionar desse jeito. Quando a entrevistei, ela me pareceu tão empenhada em trabalhar, tão dedicada profissionalmente.

— As pessoas conseguem nos enganar. Estive conversando com Olívia, e ela me contou que uma prima dela, que se mudou do interior para a capital, também está procurando uma oportunidade de primeiro emprego. Pensei em chamá-la para conversar com você. Ela pode cobrir a vaga de Dominique, que certamente você dispensará, não é mesmo?

Brígida vira pelo celular a foto da prima de Olívia e julgou que a moça era feia e desinteressante o bastante para não chamar a atenção de Pierre. Era perfeita para a vaga, ao contrário de Dominique, que aflorava beleza e educação.

— Não sei... — Pierre hesitou. — A avó dela está doente. Demiti-la agora será fatal para ela. Por falar nisso, ela deu alguma notícia da avó?

— Nenhuma. Inclusive, foi bem seca na ligação. Ela não gosta de mim, e isso é notório. De verdade, Pierre, acho que já passou da hora de mandá-la embora. Não viu o que aconteceu na noite anterior? De Lucca nos pagou para levá-la embora. Aposto que foram para algum motel. — Brígida rangeu os dentes, pois aquela ideia a enfurecia. — Ela começou a seduzir os clientes e escolheu um dos mais ricos. Daqui a pouco, nosso restaurante será motivo de escândalo. Não quer perder nossa reputação, quer?

Pierre respirou fundo. Sempre procurava agir da forma mais justa possível com os funcionários, principalmente após a morte de Ingrid. Depois que a filha partiu, muitas concepções, crenças e muitos comportamentos foram drasticamente alterados.

— Eu também achei estranho esse fato entre ela e De Lucca. Ele nunca se interessou por nenhuma funcionária nossa.

— Mas ela é uma pobretona, que está interessada em dinheiro. Além de ser uma completa folgada, que se vê no direito de ficar em casa por causa de uma dorzinha. Ora, por favor! Há pessoas que realmente precisam trabalhar. Demita-a, Pierre. Penso até que já deveria ter feito isso antes.

— Está bem — ele finalmente decidiu. Naquele momento, faria qualquer coisa para não ouvir a voz teimosa de Brígida. — Vou telefonar a ela e dizer que não precisa mais voltar.

— Não telefone. Amanhã de manhã, converse com o contador e peça que ele organize a papelada dela. Quando ela retornar, sabe-se lá que dia, você conta a notícia pessoalmente. Não haverá nada que ela possa fazer para convencê-lo a ficar.

Pierre assentiu, e Brígida deixou a sala do patrão exultante. Finalmente, estava livre de Dominique, assim como se livrara anteriormente de muitos outros funcionários que atravessaram seu caminho. Essa notícia a deixou tão feliz que ela seria capaz de dançar pelo salão com os clientes.

Pierre chegou em casa pouco antes de amanhecer. Morava próximo ao restaurante e fazia o trajeto em menos de dez minutos de carro. Geralmente, só voltava para trocar de roupa, tomar banho e repousar por algumas horas. Preferia passar a maior parte do tempo trabalhando. A movimentação, a clientela, as demandas do serviço, tudo era motivo para que ele distraísse a cabeça, não pensasse nela e não enveredasse novamente pelo tortuoso e espinhento caminho da depressão.

Ingrid, em uma foto emoldurada e presa à parede, sorria para ele. Aquela era outra das últimas fotografias que a filha tirara. Quem poderia imaginar que a jovem, no auge de seus dezoito anos, com sonhos traçados, projetos construídos e uma grande ânsia de viver, morreria de repente, naquele trágico acidente de carro?

No dia em que ela faleceu, parte de Pierre também morreu.

Desde então, a casa tornou-se um espaço gigantesco, silenciosa como um mausoléu e fria como o interior de uma geladeira. Ele não se sentia motivado ali dentro, nunca recebia visitas e não conferia se o trabalho da diarista que o visitava três vezes por semana era eficiente. Tomava café da manhã, almoçava e jantava no restaurante. Suas roupas eram lavadas e passadas pela mesma diarista. Não assista à televisão nem fazia coisas que homens divorciados costumavam fazer. Desde que se separou da mãe de Ingrid, não se interessara por outras mulheres. E, após o acidente, perdeu por completo qualquer desejo sexual. Simplesmente não sentia mais disposição para viver. Vivenciava um dia após o outro de modo automatizado, como uma máquina programada.

Seguiu para o banheiro, onde tomou uma ducha rápida e vestiu uma bermuda de moletom. Pretendia dormir umas cinco horas, antes de despertar e voltar ao restaurante. Não precisava de muitas horas de sono para se sentir revigorado. Acostumara-se a dormir durante o dia para trabalhar à noite e na madrugada.

Não estava satisfeito em ver-se obrigado a demitir Dominique. Gostava dela. Particularmente, ele não tinha nenhuma queixa ao trabalho que a moça realizava, contudo, as constantes ausências extrapolavam qualquer limite de compreensão e paciência. Brígida estava certa no que dissera. Havia muitas outras pessoas capacitadas buscando um trabalho. Logo, alguém ocuparia a vaga de Dominique.

De repente, Pierre sentiu uma rajada de frio e um arrepio que fizeram todos os pelos de seu corpo se eriçar. Fechou as janelas por intuição, mesmo que aquela sensação estranha continuasse. Não era a primeira vez que sentia aquilo. Uma dor de cabeça irritante surgiu, e ele voltou ao banheiro para tomar um analgésico.

Estava engolindo o comprimido, quando algo despencou na sala. Viu o celular que deixara sobre o braço do sofá caído no piso de mármore. De vez em quando, objetos caíam ou pareciam mudar de lugar. Sua mente estava sempre cansada demais para cogitar hipóteses que explicassem tais fatos. Cogitava, então, que a diarista houvesse trocado a posição das coisas ao limpá-las.

Pierre acomodou-se no sofá e deixou-se ficar. Nunca fora um homem religioso e sempre deu pouca importância aos assuntos tratados pelas religiões. Depois que Ingrid se foi, ele declarou-se ateu convicto e deixou de acreditar em qualquer coisa que não pudesse ver ou que não tivesse comprovação científica. Acreditava que a morte era o fim de tudo, que Deus era uma figura criada pelos homens para lhes causar temor e que Ingrid simplesmente deixara de existir. Graças a essas crenças limitadas, ele quase morreu ao mergulhar em uma depressão muito severa.

Por esses motivos, ele nunca poderia supor que o espírito da filha estivesse ali, parado a poucos metros de distância dele, observando o pai com um ódio enviesado nos olhos claros. Havia sangue em seus cabelos loiros e desgrenhados, além de arranhões nos braços e por toda a sua face. As roupas que usava no dia do acidente eram as mesmas que vestia do lado astral, embora estivessem rotas e rasgadas. Ao caminhar, ela puxava de uma perna, balançando o corpo de um lado para o outro, como um zumbi.

— Aí está você, seu maldito! — ela rosnou. — Sentado no sofá, como se não tivesse culpa no cartório. Eu o odeio, sabia? Eu o odeio pelo que fez comigo. Se estou deste lado, é por sua culpa! Você me matou, e jamais vou perdoá-lo por isso!

CAPÍTULO 14

Quando algumas pessoas dizem que a chegada de alguém querido ao céu é comemorada com festa por amigos e familiares que partiram antes, a teoria não está muito distante da prática.

Foi o que aconteceu com Cida. Após a equipe médica do plano físico decretar a morte cerebral do seu corpo, o espírito da mulher soube que era chegada a hora de partir. Três tarefeiros astrais a auxiliaram a desligar-se definitivamente da matéria, levando seu corpo espiritual para uma unidade de atendimento de saúde conhecida como posto de socorro. Havia muitas no astral, algumas delas especializadas em causas diversas. Umas eram voltadas para o atendimento de dependentes químicos ou para o socorro de espíritos que acabaram de deixar as regiões umbralinas; outras, para o tratamento de pessoas que desencarnavam vitimadas por acidentes repentinos; e havia ainda aquelas que cuidavam dos espíritos de crianças e de pessoas que não aceitavam a possibilidade de a vida continuar em outras dimensões.

Assim que foi acomodada no leito de uma enfermaria, Cida recebeu a visita de seus pais e de Marília. Todos estavam muito emocionados e felizes com sua chegada. Marília sabia que a mãe não acordaria naquele momento, mas não conteve uma lágrima de felicidade que escapuliu pelo canto de seu olho. A jornada de Cida continuaria, agora no astral. Ela era muito grata por tudo o que Cida fizera pela criação de Dominique. A jovem tornara-se uma mulher honesta, decente, bondosa e muito inteligente. Orgulhava-se disso também.

Marília sabia que a filha ainda viveria momentos difíceis, contudo, uma grande mudança estava prevista para acontecer. Embora, é claro, Dominique tivesse seu livre-arbítrio e pudesse tomar outras decisões, alterando, assim, o seu destino.

Marília retirou-se para um canto da enfermaria, fechou os olhos e fez uma sentida prece, agradecendo a Deus pelo retorno de Cida ao mundo espiritual e pedindo proteção e inspiração para Dominique, pois sabia que sua filha necessitaria de ambas as coisas.

Dominique chorou silenciosamente por longas horas, quando o médico voltou para lhe dizer que os aparelhos haviam sido desligados e que a paciente, oficialmente, viera a óbito. A jovem chorou sozinha, pois não quis telefonar para ninguém. Chorou por ter mentido e enganado a avó, pretextando preservar sua saúde. Chorou por não ter conseguido falar com ela pela última vez, por não ter conseguido se despedir e agradecê-la por tudo. Cida fora uma segunda mãe para ela e exercera seu papel materno de um jeito maravilhoso. Dominique pensava que talvez não tivesse retribuído a contento nem sido uma neta exemplar.

A jovem cochilara no hospital, e o próprio médico orientou que ela voltasse para casa e procurasse dormir por algumas horas, pois, por ora, não havia nada que ela pudesse fazer e era importante que Dominique recobrasse as energias. O corpo de Cida seria liberado no fim do dia para o velório, e o enterro aconteceria na manhã seguinte.

Dominique era a própria imagem da derrota e da dor. No ônibus, a caminho de casa, viajou de pé, chorando diante de todos os passageiros. Uma mulher, comovida com sua tristeza, ofereceu-lhe o assento, mas ela recusou-o com a cabeça. Tudo o que queria era chorar até não aguentar mais.

Quando chegou ao prédio, não reparou em duas vizinhas que comentavam algo aos sussurros nem prestou atenção ao porteiro que estava lá, cuja expressão denotava seu pesar pelo assassinato de um colega de trabalho. Boa parte dos moradores já fora informada sobre a morte de Silvério. A polícia ainda não tinha nenhuma pista de quem poderia tê-lo matado, mas já interrogara alguns funcionários do prédio. Dominique andava tão alheia a tudo, tão imersa em seu próprio mundo, que conversas paralelas sobre quem quer que fosse não despertavam seu interesse.

Ela tomou banho, deitou-se e dormiu. Não quis ir ao quarto de Cida, não comeu nem conferiu seu celular. Vestida em uma camisola cor-de-rosa, apagou em poucos segundos, vencida pelo extremo cansaço.

Acordou com um ruído irritante algum tempo depois. Um pouco atordoada pelo sono, por alguns segundos custou a associar o som ao toque do interfone. Viu que já passava das cinco da tarde. Lembrou-se de que precisava informar Pierre sobre os últimos acontecimentos.

Seus pés pareciam ser feitos de chumbo, enquanto ela caminhava até o interfone.

— Alô?

— Dominique, há um rapaz aqui na portaria que deseja falar com você. Disse que se chama Lucas.

— Lucas?

— Desculpe, ele está me corrigindo. É De Lucca. Luciano De Lucca. Perguntou se pode subir.

— Ah... — Pega de surpresa, ela não soube o que responder de pronto.

— Diga... peça para ele aguardar uns cinco minutos e então poderá subir.

— Tudo bem.

Ela desligou e foi lavar o rosto. Trocou a camisola por um vestido mais discreto. Não conseguia imaginar o motivo de ele ter ido procurá-la. Teria acontecido alguma coisa?

Quando, alguns minutos depois, ouviu o toque da campainha, ela atendeu à porta com curiosidade. Luciano logo notou o rosto meio inchado e os olhos avermelhados da jovem. Mesmo que ela não estivesse maquiada, conseguia estar ainda mais linda com os cabelos soltos. Dominique era simplesmente deslumbrante.

— Desculpe por ter vindo sem avisar. Se estiver ocupada, posso voltar em outra hora.

— Não. Entre, por favor. Só pedi que aguardasse um pouco, porque eu estava dormindo. Passei a noite toda no hospital...

— E sua avó, como está?

A pergunta ativou a alavanca que fez Dominique esvair-se em lágrimas. Astuto, Luciano logo desconfiou de que Cida houvesse falecido.

— Ela morreu... — Foi tudo o que Dominique conseguiu explicar, fungando e soluçando.

Luciano entrou e fechou a porta atrás de si. Observou rapidamente o apartamento, constatando que ela estava sozinha. Tomou Dominique nos braços e apertou-a com força, deixando que ela extravasasse toda a sua tristeza. Depois, guiou-a ao sofá, quando seu verdadeiro desejo era levá-la para a cama para lhe dar todo o amor e carinho que ela merecia, até que nunca mais a visse chorar.

— Por favor, acalme-se. Já lhe disse que chorar não adianta, porque nunca traz a saída de que necessitamos para resolver nossas pendências.

— Ela era tudo para mim.

— Agora você é tudo para si mesma. E estou aqui justamente para lhe mostrar isso.

Ela piscou para desembaçar a visão e o fitou. Luciano vestia terno e gravata, todos pretos, como sempre. Ele também parecia mais bonito do que nunca e sedutor ao extremo. Era vinte anos mais velho do que ela, porém, ninguém diria que ele tinha mais do que trinta anos.

— Vim também para lhe oferecer minha ajuda. Vou custear todas as despesas com o funeral de sua avó. Mas, antes, quero saber qual é o valor que você está devendo para seu senhorio. Vamos pagá-lo hoje mesmo.

— Felizmente, um casal de vizinhos me ajudou com isso. Eles me emprestaram o dinheiro. Só não paguei o aluguel a Pascoal porque ainda não tive tempo.

— Tem certeza de que está mesmo tudo bem? Refiro-me a dinheiro.

— Sim, pode ficar tranquilo. — Ela encarou-o com olhos cansados. — Por que está me ajudando? Por que está me tratando assim? Nós mal nos conhecemos.

— Luciano De Lucca, a seu dispor. — Ele esticou-lhe a mão direita.

Dominique viu-se obrigada a sorrir. Luciano aproveitou aquele instante de breve distração e pousou um beijo suave na testa dela. Era verdade que queria beijá-la nos lábios com intensa paixão. Não conseguiu tirar aquela guria dos pensamentos desde o momento em que a viu pela primeira vez.

— O que você vai fazer agora?

— Preciso ir ao restaurante conversar com o senhor Pierre. Não tenho condições de trabalhar hoje novamente. Ele deve estar muito irritado comigo. Depois, voltarei ao hospital para ver como farão com o corpo... com a minha avó.

Ele acariciou o rosto de Dominique, vendo-a chorar baixinho.

— Infelizmente, não poderei levá-la ao restaurante devido a alguns compromissos. Mesmo assim, quero lhe deixar o dinheiro para o táxi.

— Não precisa, até porque sei que não terei meios para lhe reembolsar o dinheiro.

— Considere isso um presente meu.

— Meu aniversário está longe.

— Então, vale como presente do seu aniversário do ano passado, quando nós ainda não éramos amigos. — Luciano tirou do bolso um maço de cédulas dobradas e depositou-o nas mãos trêmulas de Dominique. — Aí tem o suficiente para que você dê um enterro digno para dona Cida em um bom cemitério, se é que existem cemitérios bons. Gostaria também que você se deslocasse de táxi ou chamasse algum veículo de aplicativo. O transporte coletivo vai lhe tomar tempo e desgastá-la ainda mais.

— Tem certeza de que quer fazer isso por mim?

Ele analisou o hematoma em volta do olho de Dominique. Já não estava tão escuro. Mostrou seus belos dentes em um sorriso que tiraria o fôlego de qualquer mulher.

— Eu sempre tenho certeza de tudo o que faço.

Luciano levantou-se, antes que perdesse de vez o controle e a levasse para o quarto. Ainda não era o momento. Sempre foi um homem paciente quando se tratava de algo que ele desejava, e isso lhe garantira sucesso e progresso em todas as áreas.

Dominique acompanhou-o até o elevador. A presença de Luciano sempre a deixava intrigada, curiosa e impressionada. Mais uma vez, não sentiu nada de ruim vindo dele.

— Obrigada por tudo. Não sei como lhe agradecer.

— Cuide de si mesma e pare de chorar. Já me sentirei agradecido se puder fazer isso por mim e por si mesma. Me ligue, caso precise de alguma coisa.

Luciano beijou-a no rosto antes de entrar no elevador. Depois que ele desceu, Dominique voltou ao apartamento, bem mais calma do que antes. Talvez ele tivesse razão. Precisava cuidar de si mesma ou secaria de tanto chorar. Se Cida a flagrasse daquele jeito, sentindo-se uma inútil chorona, levaria um sermão gigantesco.

Penteou os cabelos, maquiou o rosto e passou batom. Prendeu os longos cabelos em um rabo de cavalo. Passaria no apartamento de Pascoal para pagá-lo e livrar-se de vez daquele problema. De lá, iria ao restaurante. Haviam emitido uma declaração provisória do atestado de óbito de Cida até que o oficial ficasse pronto. Esperava, com esse documento, convencer Pierre a mantê-la no emprego.

Pascoal abriu a porta com cara de poucos amigos. Ergueu uma sobrancelha ao notar o rosto machucado de Dominique e um sorriso surgiu em seus lábios. Coçou a bochecha flácida e colocou um dedo sob o queixo duplo.

— Veio me pedir prorrogação do prazo? A resposta é não.

— Vim lhe pagar. — Dominique estendeu-lhe o dinheiro. — Pelas minhas contas, incluindo os juros, meu débito chega perto desse valor.

Pascoal apanhou o dinheiro como se tivesse ímã nas pontas dos dedos. Contou e recontou várias vezes, emitindo grunhidos de aprovação. Ele amava dinheiro mais do que amava a própria vida.

— Está certo! Você é uma menina inteligente e boa de matemática. Vai evitar o despejo.

— Obrigada. Fico mais tranquila.

Dominique esperou que Pascoal fosse perguntar sobre o estado de saúde de Cida, já que a senhora praticamente passara mal diante dele. Como a pergunta não veio, ela quis saber:

— O senhor vai me entregar o recibo?

— Sim, com certeza. — Ele olhou por cima do ombro. — Acontece que estou com uma visita, digamos, íntima. Você praticamente interrompeu meu ritual de acasalamento. — Ele soltou uma gargalhada estridente, que terminou numa crise de tosse. — Volte amanhã cedo e pegue seu recibo. Não posso aborrecer minha companhia, se é que me entende.

Ele piscou um olho, e Dominique assentiu. Pelo menos ele pararia de importuná-la com ameaças de despejo.

Depois que ela saiu, Pascoal voltou ao quarto, onde uma mulher nua sobre a cama realmente o aguardava. Não era bonita de aparência nem possuía um corpo primoroso. Tinha cerca de quarenta anos, e, ao vê-lo, sua expressão não foi serena.

— Quem era à porta? Ouvi voz de mulher.

— Uma das minhas inquilinas. — Ele ergueu a mão com o dinheiro. — Veio me pagar o aluguel.

— Quanto tem aí? — Interessada, ela sentou-se na cama. — Sabe que estou precisando de grana.

— E quem não está, Eva?

— Você precisa dividir um pouco desse dinheiro comigo. — A cobiça brilhava nos olhos dela como luzes. — E sobre o apartamento, o que decidiu?

— Não tenho nenhum apartamento vazio para colocá-la.

— Ah, não? Então talvez seja mais fácil eu mostrar à polícia algumas fotos suas. Com certeza, as acharão muito interessantes.

Pascoal empalideceu. Eva era mesmo uma maldita. Descobrira um erro dele e agora não parava de chantageá-lo. Não sabia mais o que fazer para se livrar daquela estúpida.

Havia algum problema em ter uma queda pelas novinhas? Tudo bem que a garota que ele levara ao motel de um conhecido tinha apenas treze anos, mas ele lhe pagara bem pelo silêncio, não foi? O que não poderia imaginar é que Eva, sua ex-amante, havia contratado um detetive para segui-lo e que o homem tinha registrado por fotos a passagem de Pascoal pelo motel, acompanhado da adolescente que ninguém sabia de onde viera. Apesar dos treze anos, o rosto da menina era muito mais jovial, passando-se facilmente por alguém que acabara de entrar na puberdade.

Eva sabia que a polícia o acusaria de pedofilia. Além disso, o proprietário do motel, que autorizara a entrada de uma menor de idade no recinto, também seria enquadrado como cúmplice. Muitas cabeças rolariam. Tudo isso, no entanto, poderia ser evitado se o bom e velho Pascoal atendesse ao seu único pedido.

Eva exigira do amante um imóvel decente para morar gratuitamente, pois vivia em uma pensão fétida e encardida na periferia da cidade, onde baratas imensas e voadoras a visitavam quase todas as noites. Vendia produtos de beleza, atendia a algumas clientes como manicure e contava com uma magra pensão do falecido marido. Desde que Pascoal a levou para a cama pela primeira vez, ela viu ali um manancial de dinheiro, se soubesse jogar com as peças certas. Ela sabia. Pascoal fora manipulado direitinho.

Agora, estava no apartamento dele, nua. Sabia que não o excitava com seu corpo, ao contrário do que ocorrera nas primeiras vezes em que se encontraram. Atualmente, ele procurava carne jovem, mas isso não importava. Estava ali para ameaçá-lo outra vez e estava disposta a cumprir com sua palavra, se ele não lhe desse o apartamento.

Pascoal já pensara em tudo para se livrar de Eva. Sem chance. A ridícula era grudenta como um carrapato malcuidado. Se ela fizesse o escândalo que prometera fazer, ele poderia terminar atrás das grades.

Ávido por mulheres tanto quanto era por dinheiro, Pascoal chegou a cogitar seduzir Dominique. A guria era linda, dona de um corpo espetacular. Todavia, ele não gostava de se envolver com pessoas próximas. A avó dela era bem severa no que se referia a homens por perto da neta. Por isso, desistira de seu intento antes mesmo de tentar.

Ele realmente não tinha um apartamento vazio para enfiar aquela desgraçada. Poderia alugar um em seu nome apenas para se livrar da bruxa, porém, isso geraria ainda mais despesa. Por outro lado, se não atendesse ao pedido de Eva, seria denunciado à polícia. Vendo o corpo fora de forma de Eva esparramado sobre a cama, teve gana de enforcá-la.

Foi então que uma sórdida e cruel ideia lhe ocorreu. Alguém vira Dominique lhe pagar o mês de aluguel atrasado? Não. Ele lhe entregara o recibo? Não. Ela teria meios de provar que lhe pagara? Também não. Seria sua palavra contra a dela.

Decidiu o que faria. Na manhã seguinte, quando Dominique o procurasse para buscar o recibo, bancaria o desmemoriado e teimaria que ela nunca o pagara. Assim, daria andamento ao processo de despejo da forma mais rápida possível. Tão logo ela desocupasse o imóvel, acomodaria Eva nele. E poderia, enfim, recuperar sua paz e serenidade.

CAPÍTULO 15

A noite já começava a cair, quando Dominique desceu do táxi diante do *Água na Boca*. Não que quisesse gastar à toa o dinheiro que recebera de Luciano, mas faria o que ele lhe pedira.

Cumprimentou Olívia e avistou Brígida, que estava de costas, mas se virou imediatamente ao notar alguém atravessando o salão. Sorriu intimamente, vendo Dominique ir em direção à sala de Pierre. Já estava preparada para ouvir o chororô e ver as lágrimas de crocodilo da jovem, quando ela descobrisse que fora demitida.

Dominique bateu à porta e aguardou. Quando recebeu autorização para entrar, sorria tristemente.

— Boa noite, senhor Pierre!

— Boa... — Ele estava de cabeça baixa, escrevendo em um caderno, e nem sequer levantou a cabeça para ela.

— O senhor está chateado comigo, não é mesmo?

— Tenho motivos para isso?

— Posso me sentar?

Ele apenas apontou para a cadeira. Dominique sentou-se, avaliando com cuidado as palavras antes de falar.

— Brígida lhe deu meu recado?

— Bela justificativa para não vir trabalhar...

— O senhor acha que não era um bom motivo? Eu não estava em condições.

— Brígida já me disse. — Pierre soltou a caneta e encarou-a. Seus olhos pareciam meio apagados. — Quando a contratei, confesso que depositei em você expectativas demais. Cheguei ao ponto de lhe adiantar parte de seu salário, sem saber se você voltaria ao restaurante. Confiei em você e em sua necessidade de trabalhar. Pelo menos foi o que você me contou, e agora descubro que era tudo mentira.

— O que quer dizer com isso?

— Quero lhe dizer que não preciso mais dos seus serviços. Está dispensada. O dinheiro que lhe adiantei será descontado do valor que terá direito a receber.

Como se desse o assunto por encerrado, Pierre voltou a escrever. Estava se sentindo um monstro por tratar Dominique daquele jeito, sabendo o quanto ela estava sensível por conta da internação da avó. Odiava discutir com as pessoas, pois lembrava-se daquela noite fatídica...

— O senhor está falando sério? — Deus, ela choraria de novo. Parecia que ultimamente era só o que sabia fazer. — Não me quer mais aqui?

— Já conversei com meu contador. Sua papelada está sendo redigida.

— Por favor, tenha piedade de mim! — Ela desabou num pranto sentido. — Não posso perder este emprego agora. Eu lhe imploro.

Brígida, que estava postada atrás da porta, fingindo observar a movimentação do restaurante, ouvia a conversa e regozijava-se de prazer. Sentia-se vingada por tantas vezes em que fora afrontada por aquela criatura sem eira nem beira.

— Deveria ter pensado nisso antes de inventar desculpas para não vir trabalhar. Agora saia, por gentileza. Quero ficar sozinho.

— Que desculpas? Eu...

— Dominique, não quero brigar com você. Faça o que lhe pedi. Deixe-me sozinho. Passe pelo vestiário, retire todas as suas coisas e me devolva seus uniformes antes de ir embora. Deixe o *tablet* com Brígida. Agora, vá.

Sentindo-se derrotada, como se corpo pesasse duzentos quilos, ela levantou-se com dificuldade, as vistas nubladas por causa das lágrimas. O que faria sem emprego? Será que conseguiria arranjar outro que lhe pagasse um salário parecido?

Andou devagar até a porta e, quando estava prestes a tocar a maçaneta, um pensamento lhe ocorreu. Virou-se de repente e fitou Pierre.

— O que Brígida lhe disse?

— Você deve saber melhor do que eu.

— Por favor, o que ela lhe contou?

Respirando fundo, como se pedisse paciência, Pierre ergueu o rosto de novo.

— Ela me falou que você não veio trabalhar ontem, porque sua dor de cabeça não deixou. Se quer um conselho, Dominique, mude seu comportamento ou nunca vai parar em emprego algum.

— Dor de cabeça? — Ela aproximou-se da mesa outra vez. Subitamente, o choro começou a perder força. — Foi isso o que ela lhe disse?

— Sim. Por que está me perguntando isso?

— Senhor Pierre, ontem, eu telefonei para o restaurante e disse a Brígida que minha avó teve morte cerebral. Os médicos pediram que eu ficasse, para cuidar do... bem, o senhor sabe... E, durante essa madrugada, ela veio a óbito. — Ela mexeu na bolsa e tirou o atestado de óbito provisório, pousando-o diante de Pierre. — Ela era a pessoa mais importante de minha vida. Foi ela quem me criou depois que minha mãe morreu. Eu não poderia simplesmente deixá-la lá e vir trabalhar, como se nada tivesse acontecido. O senhor já passou pela perda de alguém querido... — olhou rapidamente para o porta-retratos — e sabe do que estou falando. Sinto muito por ter acreditado em Brígida. Ela não gosta de mim e não quer que eu trabalhe aqui. Mas, como o senhor é meu patrão, respeitarei sua decisão. Sou imensamente grata ao senhor por ter me dado essa oportunidade.

Dominique voltou-se outra vez e avançou até a porta. Pierre levantou-se rapidamente e foi atrás dela.

— Por favor, espere. Eu... não sabia. Não sei o que dizer.

— Não diga nada, já que sua decisão está tomada.

— Espere — ele repetiu. — Brígida virá aqui justificar o motivo de ter mentido. Ela sabe o quanto detesto esse tipo de comportamento.

Ao ouvir seu nome, Brígida afastou-se um pouco da porta. Quando Pierre a chamou, fingiu ignorar o teor da conversa e entrou na sala olhando para Dominique com seu jeito superior.

— Ontem, Dominique lhe telefonou para dizer que não viria trabalhar. Ela lhe contou sobre a morte cerebral da avó e você me repassou outra informação. Por que fez isso?

— Eu não menti... Talvez eu tenha me confundido.

— Você sabe muito bem o que eu falei — rebateu Dominique.

— Qualquer pessoa tem o direito de se enganar — justificou-se Brígida.

— Eu demiti essa moça por causa de um erro seu! — ralhou Pierre. — Eu mesmo a teria liberado se soubesse da gravidade da situação da avó dela. Sempre primei pela justiça e pelo bom senso com meus funcionários, Brígida! Você está comigo há tempo suficiente para saber disso.

— Eu sei — sibilou Brígida, mastigando a raiva. Trabalhava com Pierre havia tempo suficiente para também saber que ele nunca lhe dera bronca diante de um funcionário.

— Quero que peça desculpas a Dominique pelo seu equívoco.

— O quê? — ela piscou, aturdida.

— Você ouviu. Não me faça repetir a ordem.

— Pierre, eu sou a gerente dela. Você está me expondo ao ridículo...

— Ridícula foi sua atitude ao mentir para mim para que eu a despedisse. Você não tem mais idade para bancar a adolescente invejosa. Aqui, nós todos somos adultos e profissionais. Aprenda a se comportar como tal.

109

Dominique precisou colocar a mão sobre a boca para conter o riso. Brígida estava vermelha como uma bolsa de sangue. Seus olhos despejavam fagulhas de ódio em Dominique.

— Desculpe pela minha falha, guria. Não vai acontecer de novo.

— Acho bom — reforçou Pierre, virando-se para Dominique. — Eu também quero lhe pedir desculpas pela forma como a tratei. Vou agora mesmo conversar com o contador e suspender sua demissão. Também vou lhe dar os próximos dois dias para que cuide dos procedimentos burocráticos do sepultamento de sua avó, de forma que lhe sobre uma noite para descansar. Você está visivelmente abatida. Conto com você quando sua curta licença terminar.

Emocionada demais para falar, Dominique simplesmente se atirou nos braços de Pierre, abraçando-o com força. Brígida mordeu o lábio inferior com tanta força que logo sentiu o gosto de sangue na boca. Pediu licença e foi ao banheiro lavar-se. Aquela cretina levara a melhor de novo. Isso não ficaria assim. Planejaria outro jeito de livrar-se daquela criatura. E, desta vez, nem mesmo Pierre conseguiria impedi-la de ir embora.

O enterro de Cida foi rápido e emocionante e aconteceu em um cemitério particular. Os custos com o sepultamento foram bem altos, mas o dinheiro que Luciano lhe deu fora suficiente.

Augusto e Alessandra compareceram, bem como alguns vizinhos, ao enterro da avó de Dominique. Surpreendentemente, Pierre também esteve lá, e a moça ficou grata por vê-lo. Por último, ela avistou Luciano, que chegou sozinho, aparentemente sem os homens que o guarneciam. Ele foi diretamente até ela, cumprimentou-a com um beijo no rosto e perguntou como ela estava se sentindo.

— Melhor do que eu imaginei que estaria. Obrigada por ter vindo.

— Quando você terá um tempo para mim de novo? Gostaria de conversar com você sobre um assunto muito importante.

— Quer me encontrar amanhã? Podemos almoçar fora. Eu estou mesmo precisando distrair minha cabeça. Se ficar pensando em minha avó, começarei a chorar.

— Eu ainda não tenho o número de seu celular.

Ela informou o número para Luciano, que pouco depois partiu. Quando a última pá de terra cobriu o caixão de Cida, Dominique pousou uma rosa branca sobre o túmulo da avó, despedindo-se daquela que fora sua única companheira nos últimos dez anos.

Na manhã seguinte, assim que acordou e preparou um café da manhã para si mesma, Dominique foi buscar o recibo de aluguel no apartamento de Pascoal. Comeu pouco, porque se sentia um tanto nauseada em virtude dos últimos acontecimentos. Era como se a "ficha ainda não tivesse caído". Ainda não havia assimilado a ideia de que a avó estava morta. Pegava-se pensando que deveria ir ao quarto de Cida para medicá-la, e, quando se lembrava de que isso não ocorreria mais, uma tristeza surda calava fundo em seu coração.

Tocou a campainha de Pascoal e aguardou. Não sabia se deveria lhe dizer que Cida falecera. Provavelmente, ele pensaria que ela só estava falando aquilo para comovê-lo ou para que ele se sentisse culpado, visto que a senhora perdera a consciência diante dele.

Pascoal surgiu diante dela usando apenas um cuecão frouxo e manchado, e Dominique se perguntou se a visão do inferno seria pior do que aquilo. Obrigando-se a não olhar para outro lugar que não fosse os olhos dele, não fez rodeios:

— Bom dia! Vim buscar meu recibo.

— Que recibo?

— Como assim? O do aluguel que lhe paguei ontem e que estava em atraso.

— Você não me pagou nada ontem. Nem sequer apareceu aqui. Por acaso está ficando louca?

Pascoal havia impregnado sua fala com tanta seriedade e convicção que poderia convencer qualquer pessoa.

— É você quem enlouqueceu. Ontem entreguei o dinheiro em suas mãos. Que brincadeira de mau gosto é essa?

— Ouça, guria, não tenho tempo para palhaçada. Minha memória está muito bem preservada. Acha mesmo que vou cair nesse truque?

— Se não me entregar o recibo, vou chamar a polícia! — Irritou-se Dominique, tentando manter a tranquilidade.

— Pois chame. Quero que prove que me pagou! Você está fazendo isso para ganhar tempo e morar de graça à minha custa. Isso eu jamais permitirei, está me ouvindo? Jamais!

Pascoal fez menção de fechar a porta. Determinada, Dominique espalmou a mão na porta, impedindo-o.

— Consegui aquele dinheiro à base de empréstimo. Você não vai me enganar. Além de ganancioso, também se tornou vigarista, Pascoal?

— Hoje mesmo, vou protocolar a ação de despejo contra você. Se não me pagar dentro de quinze dias, um caminhão da prefeitura virá buscar suas tranqueiras.

— Devolva meu dinheiro, seu gorducho estúpido! — Ela finalmente perdeu o controle e pôs-se a berrar no corredor. — Minha avó foi enterrada ontem, se quer saber. Como tem coragem de mentir na minha cara, quando nós dois sabemos a verdade?

— Que Deus tenha a dona Cida em um bom lugar! E, se voltar a me ofender, terá grandes problemas comigo.

— Está me ameaçando?

— Estou comunicando-a de que seu processo de despejo será iniciado. Eu sempre emiti seus recibos assim que você me pagava. Honro meus negócios e nunca agi de má-fé.

Dominique abriu a boca para retrucar, quando ele empurrou a mão dela para trás e bateu a porta, trancando-a rapidamente por dentro. Ainda a ouviu gritando alguns impropérios e replicou que chamaria a polícia se ela não o deixasse em paz.

Em seu quarto, Eva dormia, exibindo sua nudez que um dia o deixara tremendamente excitado e que agora só o fazia sentir ânsia. Se pudesse, a arrastaria pelo braço e a atiraria no lago. Faria qualquer coisa para se livrar de suas chantagens vis.

Não obstante, até que a tática que utilizara com Dominique fora bem pensada. Com a avó morta, ela era presa fácil para sua astúcia. Conhecia o mercado imobiliário como ninguém, tinha contatos importantes no ramo, inclusive dentro de fóruns. Se soltasse algum dinheiro nas mãos certas, conseguiria agilizar ainda mais o despejo daquela tonta. Gostaria de ver até onde ela chegaria, sem dinheiro suficiente para contratar um bom advogado.

Quando, anos atrás, Cida locou um dos imóveis de Pascoal, ela lhe pagou um mês de depósito caução para se mudar. Como Dominique estava em débito com ele — já que Pascoal nunca confessaria ter recebido o aluguel no dia anterior —, configurara-se o rompimento de contrato. Ela até poderia exigir o direito de morar mais um mês de graça, mas nada que alguns documentos adulterados e a influência de pessoas importantes não pudessem resolver.

Se não colocasse Eva para morar no apartamento de Dominique o mais rápido possível, sua antiga parceira de cama o denunciaria à polícia. Se soubesse que seus tórridos momentos de paixão com a menina de treze anos terminaria daquele jeito, nunca sequer teria pensado em seduzi-la.

Tinha uma única certeza. Para ter paz, Pascoal teria de fazer Dominique evacuar aquele imóvel, nem que a jogasse na rua à força, com base em mentiras, fraudes e subornos.

112

CAPÍTULO 16

Não houve novidades nos dias seguintes. Dominique retornou ao restaurante e tentava dar seu melhor como garçonete. Brígida evitava falar com ela e, quando o fazia, quase sempre era para lhe dar bronca. Mesmo assim, mantinha a sutileza em suas palavras, pois não queria que a moça se queixasse a Pierre e ela se visse em outra situação constrangedora diante de sua subalterna.

Dominique voltou a procurar Pascoal para exigir seu recibo, porém, ele se recusava terminantemente a atendê-la. A moça pensou em procurar a polícia, mas se deu conta de que caíra em uma cilada. O proprietário do apartamento fora mais esperto, e ela, ingênua demais por confiar nele. Dominique sempre soube que estava lidando com um homem ambicioso e materialista, contudo, nunca imaginou que ele seria capaz de usar de mentiras sujas para enganar as pessoas.

Luciano, alegando compromissos relacionados a negócios, remarcou o almoço duas vezes, e, nos dezoito dias que se passaram desde o enterro de Cida, o reencontro entre eles ainda não acontecera. Ela se sentiu tentada a lhe perguntar a quais negócios ele se referia, pois não fazia a menor ideia do ramo profissional em que ele atuava. Havia muitas dúvidas a respeito daquele homem. Dominique esperava que um dia pudesse saná-las.

Em uma manhã, em um de seus dias de folga, Dominique recebeu a visita de um oficial de justiça, que foi notificá-la de seu processo de despejo. Ela quase caiu dura com o baque daquela notícia e, principalmente, por causa do que leu nos documentos que o homem lhe apresentou. Ali, constava que Dominique estava devendo seis meses de aluguel, por isso, tinha o prazo de sete dias úteis para quitar suas dívidas, caso não quisesse ser despejada.

Atordoada demais com tantas mentiras, ela procurou a caixinha de sapatos onde a avó costumava guardar os recibos de todas as faturas, contas e dos títulos que haviam sido pagos, para apresentá-los ao representante da justiça. E qual não foi sua surpresa ao perceber que os recibos emitidos por Pascoal nos últimos seis meses haviam desaparecido.

Dominique não sabia que Pascoal era um homem que preservava a liberdade e estava desesperado para silenciar a chantagem de Eva. Investir pesado em algumas ações, subornando as pessoas certas e contratando outras para realizar alguns serviços, sairia mais barato do que alugar ou comprar um imóvel para acomodar aquela praga. E foi exatamente isso o que ele fez.

Pascoal conhecia a rotina da neta de Cida. Desde a morte da avó, Dominique passara a viver sozinha. A jovem saía para trabalhar no fim da noite e retornava no início da manhã. Durante toda a madrugada, seu apartamento ficava vazio. Sabendo disso, Pascoal contratou um malandro, indicação de um amigo seu igualmente malandro, e lhe deu a missão de invadir o apartamento de Dominique e revistar cada cantinho em busca dos recibos de aluguel. Não havia câmeras nos corredores do prédio, dessa forma, ninguém conseguiria provar que ela lhe pagara pela última vez nem veria o rapaz destrancando a fechadura do apartamento da jovem com uma chave mestra.

A ordem foi clara: nenhum objeto que fosse manuseado deveria ser movido do lugar em que estava originalmente, ou isso chamaria a atenção de Dominique, que acionaria a polícia. Por isso, o criminoso precisou de três noites para encontrar o que queria. Havia uma caixa de sapatos cheia de documentos e contas pagas, que ficava dentro do guarda-roupa de Cida. O malandro vasculhou-a com cuidado até encontrar o que queria. Ao entregar os recibos nas mãos de Pascoal, recebeu seu pagamento pelo trabalho e desapareceu.

Agora, Dominique era uma caloteira. Como provaria que não estava em débito com seu senhorio? Assim, Pascoal entrou com o processo de despejo. Sabendo que ela não teria como pagar seis meses de aluguéis atrasados, bem como as multas e os juros, teria um motivo legal para expulsá-la, colocando Eva para morar em seu lugar. Felicitava a si mesmo pela genial ideia que tivera.

Desesperada, Dominique começou a chorar. O oficial de justiça, acostumado a presenciar cenas parecidas, apenas pediu que a jovem tomasse ciência da notificação ele que trouxera. Ela sabia que algo muito errado e estranho acontecera. Tudo estava inalterado, com exceção dos recibos que Pascoal fornecera.

Em busca de explicações, ela novamente foi procurá-lo e mais uma vez não foi atendida. Sem saber o que fazer, tentou entrar em contato com

Luciano, contudo, o celular dele estava na caixa postal. Tentou ligar outras vezes ao longo do dia, mas sem sucesso.

Como arranjaria tanto dinheiro em uma semana? Se não conseguisse, iria para rua. Onde se acomodaria? Será que alguém poderia lhe emprestar tamanho valor?

Riscou Pierre de sua lista. Dominique pensou que já havia abusado demais da generosidade do patrão, que a manteve no emprego à revelia de Brígida. Não tinha coragem de lhe pedir dinheiro outra vez. Também descartou a hipótese de procurar Alessandra e Augusto. Não achava justo lhes dever mais dinheiro. As pessoas não tinham culpa do que lhe acontecera, embora ela mesma não tivesse. O enigma do desaparecimento dos recibos a intrigaria por semanas.

Tentou telefonar para Luciano nos dias seguintes. O número que ele lhe dera simplesmente não chamava. Será que ele havia se enganado ao lhe passar seu telefone, justamente quando mais precisava dele?

O oficial da justiça retornou na semana seguinte, desta vez com um termo de ciência da liminar judicial comunicando-a de que ela seria despejada por falta de pagamento. Ela assinou, porque sabia que seria inútil recusar-se a fazê-lo. Pascoal continuava escondendo-se de Dominique, que se achava uma tonta por não ter coragem suficiente para expor o novo problema a Pierre ou ao casal de vizinhos. Era tímida demais para lhes pedir algo tão grandioso financeiramente.

Três dias depois, por volta das dez horas da manhã, ela foi despertada por batidas fortes na porta. Ao atender, os funcionários da prefeitura se apresentaram, afirmando que ela deveria desocupar o apartamento naquele momento. Questionaram se ela tinha algum endereço como destino para onde levariam seus pertences.

Em pânico, Dominique correu ao apartamento de Pascoal e esmurrou a porta até ser contida pelos funcionários da prefeitura, que foram atrás dela. Como se estivesse vivenciando um pesadelo, a jovem dirigiu-se ao apartamento de Alessandra e Augusto, mas ambos estavam trabalhando naquele momento. O celular de De Lucca continuava na caixa postal. Sem alternativa, ligou para o restaurante. Brígida atendeu e não conteve a raiva ao ouvir a garçonete do outro lado da linha.

— Bom dia, Brígida! Por gentileza, preciso falar com o senhor Pierre agora mesmo. É urgente!

Brígida sabia que o patrão estava no estabelecimento, pois o vira havia menos de três minutos conversando com as cozinheiras. Entretanto, respondeu:

— Ele está em ·reunião e não pode ser interrompido agora. Ligue mais tarde.

Dizendo isso, desligou na cara de Dominique.

— Minha jovem, precisamos proceder com o despejo — explicou um dos rapazes. Estava penalizado com a situação, sentindo o coração pequenininho por ver aquela bela jovem indo para a rua, no entanto, seu papel era cumprir ordens.

— Eu sei. — Ela secava o rosto, que logo ficava umedecido novamente, pois novas lágrimas chegavam. — Só estava tentando falar com alguns amigos.

Eles começaram a trabalhar, enquanto Dominique sentia que estava morrendo aos poucos. A jovem, então, limitou-se a sentar-se em um dos degraus das escadas do corredor e acompanhar o trabalho dos funcionários. Enquanto via seus móveis e objetos pessoais sendo manuseados por desconhecidos, pensava que não havia nada que pudesse fazer. A cama da avó fora desmontada, bem como os dois guarda-roupas e os armários de cozinha. Eles entravam com caixas grandes de plástico transparente e, após etiquetá-las com um código e a descrição de seu conteúdo, saíam com elas lotadas.

A televisão, o fogão, a geladeira, o tapete da sala, as panelas, as roupas de cama... tudo foi levado para o caminhão estacionado diante da entrada do prédio. Logo depois, foi a vez de levar a máquina de lavar, o forno micro-ondas, a cama da jovem, sua estante e até o chuveiro. Ela queria poder se postar diante daqueles homens e impedi-los de fazerem aquilo. Sabia que poderia pedir abrigo a Augusto e Alessandra apenas para não dormir na rua, mas suas coisas ficariam abandonadas em um depósito. Muitas poderiam desaparecer ou serem estragadas.

Tudo aquilo era injusto, pois Pascoal recebera por aqueles seis meses de aluguéis que ele alegava estarem atrasados. Mesmo em meio à dor que a acometia naquele momento, percebeu que algo não se encaixava naquela história. Sua expulsão do apartamento bem como a omissão de Pascoal, que se negava a conversar com ela, pareciam atos ensaiados. Havia alguma coisa que destoava, algo forçado, pensado, planejado.

A verdade caiu como um raio em sua cabeça. Dominique levantou-se de supetão, mas precisou sentar-se de novo no degrau, tamanha a tontura que a acometeu. Um homem, que mentira descaradamente, alegando que não havia recebido o aluguel, poderia ter roubado seus recibos, de uma maneira que ela ainda não descobrira. Seria Pascoal, na realidade, um homem inescrupuloso, além de ganancioso e mentiroso? E se as coisas tivessem ocorrido da maneira que ela imaginava, como faria para provar a verdade?

Dominique forçou-se a ficar de pé novamente. Apoiando-se nas paredes, desceu as escadas até a portaria. Dali, seguiu até o caminhão, onde seus pertences foram colocados de qualquer jeito. Vários pedestres pararam para acompanhar a cena, além de quatro moradores do prédio em que a jovem morava. Ela simplesmente ficou parada ali na calçada, com as costas apoiadas em uma parede, chorando baixinho, lamentando não ter corrido atrás dos seus direitos, arrependida por não ter procurado ajuda enquanto havia tempo, recriminando-se por ter sido tão burra. Como Luciano havia lhe dito, chorar não resolve problemas.

Quando lhe disseram que o apartamento estava vazio, entregaram-lhe uma relação com tudo o que fora retirado do imóvel. Dominique percorreu os olhos pelo papel e assinou o documento sem muito interesse. Alguém havia lhe dito que ela precisaria entregar as chaves do imóvel na portaria. Ela percebeu que alguém, além dela, chorava por mera compaixão. Ouviu um casal sussurrando que ela ficara apenas com as roupas do corpo. O porteiro que substituíra Silvério lhe ofereceu um copo de água, que ela recusou gentilmente.

O que faria dali em diante? Como recuperaria a alegria, a dignidade, seus pertences pessoais, sua casa e sua vontade de viver? Onde dormiria? A quem pediria abrigo?

A tontura novamente se apossou da cabeça de Dominique, que finalmente percebeu que ainda não comera nada desde que fora despertada. Com ela, estava apenas o celular e a bolsa com seus documentos, além de alguns trocados. Até mesmo o carregador do aparelho desaparecera em meio à confusão, e ela não se lembrara de pegá-lo. Simplesmente, não conseguia pensar em mais nada.

Em vez de retornar para o edifício, começou a caminhar devagar pela rua, sem rumo, sem encarar os passantes. Sua cabeça doía, sua visão rodava, seu estômago ardia como se estivesse em brasa. Poderia haver uma mulher mais estúpida do que ela? Mentira tanto para a avó, tentando proteger seu apartamento, e o que conseguira? Perder todos os móveis que Cida comprara com tanto sacrifício. Não sabia se poderia recuperá-los um dia nem em quais condições os encontraria.

De repente, Dominique ouviu o som de buzinas, mas ignorou-o. A jovem nem se dava conta do caminho que estava fazendo e mal olhava para os carros, quando atravessava uma rua. Parecia uma mulher hipnotizada, sem vontade própria. Ouviu novamente alguém buzinando, mas preferiu não olhar para os lados.

Estava dobrando uma esquina, quando mãos quentes e firmes a seguraram pelos ombros.

— Peguei você!

Ela sobressaltou-se e ergueu a cabeça devagar, encontrando os olhos escuros e preocupados de Luciano. Sem dizer nenhuma palavra,

Dominique enterrou o rosto no peito dele, rendeu-se aos soluços e deixou-se ficar ali.

Ele beijou os cabelos da moça, antes de afastá-la com delicadeza de perto de si. Segurou-a pelo queixo para olhá-la novamente.

— O que aconteceu?

— Fui despejada. — Ela tremia como se estivesse nua na neve. — Não tenho mais onde morar.

— Seu aluguel não estava em dia?

— Sim. Não sei o que Pascoal fez. Meus recibos dos últimos seis meses sumiram. O apartamento foi alugado diretamente com ele, ou seja, não passou por imobiliária. Não tenho nenhum boleto pago no banco que sirva como prova.

— Meu carro está ali na frente. Pedi que buzinassem, mas você não escutou.

Luciano tomou Dominique pela mão e a conduziu a um fantástico Porsche prateado, que parecia ter acabado de sair da fábrica. Um homem, inexpressivo como uma estátua, estava ao volante.

— O que houve com seu outro carro, aquele preto? — Dominique perguntou com curiosidade.

— Troquei por esse. — Luciano a ajudou a acomodar-se no assento traseiro do veículo, entrou logo depois e fez um gesto para o motorista seguir em frente. — Ezra não fala português, portanto, pode ficar à vontade quanto ao sigilo. — Ele indicou o motorista com um dedo.

Apesar de achar aquilo muito incomum, ela não discutiu.

— Há dias tento falar com você. Liguei para o número que me passou... Precisei tanto conversar com alguém...

— Sinto muito. Estive fora do Brasil resolvendo assuntos de negócios e fiquei incomunicável. Voltei hoje pela manhã e a primeira coisa que fiz foi procurá-la. Quando a vi caminhando pela calçada, parecendo desnorteada, percebi que alguma coisa muito errada havia acontecido com você.

Dominique contou-lhe tudo o que havia acontecido, desde que Pascoal alegou não ter recebido o aluguel até as visitas do oficial de justiça, que surgira para sinalizar a dívida de seis meses de aluguéis atrasados, culminando com seu despejo.

— Eu perdi tudo, Luciano. — Ela chorava sem parar. — Não tenho mais nada agora.

— Tem sua saúde, sua vida, sua inteligência e beleza. E tem a mim também. — Ele virou-se para o motorista e sussurrou algumas palavras em um idioma que Dominique não reconheceu. Ezra assentiu e manobrou o volante para a direita. — Pedi a ele que nos levasse a um restaurante perto daqui, mas não é o *Água na Boca*. Vou cumprir a promessa de almoçarmos juntos.

Ele disse isso com um sorriso tão juvenil que Dominique quase sorriu.

Pouco depois, adentravam um estabelecimento, cujo padrão parecia superior ao do restaurante de Pierre. Enquanto Ezra levava o veículo para algum lugar, Luciano acomodou Dominique em uma mesa, sentando-se logo depois.

— Vão pensar que você trouxe uma mendiga para cá. — Ela baixou a cabeça. — Não estou vestida à altura deste lugar.

— Quanta besteira! — Ele sorriu, pegou o celular e digitou algumas palavras, enviando uma mensagem de texto a alguém. Guardou o aparelho e fitou a jovem com tanta intensidade que Dominique estremeceu. — Eu tenho uma proposta para você.

— Que tipo de proposta?

— Vamos fazer nosso pedido primeiro?

Dominique não estranhou os valores dos pratos, porque no restaurante de Pierre os preços não eram muito diferentes. Depois que fizeram os pedidos, Luciano continuou:

— Na verdade, é algo como um convite. Quero que saiba que não consigo pensar em outra pessoa a não ser em você. Sua beleza me cativou de tal forma que, durante esses dias em que estive no exterior, sentia que algo me faltava.

— Eu chamei tanto sua atenção? Nunca tive esse objetivo.

— Eu sei, e foi justamente isso que me atraiu em você. Tudo o que faz é natural, espontâneo, puro. Você transmite paz e serenidade, mesmo quando está triste, nervosa ou aos prantos. Demonstra sua energia com facilidade. Sua beleza não desapareceu nem mesmo quando seu rosto estava ferido.

Os hematomas causados por Silvério haviam sumido por completo.

— Você é muito especial, Dominique. E eu realmente quero ter você mais próxima de mim.

Será que ele iria dizer que estava apaixonado por ela? Luciano a pediria em namoro? Sua curiosidade começou a ganhar forma, até que ele respondeu:

— Essa proposta que desejo lhe fazer será única, minha querida. Vai mudar sua vida, ao mesmo tempo que você mudará a minha.

— E o que você quer de mim? O que posso fazer por você?

Luciano interrompeu o que dizia, quando o garçom retornou com uma taça de um ótimo vinho para ele. Dominique pedira suco de laranja, pois, se ingerisse bebida alcoólica após mal se recuperar das vertigens, poderia perder os sentidos.

— Responda, por favor — ela insistiu. — O que quer que eu faça?
Ele sorriu por cima da borda da taça, e sua resposta saiu como uma rajada de vento:
— Quero que você seja minha amante.

A poucos quilômetros dali, Kamil recebeu a mensagem que seu patrão enviara para seu celular. Havia apenas duas frases claras e objetivas: "O homem se chama Pascoal e mora no mesmo prédio que ela. Já sabe o que deve fazer".

CAPÍTULO 17

— Sua amante?

Dominique fez a pergunta, ingeriu um gole de suco e pousou o copo sem desviar o olhar do rosto de Luciano.

— Sou casado — ele revelou rapidamente. — Aliás, meu casamento há muito deixou de existir, mas, como nunca assinei o divórcio... — Deu de ombros.

— Quem é você, afinal? — ela indagou o que tanto ansiava saber. — O que faz, onde vive e por que me deseja como sua amante, quando tenho certeza de que pode conseguir uma pessoa melhor?

Para aumentar o suspense, Luciano aguardou que os pratos fossem servidos. Experimentou um pedaço da lagosta e revirou os olhos de prazer, como se as perguntas de Dominique fossem questionamentos bobos.

— Você já sabe meu nome e minha idade — disse, por fim. — Saberá, aos poucos, outras coisas a meu respeito. Você tem razão quando diz que posso ter quem eu quiser. Como deve ter notado, sou muito rico, muito mais do que você pode sonhar. Por isso, posso "comprar" a pessoa que eu quiser, do jeito que eu desejar, me agradando da forma que eu imaginar.

Dominique simplesmente o encarou, sem encontrar palavras para argumentar.

— Saiba de antemão que não desejo comprá-la com meu dinheiro, assim como sei que você não se venderia por isso. Já tive muitas mulheres, de todas as cores, idades, nacionalidades, tamanhos e gostos. E não nego que tive muitas antes, durante e após me separar de minha esposa. Sempre quis o melhor para mim, independentemente do que as pessoas pensassem sobre isso. Hoje, estou sozinho, mas buscando novamente uma companhia que me agrade.

— Então, na realidade, meu papel seria realizar seus desejos, até que você enjoe de mim e não me queira mais?

— Duvide o quanto quiser, Dominique, mas volto a afirmar que você é especial, diferente em muitos sentidos, ainda que eu não saiba dizer quais. Sou casado, portanto, não posso lhe prometer casamento. Aliás, jamais cometeria esse erro de novo.

— Acho que também não quero me casar por enquanto.

— Você terá uma vida de princesa. Nunca mais precisará se preocupar com contas, emprego e com problemas de nenhuma espécie... Meu dinheiro pode pagar qualquer dívida, realizar qualquer sonho seu, levá-la a qualquer canto do mundo. Em troca, peço apenas sua companhia.

Dominique, que havia pedido apenas uma sopa leve, saboreou o alimento e não conteve o sorriso. Ele ergueu as sobrancelhas, intrigado.

— Eu disse algo que a divertiu?

— Essa situação é engraçada. Desde pequena, eu sonhava em ser rica, em conhecer um homem endinheirado, que me daria joias, sapatos e roupas de grife. Agora, você está aqui, diante de mim, transformando minhas fantasias em realidade, fazendo a proposta que qualquer mulher aceitaria. Eu...

— Não me interessa qualquer mulher. — Ele cobriu a mão de Dominique com a dele. — Apenas você me importa. Repito: não sei ao certo a razão disso, mas é como se a gente se conhecesse de longa data. Juro que senti certa familiaridade ao vê-la pela primeira vez. Quase poderia dizer que sabia como seria seu cheiro e sua voz, antes mesmo de ouvi-la ou de me aproximar de você. Já ouviu algo mais maluco?

— Maluca é essa situação, Luciano. Se eu aceitar sua proposta, para onde iremos? Eu mal o conheço e, mesmo assim, teria de confiar minha vida a você.

— Eu a levaria para viver em minha casa. Basta você me manter distraído, pois meus negócios costumam ser, às vezes, um pouco tensos. Preciso ter a oportunidade de relaxar nos braços de uma dama como você.

— Compreendi que não devo perguntar sobre o que você faz.

— Acabará descobrindo, mas esse é um assunto que eu não gostaria que você soubesse. Meu único pedido é esse: não interfira no meu trabalho nem tente investigar a forma como ganho meu dinheiro.

Dominique assentiu e baixou o olhar para a sopa. Era inteligente o suficiente para deduzir que os negócios dele eram ilícitos. Será que Luciano era um traficante de armas ou de drogas? Será que comercializava seres humanos ou seus órgãos no mercado negro? Ou talvez ele fosse um banqueiro milionário, que aplicava golpes para se ficar ainda mais rico?

Apenas sabia que ele possuía muito dinheiro, era inteligente, falava pelo menos dois idiomas e tinha contatos em diversos lugares do mundo.

— Será necessário realizar aqueles exames médicos sobre os quais conversamos... — Sabendo que a atingira em uma questão delicada, Luciano continuou: — Prometo que não farei o que o porteiro do seu prédio fez com você. Aquilo foi um ato brutal, selvagem, horrendo e invasivo. Nem mesmo pode ser considerado sexo, Dominique. O que faremos será delicado, prazeroso, lindo e romântico. Eu a tratarei com todo o carinho do mundo e só vou avançar à medida que você permitir.

Ouvir aquilo a confortou um pouco. Era virgem até antes de Silvério machucá-la. A ideia do sexo a assustava, principalmente após o estupro.

— Você tem filhos? — Dominique quis saber, apenas para mudar de assunto.

— Tenho um. Já é um homem feito. Roger está com dezenove anos e mora em Las Vegas. Estuda e trabalha lá. Duas vezes por ano, vem ao Brasil para visitar Manuela e a mim também.

— Suponho que Manuela seja sua esposa.

— É a mulher com quem me casei quando tinha mais ou menos sua idade. Apesar de ainda estar casado, hoje eu a considero apenas uma amiga.

— Onde ela vive? Atualmente, ela possui outra relação afetiva?

— Eu a presenteei com uma bela residência em uma das ilhas de Angra dos Reis. Financeiramente, ela está bem provida. Quanto à sua vida pessoal, desconheço completamente.

Dominique notou que ele sabia mais do que queria falar. Como o assunto não a interessava de verdade, já que estava apenas sendo curiosa, novamente deu outro rumo à conversa.

— Se eu aceitasse sua proposta, quando me mudaria para sua casa?

— Hoje mesmo, já que, infelizmente, você não possui uma.

Ele disse isso com humor na voz para que Dominique não se magoasse. Mesmo assim, ela abaixou o rosto, entristecida.

— Não fique assim. Sei que seus pertences pessoais possuem um valor afetivo muito grande para você, já que muitos deles foram de sua avó. Se quiser, posso alugar um apartamento apenas para que você os retire do depósito e os guarde no imóvel. O que eu realmente desejo é que venha morar comigo. Tenho certeza de que nunca viu nada parecido com minha casa.

Luciano a surpreendia a cada momento, então, parecia óbvio que seu lar também a surpreenderia. Estar com ele era como participar de um espetáculo de mágica, em que cada truque deixava o espectador sem fôlego.

Terminaram a refeição em silêncio. Ao final, enquanto saboreavam um delicioso doce francês que lhes fora servido, Luciano insistiu:

— Não quero que se sinta pressionada, mas preciso de sua resposta para que eu possa me organizar. Caso decida ir comigo, tenho de avisar aos funcionários para que preparem as instalações a fim de recebê-la.

— Eu já decidi o que farei.

Ela sentiu um frio no estômago ao completar:

— Aceito sua proposta, Luciano. Minha vida virou um caos nos últimos meses. Está parecida com um quebra-cabeça, com milhares de pecinhas esparramadas sobre o tapete da sala. Não consigo colocar nada em ordem. A doença e a morte de minha avó, o ato insano ao qual Silvério me submeteu, a ameaça constante de perder o emprego, porque Brígida me odeia, e o despejo... Acredito que você me ajudará a me encontrar novamente. A nova vida que você está me prometendo é tudo de que preciso. Quero reencontrar minha felicidade.

— E eu garanto que vou ajudá-la, minha princesa. Dias felizes a aguardam, e eu farei de você a mulher mais realizada do mundo! Pode confiar em mim.

Dominique confiaria, até porque estava em um beco sem saída. Esperava voltar a desfrutar de bons momentos. Precisava disso como um refrigério para sua alma, mesmo que fosse ao lado do misterioso e encantador Luciano De Lucca.

CAPÍTULO 18

Luciano explicou a Dominique que pagaria um *flat* para que ela dormisse naquela noite, já que era preciso resolver algumas pendências, como a demissão da moça de seu emprego no restaurante e a devolução do dinheiro que ela pegara emprestado com Alessandra e Augusto. Na manhã seguinte, ele passaria de carro para levá-la diretamente à sua nova casa.

Dominique chegou de táxi ao prédio em que morava até o dia do despejo. Pedira dinheiro a Luciano para se deslocar pela cidade de táxi, além de um valor maior que devolveria ao casal de amigos. Cédulas de alto valor pareciam brotar dos bolsos de Luciano, como se eles fossem uma fonte de onde jorrava dinheiro. Aquilo parecia ser uma característica positiva dele, já que De Lucca não demonstrara mesquinhez e sovinice até então.

Desta vez, por ter ido ao prédio no início da noite, a jovem conseguiu encontrar os amigos em casa. Alessandra, assim que abriu a porta, reparou no semblante taciturno de Dominique que algo estava errado com a moça.

Augusto apareceu logo depois e perguntou o que havia acontecido. Após se acomodar e tomar um copo de suco de manga, Dominique contou-lhes resumidamente tudo o que lhe acontecera. Chorou ao falar sobre o desespero que sentira durante o despejo e a indignação ao perceber que fora enganada por Pascoal.

— Você deve procurar a ajuda de um advogado para resolver esse problema — sugeriu Augusto.

— Agora não será mais necessário. Um amigo me convidou para morar em sua casa. Vim aqui para lhes devolver o dinheiro que me emprestaram, lhes agradecer por tudo o que fizeram por mim e, principalmente, para lhes confessar que sentirei muito a falta de vocês e dos conselhos que me deram.

Ainda muito emotiva, Dominique não impediu que novas lágrimas caíssem. Entregou o dinheiro a Augusto, enquanto Alessandra a abraçava com carinho.

Para evitar muitas perguntas, ela não forneceu muitos detalhes sobre o amigo que a convidara a morar em sua casa. Nem ela mesma sabia onde a tal casa ficava. Estava agindo às cegas, tateando no escuro conforme as orientações de Luciano.

Diferentemente do que Dominique acreditou que aconteceria, eles não fizeram perguntas de cunho pessoal. Em vez disso, Alessandra expôs suas impressões:

— Toda mudança, seja ela qual for, representa algo positivo, pois nos faz sair do lugar em busca de novas coisas, de descobertas. Enquanto o comodismo nos mantém em um mesmo lugar, impedindo-nos de nos mexer, a mudança abre nossos olhos, fazendo-nos enxergar novos pontos de vista. Mudar é um ato de coragem, em qualquer sentido. Exige força, fé, esperança, delicadeza e sabedoria. Costumo dizer que a mudança é como uma ponte feita de cordas, a qual atravessamos com certa insegurança, para descobrirmos que, além de a travessia ser segura, existe do outro lado algo muito melhor do que aquilo que deixamos para trás.

— Faça suas escolhas com sabedoria, minha querida — reforçou Augusto. — Nossa alma sempre indica qual caminho devemos seguir. Se houve essa oportunidade, que surgiu por meio do convite do seu amigo, abrace a chance com alegria e seja feliz. Fico realmente contente com essa possibilidade de mudança que a vida está lhe oferecendo.

Continuaram conversando por um longo tempo, e depois, muito emocionada, Dominique se despediu dos amigos. Estava mais tranquila sobre suas decisões após ouvir as sábias palavras do casal e tentou imaginar quais surpresas encontraria do outro lado da ponte feita de cordas.

Ao chegar à portaria, avistou Pascoal conversando com uma moradora. Assim que a viu, ele entrou correndo no outro elevador e acionou o botão para subir. Pela primeira vez, Dominique agradeceu a Deus aquela chance de libertação. Pretendia nunca mais voltar a se encontrar com aquele sujeito e esperava que Deus o perdoasse pela maldade que ele lhe fizera em nome de sua implacável ambição por dinheiro.

Mal sabia Dominique que ela realmente não voltaria a ver Pascoal.

Sua próxima e última parada foi no *Água na Boca*. Olívia, como sempre, estava sorridente na recepção e cumprimentou Dominique com seu costumeiro bom humor, alertando:

— Prepare seu espírito, porque dona Brígida está pior do que uma bruxa hoje. Já brigou comigo apenas porque soltei os cabelos para arrumá-los melhor no coque.

— Bom saber. — Foi tudo o que Dominique disse, enquanto caminhava até a sala de Pierre.

Ao receber a autorização para entrar, sentiu um aperto no coração ao confrontar os olhos intensamente azuis de Pierre. Ali estava um homem que ela aprendera a admirar e a quem seria eternamente grata, afinal, ele a ajudou quando ela mais precisou.

— Chegou cedo hoje. Está tudo bem?

Como não havia motivos para postergar a conversa, Dominique foi diretamente ao ponto:

— Vim me demitir.

Pierre ficou aturdido.

— Como assim? O que Brígida aprontou com você desta vez?

— Arranjei outro emprego em uma cidade distante de Porto Alegre — mentiu.

Como Pierre permanecia calado, Dominique inventou mais coisas:

— A oferta de salário é excelente, e eu terei a oportunidade de morar no emprego. Venderei todos os meus móveis e me mudarei para lá. Agora que minha avó se foi, nada mais me prende aqui.

Pierre levantou-se e serviu-se de uma xícara de café. Ofereceu a bebida a Dominique, que negou com a cabeça.

— Nossa! Estou surpreso. Eu poderia pensar em tudo, menos em uma notícia como essa, dada à queima-roupa.

— Eu lhe peço desculpas antecipadamente por comunicá-lo em cima da hora, senhor Pierre. Me mudarei ainda hoje, por isso estou agilizando as coisas. Desde já, quero que receba meus agradecimentos pelo que fez por mim. Nunca vou me esquecer do empréstimo que me fez e da forma como me defendeu de Brígida. Sentirei muito sua falta, senhor Pierre.

E lá estava Dominique chorando outra vez. Pierre, por sua vez, não passara por uma emoção tão grande desde a morte de Ingrid. Jamais se apegara tanto a uma funcionária. Mesmo que nunca tivesse se interessado pela jovem de outra forma que não fosse a profissional, sabia que perderia uma excelente colaboradora.

— Só posso lhe desejar boa sorte. Espero que seja feliz em seu novo emprego.

— Obrigada. Posso lhe dar um abraço?

Pierre saiu de trás da mesa e abriu os braços, estreitando Dominique com força. Permaneceram assim durante alguns segundos e não repararam quando dois lápis rolaram na mesa e caíram no chão. O porta-retratos com a foto de Ingrid balançou sozinho, mas não chegou a cair.

De repente, a porta abriu-se, e Brígida surgiu trazendo uma cuia de louça na mão. Ao vê-los abraçados, derrubou a cuia, que se espatifou em vários pedaços.

— O que significa isso? — ela exigiu saber, furiosa demais para se conter. Aquela infeliz estava dando em cima de Pierre? Não faltava mais nada.

— Dominique pediu as contas, Brígida. Veio apenas se despedir.

— Ah... entendi. — Sem saber ao certo que sensação aquela informação lhe causara, Brígida olhou para os cacos no chão. — Desculpe-me pela sujeira. As cozinheiras prepararam uma sopa de legumes e vim lhe trazer uma prova para degustação. Estou achando-a um tanto salgada. Parece que aquelas incompetentes estão perdendo a mão. Se continuarem assim, você deverá demiti-las, Pierre.

— Por que você não se demite, Brígida? — atalhou Dominique num rompante.

— Como ousa? Só porque está dando o fora daqui, acha-se no direito de falar comigo nesse tom?

— É você quem deveria sumir deste restaurante. É chata, grossa, mal-educada e arrogante. Humilha os funcionários quando seu Pierre não está por perto, transmitindo-lhes claramente a mensagem de que, caso se queixem ao patrão, perderão o emprego. Não desconte sua amargura nos outros. As pessoas não têm culpa do seu azedume.

— Estou feliz por nunca mais tornar a ver sua cara, guria. — Brígida contraiu os lábios. — Não passa de uma reles garçonete. Nunca se encaixou no perfil deste estabelecimento.

— Brígida, se você fosse trabalhar em um local em que seu perfil se encaixasse, você deveria começar a procurar emprego em um curral. E não precisa entortar a boca desse jeito. Você já é naturalmente feia. Piora se fizer caretas.

— Basta! — interveio Pierre impaciente. — Dominique, quero que você saia daqui com boas impressões do *Água na Boca*. — Ele fitou a gerente. — Quanto à reclamação de Dominique sobre a forma como você trata os funcionários, nós conversaremos mais tarde, Brígida.

Brígida virou as costas e saiu quase marchando.

— Desculpe-me por essa cena — ponderou Dominique. — Sei que não precisava disso.

— Acho que você queria desabafar, falar de algo que estava entalado em sua garganta. Você deve me trazer sua carteira de trabalho para que eu acerte todos os detalhes.

— Eu a trarei amanhã — mentiu novamente, já que nem sabia onde sua carteira profissional fora parar depois do despejo. — Mais uma vez, muito obrigada pela oportunidade do meu primeiro emprego. Que um dia o senhor possa encontrar motivos bobos que o façam sorrir, alegrem seu coração e tragam mais luz aos seus olhos.

Pierre acompanhou Dominique à porta do restaurante e ali ficou até que ela desse sinal para um táxi e partisse. Voltou ao seu escritório meditando sobre as últimas palavras que ouvira da moça. Fazia tantos anos que não sabia o significado de um verdadeiro sorriso ou de um motivo para animar-se que aquilo quase parecia fantasioso.

Alguém já havia limpado a sujeira causada por Brígida. Pierre retornou à sua mesa, procurando deixar o assunto de lado. Recolheu os lápis do chão e estudou a proposta que recebera via e-mail de um novo fornecedor de alimentos.

Parado ao lado dele, com olhos injetados de ódio, estava o espírito de Ingrid. Furiosa, ela tentou derrubar os lápis novamente ou tombar o porta-retratos, mas, como já havia gastado muita energia da primeira vez, achou melhor ir embora. Ouvira o conselho que Dominique dera ao pai, porém, se dependesse dela, Pierre seria infeliz até o último dia de sua vida. E, quando ele chegasse ao astral, ela faria o pai experimentar o mesmo sofrimento pelo qual vinha passando.

Naquela mesma noite, Pascoal e Eva estavam circulando por uma loja de móveis. A mulher estava encantada com a possibilidade de mobiliar seu novo apartamento da forma como lhe aprouvesse e aproveitava-se do fato de estar com a faca e o queijo na mão para escolher os móveis mais caros e luxuosos que via pela frente. Sempre que Pascoal se mostrava pão-duro, ela lhe acenava com a possibilidade de denunciá-lo à polícia.

— Quem mandou arrastar a mocinha de treze anos ao motel? — ameaçava-o constantemente.

Após finalizar as compras, Eva se deu por satisfeita. Enquanto pagava todas as compras, Pascoal, desgostoso, via boa parte de suas economias irem embora. Em seguida, ela apoiou a mão no braço dele, enquanto caminhavam até a saída do estabelecimento.

Um grupo de jovens, que acabara de sair de um cursinho que funcionava ao lado da loja, passou por eles. De repente, uma moça começou a discutir com outra por causa de uma foto que vira no celular da colega. Começou um bate-boca, que se inflamou ainda mais quando uma estapeou o rosto da outra.

Eva e Pascoal tentaram esquivar-se dos jovens, que procuravam apartar as meninas. No meio da confusão, um homem usando terno pareceu surgir do nada e aproximou-se de Pascoal. Ele sentiu uma espetadela no braço e teve a impressão de ver uma seringa sumir entre os braços agitados. Sua visão turvou-se, ao passo que sua traqueia pareceu fechar-se, impedindo-o de respirar.

Eva só teve tempo de gritar ao ver Pascoal tombar no chão. A atenção que estava concentrada nas jovens briguentas voltou-se para o homem. Um funcionário da loja chegou à calçada, pedindo que todos se afastassem. Alguém dissera que já havia chamado a ambulância.

O funcionário tocou em Pascoal e virou-se para Eva, pois ele fora o vendedor que os atendera havia poucos minutos. Seu rosto demonstrava consternação e pesar ao declarar:

— Ele está morto!

A alguns quilômetros dali, a seringa usada para injetar em Pascoal a substância que o matou foi descartada em um cesto de lixo qualquer. Como se nada demais tivesse acontecido, Kamil dirigiu tranquilamente, ao som do *rock* que ecoava pelo sistema de som do veículo.

CAPÍTULO 19

Luciano cumpriu sua promessa e buscou Dominique no *flat* por volta das oito horas da manhã, logo após ela lhe dizer que já havia tomado o café da manhã. O *flat* era de alto padrão, e ela nunca imaginou estar em um lugar tão elegante como aquele.

Kamil estava ao volante. Desta vez, o veículo era novamente o Jaguar preto, que brilhava como sapatos engraxados. Luciano e Dominique seguiam no banco de trás. Ela usava um vestido branco, aparentemente simples, com o qual Luciano a presenteara na noite anterior. Ele garantiu à jovem que já havia providenciado novas roupas para ela.

A viagem até o litoral levou pouco mais de uma hora. Dominique não sabia exatamente em qual cidade estavam e achou melhor evitar perguntas por ora. Ela costumava passear às margens do Lago Guaíba até pouco antes de Cida sofrer o AVC, mas nada se comparava a apreciar a beleza do mar, observar a suavidade de suas ondas no eterno movimento vaivém, os pássaros que sobrevoavam graciosamente a orla e as pessoas alegres que caminhavam pelo calçadão.

Kamil estacionou diante de uma marina particular, de onde se via diversas embarcações atracadas. Dominique tinha certeza de nunca ter pisado naquela cidade até então. Viu-se em uma área movimentada, normalmente frequentada por turistas e pelos abastados proprietários de barcos, lanchas e iates luxuosos que ali permaneciam em épocas de alta temporada.

Luciano e Dominique desceram, e a moça colocou a mão sobre os olhos por causa do sol que já estava forte, mesmo àquele horário da manhã. Ele reparou no gesto e entregou-lhe os óculos escuros que trazia consigo. Ela agradeceu-lhe o gesto e, com a curiosidade cada vez mais evidente, questionou:

— Onde fica sua casa?

— Você vai conhecê-la agora. Venha comigo.

Dominique o seguiu até a entrada da marina, onde um funcionário uniformizado o cumprimentou com exagerada cortesia. Outros dois se juntaram a ele para esticar a mão direita a Luciano, como se o dia deles não pudesse começar enquanto não cumprissem com as formalidades básicas.

Dominique olhou por cima do ombro e observou que outro veículo havia estacionado atrás do de Luciano e que quatro homens de terno e gravata tinham saltado dele. Ela reconheceu três deles como sendo os acompanhantes de De Lucca na primeira vez em que ela o viu no *Água na Boca*. Agora, sabia que eles eram seus seguranças.

— Você já fez algum passeio em alto-mar? — perguntou Luciano, tomando a jovem pela mão, enquanto caminhavam lentamente pela plataforma de madeira.

— Nunca.

Ela notava que, de perto, os veículos náuticos pareciam ainda maiores. Alguns iates assemelhavam-se a pequenas casas flutuantes.

Foi nesse momento que Dominique compreendeu tudo.

— Luciano, você mora em um desses barcos?

— Iates. Sim, o meu está logo mais à frente.

— Mas ninguém mora em um iate.

— Isso é o que você pensa. Ao conhecê-lo melhor, entenderá que não preciso de mais nada.

A jovem mostrou um sorriso sem humor. Mesmo que o cenário que se descortinava diante de seus olhos fosse espetacular, algo lhe tirava o sossego. Afinal, o que ela estava fazendo ali? Que escolha traçara para seu futuro? Passaria a viver com um homem casado, que ela mal conhecia, que ocultava informações importantes de sua vida e que estava constantemente acompanhado de homens armados? Um homem com o dobro de sua idade, aparentemente muito rico e que vivia em um iate não era o tipo que se encontrava em qualquer esquina. Dominique sabia que fora escolhida, mesmo que estivesse ciente de que Luciano poderia facilmente encontrar outra mulher que melhor correspondesse às suas expectativas.

Entretanto, ela aceitara a proposta de Luciano sem hesitação. O que faria, caso a tivesse recusado? Teria de procurar uma casa ou um apartamento minúsculo para viver, nos bairros periféricos da cidade, cujo aluguel se encaixasse em seu salário. Teria outras despesas básicas também, como alimentação, produtos para a casa, contas de consumo mensais, entre outros detalhes. Continuaria no restaurante aguentando as humilhações de Brígida, até que a gerente insuportável conseguisse finalmente convencer Pierre a demiti-la. Se ela ficasse desempregada, sabia que passaria muita necessidade. Isso sem mencionar seus móveis, que ela ainda teria de reaver e tentar acomodar em seu novo lar.

Desde muito jovem, seu maior desejo era casar-se com um homem rico, exibir joias caras, usar roupas de grife e viajar mundo afora. Ao que tudo indicava, Luciano era o passaporte para esse mundo encantado, que, até então, estava longe de se tornar real. Tinha certeza de que ele atenderia à maioria dos seus desejos materiais e que, assim, teria a vida com a qual, até então, apenas sonhava.

Contudo, por que não se sentia feliz, segura e realizada? O que estava faltando?

Dominique tinha as respostas. Não havia amor naquela relação. Luciano era um completo desconhecido, e ela temia os homens que trabalhavam para ele. Nem sequer sabia de onde vinha sua fonte de renda. Ele lhe dissera que tivera muitas mulheres antes dela, e a jovem tinha consciência de que, quando ele enjoasse, dispensaria Dominique como se dispensa um mosquito inoportuno.

— Em que está pensando? — Ele interrompeu seu raciocínio, de repente.

— Sei que algumas pessoas ficam enjoadas ao andarem em barcos e navios. Estou imaginando se isso acontecerá comigo.

— *Rainha do Mar*, como eu carinhosamente o nomeei, foi projetado para oferecer a maior estabilidade possível aos seus passageiros. Só balança quando as águas estão muito agitadas. Mesmo assim, tenho medicamentos a bordo para evitar possíveis mal-estares. Um dos meus tripulantes é médico e estará à sua disposição sempre que precisar.

Ainda de mãos dadas com Luciano, Dominique olhava boquiaberta para os iates. Eram gigantescos e belíssimos. Havia pessoas animadas circulando em alguns deles, tirando *selfies*, ouvindo músicas em volume alto ou relaxando em piscinas e jacuzzis externos. Em outros, funcionários limpavam ou conferiam a situação dos cascos. O luxo e o requinte saltavam aos olhos de forma tão gritante que nem parecia ser realidade.

Por trás das lentes dos óculos escuros emprestados, Dominique avistou o palácio aquático assim que Luciano apontou para ele e simplesmente precisou recuperar o fôlego, tamanho foi o choque ao ler o nome *Rainha do Mar* talhado em letras grandes e douradas na lateral branca do iate.

— Bem-vinda à minha casa — disse Luciano de forma humilde, mas Dominique notou a euforia e o orgulho em sua voz.

Como ela estava atordoada demais para falar, limitou-se a balançar a cabeça em aprovação.

O iate de Luciano era o penúltimo na sequência de embarcações ancoradas, mas, sem dúvida, era um dos maiores. Nunca estivera tão perto de um veículo daquele tipo nem fazia ideia do que deveria perguntar a respeito dele. Como se adivinhasse seus pensamentos, Luciano sorriu ao explicar:

— Eu o encomendei há dois anos. Sempre quis ser um privilegiado proprietário de um iate como esse e não hesitei quando a oportunidade de adquiri-lo surgiu. Eu o batizei com esse nome, porque você perceberá que ele navega com imponência, com superioridade, de forma majestosa e dinâmica. É uma rainha dos oceanos.

— É lindo! Porém, ainda não consigo imaginar como alguém consegue morar em um iate como esse. Pensei que eles servissem apenas para passeios.

— Eles têm muitas utilidades. Vamos entrar.

Um homem trajando um engomado uniforme branco, com belos olhos azuis, barba e cabelos da mesma cor do uniforme, os aguardava no que Dominique julgou ser a entrada do veículo. Desceram uma pequena rampa de madeira até chegarem ao interior do convés.

— Connor, quero que conheça Dominique, minha nova acompanhante. — Luciano a fitou com um sorriso. — Este é o comandante do meu iate. Embora eu saiba pilotá-lo perfeitamente, é ele quem fica no controle da embarcação. Connor é americano, mas conhece algumas palavras em português.

— Como vai? — Dominique apertou a mão do outro homem, sentindo-se um tanto sem graça.

— Vou apresentá-la aos demais funcionários. Juntos, eles compõem minha tripulação.

Dominique correu o olhar em volta, tentando observar os menores detalhes. O piso do lado externo parecia ser feito de madeira, apesar de ela não ter certeza. Duas mesas redondas e prateadas estavam dispostas ao lado dela, cada uma com três cadeiras. Sobre elas, havia um vaso igualmente prateado, ornado com flores brancas e azuis.

Atrás delas, havia uma espécie de sofá, construído no mesmo material do piso, com confortáveis almofadões brancos que serviam de assento e encosto. Diante dele, outra mesa menor, também prateada, que reluzia à luz brilhante do sol.

A cabine, de onde Connor guiava aquele castelo flutuante, ficava alguns degraus acima e era toda revestida de vidro esverdeado. Dominique decidiu visitá-la mais tarde.

Degraus recobertos com um material mais escuro que a madeira pareciam levar os visitante para todos os lados. Havia um pavimento superior ao local em que estava e outro que ficava no interior do iate.

— Mal sei o que perguntar sobre este lugar, mas qual seria o tamanho total?

Luciano riu da pergunta e beijou-a suavemente na testa:

— O *Rainha do Mar* possui dois motores poderosíssimos, que movem uma área total de 500 m², dividida em três andares, como você já deve ter reparado. Possui 27 metros de comprimento e acomoda até 25 passageiros, no total. Possui quatro dormitórios, todos suítes, uma linda cozinha, duas salas de estar, sendo que uma possui sua própria piscina, uma imensa banheira de hidromassagem, dois banheiros particulares e uma pequena área que funciona como minha academia. Meu quarto, que agora será nosso, também possui uma piscina particular, que pode ser aquecida em dias mais frios. Você pode experimentar um mergulho assim que despertar.

— Os números são impressionantes. Ele é maior do que muitas casas construídas no continente.

— É um dos maiores iates que circulam no Brasil. É claro que há outros ainda mais incríveis, mas não preciso de tanto. Sou um cara humilde.

Dominique riu, e uma dúvida lhe veio à mente:

— Sua esposa costuma vir para cá?

— Manuela não sai de casa. Apesar de morar em uma ilha, detesta o mar.

Ela percebeu que Luciano não daria mais informações sobre a esposa e virou a cabeça para o lado a fim de encarar a mulher que surgira. Ela tinha meia-idade, pele escura e olhos experientes.

— Conheça Nélia, a melhor funcionária do mundo! Além de você, ela será a única mulher em meu iate. É nossa cozinheira e também é responsável por coordenar a limpeza e a organização da embarcação, principalmente quando recebo convidados para as festas que ofereço. E olha que são muitas! Ah, Nélia também é cabeleireira e maquiadora.

— Vá se acostumando, querida — acrescentou Nélia. — A vida aqui é mais agitada do que em terra firme! Tenho certeza de que sua estadia será divertida.

— Acho que não será só uma estadia — corrigiu-a Dominique, olhando para Luciano. — Creio que vim para ficar.

— Exatamente — reforçou Luciano, sempre parecendo animado com a situação. — Ela vai permanecer conosco por muito tempo, Nélia.

— Então seja bem-vinda mais uma vez.

Em seguida, Luciano levou a jovem para a área interna. Ali, Dominique ficou novamente deslumbrada, enquanto percorria cada cômodo boquiaberta com o alto padrão dos móveis, com a suntuosidade da decoração e com o luxo encontrado nos menores detalhes. Nunca vira nada parecido com aquilo, nem mesmo em revistas ou pela televisão.

— Todos os móveis e os objetos que você encontrar aqui dentro foram projetados pelos mais renomados designers náuticos do mundo

— explicou Luciano, levando-a para o dormitório deles. — Espero que goste.

A cama de casal, revestida com lençóis em tons pastéis, era tão espaçosa que facilmente poderiam se deitar cinco pessoas nela. A pequena piscina, que ficava a poucos passos de distância da cama, não era profunda, mas tinha uma surpresa: possuía o fundo de vidro. Luciano alegremente continuou suas explicações:

— Quando estamos em alto-mar e o sol está claro, é possível observar cardumes deslizando abaixo de nós. Ao entrarmos na piscina, temos a sensação de estar nadando com eles. É uma experiência única.

— Acho que eu não gostaria de estar nesta piscina e me deparar com um tubarão me sondando lá de baixo.

Luciano soltou uma gargalhada estrondosa, algo raro nele, já que todos os seus movimentos pareciam ser previamente calculados.

Havia duas janelas largas, uma de cada lado do aposento, ambas com vista para o mar, o que permitia a circulação de uma deliciosa corrente de brisa marítima. O banheiro integrado ao quarto tinha o requinte dos encontrados em hotéis cinco estrelas.

— Esta belezura custou dois anos de planejamento, seis meses de montagem e mais de sessenta pessoas envolvidas. Foi fabricado exclusivamente para mim. Não vou falar o preço, mas garanto que o número contém muitos dígitos. O tanque deste iate tem autonomia para várias horas de navegação. A embarcação possui radares com tecnologia de ponta.

— Pare, por favor. — Dominique tirou os óculos e os devolveu a Luciano. — São muitas informações para mim, e acho que não sei o que fazer com elas. Desculpe-me, mas essas questões técnicas são difíceis de compreender e não me interessam muito.

— Aprecio imensamente sua sinceridade! — Ele indicou o armário de madeira polida, que ficava em frente à cama. — Ali estão as roupas que adquiri para você. Há também peças íntimas, sapatos e outros acessórios femininos. Contei com o bom gosto de Nélia.

Por mera curiosidade, Dominique abriu as portas do armário e deparou-se com casacos, vestidos, calças, blusas, saias, sapatos com e sem salto, bolsas, echarpes e outros acessórios.

— Parecem ser muito lindos! — exclamou a moça com doçura, mas sem muita empolgação.

— Depois, você terá a oportunidade de experimentar tudo. Caso não goste de algo ou queira adquirir qualquer coisa, basta me pedir, e providenciarei o que precisar em nossa próxima parada. Quando estivermos em alto-mar, não encontraremos lojas pelo caminho — brincou.

— Para onde iremos? — Ela fechou as portas de madeira e apoiou as costas nelas. — Ainda não me acostumei à ideia de morar em uma casa móvel.

— Será muito bacana. Faremos pequenas paradas em todas as capitais litorâneas até chegarmos a Guarujá, no estado de São Paulo. Acontecerá um evento por lá, para o qual fui convidado. Ficaremos atracados por alguns dias, antes de viajarmos de novo. Meu destino final é Fernando de Noronha, no Nordeste. Levaremos vários dias até chegarmos lá.

Dominique assentiu e mostrou um sorriso opaco. Percebendo que ela não estava muito à vontade, Luciano a apresentou para o restante da tripulação, entre eles, o médico da equipe, doutor Tavares, que pareceu ser simpático e brincalhão. No total, viajariam dez pessoas. Nélia, Tavares e Connor dividiriam um aposento. Luciano e Dominique ficariam com a suíte máster e os cinco seguranças se acomodariam nos dois dormitórios restantes. Kamil e Ezra estavam entre eles.

Luciano os apresentou somente como seus "assessores". Eram homens sérios, invocados e taciturnos. Conversavam entre si aos murmúrios e sempre paravam de falar quando Dominique se aproximava.

Naquela noite, Nélia preparou-lhes um jantar especial, à base de frutos do mar. A pedido de Luciano e com a aprovação de Dominique, a funcionária elaborou um novo penteado na recém-chegada. Encaracolou os longos cabelos da moça, finalizando com uma maquiagem leve, que ressaltou ainda mais a beleza de Dominique.

Quando ela surgiu diante de Luciano, ele não conteve um suspiro de satisfação. Ela trajava um vestido vermelho, com pequenos strass dourados dispostos em todo o tecido, sandálias prateadas de salto agulha e um colar de prata com um pingente com formato de coração. Seus cabelos escuros caíam em cachos volumosos sobre os ombros e movimentavam-se com suavidade sobre suas costas. Seus lábios estavam tingidos com um tom claro de vermelho, combinando perfeitamente com o vestido.

— Nossa amiga não está maravilhosa? — elogiou Nélia orgulhosa de seu trabalho.

— Está magnífica! — Luciano levantou-se, tomou-a pela mão e depositou nela um beijo lento e sedutor.

Dominique sorriu novamente, embora se sentisse totalmente deslocada ali. A jovem notara os olhares de luxúria e desejo dos demais homens. Até mesmo o comandante e o médico a admiravam, lançando-lhe intensos olhares. Intimamente, pensavam que o patrão acertara na escolha dessa vez. Entre todas as mulheres que aqueceram a cama de Luciano nos últimos tempos, Dominique era a mais formosa.

— Zarparemos logo após o jantar — Luciano revelou baixinho. — Navegando as águas escuras do oceano, teremos nossa primeira noite de amor. Mal posso esperar.

Dominique piscou um olho, o que só contribuiu para deixar De Lucca ainda mais excitado. Ela escolhera aquela vida. Luxo e requinte em troca de sexo de excelente qualidade. Se quisesse se manter ali, teria de fazer o seu melhor para agradá-lo.

Uma dúvida, contudo, calava em seu coração: será que Luciano estava certo ao dizer que dias felizes a aguardavam? Afinal, naquele momento, mesmo dentro de um iate luxuosíssimo, sendo tratada como uma mulher rica, desfrutando um pouco a vida que ela sempre desejou, Dominique não se sentia nem um pouco feliz.

CAPÍTULO 20

Por mais grossas que fossem as cortinas, que sempre eram mantidas cerradas, a luz do sol encontrava um jeitinho de penetrar no cômodo por pequeninas frestas, insinuando-se com sua claridade brilhante em um local em que deveria haver apenas escuridão.

Era assim em todas as manhãs. Os dois únicos empregados da mansão receberam ordens expressas de nunca abrir as janelas do quarto da patroa. Ela reclamava do brilho solar, pois dizia que prejudicava seus olhos. Nas raras ocasiões em que saía do cômodo, quase sempre o fazia à noite. Jamais ia para o lado de fora da residência. Atravessar o mar e chegar ao continente era algo impensável para aquela mulher, e os funcionários também sabiam disso. Ela não os tratava mal. Pagava-os bem e no dia certo. Às vezes, quando atrasava o pagamento, isso acontecia porque exagerava na dose de seus medicamentos e ficava um tanto dopada.

Jordânia e Fagner, a governanta e o mordomo, respectivamente, sabiam que Manuela De Lucca não fazia aquilo por maldade. Era uma mulher incapaz de fazer mal a alguém, a não ser a ela mesma. Desde que iniciou a descida às profundezas daquela violenta depressão, tornara-se apenas um vulto sem vida própria, como um corpo sem alma ou um robô que executava ações automáticas.

Manuela, contudo, nem sempre foi assim. Os funcionários da mansão não a conheceram quando ela era uma jovem alegre, sorridente, extrovertida e bem-humorada. Nascida em um lar de família humilde, a moça nunca ambicionou riqueza ou bens materiais. Gostava da vida que desfrutava e amava os pais, que sempre se esforçaram para satisfazer todas as necessidades das duas filhas. Sua irmã mais velha, Violante — Viola, pelo amor de Deus — também cresceu feliz e realizada, mesmo detestando seu nome. "Onde papai e mamãe estavam com a cabeça, quando me deram esse nome horrível?", costumava brincar.

Hoje, os pais de Manuela estavam mortos, Viola casara-se com um rico viúvo francês e residia nos arredores de Paris, conservando a mesma alegria e excentricidade de antes. Sempre tinha uma palavra amiga a dizer a alguém, um sorriso pronto nos lábios, um jeito exótico e divertido de colocar as pessoas para cima. Manuela, por sua vez, estava em depressão havia anos, mas piorou quando Luciano saiu de casa para morar naquele maldito iate com suas amantes. Seu quadro psicológico afundou ainda mais quando Roger, o único filho do casal, foi estudar e trabalhar nos Estados Unidos, e ela se viu sozinha, tendo apenas os dois empregados como companhia.

Estava casada havia vinte anos com Luciano. Quando o matrimônio aconteceu, Manuela tinha apenas dezessete anos de idade, um ano a menos que o marido. Naquela época, era uma moça sonhadora, apaixonada e crédula no amor que Luciano jurava sentir por ela. Prometeram cuidar um do outro em todas as circunstâncias, na saúde e na doença, na riqueza e na pobreza, na alegria e na tristeza. Obviamente, a promessa foi totalmente esquecida por dele, desde que transou com outra mulher. Depois dela, outras tantas mulheres passaram pela vida dele. Quando Manuela descobriu as traições, teve certeza de que já vinham acontecendo havia muito tempo.

Luciano De Lucca sempre foi um homem ambicioso, sem ser sovina. Conheceram-se na faculdade, e, naquele tempo, ele não era rico, embora já buscasse relações com pessoas de alto poder aquisitivo. Manuela conseguira uma bolsa de estudos para cursar medicina veterinária, e Luciano escolhera estudar administração de empresas. Muito inteligente, também conseguiu uma bolsa de estudos integral para cursar aulas de inglês. Quando obteve o certificado, já falava fluentemente o idioma estrangeiro.

Os primeiros anos do relacionamento foram pacíficos, vibrantes e mágicos. Roger nasceu quando o casal completou o primeiro aniversário de casados. Ambos amavam o menino e se dedicavam ao filho da melhor forma que podiam.

Apesar de ter deixado a casa dos pais para viver com Luciano, Manuela sempre os visitava. Amava-os muito, principalmente a irmã, que sempre foi sua companheira de confidências. Na época, Viola permanecia solteira, sempre torcendo pela felicidade de Manuela. Compartilhavam de uma amizade fraternal pura e verdadeira.

Quando Roger completou dez anos, algumas coisas começaram a mudar, e, para Manuela, mudaram para pior. O casal já estava morando em outra residência, muito maior e mais confortável do que a primeira.

Luciano dizia à esposa que era o diretor de uma empresa do ramo do petróleo, cujos donos viviam na Arábia Saudita. Ela nunca estivera na tal empresa, contudo, não havia motivos para desconfiar das palavras dele. O marido cumpria seu papel de maneira íntegra e decente, sem deixar que nada lhe faltasse. Ela também provia seu próprio sustento atendendo animais diversos em sua pequena clínica. Especializara-se no tratamento de animais exóticos, o que contribuíra para ampliar sua lista de clientes, que lá chegavam com coelhos, iguanas, tartarugas, aves, ouriços e até cobras, além dos tradicionais gatos e cachorros. Manuela amava sua profissão e seu contato diário com os animais.

Já fazia algum tempo que ela percebera que o comportamento do marido estava estranho. Não que a tratasse mal ou se mostrasse violento. Luciano parecia mais distante, silencioso, dedicando menos atenção a ela e ao filho. Na cama, mostrava-se frio, impaciente, desinteressado. Quando havia intimidade entre eles, era porque ela o procurava. Ao chegar do trabalho, ele deitava-se e adormecia alegando cansaço, conversando pouco com Manuela ou com Roger.

Esse foi o tiro de largada que culminou em uma depressão sombria e angustiante. Quando relatou os fatos recentes à irmã, ouviu de Viola:

— Esse é o sinal claro de que há outra mulher no pedaço. Os homens se comportam do mesmo jeito quando arranjam uma amante. Não há erro.

Aquela hipótese deixou Manuela muito mal. Mas por que Luciano estaria envolvido com outra mulher? Ela não era feia, cuidava-se para manter o corpo em forma, gostava de agradá-lo na cama e sempre pedia que a cozinheira preparasse os pratos que ele adorava saborear. Fazia todos os desejos dele, evitava brigas e discussões desnecessárias e sabia ser uma excelente mãe. Por qual razão ele teria perdido o interesse por ela?

Roger também havia notado que o pai estava disperso. Quando o indagava sobre isso, Luciano justificava-se dizendo que estava cansado, com uma demanda muito grande de serviço. Falava que precisava trabalhar muito, se quisesse fazer valer o alto salário que recebia.

Tempos depois, a situação piorou. Luciano simplesmente deixou de transar com Manuela. Inventava pretextos idiotas, como dores de cabeça, sonolência ou indisposição para não tocá-la. Ignorava-a, enquanto ela chorava até render-se à exaustão e adormecer. Ele chegava em casa por volta das onze da noite e saía de casa às sete da manhã e nunca tinha tempo para a esposa e o filho. Aos fins de semana, dizia que tinha compromissos relacionados ao trabalho e também não permanecia em casa.

Dois dias depois de Roger completar doze anos, Manuela descobriu o motivo que explicava as atitudes do marido. Ele recebeu uma ligação durante o banho — eles já não tomavam banhos juntos havia tempos — de um número não cadastrado em sua agenda. Curiosa, Manuela atendeu à ligação, mas não disse nada.

— Amor, por que você não quer falar comigo? — balbuciou uma voz chorosa de mulher. — Não compreendo o motivo de estar me evitando.

Ouvir aquilo matou algo dentro de Manuela.

— Entre na fila, minha querida — conseguiu responder com voz trêmula. — Provavelmente, ele já a trocou por outra também.

— Quem está falando? — Espantou-se a moça do outro lado da linha.

— A esposa dele. — Sem dizer mais nada, Manuela desligou.

Ela colocou o aparelho no lugar em que estava e aguardou Luciano sair do banheiro. Estava tão transtornada que nem conseguia chorar. Seus ombros estavam rígidos, e suas mãos não paravam de tremer.

Luciano encontrou-a sentada na beirada da cama deles, encolhida como uma idosa adoentada, com o olhar baixo e as mãos sobre o colo.

— Aconteceu alguma coisa?

— O amor da sua vida telefonou perguntando se deixou de ser o amor da sua vida.

Perplexo, ele piscou e correu para verificar o telefone. Empalideceu um pouco ao conferir a lista de chamadas recebidas. Dissera milhares de vezes a Beatriz que ela jamais deveria lhe telefonar.

— Manuela, quero que saiba...

— Não precisa me dar nenhuma desculpa esfarrapada. Eu já esperava que...

— Não vou dar desculpas. Quem ligou foi a moça com quem estou saindo. Beatriz tem vinte anos, e estamos juntos há algum tempo.

A confissão de Luciano soou tão natural que desta vez foi Manuela quem ficou perplexa.

— Você está admitindo que tem outra mulher? — Manuela levantou-se da cama para ficar de pé diante dele. — Há quanto tempo vem me traindo? Por que está fazendo isso comigo?

— Beatriz não é a primeira. Na realidade, vieram pelo menos umas cinco antes dela.

Ele já esperava o tapa, que o acertou com força na bochecha, contudo, permaneceu imóvel como uma estátua.

— Como pôde ser tão tosco, baixo e cafajeste? — Ela começou a gritar.

— O que queria que eu fizesse? Nossa relação sexual já estava repetitiva. Sempre a mesma coisa. Todo homem tem o direito de experimentar algo novo fora do casamento. Ou acha que sou o primeiro marido que pula a cerca?

Outra bofetada mais forte do que a primeira.

142

— Você confessa com tanta serenidade, como se estivesse se lixando para meus sentimentos! Estamos juntos há treze anos, seu canalha! Que direito acha que tem de me dispensar como se eu fosse um objeto inútil? Sempre fiz tudo por você, sempre o coloquei acima das minhas necessidades, apenas para vê-lo feliz.

— Talvez tenha sido esse o seu erro. — Ele massageou o rosto, que ardia. — Você não se cuida. Usa sempre o mesmo corte de cabelo, veste sempre roupas parecidas... engordou nos últimos anos. A idade chega, minha querida.

— Eu tenho apenas trinta anos, seu desgraçado! — Com os punhos fechados, ela estava pronta para socá-lo. — Você também não é mais nenhum moleque, apesar de estar agindo como um! Respeite nosso casamento, os anos que vivemos juntos, os votos que fizemos um ao outro em solo sagrado! Respeite meus sentimentos por você e, sobretudo, respeite nosso filho!

Ele fitou-a em silêncio por um longo tempo, parecendo estar alheio às lágrimas abundantes que jorravam dos olhos de Manuela. E, como se tivesse dado a conversa por encerrada, apenas virou as costas e deixou a esposa falando sozinha.

Aquela foi a primeira noite em que Luciano dormiu fora.

Roger, que conseguira captar parte da discussão, foi questionar a mãe sobre o que estava acontecendo. Era uma versão adolescente do pai, com os mesmos cabelos fartos e negros, o mesmo rosto encantador e o mesmo sorriso peralta. Manuela nunca mentira ao filho e não o faria desta vez. Contou que estava sendo traída e que o próprio Luciano admitira isso. Sem saber como reagir e querendo impedir que a mãe chorasse de novo, ele abraçou-a com força, tentando, por meio daquele gesto, fornecer-lhe carinho, consolo e apoio.

A partir daí, o casamento despencou ladeira abaixo. Discussões acaloradas passaram a ser frequentes e, de vez em quando, terminavam em agressões físicas, com Manuela se atracando com Luciano. Ele deixava-se apanhar passivamente. Jamais reagia, o que a deixava ainda mais rancorosa. Nunca mais voltaram a se relacionar sexualmente. Luciano passou a dormir em outro quarto e já não fazia questão de esconder seus casos românticos nem mesmo de Roger. Sabia que o garoto já tinha idade e maturidade suficientes para entender as decisões que seu pai tomava.

A situação se tornou tão insustentável que Luciano tomou a decisão que lhe pareceu mais sensata: pedir o divórcio. Estava cansado de Manuela e só não saíra de casa por causa de Roger. Embora a esposa fosse uma mulher bonita, o desleixo de Manuela consigo mesma o deixava enojado. As mulheres com quem ele se envolvia eram todas lindas, jovens, perfumadas

143

e donas de corpos esculturais e faziam Manuela parecer uma fugitiva de um sanatório.

Qual não foi a surpresa e a decepção de Luciano quando Manuela disse com todas as letras que jamais lhe daria o divórcio. Se isso servisse de punição, ela a usaria contra o marido. Não o tinha mais fisicamente, mas não o liberaria para outras mulheres. Ainda o amava como no dia em que ele a pediu em casamento e não deixaria de ser uma De Lucca enquanto vivesse.

Apesar do choque inicial ante a negativa da esposa de aceitar o divórcio, ele logo se habituou à ideia e continuou tocando a vida. Dormia no quarto ao lado, chegava tarde da noite e saía ao raiar do dia. Deixava aos cuidados de Manuela um cartão de crédito com limite inimaginável e pagava o salário dos dois funcionários e do motorista particular. Roger estudava na melhor escola da cidade e também fazia aulas em um renomado curso de inglês. Luciano dizia que estava ganhando um salário invejável na empresa, mesmo que Manuela não fizesse a menor ideia do valor exato.

O que Manuela e Roger não sabiam era que Luciano adentrara em um mundo à parte nos negócios. Um mundo rentável e extremamente recompensador, desde que soubesse mover as peças certas do tabuleiro. Ele aprendera tudo com quem já atuava na área e viu o dinheiro entrar nas diversas contas que abrira como se fosse água sendo despejada de uma cascata. Quando os números ultrapassaram a casa dos milhões, Luciano mal pôde acreditar que aquela área rendia tanto dinheiro.

Como tinha contatos em todas as regiões do mundo, além do idioma inglês, que falava com perfeição, Luciano também aprendeu espanhol, francês e árabe, que se mostrou ser o mais difícil de todos. Viajou para cidades como Dubai, nos Emirados Árabes Unidos, e para Doha, no Catar, onde conheceu de perto os magnatas do petróleo, com quem estreitou negociações. O retorno financeiro que obtinha era rápido e impressionante. Os números em suas contas cresciam assustadoramente. Haviam lhe dito que, se soubesse fazer tudo certo, jamais teria problemas com a Receita Federal brasileira ou com a polícia.

Manuela não sabia que o marido adquirira uma mansão avaliada em vários milhões de reais e que esta ficava em uma das ilhas pertencentes ao município de Angra dos Reis. Lá, ele fez seu próprio harém com mulheres de todas as nacionalidades.

Até então, Manuela sempre julgou que a depressão era uma doença que atingia pessoas de cabeça fraca e sugestionável. Muitas até exageravam, nomeando a doença de frescura ou drama. No entanto, quando os primeiros sintomas chegaram, mascarados de sentimentos turbulentos, negativos e confusos, ela soube que ia muito além do que acreditava.

A primeira coisa que Manuela fez foi deixar de trabalhar. Ela tornara-se uma mulher triste, apagada, que pouca atenção dedicava ao filho. Luciano passou a raramente ir para casa e, quando o fazia, era para visitar Roger. Em algumas ocasiões, levava o menino para sua mansão em Angra e, foi por meio dos relatos impressionados do filho que Manuela soube da nova aquisição do marido, o que a deprimiu ainda mais.

Os tutores dos animais que Manuela atendia ficaram chateados quando ela os abandonou. Era uma excelente veterinária, e seus clientes não conheciam outra profissional com sua especialização em animais exóticos. Apesar de amar a profissão, sua angústia era mais forte, e ela não se via preparada psicologicamente para realizar uma cirurgia ou prescrever corretamente algum medicamento. Assim, deduziu que a melhor saída seria se afastar, pois jamais se perdoaria se cometesse algum erro médico.

Como se a vida quisesse pressionar Manuela a reagir, seus pais sofreram um acidente de carro e faleceram no local. Quando recebeu a notícia, ela pensou que também morreria. Havia tempos, vinha cogitando a possibilidade de voltar a morar com eles e se arrependeu amargamente por não fazê-lo a tempo.

Durante o enterro dos pais, o coração de Manuela estava esmagado. Luciano não compareceu à cerimônia fúnebre, porém bancou todas as despesas do sepultamento, enviando uma gigantesca coroa de flores e uma mensagem de pêsames.

Vendo a mãe definhar dia a dia, Roger, com a astúcia de seus quinze anos, sugeriu que ela procurasse um psiquiatra. Era visível que Manuela não estava bem. Não se alimentava direito, perdera vários quilos, deixara de conversar com as amigas e vendera o imóvel onde ficava sua clínica para um casal de veterinários. Já não se preocupava com sua aparência e às vezes passava dois ou três dias com a mesma roupa.

Os funcionários, notando que teriam dificuldades de trabalhar com uma patroa naquela condição, pediram as contas. Roger contatou o pai, que, mesmo a distância, conseguiu admitir uma governanta e um mordomo. Jordânia e Fagner permaneceriam com Manuela até os dias atuais, pois eram pacientes e amorosos. Ficavam compadecidos com a tristeza e a falta de ânimo em uma mulher tão jovem.

A única pessoa que Manuela recebia em sua casa era a irmã. Viola, dona de uma energia contagiante, a obrigou a se consultar com um psiquiatra. Os primeiros medicamentos chegaram para diversas indicações diferentes. Manuela, contudo, tornou-se dependente deles nos anos seguintes.

Viola conheceu um turista francês que estava a passeio em Angra dos Reis com um primo. O homem era trinta anos mais velho do que ela e trinta vezes mais rico. Uma química espontânea surgiu entre eles, e Antoine a pediu em casamento. Se Viola aceitasse seu pedido, a levaria para viver com ele na França.

Ela relutou. Gostava de verdade de Antoine, desmentindo os maldosos comentários que surgiram de que ela estava apenas interessada no dinheiro dele. Viola relutou em ir, porque não queria abandonar a irmã naquele estado. Sabia que, além de Roger, era a única amiga e companheira de Manuela agora. Luciano fora um canalha com Manuela, porém reconhecia que a irmã se entregara demais ao sofrimento. Murchara como uma flor sem água, não demonstrava alegria de viver nem motivação para fazer nada. Não queria viajar, não queria fazer compras, não queria conhecer outros homens, não queria se levantar da cama. Somente chorava e se lamentava por um casamento fracassado, pelas traições que amargava e por um amor que já não era mais correspondido.

Por outro lado, foi a própria Manuela quem sugeriu à irmã que aceitasse o pedido de casamento e fosse buscar a felicidade. Explicou que ela mesma já sofrera perdas demais e que essa seria por uma boa causa. Ademais, Roger vivia com ela e lhe faria companhia. Mesmo sem ter certeza de que a irmã ficaria bem, Viola acatou a sugestão de Manuela e aceitou o pedido de casamento. Um mês depois, já estava residindo em uma cidade vizinha de Paris, feliz, ao lado de Antoine.

No ano em que Roger completou dezessete anos e Manuela, trinta e cinco, dois novos acontecimentos foram a gota d'água para ela afundar de uma vez por todas. Luciano, que parecia se tornar mais bonito a cada dia, foi procurá-la para lhe dar duas notícias. Reunidos na sala, De Lucca contou para a esposa e para Roger que acabara de se presentear com um iate luxuoso e que faria dele sua residência, pois poderia viajar pela costa de todo o Brasil sem sair de casa. Manuela sabia que um veículo daquele porte custava muitos milhões de reais, porém não perguntou como ele conseguira tanto dinheiro. Luciano encerrou a primeira parte do assunto esclarecendo que vendera a casa em que Manuela vivia e que ela passaria a morar em uma ilha, na mansão que ele possuía em Angra dos Reis. Os empregados seguiriam com ela, e ele enviaria mensalmente o dinheiro para que a esposa os pagasse.

Estava pronta a confusão. Manuela gritou, protestou, chorou, esperneou, tentou argumentar e convencer o marido a mudar de ideia, mas não teve sucesso. Sabia que Luciano não costumava voltar atrás em suas decisões. Caso não quisesse viver na rua, seria obrigada a morar no lugar para o qual ele a destinara.

Havia, contudo, outra informação, a notícia que enterrou o restinho de vida que havia dentro de Manuela. Luciano disse a Roger que conseguira uma excelente oferta de emprego para que ele estudasse e morasse em Las Vegas, nos Estados Unidos. Como o filho também se comunicava muito bem em inglês, não teria dificuldades para se adaptar à nova cidade. Seria uma oportunidade indispensável, e, quando ouviu o garoto aceitar o convite, Manuela perdeu os sentidos.

Não havia nada que pudesse fazer para impedir Roger de ir embora. Manuela disse que o amava e que ele era sua única companhia agora. Ele rebateu dizendo que estava farto de ver a mãe entregue à depressão e que ela nunca procurava reagir e melhorar.

— Você está morrendo aos poucos e não posso ajudá-la, mãe — ele contrapôs, chorando por ver a mãe tão derrotada. — Quero viver minha vida. Tenho esse direito. Não posso trazer amigos para cá, pois o barulho a incomoda. Não posso namorar, porque você acha que a garota iria me tirar de você. Não posso trabalhar, pois você afirma que tenho um pai rico. Deixe-me viver, por favor. Quero ser feliz. Desculpe dizer isso, mãe, mas você tem sido uma pedra enorme em meu sapato.

Ao ouvir daquilo, Manuela se calou e se manteve assim nos anos seguintes, presa nas agruras de uma tristeza sombria que a tomara por completo.

Mudar-se para a mansão da ilha não fez dela uma mulher melhor. Nem mesmo a paisagem paradisíaca, que se descortinava à sua frente, a mobilizava a se animar. Roger partiu, e eram raros seus telefonemas. Vinha visitá-la somente uma vez por semestre. Ele parecia mais bonito, maduro e animado. Intimamente, Manuela estava feliz pelo filho. De fato, o rapaz precisava usufruir sua juventude e viver. Seria feliz, do mesmo jeito que um dia, no passado, ela acreditou que também seria.

Depois de tantos anos, ainda teimava em não dar o divórcio a Luciano. Ele nunca ia vê-la, exceto quando Roger passava alguns dias com ela na mansão. Nunca sabia em que lugar do Brasil o marido estava, com seu barquinho desgraçado e suas amantes interesseiras. Na reclusão de seu dormitório, nunca via a luz do sol, a não ser uma ou outra nesga de claridade, que, de vez em quando, transpassava o tecido grosso. Jordânia tentava forçá-la a comer, o que não funcionava muito. Manuela passava o tempo todo deitada, levantando-se apenas para usar o banheiro. Ali, ela chorava, sem vontade de fazer nada, totalmente entregue aos tormentos daquela doença da alma.

CAPÍTULO 21

O *Rainha do Mar* deslizava suavemente sobre as águas escuras e calmas do oceano, deixando uma agitada esteira de espuma branca em seu encalço. O tempo estava firme, e o céu muito estrelado estava enfeitado por uma lua cheia, que parecia apreciar a própria imagem refletida no mar.

Era essa a visão que Dominique teria, se observasse a paisagem através de uma das janelas do seu aposento. O vento suave sacudia os cachos modelados por Nélia, fazendo alguns fios teimosos de cabelos cobrirem seu rosto. Nunca estivera em mar aberto, embora dali ainda fosse possível enxergar o brilho das luzes no continente.

Ouviu um barulho suave atrás de si, olhou por cima do ombro e viu Luciano entrar devagar. Na mão, ele trazia duas taças com um líquido dourado borbulhante.

— Champanhe francês de uma excelente safra. — Ofereceu uma das taças a ela.

— Nunca bebi nada importado e mal sei o que é uma safra. — Riu Dominique.

Ainda trajava o vestido vermelho e conservava no rosto a maquiagem que Nélia lhe fizera. O jantar fora interessante. Doutor Tavares e Nélia tentaram enturmá-la, contando algumas piadas para que a viagem soasse mais descontraída para ela. Connor, o comandante americano, pouco se expressava em português. Kamil mantinha sua aparência de estátua de gesso, bem como Ezra, que, segundo soubera, se comunicava com o patrão somente em árabe. Havia um brutamonte mal-encarado chamado Yago, que sempre fitava Dominique com olhos cheios de desejo, mas só o fazia após se certificar de que Luciano não estava olhando.

Os dois últimos, cujos nomes ela não memorizara, comeram calados, imersos nos próprios pensamentos.

Dominique experimentou o champanhe e piscou repetidas vezes. A bebida era forte, apesar do gosto adocicado. Como Luciano aguardava sua opinião, ela sorriu:

— Quando eu me acostumar com isso, tenho certeza de que acharei ótimo.

— Há coisas melhores do que essa bebida.

Luciano apertou um botão na parede e mergulhou o cômodo na penumbra. Apenas a luz do luar, que se infiltrava pela janela, iluminava um pouco o cenário. Cuidadosamente, ele tirou a taça da mão da moça e pousou-a sobre um aparador branco. Ergueu o rosto de Dominique pelo queixo, como costumava fazer, para que a jovem o encarasse nos olhos.

— Quero que esta seja uma noite inesquecível para nós. No entanto, se algo a desagradar, gostaria que me dissesse. Prometi que não a forçaria a fazer nada que não quisesse.

— Eu sei — ela sussurrou timidamente.

Ainda segurando o queixo Dominique, Luciano a beijou. Sentiu a jovem resistente a princípio, mas, aos poucos, ela foi se libertando e correspondendo. Quando o beijo e as carícias aumentaram de intensidade, ele a guiou até a cama muito larga. Deitou-se de barriga para cima e puxou-a para que ela se deitasse sobre ele. Luciano sentiu a jovem resistir novamente, quando tentou despir-lhe o vestido. Jurou ter notado que ela havia tremido.

— Será belo, carinhoso e delicado. Eu prometo — garantiu Luciano.

Ela assentiu e deixou-se levar. Enquanto Luciano fazia as alças do vestido de Dominique escorregarem para baixo, ela desabotoava a camisa dele. Instantes depois, estavam completamente nus. Luciano era extremamente cuidadoso em seus gestos, em seus toques, em suas palavras murmuradas. Beijou o corpo inteiro da jovem, certo de que estava excitando-a. Como ainda não tinham o resultado dos exames de Dominique, Luciano decidiu que usariam preservativos. E, quando ela se entregou e ele a possuiu, soube que ali estava uma das melhores amantes que já tivera.

Dominique não sentiu dor, não aquela provocada por Silvério. De fato, foi tudo muito meigo e quase romântico. Sabia que, se estivesse apaixonada por ele, teria se entregado de corpo e alma e o ato seria mais prazeroso para ambos. Porém, enxergava-se como uma prostituta, transando para garantir sua sobrevivência. Sem sentimentos envolvidos, o ato era para ela tão era tão mecânico e instintivo como bocejar ou adormecer.

A noite foi longa. Luciano parecia insaciável, mesmo quando ela já demonstrava cansaço. Acordaram com a luz do sol dourando seus corpos despidos e entrelaçados. Ele beijou-a novamente, e ela o achou lindíssimo, com os cabelos revoltos e a barba por fazer. Era uma pena que tudo o que sentisse por ele fosse gratidão.

— Bom dia, minha princesa! Como foi sua noite?

— A melhor da minha vida — mentiu apenas para agradá-lo.

Ele fitou-a em silêncio por alguns instantes, como se tentasse ler seus pensamentos em busca da confirmação do que ela dissera. Por fim, sentou-se na cama.

— Pedirei a Nélia que nos prepare um delicioso café da manhã. — Espiou pela janela. — Estamos próximos de outro clube náutico. Connor deve parar por aqui para abastecer o tanque. Vou confirmar onde estamos.

Dominique observou-o se levantar. Mesmo aos trinta e oito anos, Luciano era dono de um corpo espetacular. Só havia pelos em seus braços e pernas. A barriga definida exibia vários gominhos conquistados à base de musculação e boa alimentação. Os braços e o peito exibiam músculos rígidos e torneados, que ela tocara várias vezes durante a noite. Ninguém daria mais do que trinta anos a ele, que estava em melhor forma do que muitos jovens com metade de sua idade.

Luciano fez a higiene no banheiro do próprio quarto, enrolou-se num roupão branco e saiu. Lamentavelmente, ele nem sequer conseguira excitá-la. Em alguns momentos, fingira ter atingido o clímax somente para vê-lo realizado. Lera sobre isso em algumas revistas, mas nunca imaginou que um dia precisasse fazer coisa parecida.

Os dias seguintes não foram muito diferentes. Dominique, aos poucos, começou a se habituar à rotina. O iate realmente mal balançava, e ela ainda não sentira enjoos enquanto navegavam. Nélia preparava refeições maravilhosas, e todos comiam juntos. Dominique podia usufruir de todas as áreas de lazer disponíveis na embarcação, contudo, fora terminantemente proibida de participar ou interferir nas reuniões que Luciano travava com seus acompanhantes. Às vezes, fechavam-se em um dormitório ou conversavam no deque superior. Quando os via reunidos, não ousava se aproximar.

No quinto dia após a chegada de Dominique ao iate, enquanto Luciano conversava com seus seguranças nos sofás externos e Connor conduzia o *Rainha do Mar* lentamente, o médico da tripulação perguntou se poderia conversar com a jovem em particular. Dominique estava assistindo à televisão em seu quarto, quando ele apareceu. Era a primeira vez que recebia uma visita masculina que não fosse a de Luciano e se perguntou se ele não ficaria aborrecido com aquilo, caso já não estivesse sabendo.

Tavares era alguns anos mais velho do que o patrão, mais baixo e tinha alguns quilos a mais. Não deixava de ser bonito e não trazia nenhuma aliança nos dedos das mãos.

— Incomodo-a? — ele perguntou após bater à porta.

— Pode entrar. Luciano está me chamando?

— Não. Ele está discutindo negócios, e nem sempre eu participo desses assuntos.

Dominique desligou a televisão e puxou a beirada do lençol até o pescoço. Estava nua por baixo dele, porque aguardava Luciano na cama. Evitava circular pelo iate em trajes de banho, porque os outros homens a avaliavam como se estudassem a compra de uma escrava. Não fazia ideia se Luciano percebia aquilo e consentia ou se ele nunca se dera conta de que desejavam sua parceira.

— Como posso ajudá-lo?

— Na verdade, eu vim ajudá-la. — Tavares apanhou um pufe branco e acomodou-se nele, olhando-a com atenção. — Gostaria de conversar sobre você.

— Sobre mim?

— Você está aqui para agradar Luciano. Isso todos já sabem. No entanto, gostaria de lhe fazer uma pergunta: durante o tempo em que estiver com Luciano, realizando os desejos dele, quanto você conseguirá fazer por si? Quanto conseguirá agradar a si mesma?

— Não entendi aonde você pretende chegar com essas perguntas.

— Eu trabalho há algum tempo para Luciano e lhe garanto que ele é um bom homem. Durante todo esse período, muitas mulheres ocuparam o lugar que você ocupa atualmente, e observei nelas o mesmo comportamento. Desdobravam-se para agradar a Luciano para não perder as mordomias que ele lhes oferecia. Tornavam-se verdadeiras escravas dos desejos dele, anulando completamente suas vontades pessoais. Elas optaram por agir como bonecos sem personalidade e vida própria. Eram máquinas humanas a serviço do meu patrão.

— Mas elas chegaram aqui sabendo que as coisas seriam assim, não? Quando propôs me tornar sua acompanhante, Luciano me deixou a par das regras do jogo.

— Sim, eu sei disso. Ele é transparente em quase tudo o que faz. — Tavares pigarreou, como se quisesse sair daquele assunto, antes que Dominique lhe fizesse perguntas. — A conversa que estamos tendo agora ocorrerá somente neste momento. Saiba que não voltarei a importuná-la. Mesmo assim, gostaria que me ouvisse.

Dominique assentiu, curiosa e interessada ao mesmo tempo. Afinal, o que aquele médico queria com ela?

— Na vida, muitas vezes tomamos decisões em benefício dos outros, anulando os verdadeiros anseios de nossa alma — comentou Tavares. — Quem nunca se sacrificou por uma pessoa amada, abandonando-se no meio do caminho? Parece que a realização da pessoa de quem gostamos também preenche nosso coração de alegria e satisfação, mas isso não é verdade. Ver o outro feliz é maravilhoso, porém, não é o que sustenta nosso espírito. Só ficamos felizes de verdade, quando fazemos algo por nós mesmos, nos cuidamos, nos tratamos com carinho, amor e ternura. Satisfazer o outro é como tirar terra de um vaso de planta para completar outro. O segundo ficará perfeito, mas o primeiro ficará desfalcado.

— Isso é um convite para que eu vá embora deste iate?

— De forma alguma. Não é uma decisão que cabe a mim. Como lhe disse, Luciano é um bom homem e provavelmente você conhecerá um mundo que pertence somente a poucos privilegiados. Não sei dizer se será uma longa temporada com ele. Independentemente, gostaria que refletisse sobre o quanto você deixará de atender às suas vontades para estar aqui.

— Não tenho outra opção, doutor Tavares. Não tenho para onde ir.

— Eu também sei disso. — Ele se levantou. — Não vou tomar mais seu tempo e gostaria que não comentasse sobre essa conversa com Luciano. O que queria é lhe propor essa reflexão. Quanto você fará por Luciano e quanto fará por si, enquanto estiver aqui? Quem realmente é mais importante? Você ou seu próximo? Quem estará com quem durante toda a eternidade, caso você acredite em vida após a morte? Independentemente do que acontecer, nunca se abandone em nome de ninguém. Cuide de si, menina, e cuide com todo o amor que você merece.

— Farei o meu melhor. Obrigada pelos conselhos.

— Vim como um amigo. Luciano não notou que eu estava vindo para cá. Caso me veja, direi que estive aqui para uma consulta médica. Por favor, confirme essa versão. Costumo fazer esse *check-up* nas jovens que ele traz, porque muitas não se habituam tão facilmente à vida no mar.

Dominique concordou. Tavares parecera-lhe sincero. Amava Cida, mas se sacrificara demasiadamente pela avó. Agora, faria o mesmo por Luciano. Obviamente, qualquer pessoa poderia se acostumar à vida luxuosa que lhe fora oferecida. A ideia de trabalhar de pé durante toda a madrugada para pagar o aluguel de um imóvel pequeno a outro senhorio insuportável como Pascoal já começava a se tornar uma alternativa

152

remota, que ela descartaria facilmente. Ali, tinha tudo o que sempre desejou. E tudo o que precisava fazer era encarnar uma amante sensual.

Uma pergunta, contudo, pairava em sua mente: qual seria o preço que ela pagaria por atender às vontades do outro, eliminando completamente os genuínos anseios de sua alma?

CAPÍTULO 22

Pierre soltou um suspiro de profunda exaustão, enquanto destrancava a porta de seu apartamento. Trabalhava muitas horas por dia em um restaurante que funcionava praticamente sete dias por semana, vinte e quatro horas por dia. Gostava de acompanhar de perto a rotina, a movimentação, o empenho dos funcionários, o trabalho das cozinheiras e do *chef* e, principalmente, de conversar com os clientes. Fazia tudo isso para garantir a boa reputação do estabelecimento, mas também para distrair a cabeça.

A prima de Olívia desistiu da vaga no último momento, e um rapaz foi contratado para substituir Dominique, o que deixou Brígida satisfeita por não ter de lidar com outra mulher. Pierre não era um homem ingênuo nem tolo e sabia que sua gerente se insinuava para ele sempre que surgia uma oportunidade. Brígida era uma profissional competente e dedicada, apesar de muito severa com os empregados, porém seus adjetivos paravam aí. Pierre não a enxergava como mulher no sentido sexual. Não sentia atração por ela nem por nenhuma outra mulher. Após o acidente que culminou na morte de sua única filha, boa parte de seus sentimentos também foi enterrada.

Normalmente, ao chegar em casa, Pierre tomava uma ducha e esquentava a comida que sua diarista lhe preparava. Isso sempre o divertia, porque ele era o proprietário de um dos mais conceituados restaurantes de Porto Alegre, mas se alimentava com comida requentada em casa. E só o fazia para sobreviver, porque raramente tinha apetite. Seus oitenta e três quilos foram reduzidos a cinquenta e sete, desde que se viu sozinho. Nunca mais conseguira recuperar o peso nem o ânimo pela vida, assim como nunca mais recuperaria a vida de Ingrid.

Renata, sua ex-esposa, casara-se novamente e morava em Brasília com o atual marido, um influente político da direita conservadora. Quando se mudou para lá, ela quis que Ingrid a acompanhasse de qualquer jeito. A moça, dona de uma personalidade rebelde, recusou-se veementemente. Justificou que jamais trocaria Porto Alegre por uma cidade repleta de políticos corruptos, quente como um forno, que nem sequer tinha praias para as pessoas se refrescarem em dias de calor. Ingrid decidiu morar com o pai e assim viveu até o dia do acidente.

Pierre não seguiu diretamente ao banheiro para tomar um banho relaxante. Sem saber ao certo o motivo, caminhou devagar até o quarto de Ingrid. Raramente, entrava ali, porque o mantivera intacto. Nem mesmo as roupas e os objetos pessoais da filha haviam sido doados. Estar naquele espaço o preenchia de lembranças funestas e dolorosas. Lembrava-se da última discussão que tiveram e do choque que sentiu ao receber a visita da polícia informando-o sobre o acidente.

Ateu convicto, Pierre não acreditava em nada que seus olhos não pudessem enxergar ou que a ciência não pudesse comprovar. Por isso, não fazia a menor ideia de que o espírito de Ingrid, que apresentava, naquele momento, uma aparência péssima, estivesse sentado na cama, fitando-o com rancor e indignação.

— O que veio fazer em meu quarto, seu idiota? — rugiu enfurecida. — Por que finge que se importava comigo, quando nós dois sabemos a verdade?

Alheio à presença da filha no cômodo, Pierre moveu-se devagar pelo dormitório, apreciando os pôsteres nas paredes, o guarda-roupa branco e rosa, a cama com ursinhos de pelúcia, o tapete em meia-lua com o formato de uma maçã mordida e, por fim, a cômoda, onde estavam expostas diversas fotos emolduradas de Ingrid.

Abriu a primeira gaveta e conferiu as roupas da jovem, cuidadosamente dobradas. Ainda conservavam a fragrância do perfume que ela gostava de usar. Abriu as demais gavetas e parou na terceira, quando algo lhe chamou a atenção.

Percebeu um volume sobressalente atrás das peças íntimas. Afastou-as com a mão e deparou-se com várias fotos dele e de Ingrid, espalhadas no fundo da gaveta. A primeira delas fora tirada durante uma tarde em que viajaram para o Rio de Janeiro, tendo como pano de fundo o Cristo Redentor. Os dois estavam abraçados, os rostos colados, sorrindo alegremente. Nessa ocasião, Pierre e Renata já estavam divorciados. Pelos seus cálculos, Ingrid tinha dezesseis anos naquele dia.

Havia várias outras fotos dos dois juntos, em épocas e situações diferentes. Em todas, pai e filha mostravam-se felizes e muito próximos.

Uma vez, Ingrid lhe disse que não sentia tanta falta da mãe, porque o pai supria todas as suas necessidades. Com um abraço apertado, ela expressou todo o seu amor por ele.

Duas lágrimas pingaram dos olhos de Pierre. Ingrid, da cama, estava atenta a tudo. Por um instante, o fato de ver o pai chorando a fez baixar a guarda. Não entendia por que ele demonstrava sofrimento e tristeza, quando ela sabia qual era a verdade.

— Vire as fotos! — ela disse em voz alta. — Leia o que escrevi atrás delas.

Sem saber que havia captado a mensagem do espírito, Pierre obedeceu à ordem. Na foto que tiram no Rio de Janeiro, com a caligrafia bela e pequena da filha, lia-se: "O que mais quero é que esses momentos se repitam outras vezes".

A frase estava datada com dois meses antes de sua morte. Na segunda foto, a filha dizia: "Eu te amo. Só gostaria que você voltasse a me amar também".

Havia mensagens semelhantes nos outros retratos, em que Ingrid dizia que sentia falta de Pierre e que seria feliz se eles se aproximassem novamente. As lágrimas pingavam abundantes dos olhos dele. Ingrid contemplou-o por alguns instantes, até que sentiu o ódio tomar seu coração outra vez.

— Falso! Mentiroso! — Ela levantou-se, aproximando-se do pai. — Não tem ninguém aqui, além de mim, que sou invisível agora! Por que perde tempo fazendo todo esse teatro? Seu drama não está nem um pouco convincente!

Pierre sentiu ligeiro um mal-estar, mas o atribuiu ao cansaço. Recolheu todas as fotos da gaveta, fechou-a com cuidado e saiu do quarto da filha.

Ingrid não se deu por vencida e foi atrás dele:

— Você não pode me ver agora. Aliás, já não me via quando eu estava viva! Deve estar muito feliz, não é mesmo? Há cinco anos está livre desse fardo.

Ela também queria chorar, contudo, a raiva a impedia. Às vezes, agredia o pai, regozijando-se quando isso o fazia sentir dor de cabeça. Queria feri-lo, que ele sofresse, que ele amargasse dor semelhante à que ela sentia.

— Acha que a vingança é a solução?

Ingrid ouviu uma voz feminina e virou-se para observar a mulher muito bonita, de cabelos escuros e traços marcantes, que lhe fizera aquela pergunta. Ela emanava tanta paz, que, por alguns instantes, Ingrid ficou paralisada.

— Vocês, que vivem do lado da luz, são muito intrometidos, sabia? Aparecem em qualquer lugar, mesmo quando não são convidados. Eu não a chamei aqui.

— Talvez tenha chamado, ainda que inconscientemente. Fui designada para acompanhá-la, por razões que não vêm ao caso agora. Eu me chamo Marília.

— Não me interessa seu nome. Não preciso de acompanhantes.

— Você se sente sozinha, Ingrid, mais do que se sentia antes de desencarnar. Evita ter contato com qualquer outro espírito, sejam eles os de luz, os que perambulam pela matéria, como você, ou os que habitam as regiões umbralinas. Você escolheu a solidão, porque acha que, dessa forma, conseguirá vingar-se do seu pai. Tem certeza de que é isso o que você deseja?

Em torno de Marília havia um halo de luz de tom quase violáceo, que incomodava as vistas de Ingrid.

— Cale a boca, sua enxerida! Você não sabe nada a meu respeito. Não conhece minhas razões. Outros já vieram com esse papinho furado de perdão, reflexão etc. Odeio tudo isso, odeio meu pai e já a estou odiando também.

Aquilo fez Marília sorrir. Era quase como conversar com uma criança teimosa. Ingrid a olhava com cara feia, tentando soar ameaçadora, mas ela sabia que o espírito da jovem estava com medo, com muito medo.

Havia sangue nos cabelos loiros de Ingrid. As roupas, as mesmas que a jovem usava no dia do acidente, estavam esburacadas e sujas de sangue. Sua pele estava ferida. Seus olhos azuis mostravam-se tristes e apagados.

— Eu a conheço mais do que imagina. Sei o que você passou quando descobriu que estava deste lado. Você recusou a ajuda que lhe ofereceram, Ingrid. Teve ainda a oportunidade de se inteirar dos riscos que correria, caso desejasse se aventurar sozinha pelo mundo corpóreo, mas pouco se importou.

— Sei me cuidar. Há anos estou aqui, perturbando meu pai, e nada de ruim me aconteceu.

— E nem a ele — rebateu Marília.

— Consegui colocar meu pai em uma depressão terrível. Ele reagiu e melhorou um pouco, mas agora é um homem infeliz, triste, cabisbaixo, que vive naquele restaurante idiota. Acredito que meus planos estejam dando certo.

— Minha querida, quanta ilusão! Nós, desencarnados, só conseguimos influenciar os encarnados, positivamente ou negativamente, quando eles nos dão acesso. Se seu pai mudar o fluxo dos pensamentos e elevar a energia, você não conseguirá mais nada. O que a ajuda um pouco é o fato de Pierre não acreditar nas questões espirituais. Ele não tem o hábito da oração, pois não crê em Deus. Isso facilita seus ataques contra ele.

— Farei tudo o que puder para destruí-lo. — Ingrid sacudiu o punho fechado.

— Isso tudo por que o culpa por sua morte? Mesmo sabendo que não era ele quem dirigia seu carro?

— Ele me deixou atordoada naquela noite. Sofri o acidente porque estava alterada, e a culpa é toda dele.

— É fácil culpar os outros por situações que são de nossa responsabilidade.

— Já disse que você não sabe nada sobre minha vida nem compreende meus motivos. Saia daqui! Quero ficar sozinha. Vá embora!

Ingrid começou a gritar, e Marília soube que, por enquanto, não haveria muito que ela pudesse fazer. Sabia que a jovem só demonstraria intenção de mudança no tempo dela. Respeitaria seu livre-arbítrio, mas estaria sempre por perto.

CAPÍTULO 23

Equilibrando uma bandeja na mão esquerda, Jordânia usou a direita para bater na porta do quarto da patroa. As ordens eram claras: jamais deveriam entrar nos aposentos de Manuela sem sua autorização prévia.

Quando ouviu um murmúrio abafado convidando a pessoa a adentrar o quarto, Jordânia abriu a porta e acendeu a luz do cômodo. Uma claridade opaca, de um amarelo bruxuleante, revelou uma mulher esparramada sobre a cama de casal, com o edredom encobrindo seu corpo até a altura dos seios, à revelia do calor que fazia do lado de fora. Ao chegar mais perto, a governanta contemplou os olhos avermelhados e inchados de Manuela, bem como as bolsas escuras abaixo deles.

— Bom dia, dona Manuela! Trouxe seu café da manhã do jeito que a senhora gosta. Dois pedaços de mamão cortadinhos, biscoitos integrais, duas fatias de pão de centeio e um copo com suco de laranja. Tenha um excelente apetite.

— Estou sem fome hoje. — A voz continuava soando estranha, como se Manuela falasse com a mão na frente dos lábios. — Pode levar a bandeja embora.

— Ontem e anteontem, a senhora me disse a mesma coisa, e eu obedeci às suas ordens. No almoço e no jantar, mal tocou na comida. Pretende ficar doente?

— Doente eu já estou. Reconheço que sou um sopro da mulher que fui um dia.

Ao dizer isso, Manuela sentiu o corpo estremecer e um peso incômodo oprimir seu peito. Abaixou a cabeça e pôs-se a chorar.

— Não fique assim. — Jordânia contornou a cama, armou as pernas de apoio da bandeja e colocou-a sobre o colchão. — Nem mesmo esse sopro vai restar se não comer algo. Por favor, não recuse. Eu preparei com tanto carinho...

Manuela soluçou um pouco e secou o rosto com a mão. Jordânia olhou em torno, incomodada com aquele ambiente pesado e opressor. Seu maior sonho era poder escancarar aquelas cortinas e clarear o quarto, mas, quando tentou fazer isso, Manuela foi grosseira, ameaçou demitir a governanta, caso ela a desobedecesse.

Jordânia deteve o olhar na patroa. Sabia que Manuela tinha trinta e oito anos, no entanto, sua aparência atual a fazia parecer uma mulher de cinquenta. Os cabelos castanhos e lisos estavam amarrados bem no alto da cabeça, e os fios derramavam-se para os lados como se fosse uma fonte. O rosto sem maquiagem já exibia algumas rugas que surgiram precocemente. A testa parecia estar sempre franzida. Os dentes lindos e muito brancos quase nunca apareciam, uma vez que Manuela raramente sorria. Os olhos também castanhos estavam sempre tristes e vermelhos, e as olheiras, cada vez maiores e mais escuras.

Jordânia tentava imaginar o quão bonita Manuela havia sido. Sabia que um dia ela fora uma mulher feliz, afinal, ninguém nascia com depressão.

— O que me diz? Vai mesmo me fazer essa desfeita?

Contrariada, Manuela inclinou-se para a bandeja e mordeu um pedaço de mamão, mastigando devagar, os olhos fixos num ponto indefinido da parede. Experimentou o pão e tomou dois goles do suco de laranja. Em seguida, empurrou a bandeja para frente, dispensando-a, e voltou a se deitar.

Apesar de Manuela não ter se alimentado nem com a metade do que a governanta levara, Jordânia se deu por satisfeita. Gostava da patroa, que era uma boa pessoa. Quando rezava, pedia a Deus que a auxiliasse a melhorar, preenchendo-a de luz e alegria novamente.

— Dona Manuela, por que a senhora não caminha um pouco pela praia? — Jordânia retirou a bandeja e parou para contemplar a mulher sobre a cama. — O dia lá fora está lindo. O mar está num tom incrível de verde. Venha ver.

— Sabe que não gosto de ver ninguém. A claridade me incomoda.

— Será que a senhora está se tornando uma espécie de vampira?

De vez em quando, Jordânia arriscava fazer alguma brincadeira com Manuela, que nunca se importava, mas também não correspondia.

— A senhora tem, praticamente, uma praia particular à sua disposição. Fagner diz que a areia fica a apenas sete passos de sua varanda, ou seja, não precisa nem atravessar a rua. Há quanto tempo a senhora não entra na água?

— Não gosto do mar.

— Então, fique um pouquinho na varanda. Posso lhe fazer companhia.

— Para quê, Jordânia? — Manuela virou a cabeça para a governanta, que viu todo o desespero em seu olhar. — Não tenho amigos, não tenho família, não tenho ninguém que me ame. Qual é a graça de assistir a outras pessoas se divertindo, quando só tenho vontade de chorar? Quero ficar sozinha. Respeite minha vontade, por favor.

Dando o assunto por encerrado, Manuela apanhou outro travesseiro e cobriu a cabeça. Chateada, Jordânia saiu do quarto tão silenciosamente quanto entrou.

Embora seja conhecida como a doença do século 21, a depressão sempre esteve presente ao longo da história da humanidade. Os mais antigos costumavam falar que as pessoas morriam de tristeza, geralmente após a perda de alguém muito próximo, o surgimento de alguma doença ou a impossibilidade de alcançar seus objetivos. Com o passar dos anos e muitos estudos científicos na área, descobriu-se que a depressão é uma doença tão perigosa quanto o câncer.

Muitos entendem a depressão e a tristeza como sinônimos, ou seja, alguém que apresenta tristeza profunda, como Manuela, está deprimido. A diferença é que a tristeza é um sentimento causado por algo específico: a pessoa fica triste se não alcançar uma meta, se não conseguir namorar, se passar pela experiência da perda de uma pessoa querida, se vivenciar uma decepção ou uma frustração muito grande, entre outras razões. Não é difícil identificar o que realmente entristece alguém. Já a depressão não está ligada a um fato objetivo, mas a sentimentos de desinteresse, de desânimo, como se a vida se tornasse preta e branca. Nada atrai ou estimula a pessoa deprimida, que não sente vontade de fazer nada nem traça objetivos para o futuro.

Havia anos, Manuela passava por essa situação e, mesmo tomando remédios, não reagia. Contratara um psiquiatra particular para atendê-la em domicílio, pois dissera a ele que, se tivesse de sair de casa, nunca mais se medicaria. Às vezes, perpassavam por sua mente pensamentos suicidas, no entanto, ainda não encontrara coragem suficiente para dar cabo da própria vida. Nem mesmo fora audaciosa a ponto de ingerir uma grande quantidade de seus comprimidos antidepressivos e arriscar ter uma overdose. Parecia enfrentar uma batalha interna, como se parte dela quisesse acabar com tudo e parte ainda resistisse bravamente, lutando pela vida.

Seu psiquiatra sempre lhe dizia que a cura da depressão dependia exclusivamente do envolvido. Manuela respondia que, se fosse assim, ela nunca melhoraria. Ver-se traída e abandonada pelo marido e pelo filho amado, passar pela morte repentina dos pais e perder a companhia da irmã, que se mudara para longe, eram, para ela, razões suficientes para não encontrar nada que a fizesse voltar a sorrir.

No Brasil, o número de quadros depressivos crescera chocantes 705% em dezesseis anos. Outras fontes relatavam que havia mais de 300 milhões de pessoas de todas as idades no mundo em depressão.

Manuela apresentava os principais sintomas da doença. Vivia triste, apática, desanimada, com falta de apetite, insônia e dificuldade de concentração. Estava convicta de que nunca mais conseguiria atender animais em uma clínica. A mulher que ela se tornara não tinha condições nem de manejar uma seringa. Medos que nunca tivera antes pareciam surgir do nada, como monstros que se levantavam do chão. Temia multidões, temia ficar exposta em lugares abertos, temia ser abandonada por Jordânia e Fagner, temia que Roger desistisse de vir ao Brasil visitá-la, temia que Viola a esquecesse completamente.

Estava magra como um palito, e sua pele tornara-se embaciada e sem viço. Fios brancos descoloriam seus cabelos, mas ela não se importava com nada disso. Comia pouco, pois raramente sentia apetite, o que justificava a perda de peso nos últimos anos. Sentia-se insegura, chorosa, amuada. Não se via capaz de tomar nenhuma decisão importante, vivendo um dia atrás do outro mecanicamente. Nada do que fazia antes a motivava mais. Sentia dentro do peito um buraco escuro e largo, como a boca de um vulcão, que parecia engolir qualquer esboço de reação que ela sinalizava.

Jordânia, que tinha mais contato com a patroa do que o mordomo, já estava acostumava às suas crises de irritabilidade. Manuela, com certa frequência, tornava-se agressiva e descortês, tratando-a com certo desprezo. Em outras ocasiões, esquecia-se de situações, já que seu raciocínio se tornara mais lento. Vivia com dor de cabeça e com dores fortes na região da barriga. Nunca dissera isso ao seu médico, temendo que ele lhe prescrevesse mais medicamentos, já que os que tomava, aparentemente, não a estavam ajudando muito. Eles apenas a tranquilizavam, relaxando seu corpo e sua mente, ajudando-a a ter um sono reparador. Porém, quando os efeitos passavam, tudo começava outra vez.

Muitas vezes, a depressão tem causas espirituais. Espíritos obsessores, por motivos diversos, aproximam-se dos encarnados, influenciando-os com suas energias pesadas e negativas, perturbando-os mentalmente, colocando-os cada vez mais para baixo. A mediunidade desequilibrada também pode facilitar o acesso desses espíritos.

Contudo, não havia espíritos inferiores próximos de Manuela, obsediando-a. Sua depressão fora causada por ela mesma. Muitas doenças podem estar ligadas a outras encarnações. Entre os projetos idealizados antes de reencarnar, Manuela garantira que superaria a apatia e o desânimo, fatos que a levaram ao suicídio em encarnações pretéritas. Ela havia prometido que seria uma mulher feliz desta vez, não concedendo a ninguém o poder de deixá-la tristonha e depressiva.

Para a espiritualidade, a depressão é um sinal de que a alma está adoecida. Os medicamentos auxiliam, mas são paliativos. A verdadeira cura é interna. Nosso espírito é poderoso e tem a capacidade de enfrentar quaisquer enfermidades e superá-las. Assim, sucumbir a elas depende de como cada um reage. O poder é individual.

Presa no liame entre o sono e a vigília, Manuela ouviu o toque do telefone tilintando ao longe. Na ilha em que vivia, não funcionava nenhum sinal de operadoras de telefonia móvel, embora Roger houvesse instalado *Wi-Fi* na casa. Ela mal encostava no telefone, já que nunca ligava para ninguém e só era contatada pelo filho ou pela irmã.

— Alô? — A voz de Manuela estava um tanto trêmula. Fez um esforço para que Viola não percebesse.

— Ah, minha querida irmã! Uma tragédia se abateu sobre Antoine... — Havia mais drama do que pesar na voz da irmã mais velha.

— Como assim?

— Ele estava em uma reunião com alguns amigos, quando sentiu dores no peito e enfartou. Morreu na hora. Sinto o chão faltando sob meus pés.

— Que horror! — Manuela tentou emprestar à voz alguma emoção. — Sinto muito.

— Aqui na França, tudo é muito rápido. Para você ter uma ideia, ele já foi velado e cremado. Sem meu amor aqui, nada mais me prende a este país.

— Voltará ao Brasil?

— Sim. Como sei que você está morando sozinha, gostaria de saber se você se importaria se eu lhe fizesse companhia. Ainda não conheço essa magnífica mansão em que vive agora. Morar em uma ilha é "o luxo".

Embora amasse Viola incondicionalmente, Manuela não sabia o que pensar sobre a chegada dela. Não gostaria de ser vista naquele estado. Por outro lado, jamais se negaria a ajudar a irmã, ainda mais agora que deveria estar fragilizada pela morte recente do marido.

— Claro. Eu estarei esperando-a.

— É por isso que eu a amo, minha flor. Angra dos Reis, aí vou eu!

Manuela desligou, refletindo sobre a visita definitiva que receberia. Uma pequenina luzinha acendeu e cintilou dentro dela, fazendo-a experimentar uma breve e agradável sensação de bem-estar, que havia muito tempo não sentia.

CAPÍTULO 24

Luciano estava finalizando mais uma de suas reuniões, quando Connor bateu na porta de um dos aposentos para avisar que haviam acabado de atracar em um clube náutico em Guarujá. O patrão fez um gesto com a cabeça em agradecimento pela informação e dirigiu-se aos seus homens:

— O carregamento chegará dentro de três dias. Ainda estaremos aqui, no litoral paulista. Muita cautela durante toda a operação. Apesar de me garantirem que tudo correrá no mais completo sigilo, sempre é possível que qualquer informação tenha vazado.

— Nada vai dar errado. — Yago ajeitou o nó da gravata. — Segurança nunca é demais, mas estamos acostumados com trabalhos parecidos.

Luciano assentiu, dispensando-os em seguida. Saiu do quarto e foi diretamente procurar Dominique. Encontrou-a no quarto do casal, de costas, apreciando o mar através da janela.

— Está uma linda manhã lá fora. — Ele aproximou-se devagar, abraçou-a por trás e afastou os cabelos de Dominique para que pudesse beijar seu pescoço. — Ficaremos alguns dias atracados aqui. Participaremos de alguns eventos importantes. Tenho certeza de que você vai adorar!

— Quando acordei e não o vi na cama, pedi a Nélia que me preparasse algo para comer. Não sabia se você iria se demorar, e eu estava faminta.

— Estava em reunião com meus funcionários. — Ele piscou um olho, zombeteiro. — Sabe como são os negócios.

— O que você faz exatamente? — Dominique virou-se para ficar de frente para Luciano. Notando a expressão de desagrado que ele exibiu, a moça completou: — Acho que eu não deveria ter perguntado isso.

— É, não deveria. — Ele segurou-a pela mão e guiou-a até o guarda-roupa. — Escolha uma roupa leve e confortável para passar o dia. Teremos uma agenda cheia hoje, com direito a banho de mar e de piscina.

Ela concordou quase automaticamente, percebendo a facilidade com que ele desviara o rumo da conversa. Tudo o que ela fazia desde que chegara ali acontecia de forma automática, quase como se a jovem fosse um robô programado para desempenhar determinadas tarefas com eficiência. Tinha de se manter sempre maquiada e bem-vestida, precisava caprichar no desempenho sexual e deveria se manter distante das reuniões de Luciano e de seu trabalho. Estava ali cumprindo uma função básica. Não podia fazer mais nada além daquilo para o qual Luciano a trouxera.

Dominique quis lhe perguntar exatamente quais seriam as atividades previstas para aquele dia e por que ficariam tantos dias em Guarujá, ou o motivo exato de ele se dirigir a Fernando de Noronha dias depois. Luciano De Lucca era a pessoa mais misteriosa da qual já tivera notícia, e isso a incomodava mais a cada dia.

A jovem escolheu um vestido azul-claro, quase da mesma tonalidade da água do mar. Calçou sandálias brancas sem salto e prendeu os cabelos em um coque, mas Luciano logo lhe pediu que os mantivesse soltos. Colocou brincos e um colar, cujo pingente parecia ser uma safira. Nunca usara joias verdadeiras, mas sabia que tudo o que ele lhe comprara era genuíno. Mesmo assim, não sentia nenhuma emoção por usar e vestir aquilo com que ela sempre sonhara.

Ezra apareceu na porta do dormitório, fazendo um aceno discreto para que o patrão se aproximasse. Luciano acompanhou-o, e, quando se viu sozinha, Dominique sentou-se na beirada da cama e fixou o olhar no chão. Ficou assim durante alguns instantes, até perceber um movimento ao seu lado.

Ali estava Nélia, segurando um balde, uma pá e uma vassoura. A mulher sorriu para Dominique:

— Você já sabe que sou a "faz-tudo" por aqui, portanto, hora de faxinar seu quarto!

— Fique à vontade. — Dominique levantou-se. — Vou esperar Luciano no deque superior. — Ela já aprendera os nomes de alguns setores do iate.

— Você está bem? — Nélia olhou-a dentro dos olhos. — Percebi que anda calada nos últimos dias. Hoje, durante o café da manhã, não disse uma palavra.

— Estou bem, sim. — Ela mostrou um sorriso pouco convincente. — Luciano disse que hoje faremos muitas coisas, e estou curiosa, tentando adivinhar o que será.

— Você é diferente das outras. — Nélia apoiou a vassoura e a pá na parede.

— Que outras?

— Você sabe que De Lucca já teve muitas garotas. A última se foi há cerca de dois meses. Algumas ele manteve aqui durante um bom tempo; outras duraram somente alguns dias.

— E por que você não me acha parecida com elas?

— Não estou me referindo à beleza. Você é linda, embora elas também fossem. Ele jamais trouxe uma feiosinha para cá. — Nélia riu da própria frase. — O que a difere das demais é o seu comportamento. Todas elas se mostraram ambiciosas e deslumbradas com todo esse luxo, mas tenho a impressão de que nada disso a impactou. Arrisco-me a dizer que não está gostando muito de viver neste iate ou na companhia de De Lucca.

— Claro que estou... — Dominique respondeu um tanto hesitante. — Sempre sonhei com uma boa vida, exatamente como estou tendo. Quem poderia esperar algo melhor do que isso?

— Amiga, sou uma mulher vivida e observadora. A mim você não engana. A boa vida, como você chama, atrai e cativa, mas não garante felicidade a ninguém. E você não está feliz aqui. É possível perceber isso pelo seu olhar.

Dominique não respondeu. Em vez disso, voltou à cama e sentou-se na beirada do colchão. Pensou em negar novamente, mas desistiu. Encarou Nélia e foi com desânimo na voz que comentou:

— Está tão evidente assim? Acha que Luciano também percebeu?

— Acredito que sim, porque ele é igualmente observador. Talvez até mais do que eu. Ainda vai abordar o assunto com você. Ele próprio deve estar estranhando seu comportamento, pois, desde que comecei a trabalhar com ele, você é a primeira moça que não se mostra feliz aqui.

— Estou tentando me esforçar para melhorar meus sentimentos.

— As coisas que nos deixam felizes são espontâneas, nos fazem sorrir de graça, sem esforço. Tenho a impressão de que você está representando um papel aqui, limitando-se a agradar Luciano em troca do que ele está lhe oferecendo. No entanto, o que está recebendo em troca não parece ser recompensador o bastante. Você está triste, desanimada e apática, quase como se estivesse aqui por obrigação.

— Você vai repassar a ele nossa conversa ou suas impressões sobre mim?

— De forma alguma. Pode confiar em mim. — Nélia apontou para a cama. — Posso me sentar com você? A última garota não gostava nem que eu entrasse neste quarto.

— Claro que pode. Eu não mando em nada aqui.

— Enquanto estiver com De Lucca, será nossa patroa. Obedeceremos às suas ordens, porque ele dá essa autonomia às suas namoradas. Ele trouxe algumas moças que tinham comportamentos horrorosos. Gostavam de nos humilhar e nos maltratar, sempre que tinham oportunidade. Keila foi a pior delas.

— Keila?

— De Lucca a trouxe para cá, e ela permaneceu aqui por quase um ano. — Nélia sentou-se na cama. — Apesar da aparência belíssima, possuía um coração tenebroso. Era uma mulher vil, malvada, ambiciosa e arrogante. Queria se apropriar de tudo o que pertencia a De Lucca. Quando ele se cansou, apresentou Keila a um senhor de setenta e oito anos, proprietário de uma embarcação quase tão equipada quanto esta. O velho gostava de moças jovens e também queria ter uma amante. Keila ficou possessa por ter sido dispensada e praticamente doada a outra pessoa, mas foi morar com o tal senhor. Dois meses depois, soubemos que ele sofreu um acidente. Disseram que esse senhor havia bebido muito e acabou caindo no mar. O corpo nunca foi encontrado, pois o iate estava navegando quando ocorreu a tragédia.

— Que história horrível! — Dominique estava arrepiada. — O que aconteceu depois?

— O que você imagina? Keila se apropriou de toda a herança do homem, inclusive de seu iate, que é onde ela vive atualmente. Como a nova dona do dinheiro, ela passou a arranjar amantes do seu gosto, rapazes jovens e musculosos. Tavares diz que ela é uma versão de saias de Luciano. A diferença é que nosso patrão é um homem sensível, justo e gentil. Ela é cruel, perigosa e grosseira. Há quem diga que ela jogou o tal senhor no mar para ficar com tudo o que era dele, mas que seu verdadeiro objetivo é se reaproximar de De Lucca.

— Ela amava Luciano?

— Keila não ama ninguém, nem a si mesma, Dominique. Se o que contam for verdadeiro, ela está de olho em mais dinheiro, ou seja, pretende fazer com De Lucca o mesmo que fez com o velho. Talvez por vingança, já que foi descartada e oferecida a outra pessoa quando ele se cansou dela. Haverá alguns eventos voltados para os milionários que estarão aqui, em Guarujá. Keila deve participar de alguns, e você terá a oportunidade de conhecê-la, embora isso não seja motivo de comemoração.

Nélia olhou com carinho para Dominique.

— Quanto a você, menina, mude essa carinha. O fato de você não estar contente aqui revela que não é uma mulher gananciosa.

— Eu sempre quis viver num mundo assim e, quando a oportunidade caiu em minhas mãos, descobri que meu verdadeiro mundo é aquele em que vivia antes. Claro que não quero trabalhar horas de pé como garçonete em todas as madrugadas para pagar o aluguel de uma quitinete. Se Luciano não me quiser mais, é exatamente o que farei. Aqui, tenho todo o conforto do mundo e não preciso me preocupar com nada. Sei que ele me compraria o que eu lhe pedisse, mas parece que algo está faltando, entende? Como você mesma disse, estou desempenhando um papel aqui, como se não fosse a Dominique verdadeira. Preciso agradá-lo em tudo. O doutor Tavares já me deu o recado. Tenho aprimorado minha relação íntima com ele e parece que Luciano está gostando, porém... — Dominique deu de ombros. — Não me sinto realizada. Isso é frescura minha? Talvez pura implicância? Acha que sou uma ingrata?

— Seu espírito não está contente com a situação.

— Meu espírito? Como assim?

— Desde muito jovem, eu me interesso por assuntos ligados à espiritualidade. Questões como reencarnação, sobrevivência do espírito após a morte e o que existe além do que nossos olhos conseguem enxergar despertam minha atenção. Venho de uma família desprovida de qualquer conceito religioso, por isso, todos se surpreenderam quando me assumi espiritualista. Comecei estudando a obra de Allan Kardec, o codificador da Doutrina Espírita. Anos depois, fui atrás de outras fontes de conhecimento, apropriando-me de ideias reencarnacionistas de diversos teóricos e estudiosos de diferentes lugares do mundo. Quando De Lucca me conheceu e me convidou a trabalhar em seu iate, trouxe comigo muitos de meus materiais de estudo. E, sempre quando ancoramos no continente, busco logo uma livraria para renovar meu acervo.

— Minha avó faleceu recentemente. Minha mãe se foi anos atrás. Acha que elas continuam vivendo no mundo dos espíritos?

— Tenho certeza disso, embora não possa lhe garantir onde exatamente. A morte é algo simples, sem as fantasias que nos são mostradas em filmes sobre o tema. É a libertação do nosso espírito, a verdadeira força que nos move. Isto aqui — Nélia tocou no próprio braço — é apenas carne. E isso que temos dentro do peito — a mão dela apoiou-se sobre os seios — é somente um órgão responsável por bombear sangue. O coração, compreendido como catalisador de todas as formas de sentimentos, é, na verdade, nosso espírito. Por isso, eu lhe disse que seu espírito não está contente por ver-se aqui. Você está se sentindo presa, acuada, vigiada e controlada.

Dominique lançou um olhar triste através da janela, fitando a imensidão do mar plácido até onde seus olhos alcançavam. Sem encarar a funcionária de Luciano, explicou:

— Quando aceitei o convite dele, estava ciente do que deveria fazer. Não há como negar que ele me trata maravilhosamente bem. Sei até onde posso ir e o que não devo fazer ou questionar. Porém, há certas normas que não me agradam. Não tenho sequer a liberdade de arrumar meus cabelos da forma que eu gosto. Ele determinou que devo mantê-los cacheados e soltos, pois gosta de vê-los esvoaçando em torno do meu rosto. Às vezes, posso escolher minhas roupas, mas Luciano dá algumas sugestões, e eu percebo que ele fica contrariado quando as ignoro. Ele quer mandar em mim, deseja ser meu proprietário. Em troca, me oferece um mundo de luxo e riqueza sobre o oceano.

— Há momentos em que precisamos tomar decisões importantes, que alterarão para sempre nosso modo de viver. A vida é como uma roleta em movimento, sempre apresentando um resultado diferente. Ela nos obriga a sair da mesmice, porque não somos seres imóveis e apáticos. — Nélia fez uma pausa, olhando com carinho para a mais nova passageira da embarcação. — Nosso espírito anseia por conhecimento, por novidades, por descobrir lugares novos, por conhecer pessoas diferentes. Quando nos acostumamos a determinadas situações, principalmente às negativas, há algo de errado conosco. Se nós sabemos que um acontecimento está nos entristecendo e, mesmo assim, não procuramos modificar nada, precisamos reavaliar nossas crenças e nosso ideal de uma vida feliz. Ninguém deveria compactuar com a própria tristeza nem dar forças ao pessimismo, ao desequilíbrio, à frustração, ao drama, ou a outras formas de maltratar o próprio espírito, apagando o brilho e a vivacidade de sua alma.

Dominique voltou a encará-la e, sem encontrar palavras para argumentar, limitou-se a abaixar a cabeça.

— Você tem três opções: ou desiste de tudo e retorna à sua cidade natal, para tentar reorganizar sua vida, ou conversa com De Lucca e expõe suas aflições e angústias, ou finge que está tudo bem, demonstrando a ele o quanto está feliz. Contudo, conhecendo meu patrão, posso adiantar que tentar enganá-lo é a pior alternativa. Nunca vi outro homem mais atento e astuto do que ele. Assim, compreendo que o diálogo seja a alternativa mais adequada para solucionar qualquer problema.

— Não sei direito quem ele é e talvez eu nunca venha a descobrir. Incomoda-me um pouco todo esse mistério que gira em torno dele e de suas reais atividades. Você poderia me dizer o que sabe sobre Luciano?

— Infelizmente, não tenho autorização para falar sobre isso, Dominique. E lhe peço que não se envolva nos negócios dele nem tente bisbilhotar suas conversas. Garotas que procuraram demais acabaram irritando-o e foram dispensadas. Quanto menos perguntas você fizer, mais garantidos estarão seu relacionamento e sua estadia aqui.

Dominique encarou Nélia durante alguns segundos, como se tentasse descobrir alguma informação extra somente fitando atentamente os olhos da mulher.

— Quanto à temática espiritual, caso tenha interesse, podemos conversar mais sobre isso, de preferência à noite, se De Lucca autorizar — prosseguiu Nélia. — Sou totalmente a favor da liberdade do espírito e do livre-arbítrio, mas volto a dizer que foi você quem se colocou nesta situação. Você fez uma escolha, Dominique. Ou vá embora para longe daqui, ou acostume-se a ela e tente lidar do melhor jeito que conseguir. Agora posso limpar o quarto?

Dominique assentiu e deixou a governanta cuidar de seus afazeres, dirigindo-se para o deque superior.

CAPÍTULO 25

A manhã estava belíssima, e o cenário do lado de fora era arrebatador. Diversos iates, cada um mais gigantesco e luxuoso que o outro, estavam ancorados em filas, como em um estacionamento bem organizado. Luciano desembarcou segurando a mão de Dominique. Logo atrás, surgiram seus cinco seguranças, com suas expressões sérias e seus olhares ágeis.

— Já esteve no litoral paulista alguma vez? — ele perguntou a Dominique, enquanto caminhavam devagar pela passarela de madeira.

— Não. Nunca saí de Porto Alegre.

— Você terá a oportunidade de conhecer diversos lugares do Brasil e, provavelmente, fora dele também.

Ela meneou a cabeça em consentimento. Luciano cumprimentou alguns homens, funcionários do clube náutico, antes de se voltar para a moça outra vez:

— Está acontecendo alguma coisa?

— Por que está me perguntando isso?

— Você está triste. Consigo perceber isso olhando em seus olhos.

— Estou com saudade da minha avó. Éramos muito próximas...

Aparentemente acreditando em suas palavras, Luciano abraçou-a, tentando lhe transmitir algum conforto. Após alguns minutos, em que caminharam em total silêncio, ele retomou a fala:

— Participaremos de um café da manhã na casa de um amigo meu. Algo simples, modesto. — Ele sorriu com ironia. — Quero apresentá-la a alguns contatos. Mais tarde, almoçaremos no *Peixe Voador*, um iate de um casal de velhos amigos. Você terá a tarde livre, portanto, se quiser, pode descansar em nosso quarto. E a melhor parte do nosso dia ocorrerá no período noturno. Participaremos da melhor festa que você já conheceu. Gostaria que se vestisse com a maior elegância que conseguir, mas colocando um biquíni por baixo, pois é costume que todas as mulheres e alguns homens mergulhem na piscina desse local.

Dominique concordou de novo, apenas movendo a cabeça. Ao desviar o olhar para o outro lado, Luciano segurou-a pelo queixo com delicadeza, forçando-a a encará-lo.

— Tem certeza de que está triste somente por causa de sua avó?

— Vai passar. Você só precisa ter um pouquinho de paciência comigo. — Ela exibiu um sorriso apagado.

— Não quero que me esconda nada nem disfarce seus sentimentos, Dominique. Sabe que pode confiar em mim. Creio que já tenha demonstrado que estou do seu lado e que jamais lhe faria mal. Se alguma coisa não a estiver agradando, quero ser o primeiro a saber.

Por um momento, Dominique quase desabafou sobre tudo o que a incomodava. Teve vontade de lhe dizer que estava se sentindo como um pássaro capturado e preso em uma gaiola, ou uma vítima de um sequestro, reclusa em um cativeiro de luxo. Por outro lado, ao ouvir tais palavras, ele imediatamente a mandaria de volta a Porto Alegre, dizendo que jamais a obrigara a acompanhá-lo. A jovem, então, se veria novamente com muitas dificuldades financeiras, sem moradia, emprego ou a quem pedir ajuda. Será que Pierre a empregaria outra vez? Será que Alessandra e Augusto a ajudariam novamente? Seria realmente capaz de trocar a vida que Luciano estava lhe oferecendo, apenas para se sentir livre novamente?

Como a própria Nélia dissera, Dominique estava ali porque escolhera estar. E não havia muito o que pudesse ser feito, a não ser tentar adaptar-se à situação o mais depressa possível.

— Não vou esconder nada de você — ela sussurrou em resposta.

— Promete?

— Sim, prometo.

Luciano aproximou o rosto e beijou-a com força nos lábios. Ela correspondeu ao beijo, esforçando-se para demonstrar que o toque dos lábios dele a excitava.

Dois carros pretos, de vidros escuros, os aguardavam na saída do clube. Kamil assumiu a direção do primeiro, e Luciano e Dominique acomodaram-se no assento traseiro. No segundo veículo entraram os demais seguranças. Rodaram pela cidade por cerca de quinze minutos, até pararem diante de uma propriedade magnífica, oculta por muros altos e árvores frondosas. Ao cruzarem os portões de entrada, Dominique notou que quase todas as paredes da casa eram de vidro, de forma que era possível enxergar os quartos, as salas e até a cozinha ali mesmo, do jardim. O que garantia a privacidade dos proprietários eram os muros que contornavam todo o terreno do imóvel.

— Quem mora aqui? — Dominique perguntou, ainda de mãos dadas com Luciano.

— Sylvio, um grande amigo meu e parceiro de negócios.

O próprio Sylvio os aguardava na entrada da mansão e abriu os braços num gesto acolhedor assim que Luciano e Dominique desceram. Era um homem quase tão bonito quanto De Lucca, embora fosse mais velho, com cerca de cinquenta anos. Usava camiseta regata, que realçava seu peito bem definido e seus braços musculosos. Os cabelos grisalhos concediam um charme adicional ao seu rosto quadrado e viril, adornado por belos olhos azuis e por uma boca de lábios carnudos.

— Somente assim a gente consegue se encontrar, seu velho cafajeste! — brincou Luciano, abraçando o amigo efusivamente.

— Você que precisa vir aqui mais vezes, já que nunca sei onde está sua casa atualmente — Sylvio deu uma gargalhada alta e notou a presença de Dominique. — Ela é a garota da vez?

Luciano percebeu que Dominique empalideceu um pouco, certamente ofendida com o comentário. Em sua defesa, ele respondeu:

— Ela se chama Dominique e veio do Rio Grande do Sul. Tem se mostrado mais especial do que qualquer outra.

— Também estou com uma garota nova. Vou apresentá-la a vocês daqui a pouco. Vamos, entrem logo. Você e seus homens devem estar famintos.

A mesa de doze lugares era, sem dúvida, a mais farta que Dominique vira em toda a sua vida. Entre as iguarias dispostas sobre ela havia frutas frescas, leite, café, suco, frios, vários tipos de pães e bolos. Nem um pouco impressionado, Luciano indicou uma cadeira para que Dominique se sentasse ao seu lado. Ezra, Kamil, Yago e os outros homens fizeram o mesmo.

— Surien está resfriada e não quis comer, mas virá se apresentar a vocês daqui a pouco. — Sylvio piscou um olho para Dominique. — Ela é linda, mas você está ganhando. Espero que De Lucca não sinta ciúmes.

Houve algumas gargalhadas. Dominique sorriu, fingindo achar graça. Eles começaram a conversar sobre iates e viagens internacionais, e ela preferiu abstrair-se do assunto, desviando a mente para outro lugar. Sentiu saudade do *Água na Boca* e até mesmo de suas discussões com Brígida.

Duas funcionárias devidamente uniformizadas moviam-se silenciosamente em torno da mesa, abastecendo jarras, repondo as frutas e atendendo às solicitações dos visitantes. De repente, Sylvio falou:

— De Lucca, a chegada da carga está confirmada para o fim da noite de amanhã?

Dominique notou que Luciano remexeu-se, inquieto, e que seu rosto se crispara.

— Vamos falar sobre isso daqui a pouco, pode ser? Dominique não está interessada em meus negócios, por isso prefiro não falar sobre eles diante dela.

Sylvio captou a mensagem, compreendendo que a moça não sabia qual era o meio de vida de Luciano. Sem perder o clima animado, ele mudou o assunto para questões como a alta do dólar, a política do Brasil e novamente sobre embarcações. Era uma conversa chata, e Dominique nem se deu ao trabalho de prestar atenção.

Quando terminaram de tomar o café da manhã, De Lucca explicou que faria uma breve reunião com Sylvio e seus homens, mas que ela poderia aguardar na sala, no jardim, na academia ou até mesmo em uma das três piscinas da mansão. Como a moça não parecia muito empolgada, Sylvio pediu que uma funcionária chamasse Surien.

— Minha garota ficará com você, e poderão ter um ótimo papo de meninas, enquanto o Clube do Bolinha debate alguns assuntos mais cansativos.

Dominique esboçou um sorriso e sentou-se no sofá confortável. Enquanto se afastava com De Lucca, ela ouviu Sylvio comentar:

— Sua mocinha é estranha, diferente das outras. Parece que não está gostando da sua companhia.

— Ela é mais calada mesmo. É o jeito dela, e eu prefiro que seja assim — concluiu Luciano.

Quando eles desapareceram por trás de uma porta de vidro, Dominique cruzou os braços, abraçando o próprio corpo. Que tipo de vida seria a sua dali em diante? Portar-se como a dama de companhia de um milionário excêntrico, que não revelava suas verdadeiras atividades, e ser exibida aos amigos dele como o troféu do momento? Será que as ex-amantes de De Lucca foram felizes durante a temporada em que permaneceram com ele? Será que o mundo de alto padrão que ele oferecia garantia felicidade a alguém, ou tudo não passava de mera ilusão material?

Ela escutou um ruído vindo das escadas e virou-se para aquela direção. Uma moça loira, de cabelos compridos, descia rapidamente, vestindo um conjunto próprio para ginástica. Tinha o rosto e o corpo de uma modelo internacional. Os olhos de um verde brilhante focaram Dominique com curiosidade. Seu nariz estava avermelhado, indicando que o resfriado realmente a afetara.

— Olá. Sylvio me pediu que eu viesse falar com você. Me chamo Surien.

Ela beijou Dominique e sentou-se na outra ponta do sofá.

— Sou Dominique. Gostei do seu nome. É bem exótico.

— Também gosto dele. Sylvio ama, porque ele me chama de Sussu.

— Há quanto tempo você está com ele?

— Faz uns seis meses já. A gente se conheceu no teatro em que eu trabalhava na bilheteria. Disse que meus olhos o fizeram se apaixonar por mim. Syl me ama muito.

"Não, ele não a ama. Apenas a está usando, exatamente como Luciano está fazendo comigo. Não há qualquer forma de amor nessa relação", pensou Dominique.

— Sou uma garota de sorte por ter sido escolhida. Ele sempre me diz isso.

— O que você precisa fazer para mantê-lo feliz?

Surien espirrou e assuou o nariz em um lenço cor-de-rosa que tirou do cós da calça.

— Desculpe. Essa gripe me pegou de jeito. Syl gosta de sexo, muito sexo. Como eu também gosto, não há o que dar errado! — Ela riu alto.

— E sua família? O que diz sobre você e ele?

— Não tenho ninguém. Minha mãe morreu há muitos anos. Meu pai casou-se com outra mulher e mora com ela em Tocantins. Sou filha única, portanto, totalmente independente. Ele nem sabe onde estou vivendo, porque sua família atual é mais importante. Syl é tudo em minha vida. Eu morreria se o perdesse.

— Você realmente o ama?

— Muito. Daria minha vida por ele. Syl é o meu salvador. Ele me deu a vida de uma rainha e sempre me lembra disso.

— E ele é casado? Tem uma família à parte?

— Ele é casado e tem duas filhas da minha idade. Elas também não estão preocupadas com Syl. Não moram aqui, em Guarujá. Na verdade, nem sei onde vivem, pois nunca as conheci. Eu amo tanto meu meninão e sou muitíssimo grata por tudo o que ele fez por mim e ainda continua fazendo.

— Você já me disse isso. Quantos anos você tem?

— Vinte. Por quê?

— Minha situação é bem parecida com a sua. Temos quase a mesma idade, não temos parentes por perto e fomos "adotadas" por homens ricos que nos tomaram como amantes. A diferença é que vocês moram aqui, ao passo que Luciano optou por morar em um iate.

— Uau! — Os olhos verdes de Surien brilharam de emoção. — Isso deve ser demais.

— A gente acaba se acostumando. Para garantir tanta riqueza, como esta mansão de paredes de vidro, suponho que Sylvio deva ganhar muito bem. Em que ele trabalha?

Surien hesitou por alguns segundos, parecendo refletir se deveria responder à pergunta ou não. Por fim, deu de ombros:

— Acho que você descobriria de qualquer forma. Ele recebe cargas.

— Que tipo de cargas?

Surien espirrou novamente e assuou o nariz com força no lencinho.

— Alguns produtos chegam por terra ou pelo mar. Ele deve levar esses produtos aos seus verdadeiros donos, que lhe pagam por isso. É só o que sei.

— Alguma vez ele trouxe alguma dessas cargas para cá?

— Que eu me lembre, acho que uma vez só. Eram várias caixas grandes de madeira, maiores do que um caixão. — De repente, Surien arregalou os olhos. — Será que havia defuntos dentro deles?

— Com certeza, não. — Sorriu Dominique. — Lá dentro havia algo muito mais valioso do que um cadáver, pode acreditar.

Ela tentou sondar a amante de Sylvio com mais algumas perguntas, mas isso era tudo o que a moça sabia.

— Posso lhe fazer um pedido, Surien? — Vendo a outra assentir, Dominique completou: — Jamais comente com Sylvio sobre essa conversa nem que eu lhe fiz essas perguntas. Ele poderia se zangar com você e obrigá-la a trabalhar novamente na bilheteria do teatro.

— Acha mesmo que ele faria isso comigo? — Preocupada, Surien ficou séria. — Então, ficarei caladinha. Será um segredo nosso.

Na mente de Dominique, passou a ideia de que Sylvio era traficante de drogas e, se estava em reunião às portas fechadas com Luciano, era porque ele provavelmente também despenhava a mesma função. Só isso justificava tanto dinheiro. Não era qualquer um que poderia manter uma mansão daquele porte ou um iate como o *Rainha do Mar*.

Luciano e Sylvio reapareceram uma hora depois e encontraram Dominique e Surien em um animado diálogo sobre shoppings e moda feminina. Todos se despediram logo depois, e Luciano agradeceu ao amigo a acolhida.

Pouco depois, eles retornaram ao iate. Luciano parecia satisfeito, pois havia notado que Dominique aparentava estar mais animada, falando bastante da impressionante mansão de Sylvio e do quanto gostara da simpatia de Surien. Ela jamais deixaria que Luciano desconfiasse de suas verdadeiras intenções e da maneira que encontrara para descobrir mais sobre os segredos que ele tentava manter tão bem escondidos.

CAPÍTULO 26

As próximas horas transcorreram tranquilas. Luciano e Dominique almoçaram com um casal de amigos em um iate chamado *Peixe Voador*. Eram dois italianos, naturalizados brasileiros, que falavam alto, gargalhavam e adoravam massas, pratos que foram servidos aos visitantes. Foram simpáticos e atenciosos com Dominique, que também gostou deles. Ao contrário de Luciano, que fizera de sua embarcação residência fixa, o casal estava ali apenas passando o fim de semana, pois moravam no Rio de Janeiro.

Não houve reuniões às portas fechadas, o que deixou Dominique um pouco mais aliviada. Não que devesse se importar com o que Luciano fazia, mas tanto mistério por trás de sua forma de ganhar dinheiro a incomodava. Já sabia que suas atividades não eram lícitas e apostava que ele estivesse envolvido com algum tipo de tráfico, provavelmente de narcóticos. Ela sabia que os grandes traficantes de drogas brasileiros eram riquíssimos, pelo menos a maioria deles.

De volta ao *Rainha do Mar*, Luciano convidou Dominique para um mergulho na piscina do dormitório, para que curtissem o fundo de vidro. Ele pediu que ela colocasse um minúsculo biquíni vermelho, que mal lhe ocultava as partes íntimas. Tentando não se constranger, ela obedeceu-o sem discutir. Não era nenhuma exímia nadadora, mas conseguia se virar. A piscina tinha cerca de um metro e meio de profundidade, e naquele momento avistaram somente alguns minúsculos peixinhos cor de areia deslizando do lado de fora.

— Os peixes maiores e mais atraentes não nadam por aqui, pois tememm as embarcações, mesmo quando estão atracadas — explicou Luciano.

Fizeram sexo ali mesmo, na piscina. Dominique tentou surpreendê-lo com carícias ousadas, utilizando a língua para enlouquecê-lo.

Aparentemente, havia dado certo, e Luciano pareceu satisfeito com sua inovação.

Passaram o restante da tarde dormindo abraçados, como um casal muito apaixonado. Por volta das dezoito horas, quando o sol já se deitava no horizonte, Dominique despertou. Olhou para De Lucca, que ressonava baixinho, e se levantou. Nua, seguiu para o banheiro e tomou um banho morno. Ele apareceu instantes depois com cara de menino levado, e Dominique logo compreendeu o que ele queria. Puxou-o pela mão, e amaram-se novamente.

Quando finalmente ambos pareceram saciados, Luciano beijou-a com carinho nos lábios, conduzindo-a de volta ao quarto.

— Nunca me apaixonei por nenhuma mulher com quem me relacionei. Você já sabe que foram muitas, no entanto, jamais nenhuma ganhou meu coração.

— Bem, acho que não serei eu a sortuda. — Ela sorriu.

— Não sei. Confesso que você me atrai de um modo diferente. Eu lhe contei que tive a impressão de que já nos conhecíamos, quando a vi pela primeira vez no restaurante. Foi quase um reencontro, eu diria.

— Conversei com Nélia, e ela me contou que estuda assuntos relacionados à espiritualidade. Não sei se você acredita nisso, mas uma hipótese para sua sensação de reconhecimento seria o fato de termos vivido juntos em outras encarnações.

— Acho esse papo um tanto irreal, porém respeito a forma de Nélia pensar. Não me sentiria à vontade sabendo que espíritos podem estar por perto, nos vigiando, principalmente agora, em que estamos completamente nus. Seria uma total falta de privacidade, não acha?

Ele riu, e Dominique deu de ombros.

— Não creio que os espíritos mais esclarecidos se prestariam a esse tipo de coisa. Se a reencarnação é pura balela, qual seria a explicação para o que você sentiu, ao me encontrar pela primeira vez?

— Não sei responder. O que eu sei é que você me intriga, me encanta, me seduz e me surpreende a cada momento. — Ele mexeu em uma mecha dos cabelos molhados de Dominique, parecendo sincero em cada palavra que dizia. — Se você conseguir a proeza de me fazer me apaixonar por você, pode considerar-se a mulher mais poderosa do planeta.

— A menos que você já tenha se apaixonado por mim em outra vida. Aí não seria justo com as outras gurias, que não tiveram essa oportunidade. Eu estaria em vantagem.

— Melhor nos preocuparmos com nossa vida atual, não acha?

Eles se beijaram, e Dominique percebeu que o fazia com muito mais naturalidade agora e não por obrigação. Por um instante, um pensamento inquietante a envolveu. E se acontecesse o contrário? E se ela se apaixonasse por De Lucca? Como seus sentimentos ficariam, se ela se envolvesse com ele? E se Luciano enjoasse dela, dispensando-a quando bem entendesse? Será que outras de suas ex-amantes também se apaixonaram ou só estavam interessadas na vida luxuosa?

— Vamos nos trocar agora, porque teremos uma festa bombástica para ir daqui a pouco. Lembre-se de levar um biquíni, porque você provavelmente vai querer mergulhar na piscina. — Ele caminhou até o guarda-roupa e voltou trazendo duas peças minúsculas e douradas. — Sugiro que use este.

Como ele praticamente a obrigava a vestir o que ele desejava, Dominique não discutiu e experimentou o biquíni. Era ainda menor e mais sensual do que o vermelho, e, quando ela rodopiou diante de Luciano, sorriu ao notar que o havia excitado e que ele a queria mais uma vez.

Os dois foram sozinhos a tal festa, o que deixou Dominique bem mais descontraída, pois a presença dos seguranças de Luciano a incomodava bastante. Ele mesmo dirigiu um carro vermelho importado, conseguido sabe-se lá como, que o aguardava ligado na saída do píer. Disse que provavelmente voltariam apenas de madrugada e que ela se divertiria muito. Já acostumada a não se exceder em indagações, Dominique limitou-se a aguardar em silenciosa expectativa.

Quando chegaram à festa, Luciano entregou o carro aos cuidados de um manobrista. A lua crescente muito brilhante reinava absoluta no céu, ladeada por estrelas prateadas. Era uma noite abafada, ainda que a brisa marítima amenizasse um pouco o calor.

A mansão da vez, que sediava o evento, conseguia ser ainda imponente, deslumbrante e luxuosa do que a casa de Sylvio, embora suas paredes fossem de concreto. Dominique se perguntou por que as pessoas gostavam de viver em residências gigantescas. A julgar pelo que estava vendo do lado externo, aquela propriedade não tinha menos de vinte cômodos.

No centro de um jardim tão grande quanto um campo de futebol, havia uma piscina, na qual muitas mulheres, todas aparentando ter menos de trinta anos, e alguns homens mais velhos divertiam-se das maneiras mais variadas possíveis. Dominique reparou que alguns casais estavam transando na água, tão descontraídos e tranquilos quanto estariam se estivessem sozinhos em um quarto.

O entorno da piscina era iluminado por tochas fixas em mastros de madeira, o que sugeria um ambiente rústico, quase histórico. Mesas brancas e espreguiçadeiras confortáveis acomodavam mais convidados, mulheres em sua maioria, que bebiam drinques ou mordiscavam os petiscos oferecidos por garçons uniformizados. Sob uma palmeira, diante da piscina, um grupo de seis mulheres, algumas usando apenas a peça inferior do biquíni, fumavam narguilé. Apesar de o odor não estar muito evidente, também se notava que alguém ali consumia maconha.

— A quem pertence esta casa? — Dominique sussurrou no ouvido de Luciano. A música eletrônica que saía das caixas de som era quase ensurdecedora.

— A um xeique árabe com quem costumo fazer grandes negócios. Ele não vive no Brasil, porém, quando decide passar uma temporada aqui, promove festas grandiosas como esta e convida a nata da sociedade litorânea paulista.

Dominique deduziu que houvesse cerca de cinquenta pessoas ali e ainda nem havia adentrado a casa, onde deveria ter muitos outros convidados. Homens mais velhos, alguns já de cabelos brancos, beijavam, abraçavam ou apenas conversavam com mulheres que mal pareciam ter saído da puberdade. Todas eram belíssimas e donas de corpos espetaculares. Alguns desses homens estavam acompanhados por várias delas.

— Você está diante de alguns dos maiores milionários do Brasil. Aquele ali — Luciano apontou para um sujeito barrigudo, com cerca de sessenta anos — é proprietário de uma multinacional, e o de camisa azul, alguns metros mais atrás, é um dos mais famosos banqueiros brasileiros. Há também um conhecido dono de uma emissora, um ex-governador de São Paulo, alguns atores veteranos da televisão e o sócio majoritário de uma rede internacional de resorts. Todos estão nadando na grana, assim como eu. — Ele sorriu com ar de menino orgulhoso.

— As mulheres certamente são suas amantes.

— Claro. Aqui ninguém traz a esposa ou a família. Como já deve ter percebido, é uma festa aberta, liberal, desprovida de tabus e preconceitos. Pode-se consumir qualquer tipo de substância, manter-se vestido ou nu e ainda fazer sexo em qualquer lugar onde tiver vontade.

Dominique somente meneou a cabeça, guardando para si sua opinião sobre aquele tipo de coisa. Eram conceitos avançados e contemporâneos demais para ela, que iam contra alguns princípios um tanto tradicionais que tivera em sua criação, principalmente com Cida.

Luciano fez questão de apresentar Dominique a alguns dos homens endinheirados, e ela corava quando eles a olhavam com exagerada lascívia, quase como se quisessem possuí-la ali mesmo. Intrigava-a o fato de De Lucca aparentemente não se importar com isso, quase como se gostasse de exibi-la como sua conquista do momento. E, de fato, a jovem estava linda, usando um vestido vermelho de uma alça só, cuja saia ia até o meio das coxas. Uma gargantilha de brilhantes que fazia par com brincos cintilantes completavam o visual. O rosto dela fora maquiado rapidamente por Nélia, com simplicidade e sutileza. Seus cabelos muito escuros caíam em cachos perfeitos pelos seus ombros e ao longo das costas.

Luciano vestia-se, como sempre, de preto. Roupas básicas que sempre lhe conferiam aquela mistura de perigo, sensualidade e mistério. De todos os ricaços que estavam presentes, ele era o mais jovem. Todos os outros homens já passavam da faixa dos cinquenta anos.

Ela também havia notado os olhares das mulheres, que variavam entre invejosos, irritados, curiosos e indignados, talvez pelo fato de que o acompanhante de Dominique fosse muito mais belo e atraente do que os delas. Muitas se comunicavam em outros idiomas, revelando que não eram brasileiras. Nenhuma delas foi especialmente cordial ou cortês com Dominique. Simplesmente, fitavam-na e murmuravam entre si algo a respeito da jovem.

Quando percebeu que Luciano estava olhando fixamente para determinada direção, Dominique fez o mesmo, notando o homem de túnica branca esvoaçante e de turbante cor de amêndoa, que saíra da casa de braços dados com duas loiras, ambas totalmente despidas. Aparentava ter quarenta e poucos anos, era barbudo e tinha o nariz comprido e pontiagudo. O que lhe faltava em beleza deveria lhe sobrar em riqueza.

— Meu caro Mohammed Youssef Naim, quanta honra em revê-lo! — Luciano abriu os braços, recebendo o xeique com um abraço afetuoso e apertado.

— Posso dizer o mesmo! — respondeu Mohammed em um português péssimo. Depois, notou a presença de Dominique parada ali. — É ela que você está usando?

Observando que Dominique havia empalidecido e recuado alguns passos, como se tivesse sido esbofeteada, Luciano tentou corrigir:

— Dominique é mais importante do que as anteriores.

— Eu soube que a carga chegará amanhã e que será entregue em alto-mar.

Luciano pigarreou, pediu licença às duas moças e tomou Mohammed pelo braço, conduzindo-o para longe dali. Antes de ir, fez um sinal a Dominique, pedindo que ela desfrutasse um pouco da festa e circulasse pela área externa.

Ela queria chorar, ir embora, ficar sozinha. Não sabia se suportaria aquele tipo de humilhação a cada vez que fosse apresentada a algum amigo de De Lucca. Era vista pelos outros homens como um corpo fogoso e sedutor e nada mais do que isso. Não a reconheciam como uma pessoa que tinha sentimentos, vontade própria ou opiniões formadas. Sabia que aquele tipo de situação, mais do que constrangedora para ela, deveria estar inclusa no pacote enquanto fosse amante de Luciano, contudo, falaria com ele e mostraria que ficara magoada.

Sem outra opção, fez o que Luciano lhe sugeriu. Pôs-se a caminhar devagar em torno da piscina, o rosto ainda ardendo devido à ofensa que acabara de ouvir. Sobre uma espreguiçadeira colorida, duas mulheres beijavam-se, e uma terceira derramava champanhe sobre elas, lambendo-lhes o corpo em seguida. Outras três dançavam de modo quase pornográfico para um idoso magricelo, que parecia a poucas horas da morte, mas que portava um anel, cujo diamante incrustado era do tamanho de um ovo de codorna. Na piscina, mais garotas nadavam, dançavam ou transavam entre si ou com os homens que estavam com elas.

Tudo aquilo começou a deixar Dominique enojada. Nunca fora preconceituosa com questões sobre homossexualidade e admirava toda forma de amor, mas ali ninguém amava ninguém. As pessoas agiam como se fossem bichos selvagens. O sexo era instintivo, animalesco, compartilhado entre pessoas que nunca se viram e que talvez nunca mais tornassem a se ver. Muitos estavam sob efeito de drogas, alucinógenos ou bebidas muito fortes. Para Dominique, aquele cenário de orgia era promíscuo, indecente e desrespeitoso.

O que ela não enxergava era que havia muitas outras pessoas na festa. Espíritos afins perambulavam entre os convivas, regozijando-se com o que faziam. Alguns aspiravam as energias sexuais, excitando-se como se também estivessem transando. Outros inalavam o álcool das bebidas ou consumiam drogas, quase como fariam se estivessem em um corpo de carne. Vampirizavam os encarnados, que não faziam ideia da presença deles ali. Atraídos pelas práticas liberais do evento, eles encostavam-se naqueles que mais lhe interessavam, em um dueto de troca de energias, que saciavam ambos os lados.

Alheia a essa grande movimentação do lado astral, Dominique sentiu que alguém a observava e virou-se na direção de algumas árvores. Uma mulher negra, com cerca de vinte e poucos anos, de cabelos longos e encaracolados, que tinha o corpo e o rosto mais bonito que ela já vira em outra mulher, fitava-a fixamente. Segurava uma taça de champanhe na mão, enquanto a outra apalpava as nádegas de um sujeito musculoso e tatuado, sem qualquer constrangimento.

Dominique fez um movimento rápido com a cabeça em sinal de cumprimento e virou-se de costas. Mal deu três passos, quando ouviu uma voz feminina chamar:

— Ei, mocinha, posso falar com você?

Ao se virar de novo, Dominique aguardou até que a moça negra se aproximasse. Olhando-a de perto, deu-se conta de que os olhos da outra, cor de café, eram belíssimos e tão gelados quanto as profundezas do oceano.

— Pode, sim. Eu me chamo Dominique.

— Você está com Luciano?

— Sim. Você o conhece?

— Melhor do que você. — A moça abriu um sorriso enigmático. — Ele e eu moramos juntos durante quase um ano no *Rainha do Mar*. Meu nome é Keila.

A memória de Dominique começou a trabalhar rapidamente, recordando-se das palavras que ouvira de Nélia sobre aquela mulher. Keila fora amante de Luciano, até que ele se cansou dela e a entregou para um velho muito rico, que morreu em circunstâncias misteriosas tempos depois. Sem herdeiros por perto, Keila ficou com todo o espólio do amante, incluindo o majestoso iate, onde residia atualmente. Nélia dissera que Keila era uma mulher perigosa, já que suspeitavam que ela fora a responsável pela morte do idoso.

De qualquer forma, mesmo que não soubesse dessa história, Dominique não teria gostado de Keila. Algo nela parecia demasiadamente negativo, causando-lhe uma sensação de aversão e repúdio.

— Luciano nunca me falou de você — esclareceu Dominique.

Os olhos de Keila tornaram-se ainda mais congelantes.

— Que pena! Ele me amou muito, durante o tempo em que estivemos juntos. Espero que você permaneça com ele pelo mesmo período em que permaneci, ou compreenderei que sua presença não o cativou.

— Sua compreensão não me interessa nem um pouco. Chega uma época na vida em que precisamos tomar rumos diferentes. Sei bem do que estou falando, pois passei por muitas situações complicadas recentemente.

— Sua história de vida não me interessa nem um pouco. — Devolveu Keila, mostrando um sorriso debochado.

— E quem disse que eu pretendo compartilhá-la com você? Com licença, preciso me encontrar com Luciano, antes que ele se canse de mim e me entregue de presente a algum velhote rico e carente.

Dominique rodou o corpo e afastou-se a passos largos. A jovem não viu o brilho de ódio que tomou conta do olhar de Keila, que não a perdia de vista e viu quando Luciano foi ao encontro de Dominique do outro lado da piscina, beijando-a nos lábios, após concluir sua conversa com o anfitrião árabe. Aquele gesto simples e carinhoso deixou-a ainda mais furiosa. Quando estiveram juntos, De Lucca beijava-a com sofreguidão e luxúria, jamais com ternura ou delicadeza.

Ainda acompanhando o casal com os olhos, Keila ingeriu um gole de champanhe e sentiu a bebida borbulhante arranhar sua garganta. Já fazia quase um ano que Luciano se separara dela. Ele a entregara ao amigo rico, como se doasse uma camiseta usada a alguém. Keila nunca o perdoou por tamanha afronta. E, dois dias depois de mandá-la embora do iate, ele foi visto abraçado a uma ruiva sensual, seu novo achado.

A partir daquele dia, Keila jurou a si mesma que se vingaria de Luciano, tanto por tê-la entregado de brinde àquela múmia decrépita, quanto por conseguir outra amante em tempo recorde. E colocou seu plano em prática rapidamente. Durante os dois meses em que viveu com Xerxes em seu iate quase tão equipado quanto o *Rainha do Mar*, articulou cada detalhe do que pretendia fazer. Para que pudesse enfrentar Luciano, dando-lhe o troco futuramente, precisaria ser rica, dona de grande fortuna. Assim, convenceu o deslumbrado ancião, que havia anos não conseguia uma garota tão apetitosa, a preparar o testamento, indicando-a como sua única herdeira. Ele nunca tivera filhos, e seus irmãos já haviam falecido. O patrimônio de Xerxes estava avaliado em vários milhões de dólares, e ela se apropriaria de tudo, se soubesse jogar com as cartas certas.

Em menos de sessenta dias após Keila mudar-se para o novo iate, o corpo de Xerxes repousava no fundo do mar. Ela o embebedou e o empurrou da amurada, com frieza, precisão, sem remorsos ou arrependimentos. Ao contrário de Luciano, que tinha seu próprio comandante, ela aprendera a guiar a embarcação. Também aprendera noções básicas de manutenção, caso tivesse algum problema durante a navegação. Sempre fora independente, e não seria agora que isso mudaria.

A única funcionária do iate era uma senhora quase tão velha quanto Xerxes, que usava óculos de lentes grossas e que ficava praticamente cega sem eles. Quando estava a fim de se divertir, Keila escondia os óculos da mulher e a fazia procurá-los pelo convés ou pelos dormitórios. A velha senhora tateava os móveis e objetos, tropeçava em algum degrau e acabava desabando no chão, o que divertia Keila.

Só não se livrara de Dalva ainda porque a empregada lhe era útil. Ela derrubara lágrimas sinceras de tristeza quando soube que Xerxes sofrera um acidente e morrera afogado. Trabalhava para o patrão havia quase trinta anos, muito antes de ele adquirir aquele palácio aquático. Ele era o sócio majoritário de uma companhia aérea brasileira, com ações investidas em outras companhias internacionais, mas preferia viver recluso em alto-mar. Dalva não gostava de Keila, entretanto, não podia pedir as contas. Em sua idade, acreditava que não conseguiria empregar-se de novo.

Após a morte de Xerxes, Keila tornou-se dona de toda a sua fortuna — que se revelou ainda maior do que ela imaginava — e uma mulher poderosa, quase tanto quanto Luciano. Conseguia amantes jovens, musculosos e fogosos, que a saciavam sexualmente. Nunca se relacionava com eles mais do que uma vez e nem se permitia criar vínculos com esses homens. Alguns se diziam apaixonados e a pediam em casamento, como se ela fosse uma tola qualquer, que não soubesse qual era o verdadeiro interesse deles, já que ela própria só se aproximara de De Lucca pelo dinheiro. Usava-os para seu prazer e dispensava-os já na manhã seguinte.

O que Luciano não sabia é que Keila sempre dava um jeito de manter-se próxima dele. Também estivera nos arredores de Porto Alegre e soubera que ele estava com uma garota nova. Seguira-o até Guarujá, pois também fora convidada por Mohammed a participar daquela festa. E aonde quer que De Lucca fosse, ela o seguiria, conduzindo seu próprio iate. Ainda o faria pagar caro por tê-la posto para fora, por doá-la a outra pessoa, por se cansar dela. E, se pensasse bem, também seria divertida a ideia de dar um fim em Dominique, apenas porque ela podia fazer isso. Aquela mocinha petulante e bocuda, que parecia se considerar uma dama da alta sociedade, estava com seus dias contados.

CAPÍTULO 27

O toque do interfone despertou Pierre, que havia pegado no sono havia menos de vinte minutos. Ele dormia poucas horas por noite, chegando a passar quase vinte horas consecutivas no *Água na Boca*. Sua vida era dedicada ao trabalho, a melhor forma de ocupar sua mente para não pensar em nada que o ferisse... para não pensar na morte da filha.

O espírito de Ingrid estava parado próximo à cama do pai, observando-o dormir. Lembrou-se de quando era criança, na época em que seus pais ainda estavam casados, e ia ao quarto deles pedindo para dormir abraçada a Pierre. Se Renata, sua mãe, sentia ciúmes, nunca demonstrara claramente. Era óbvio a qualquer um que a menina tinha predileção pelo pai. Várias vezes, dissera a ele que o amava mais do que à mãe.

Fora imensamente feliz. Seu pai era o homem mais fantástico que Ingrid conhecera. Elogiava-o para as amigas, orgulhava-se de quem ele era e mostrava-se grata pela criação que tivera. Até que as coisas mudaram, ele mudou e a fez mudar também. Então, aconteceu o acidente, causado por ela própria, mas por culpa dele. E agora ela estava ali, invisível, machucada e com o coração latejando de revolta, amargura e raiva. Suas mãos e seus pulsos, arranhados em vários lugares, sangravam um pouco.

Ingrid o viu levantar-se e arrastar-se lentamente na direção do aparelho fixado na parede. Pierre estava sem camisa, e Ingrid observou que o pai estava muito magro. Os ossos de suas costelas estavam salientes e sua clavícula parecia um colar de tão ressaltada.

Pierre recebeu a informação de que uma visitante chamada Brígida estava na portaria e desejava subir para conversar com ele. O relógio na parede indicava que faltavam quinze minutos para meia-noite, portanto, algo de urgente deveria ter acontecido para que ela estivesse ali àquela hora. Autorizou a entrada da mulher, abrindo a porta para ela instantes depois.

— Brígida, o que você está fazendo aqui? Aconteceu alguma coisa no restaurante? — ele perguntou, afastando-se para que ela entrasse.

— Pedi a Olívia para que tomasse conta até a minha volta. Hoje, o movimento está tranquilo e não pretendo me demorar aqui... Bem, isso depende.

— Depende do quê? O que está acontecendo exatamente?

Pierre encarava sua gerente com curiosidade. O espírito da filha também observava a conversa dos dois. Brígida usava um vestido vermelho, alguns números menores do que o seu, o que fazia o tecido colar-se ao seu corpo como se fosse uma segunda pele. Usava batom e esmalte da mesma cor da roupa, além de brincos com pedrinhas avermelhadas. Perfumara-se com cuidado, evitando excessos.

— Acho que já passou da hora de colocarmos as cartas sobre a mesa, Pierre. Somos adultos e não precisamos agir com tanta infantilidade.

— Do que está falando? — Ele fitou-a com espanto.

— Você sabe que eu o amo. Sempre soube, mesmo que eu nunca tenha me declarado tão abertamente como estou fazendo agora. Vim aqui lhe dizer que pretendo ter um relacionamento sério com você e até aceito me casar, pois estou apaixonada.

Pierre piscou, totalmente atordoado. De repente, pela primeira vez em quase cinco anos, ele soltou uma risada alta, deixando Brígida indignada.

— Isso é algum tipo de brincadeira, como essas pegadinhas da televisão? — Pierre caminhou até o sofá, onde repousava uma camisa dobrada. Ele a vestiu, fechando lentamente os botões. — Você está em horário de trabalho. Não deveria ter vindo aqui para tentar me seduzir. Sabe que não quero nada com você.

— Diz isso porque ainda não me viu como eu realmente sou. — Forçando a barra ao máximo, Brígida arrancou o vestido com uma rapidez espantosa, revelando que não usava nada por baixo. — Não me acha interessante? — Aproximou-se alguns passos de Pierre. — Venha, toque-me e sinta a maciez do meu corpo.

A cena era tão estranha que até mesmo Ingrid contemplava os dois com certo assombro.

— Você enlouqueceu?! Vista sua roupa agora mesmo e volte para o restaurante.

— Não vou fazer isso, pelo menos não enquanto eu não conseguir o que vim buscar. — Atirada, Brígida lançou os braços para frente, tentando envolvê-lo pelo pescoço. — Beije-me, Pierre, e faça amor comigo. Garanto que você não vai se arrepender.

188

Pierre empurrou-a para trás, evitando ser bruto demais. Com a expressão fechada, indicou o vestido que jazia no chão.

— Não sei se você está alcoolizada ou se consumiu alguma substância ilícita, Brígida. O que sei é que você tem um minuto para colocar seu vestido e desaparecer daqui. Se tentar encostar em mim novamente, vou demiti-la.

A ameaça surtiu o efeito desejado, e Brígida estacou de repente, como um brinquedo de pilha que para de funcionar.

— Trabalhamos juntos há muitos anos e acredito que nos conhecemos o suficiente para saber as preferências um do outro. — Recuando, Pierre voltou até o sofá. — Sei do seu interesse por mim, assim como você deve saber que eu jamais correspondi aos seus sentimentos. E jamais o farei, porque não a amo nem a desejo. Quero que isso fique claro para que cenas ridículas e inaceitáveis como essa não voltem a acontecer.

Com o rosto tomado por uma coloração avermelhada, num misto de vergonha e ódio, Brígida recolheu o vestido e tornou a colocá-lo, evitando encarar Pierre nos olhos.

— Eu admiro seu trabalho, Brígida, embora ache que você pega pesado com determinados funcionários. Atormentou Dominique praticamente todos os dias em que ela trabalhou conosco. O fato de você estar em um cargo de liderança não a torna proprietária do *Água na Boca*, assim como o fato de ser minha funcionária de confiança não lhe dá o direito de vir ao meu apartamento em horário tardio para tentar transar comigo. Você é uma mulher de quase cinquenta anos, Brígida, que não deveria pensar nem agir como uma adolescente metida à maluca. Limite-se a cumprir sua função com eficiência, respeitando meus funcionários. Caso eu perceba que você está maltratando-os ou está tentando forçar algo comigo de cunho sexual, terá de procurar outro emprego.

— Você não faz ideia do quanto é humilhante chegar aqui e ser tratada desse jeito! — A voz de Brígida ecoou carregada de raiva e mágoa.

— Você veio porque quis, Brígida. Eu nem sequer a convidei. Agora, saia, por favor. Preciso descansar e quero ficar sozinho. O restaurante a aguarda.

Brígida encarou-o por alguns segundos, mas decidiu sair sem falar nada. Fechou a porta atrás de si e apertou o botão do elevador várias vezes, do mesmo jeito que gostaria de ter apertado os olhos de Pierre até cegá-lo. Estava tão furiosa que, se naquele momento ela tivesse um revólver na bolsa, teria dado um tiro nele somente para vê-lo sangrar. E para ensiná-lo que ninguém a desprezava daquele jeito.

O espírito de Ingrid também estava ali no corredor do prédio, acompanhando os pensamentos de Brígida. Desde que se descobrira na condição de desencarnada, elaborara um plano de vingança contra o pai, pois o culpava por sua morte. Naquele momento, poderia se unir a Brígida para que ambas pudessem destruir Pierre de uma vez por todas. Porém, algo dentro de seu peito a impediu de aliar-se à gerente do restaurante. Algo que ela desconhecia, como uma força misteriosa, a fez pensar diferente. Alguma coisa a fez torcer pelo bem do pai.

— Não vou permitir que você o machuque — ela sussurrou no ouvido de Brígida, que sentiu um calafrio atravessar-lhe o corpo inteiro. — Eu estarei por perto, atenta às suas tentativas de fazer mal ao meu pai.

O elevador chegou, e Brígida entrou nele rapidamente. Ingrid não quis acompanhá-la. Em vez disso, retornou ao apartamento, para perto de Pierre, que estava sentado no sofá, encolhido, o rosto afundado entre as mãos. Vê-lo ali, tão triste, tão sozinho, tão abandonado, quase a fez chorar. Quase a fez querer abraçá-lo de novo. Quase a fez desejar sentir-se viva apenas para que ele a ouvisse dizer que o amava.

Com duas lágrimas brilhando nos olhos, Ingrid voltou a olhar para suas mãos feridas e, sem saber o que estava acontecendo, percebeu que seus ferimentos haviam cicatrizado e que o sangue tinha desaparecido. Uma sensação boa envolveu-a, fazendo a jovem se sentir melhor. Ingrid reparou que, pela primeira vez desde seu desencarne, teve vontade de proteger o pai, de afastá-lo de pessoas ruins. Não saberia dizer de onde surgira esse sentimento novo, que havia anos não alimentava por Pierre.

Mal sabia o espírito da moça que, no momento em que mudou a frequência energética dos seus pensamentos, deixando de vibrar no ódio para alimentar ideias de proteção e defesa, algumas das muitas feridas de seu corpo astral começaram a se curar sozinhas. Embora ela ainda não tivesse condições de notar, um dia descobriria que o bem é o remédio mais precioso para todos os males, capaz de curar as chagas do corpo e da alma.

Ao surgir esplendoroso no céu, o astro-rei derramava seus raios cor de ouro nas águas muito azuis do oceano, em Angra dos Reis, criando um cenário natural belíssimo. Gaivotas da cor das nuvens grasnavam alegres, enquanto sobrevoavam o mar à procura de alimento matinal. Alguns barcos vazios, à espera de seus donos, balançavam gostosamente, fixados às âncoras que repousavam muitos metros abaixo. As ondas marulhavam, chegando à praia e retornando com suavidade, até se transformarem em novas ondas, num constante movimento de renovação.

Manuela não estava a par das belezas do lado de fora. Mais uma vez, despertara em seu quarto escuro, claustrofóbico e muito quente. Na penumbra, acordou com uma forte dor de cabeça, o peito oprimido e uma vontade muito forte de chorar. Esticou o braço para o lado, no lugar em que Luciano deveria estar dormindo, dando-se conta de que era uma mulher esquecida e abandonada. Havia muito deixara de se sentir viva, amada e importante para quem quer que fosse. Havia anos perdera a alegria, a fé e a esperança e deixara de sonhar, de estudar para se aperfeiçoar em sua profissão, de acreditar em dias melhores ou traçar planos para o futuro.

Manuela ouviu uma batida suave à porta. Sabia que era Jordânia trazendo seu café da manhã, desejosa de que a patroa se alimentasse corretamente. Murmurou um "entre" que até ela própria mal escutou.

A funcionária surgiu, acendeu a luz amarelada e mostrou um sorriso a Manuela. Era uma moça bonita, dedicada e trabalhadora, que gostava do que fazia.

— Bom dia! Hoje, o café está especial. Preparei um bolo maravilhoso de coco, sua fruta preferida. Ainda está quentinho.

— Obrigada, mas não tenho fome. — Manuela sentou-se, esticou a mão para a mesinha de cabeceira e arrancou um comprimido de uma cartela, em meio a várias outras que ali estavam. Encheu um copo com água, ingeriu o remédio e tornou a se deitar. — Pode levar de volta.

— Sinto muito, mas não farei isso. — Jordânia chegou mais perto da cama e armou as pernas da bandeja ao lado de Manuela. — Trouxe maçã cortadinha, suco de goiaba, barras de cereais e torrada. E, claro, meu delicioso bolo de coco.

Manuela nem sequer olhou para a bandeja. De olhos fechados, sentiu uma tristeza absurda esmagar seu peito e espalhar-se por sua corrente sanguínea, como se seu coração tivesse se transformado em água. A dor foi tanta que ela apertou o edredom com força, querendo gritar, desfazer-se em lágrimas e desaparecer de uma vez por todas.

Após aguardar alguns minutos e, percebendo que Manuela não iria comer nada, Jordânia, um tanto decepcionada, saiu do quarto, mas não levou a bandeja. Um minuto depois, uma voz feminina, falando num tom exageradamente alto, fez-se ouvir da sala. A voz foi se tornando mais próxima, até que uma mulher de cabelos tingidos por luzes alouradas, usando um chapéu de veraneio e um vestido leve e esvoaçante, adentrou o quarto. Colares entrelaçados com pedras coloridas enfeitavam seu pescoço. Ela trazia a tiracolo uma bolsa de palha, feita no mesmo material do chapéu. Arrancou os óculos escuros de lentes caramelo com elegância:

— Viola está de volta! — ela disse falando de si mesma com um sorriso no rosto bonito e maquiado. — Ah, como amo meu país, assim como já estou amando esta casa e esta ilha. Manu, esta mansão é o luxo!

Viola aguardou alguns instantes, como se somente agora se desse conta da irmã deitada na cama.

— O que está acontecendo aqui? Alguém morreu? Este é o quarto onde minha irmã dorme ou eu me encontro nas catacumbas de Paris?

— Que bom que você veio — murmurou Manuela, esforçando-se para se sentar novamente. — Chegou hoje?

— Vim direto do aeroporto para cá, após um longo voo. Minhas malas estão na sala, com seu mordomo gatíssimo. Já sei que ele se chama Fagner Lopes e que é solteiro. — Animada, Viola caminhou até a cama. — Você já prestou atenção em seu funcionário? Acho que não, ou não estaria pensando no idiota do seu ex-marido.

— Luciano continua sendo meu marido. Não me divorciei dele.

Viola beijou a irmã na testa e abraçou-a com carinho. Jordânia reapareceu logo depois para conferir se estava tudo bem com a patroa. Viola olhou-a com um sorriso:

— Querida, pode me fazer um favor? Afaste as cortinas e abra as janelas, por favor.

Jordânia nem discutiu. Foi até as janelas fechadas e empurrou as cortinas com força, fazendo a luz solar invadir o quarto. Abriu os vidros e inspirou a brisa marítima com prazer. Feliz com aquilo, apertou o interruptor, desligando a fraca lâmpada amarela.

— Não precisamos de luz artificial, quando temos um sol lindo brilhando lá fora, senhora. Desculpe-me se estou sendo ousada demais.

— Não faça isso. — Manuela cobriu os olhos com as mãos. — A claridade me deixa com dor de cabeça.

— O que está acontecendo com você? — Viola reparou no rosto da irmã, agora que o ambiente fora iluminado. Virou-se para Jordânia. — Obrigada pela ajuda, flor. Agora você poderia nos deixar sozinhas?

Assim que Jordânia fechou a porta, Viola abraçou Manuela outra vez com apenas um braço.

— O que houve aqui, querida? Desde quando você está doente?

— Não estou doente.

— Como não? Em cima daquela mesinha ali há mais remédios do que em uma farmácia. Por nunca me contou nada?

Manuela não respondeu. Somente baixou a cabeça, fixando o edredom.

— Deveria saber que eu a amo e que sua saúde me preocupa. O fato de eu estar morando na França não me fez me esquecer de você.

— Você está de luto pela morte de Antoine. — Manuela olhou-a. Viola parecia tudo, menos uma mulher enlutada.

— Sim, mas guardo luto no coração e não nas roupas ou no comportamento. Não vou ficar em Angra dos Reis vestindo preto, feito um urubu desgarrado do bando. Já você, veja a situação em que se encontra. Está deprimida porque Luciano a deixou e Roger se mudou para os Estados Unidos.

— Eles não me amam. Sou um estorvo na vida das pessoas.

— Não me inclua nesse lote. Sabe que eu a amo, sua palhaça. Você vai sair dessa depressão, nem que seja a última coisa que eu me veja na obrigação de fazer. Vai se animar novamente, retomar sua vida e sua carreira. Esqueça Luciano, porque sabe que há muito tempo ele já a esqueceu. Esses alimentos na bandeja são seus?

— Sim, só que não estou com fome.

— Não foi isso o que lhe perguntei. Agora coma e não discuta com sua irmã.

Sem vontade, Manuela obedeceu. Ingeriu um gole do suco e mastigou uma fatia pequena do bolo de coco do qual Jordânia fizera propaganda. De fato, estava muito saboroso.

— Já estou satisfeita.

— Não, senhora. Coma a maçã, pelo menos, e termine de beber seu suco.

Como não tinha forças para discutir, Manuela cumpriu a ordem da irmã como um robô. Dando-se por satisfeita, Viola correu o olhar pelo quarto.

Havia um ursinho de pelúcia sentado na outra parte da cama, onde Luciano deveria dormir. Fora um presente que Roger dera a Manuela no Dia das Mães, uns cinco ou seis anos antes. Viola apontou para o ursinho e pediu que Manuela o segurasse.

— Agora dê um chute no bumbum dele.

— Pra quê? Não tenho mais ânimo para brincadeiras.

— Não discuta comigo e faça o que estou mandando.

Manuela moveu-se na cama, esticou a perna e chutou o urso, que foi parar do outro lado do quarto. Viola tirou o chapéu da cabeça e colocou-o sobre a penteadeira.

— Parabéns, minha linda! Esse urso se chama Luciano De Lucca, e você acaba de lhe dar um belo pontapé no traseiro. A partir de agora, ele não significa mais nada em sua vida, portanto, pare de dar ao seu ex-marido uma importância que ele não merece. Aposto que, neste exato momento, ele está acordando naquele iate pomposo, ao lado de uma mocinha qualquer, longe de se recordar de que você existe. Faça o mesmo e pare de sofrer.

— Eu me sinto fraca. Não quero fazer mais nada.

— Para começar, você vai tomar um banho morno, enquanto a aguardo aqui. E mude essa cara de abóbora que caiu do caminhão do feirante. Suas olheiras estão tão grandes que eu poderia trocar minha bolsa por elas. Que absurdo! Deprimida por causa de homem! — Mostrando-se indignada, Viola foi resmungando até a porta e gritou: — Fagner, seu lindo, pode me ajudar com as malas outra vez?

Manuela balançou a cabeça para os lados, mas, intimamente, se sentia um tanto melhor do que antes. Ela também amava Viola e sabia que a presença da irmã por perto a faria se sentir cada vez mais animada.

CAPÍTULO 28

Os exames de sangue de Dominique deram negativo. De Lucca havia solicitado que ela fizesse uma bateria de exames, mas, felizmente, ela não fora infectada por Silvério. Isso trouxe um alívio tão grande à jovem que ela chorou abraçada ao amante. Uma excelente notícia em meio a tantos acontecimentos desagradáveis.

Em mais uma manhã ensolarada, Luciano acordou primeiro do que Dominique e a contemplou embevecido. Cada dia na companhia dela o fazia se sentir mais envolvido. Nunca quisera casar-se nem ter filhos com qualquer uma de suas amantes, contudo, ele soube que Dominique era diferente de todas as outras desde que a viu pela primeira vez no restaurante. Sensações estranhas e familiares apossaram-se dele. A partir dali, decidiu que ela seria dele e que teriam uma história juntos.

Luciano também estava ciente de que a jovem não estava tão encantada com o mundo de luxo em que ele vivia e não demonstrara empolgação pela festa da noite anterior. Dominique não reclamava de nada nem lhe fazia exigências. Na cama, a cada relação, ela parecia se aperfeiçoar mais, sempre o surpreendendo com carícias e ações que ele não esperava. Isso era tudo o que poderia esperar de uma companheira. Entretanto, era possível que ele acabasse se apaixonando por Dominique, simplesmente porque ela não era parecida com as anteriores. Se isso acontecesse, seria uma relação totalmente nova, em que haveria amor, afeto, carinho e ternura em vez de mera paixão. E ele se veria surpreendido outra vez.

Luciano ouviu seu celular vibrar baixinho e levantou-se da cama, vestindo um roupão branco. O sinal das operadoras de telefonia móvel chegava até ali, quando estavam ancorados em algum clube náutico. Em alto-mar, era impossível. Os meios mais fáceis de comunicação eram através da internet, cujo sinal provinha de satélite ou pelas ondas de rádio.

O rosto sorridente de Roger apareceu na tela, a versão jovem de Luciano. Ele saiu do quarto e subiu as escadas em direção ao pavimento superior. Ali, acomodou-se em um dos sofás brancos, tendo à sua frente a imensidão do mar.

— Então, o filho mais perfeito do mundo lembrou-se do pai velho e caduco!

— Você pode ser qualquer coisa, menos velho e caduco, pai — brincou Roger do outro lado da linha. — Como você está?

— Bem e com saudades de você. O que me conta de novo?

— Devido a um banco de horas que acumulei aqui na empresa, ganhei uma semana de folga. Quero passar esses dias com você. É possível? Aliás, antes que me responda, saiba que já comprei as passagens. Devo chegar aí amanhã à tarde.

Luciano hesitou por alguns segundos, antes de retrucar:

— Será bem-vindo, mas quero que saiba que estou acompanhado. Há uma garota comigo.

— Sempre há uma garota com você. — Ambos riram gostosamente. — Não seria a primeira vez. Aliás, ando pensando em arranjar uma para mim também. Assim, posso me divertir, enquanto estiver curtindo alguns dias de descanso no Brasil. Gosto de todos os tipos, mas prefiro as morenas.

— Desde que não se interesse pela minha acompanhante, qualquer outra está disponível! — De bom humor, Luciano passou o celular para a outra orelha, acrescentando: — Você também passará alguns dias com sua mãe?

— Não sei se vai dar tempo. — A voz de Roger pareceu entristecer-se.

— Ela gosta quando você a visita.

— Só que não me agrada encontrá-la chorosa, depressiva e malcuidada, pai. Na última vez em que estive com ela, mal me deu atenção. Amo minha mãe, mas a depressão a tornou uma pessoa chata, fresca e negativa. Não quero que isso estrague as minhas miniférias.

— Não vou tentar convencê-lo a ir nem dizer que não deve vê-la. Faça o que o seu coração mandar.

— Estou bem resolvido quanto a isso, pai. Tomei a decisão de passar todos esses dias com você. Minha mãe nem sabe que estou indo para o Brasil e, a menos que você lhe conte, ela não precisa tomar conhecimento disso. Já tenho dezenove anos, esqueceu? O adolescente ingênuo há muito ficou para trás. Hoje, eu mando em minha própria vida e em minhas decisões.

— Não me lembro de você ser ingênuo, nem mesmo quando usava fraldas.

Os dois tornaram a rir, e Roger avisou que desejava passar sua semana de férias no iate do pai. Ele já fizera isso duas vezes e mal prestara atenção nas companheiras de Luciano em tais ocasiões. Não seria diferente agora. No que se referia às mulheres, as que pertenciam ao pai jamais seriam dele. Isso era praticamente um acordo firmado entre os dois.

Luciano explicou que permaneceria em Guarujá por mais alguns dias e que Roger poderia encontrá-lo lá. Depois, navegariam rumo ao Rio de Janeiro, onde o iate ficaria atracado por mais algum tempo. Roger resolveu que, a partir da capital carioca, pegaria seu voo para Las Vegas.

Depois que se despediram, Luciano retornou ao seu dormitório, no exato instante em que Dominique despertava. Ao vê-lo, ela afastou o lençol para o lado, revelando seu corpo nu e curvilíneo, convidando-o para outra rodada. Apesar de se sentir instantaneamente excitado, ele sentou-se e encostou a cabeça nas pernas dela.

— Meu filho deve chegar amanhã dos Estados Unidos. Vai passar sete dias conosco aqui, no *Rainha do Mar*.

— Há algo que eu necessite saber sobre a vinda dele? — indagou Dominique, surpresa com a novidade. — Preciso fazer alguma coisa ou deixar de fazer outras?

— Pode agir com naturalidade. Roger sabe que gosto de boas companhias femininas e nunca culpou minhas acompanhantes por eu ter me separado da mãe dele. É maduro o suficiente para diferenciar essas coisas. Ele ficará hospedado no mesmo quarto que Nélia, Tavares e Connor. Lá, há uma cama extra. Amo meu filho, mas aqui ele tiraria nossa privacidade.

— Farei o possível para que ele goste da minha companhia.

— Não precisa forçar nada. Roger só se aproxima das pessoas por quem nutre afeto. Vocês poderão ser amigos, contudo, isso dependerá dele.

Dominique não respondeu, e Luciano encerrou o assunto. Ele virou o rosto e começou a beijar as pernas da moça, traçando uma trilha rumo à sua virilha. Nesse momento, uma batida na porta os interrompeu, fazendo De Lucca apertar o roupão em torno de si para atender a visita.

Ali estava Yago, o mais mal-humorado segurança de Luciano, na opinião de Dominique. Ele lançou um olhar para dentro do quarto, antes de resmungar:

— Parece que o carregamento chegará antes do previsto.

Luciano levantou-se e fechou a porta ao sair, e essa frase foi tudo o que Dominique conseguiu escutar. Na pressa em atender o guarda-costas, ele esqueceu o celular sobre a cama. Ela já sabia qual era a senha para desbloquear o aparelho, entretanto, não tinha curiosidade de mexer nas coisas de Luciano sem sua autorização. Não gostaria que ele se enfurecesse e a expulsasse dali.

Todavia, como se fosse uma transmissão de pensamento, o aparelho começou a vibrar. Um número não cadastrado apareceu na tela. Como não era necessária senha para atender à ligação, ela deslizou o dedo pelo visor, completando o telefonema. Sem dizer nada, encostou o celular na orelha.

— De Lucca, tivemos um problema com o vaso chinês. — Disparou uma voz grave e masculina. — Algum imbecil não foi cuidadoso o suficiente e deixou quebrar uma lasquinha da borda. Acredito que esse pequeno incidente bastará para que o culpado vire comida para os tubarões, tão logo eu o identifique. Quer que lhe envie uma foto do vaso, ou posso colocá-lo no carregamento assim mesmo?

Com as mãos trêmulas, Dominique desligou. Luciano veria a chamada realizada pelo histórico de ligações e ficaria furioso, mesmo que o sujeito tivesse falado demais por conta própria. O que deveria fazer? Ser sincera com ele e tentar convencê-lo de que atendera por mera curiosidade?

Quando Luciano reapareceu, Dominique já estava vestida. Sua expressão denunciava a preocupação que sentia.

— O que houve? — Ele a fitou nos olhos.

— Seu celular tocou. Achei que pudesse ser seu filho novamente e quis ser gentil. Mas um amigo seu começou a falar alguma coisa sobre um vaso chinês que quebrou...

A fisionomia de Luciano alterou-se em questão de segundos. Da expressão suave e neutra surgiu um semblante duro e irritado. Ele agarrou o celular por alguns segundos, conferiu a chamada e virou-se para Dominique com raiva.

— Não quero que você atenda às ligações feitas ao meu telefone, fui claro?

— Desculpe-me — ela respondeu assustada. Luciano nunca fora tão grosseiro com ela quanto naquele momento.

— Já lhe falei que deve se manter distante dos meus negócios.

— Isso não vai acontecer de novo.

Luciano pegou o celular e saiu do quarto mais uma vez. Apesar de sentir o rosto arder e uma vontade grande de chorar, Dominique foi até a janela do quarto. Apoiou-se no peitoril e ali se deixou ficar, imersa em pensamentos nebulosos. Horas mais tarde, eles se amaram novamente. Luciano retornou instantes depois da discussão para lhe pedir desculpas pelo tom que usara para brigar com ela. Dominique repetiu que nunca mais se meteria nos assuntos dele. Para provar que ele não guardava ressentimento de sua amante, tomou-a nos braços e deitou-a sobre a cama, possuindo-a com uma paixão avassaladora. Quando terminaram, por volta das dezenove horas, ele vestiu suas costumeiras roupas escuras e beijou-a com força na boca.

— A partir de agora, gostaria que você permanecesse dentro do quarto até o meu retorno. Caso sinta fome, pode pedir a Nélia que lhe traga algo para comer usando o nosso interfone interno. Pode nadar em nossa piscina exclusiva aqui do quarto, assistir à televisão, descansar, ler ou dormir, desde que não saia deste aposento.

— Pode deixar. Farei da forma como está me pedindo.

Ele lhe deu outro beijo antes de sair e encostou a porta suavemente. Dominique aguardou alguns instantes, depois correu até a porta e virou a maçaneta. Com alívio, percebeu que De Lucca não havia trancado, certamente confiando que ela obedeceria à sua ordem.

Se fosse vista do lado de fora do dormitório, ele se irritaria de novo e talvez até a expulsasse, forçando-a a retornar a Porto Alegre. Por outro lado, se não fizesse nada, jamais descobriria a verdadeira atividade de Luciano. Pelo tom da conversa durante a ligação, eles não pareciam nem um pouco interessados na vida de outra pessoa, que poderia ser morta somente por ter cometido um erro, que, aparentemente, prejudicara os negócios. Se ela não agisse, nunca teria a chance de descobrir quem realmente era o homem com quem se deitava diariamente. Nunca saberia qual era a verdadeira face de Luciano.

Dez minutos mais tarde, Dominique sentiu uma trepidação mais forte, notando que o iate estava se movimentando. Voltou à janela e observou a embarcação deixar o ancoradouro, seguindo na direção do mar aberto. Ela já sabia que Luciano estava indo ao encontro do tal carregamento que receberia. Uma transação secreta feita no meio do oceano, distante dos olhos da polícia ou de qualquer outra forma de rastreamento. Certamente, uma operação clandestina e ilegal, que renderia muito dinheiro aos envolvidos.

CAPÍTULO 29

Parado do lado de fora da cabine de comando, analisando atentamente a imensa escuridão do mar noturno e o pequeno GPS com sonda marítima que tinha em mãos, Luciano fez um sinal com o polegar para Connor, que reduziu a velocidade do iate até pará-lo. Ao lado dele, estavam Kamil, Ezra, Yago e os outros dois seguranças. Tavares e Nélia também haviam recebido a mesma ordem que Dominique: deveriam se manter no dormitório até que o patrão dissesse o contrário.

Aparentemente, a operação seria segura, porém, nunca havia garantias. Alguma informação poderia ter vazado, a polícia poderia ter descoberto algo, talvez alguém tivesse falado mais do que deveria. Luciano nunca tivera quaisquer problemas parecidos desde que seguiu aquele caminho por conta própria, aprendendo com seus mestres todas as estratégias, ferramentas e os truques necessários para ser bem-sucedido. Afinal, enriquecera daquela forma. Cautela e precaução nunca eram demais.

Enquanto a âncora era automaticamente baixada até cravar-se em solo arenoso para que a embarcação não flutuasse à deriva, Luciano virou-se para o comandante e falou em inglês:

— Eu assumo a partir daqui, Connor. Pode descansar por ora.

O americano esboçou um sorriso de agradecimento e desapareceu no interior do iate. Apenas os seis homens se mantiveram no convés, em silêncio, tendo como fundo musical somente o sussurro calmo do mar.

— De acordo com nossa previsão, eles devem chegar em meia hora — falou Kamil de repente.

Luciano conferiu o relógio de pulso e trocou o GPS por um binóculo, que estava sobre a mesa. Mirou-o em determinada direção, murmurando um assovio de admiração.

— Estão chegando. Já consigo vê-los ao longe. Podem começar os preparativos.

Os seguranças olharam para a direção citada, mas enxergaram apenas uma minúscula luzinha brilhante, como uma estrela flutuando na superfície.

Luciano sentou-se confortavelmente no sofá, observando seus funcionários movendo-se como formigas operárias. Eles separaram cordas grossas, pés de cabra, lanternas e estenderam uma lona preta no piso de madeira do deque. Às vezes, eles desciam as escadas para dentro do iate e retornavam trazendo caixas, rolos de plástico-bolha e fitas adesivas transparentes.

A distância, o que parecia ser uma estrela já ganhara contornos de uma grande embarcação. Luciano alternava sua visão entre o binóculo e o aparelho GPS. Conferia o trabalho de seus homens, assentindo com a cabeça em aprovação.

Através da janela de seu quarto, Dominique já havia notado que outro barco estava a caminho, ao encontro do *Rainha do Mar*. Parecia arrastar-se pelas águas, mas ela sabia que a velocidade das embarcações era sempre um tanto lenta. Certamente, trazia o tal carregamento, que Luciano receberia e naturalmente lhe daria outro destino.

Cada vez mais curiosa, foi até a porta e abriu uma pequena fresta. Não viu ninguém no corredor e voltou ao quarto. Mais uma vez, foi até a janela e ficou observando a sincronia perfeita da outra embarcação emparelhando com o iate de Luciano. Quando isso aconteceu, o casco do barco recém-chegado praticamente ocultou toda a visão de Dominique.

Ela escutou vozes masculinas, em dois ou três idiomas diferentes, retornou à porta e a abriu novamente. Com exceção da movimentação no deque superior, tudo parecia calmo por ali. Ela arriscou sair do quarto, caminhando pelo corredor tão silenciosamente quanto uma gatinha. Com os ouvidos atentos, encostou-se na parede. Ao chegar diante da escadaria, ouviu Kamil falar:

— Nesta caixa estão os vasos e, na outra, os quadros.

— Pode abri-las — Luciano ordenou. — Disseram que conseguiram um Goya legítimo, que vale milhões. Quero ver essa preciosidade de perto.

Houve sons de passos locomovendo-se com rapidez, ruídos de plásticos sendo rasgados e o estrondo de algo pesado indo ao chão.

— Tenham cuidado com as tampas de madeira das caixas, pois precisaremos lacrá-las novamente — ralhou Luciano num tom irritado, murmurando outras palavras num idioma diferente.

Arriscando-se ao máximo, ela subiu dois degraus e mais dois em seguida. Dali, conseguiu ver as pernas dos seguranças de Luciano movendo-se de um lado a outro, enquanto tinha a impressão de que eles estavam tirando os conteúdos das caixas. Se fosse corajosa o suficiente para subir só mais um pouquinho, poderia ver o que realmente havia sido entregue pelo outro barco, que já se afastava novamente.

De repente, uma mão pesada bateu no ombro de Dominique, que sufocou um grito de susto. Paralisada pelo medo, não ousou virar-se para trás, temendo ser denunciada a De Lucca. Yago subiu as escadas até parar diante dela, mantendo a mão firme sobre o ombro da moça. Na outra mão, trazia um celular mostrando a câmera na tela. Ele exibia sua costumeira cara amarrada, mas um esboço de sorriso insinuava-se em seus lábios.

— Ora, ora, parece que temos uma espiã entre nós. — Ele sorriu com sarcasmo, mostrando dentes grandes e largos como os de um cavalo.

— Não sei do que está falando. — Dominique apoiou a mão no corrimão e fingiu respirar fundo, contraindo os olhos e fazendo uma careta. — Estou passando mal, minha pressão caiu... Só queria que Luciano viesse me ajudar.

Yago baixou o tom de voz, transformando-a em um sussurro abafado:

— Temos um médico a bordo, e você deveria ter ido procurá-lo em vez de vir para cá. Minha filmagem mostra que você saiu do seu dormitório para sondar toda a operação de De Lucca. Queria descobrir o que ele faz, não é mesmo? Não precisa fingir nem tentar me enganar, sua vadia estúpida.

— Que filmagem é essa?

Assoviando de maneira irritante, Yago apertou alguns comandos no celular, abriu a galeria e virou a tela para Dominique. Ela viu a si mesma, de costas, momentos antes, saindo do corredor de seu quarto e andando sorrateira até a escada. Quando ela virou o rosto para trás, a imagem moveu-se rapidamente, indicando que Yago também se escondera para que ela não o visse. O vídeo terminava com Dominique subindo os degraus devagar, o pescoço esticado na tentativa de enxergar algo crucial.

Ela estava pálida e, desta vez, realmente parecia estar passando mal. Yago continuava sorrindo debochadamente. Fez um sinal para que ela o seguisse e apontou para o outro lado do corredor.

— O que vai fazer com isso? Pretende mostrar a Luciano? — Ela ousou perguntar, quando pararam diante do quarto dela.

— Depende de você.

— Como assim? O que quer de mim?

— Você é uma garota esperta, que já deve ter percebido o que De Lucca realmente faz.

— Ele é um traficante de obras de arte.

— Não disse que você é uma menina inteligente? Sendo assim, você também já deve saber que ele não gosta de brincadeiras, muito menos de mentiras e traições.

— Eu não menti nem o traí.

— De Lucca a proibiu de sair do quarto, e você o desobedeceu. Além do mais, descobriu o que ele estava fazendo. Será que ele se divertirá quando receber meu vídeo? Ou será que dará um sumiço em você, do mesmo jeito que fez com outras meninas que se meteram onde não deviam?

As pernas de Dominique fraquejaram. Não era possível saber o quanto havia de verdade nas palavras de Yago, principalmente após o telefonema do contato de Luciano e da reação nervosa que ele tivera em seguida.

— Apague esse vídeo, por favor... — Os olhos dela ficaram marejados. — Não quero que Luciano me machuque. Fui muito burra, eu sei. Só queria descobrir...

— Preciso subir, antes que ele reclame de minha demora. No entanto, podemos fazer um trato. Às quatro da manhã em ponto, você me encontrará no banheiro externo, aquele próximo à cozinha. É pequeno, mas nele podemos brincar por alguns instantes. Desde que o conheci, você é a mocinha mais gostosa que ele já trouxe aqui. Acho mais do que justo que ele divida o peixe com seus companheiros de trabalho. — Yago voltou a sorrir com seus dentes enormes e guardou o celular no bolso da calça. — Se você for minha por uma noite apenas, por alguns poucos segundos, apagarei o vídeo na sua frente e me esquecerei de que a gravei fazendo coisa errada.

— Como posso confiar em você? Como posso ter certeza de que você realmente apagará o vídeo ou que não salvará uma cópia em alguma pasta secreta do seu celular, em uma conta de e-mail etc.?

— Não tem jeito de você saber. Só lhe resta confiar em mim. — Yago começou a se afastar. — Lembre-se: se você não estiver às quatro da manhã no banheiro, seu destino não será muito bonito. Talvez você se encontre com as ex-amantes curiosas de De Lucca, que hoje descansam serenamente no fundo do mar.

Com uma gargalhada cruel, ele se foi. Trêmula dos pés à cabeça, ela voltou ao quarto, deitou-se na cama e chorou até render-se ao cansaço. Será que existiria alguém mais idiota do que ela? Por que não se mantivera no quarto, como Luciano ordenara? Por outro lado, será que ele acreditaria se ela dissesse que passara mal, saíra em busca de ar e por acaso vira e ouvira demais? Seria essa uma saída para se livrar das garras pegajosas e nojentas de Yago? Será que Luciano realmente matara suas amantes anteriores, apenas por terem descoberto seu segredo? Além de traficante, ele também era um assassino?

203

Desesperada por ajuda, conselhos, orientações ou por um simples consolo, ela apanhou o próprio celular e analisou a tela. Não tinha como fazer uma ligação utilizando a telefonia móvel, pois não funcionava em alto-mar. O iate, contudo, dispunha de sinal *Wi-Fi*, e ela usou a internet para fazer uma ligação via WhatsApp para Alessandra. Por sorte, mantivera seu aparelho consigo, com o número cadastrado de sua antiga vizinha. Luciano havia lhe comprado outro carregador para o aparelho, pois o seu se perdera no dia do despejo. Já passava das onze da noite, e a jovem torceu para que a amiga não considerasse a ligação inoportuna para o horário e a recusasse.

A ligação foi completada após o terceiro toque. Apesar da interferência causada pela oscilação do sinal de internet, a voz de Alessandra chegou nítida ao seu ouvido.

— Como você está, Dominique? — ela indagou com alegria. — Augusto e eu estamos com saudade. Inclusive falamos sobre você ontem à noite.

— Espero que sejam coisas boas. Em breve, vou aparecer aí para visitá-los. — Dominique sabia que não estava sendo sincera, a menos que Luciano a forçasse a retornar a Porto Alegre. — Também sinto a falta de vocês e da maneira otimista que encaram a vida.

— Não temos muita opção. Ou agimos com otimismo para que as coisas fluam melhores ou seremos pessimistas, acarretando sofrimento para nós mesmos. Fico com a primeira opção. Mas diga-me: como você está? O que tem feito de bom?

— Estou em Guarujá, no litoral paulista. Alguns amigos me trouxeram...

— Nunca estive aí, mas já me disseram que é um lugar muito bonito. Você está perto da praia?

Dominique olhou pela janela, observando a negra imensidão do mar cercando o iate. Como explicar que ela estava muito além da praia?

— Sim, muito perto. — Dominique olhou por outra janela, notando a embarcação que negociara com Luciano perdendo-se a distância. — Eu liguei porque queria conversar. Como lhe disse, sua sabedoria me faz falta.

— Espero que um dia eu realmente seja tão sábia quanto está me dizendo que sou. Augusto está tomando banho e ficará feliz em saber que você nos telefonou.

— Certa vez, vocês me contaram que nossa alma sabe indicar o melhor caminho pelo qual devemos seguir e que precisamos usar de sabedoria no momento de escolhermos algo importante e decisivo em nossa vida. Qual é o melhor jeito para conseguir isso? Como saber se minha alma está me indicando alguma coisa?

— A alma é nosso senso, a bússola que nos orienta em todos os momentos. Isso acontece porque Deus está presente dentro de nós e Sua força nos ampara quando mais precisamos dela. O que está acontecendo exatamente?

— Muitas coisas. Estou indecisa se devo contar a verdade a alguém e me prejudicar com isso, ou se me sustento na mentira, mantendo as coisas como estão.

— O caminho da verdade pode ser doloroso, árduo e até decepcionante, mas sempre será a melhor opção. As mentiras são ilusórias, ou seja, desaparecem com o tempo e a verdade se mostra como ela é. — Alessandra fez uma pausa. — Essas ligações feitas por esses aplicativos são péssimas. Por que não me telefona usando a linha comum?

— Estou sem sinal aqui.

— Mesmo com a ligação um tanto truncada, estou percebendo que sua voz está um pouco triste. O que aconteceu, minha querida? Precisa de alguma coisa?

As perguntas de Alessandra, vindas de sua sensibilidade aguçada, quase fizeram Dominique chorar. A jovem teve certeza de que, se estivesse em sua cidade natal, assim que retornasse à costa, abandonaria Luciano e pediria abrigo ao casal amigo.

— Estou passando por uns problemas e surgiu a dúvida se devo ser sincera com uma pessoa ou omitir um fato que, se for revelado, pode magoar a nós dois.

— Insisto: seja sincera, abra seu coração e exponha a situação. Se você for mal interpretada, ofendida e não receber o perdão dessa pessoa, pelo menos não guardará em sua consciência o peso de uma mentira. Constantemente, a própria vida cria situações para que a verdade venha à tona. Como lhe disse há pouco, o que é ilusório cai por terra, mesmo que demore.

Dominique sabia que Alessandra estava certa e que precisaria dizer a Luciano que o desobedecera e que agora sabia, ou estava quase certa de que sabia, o ramo de suas atividades. Contudo, a ameaça de Yago a deixara paralisada. Não conhecia Luciano o suficiente para saber se ele seria capaz de atos tão horrendos para com suas antigas companheiras, que o irritaram exageradamente.

— Augusto está bem?

— Se puder aguardar mais alguns instantes, ele logo sairá do banho. Pense em um homem que valoriza a sustentabilidade e o meio ambiente, economizando água ao máximo.

— Acho que consigo esperar um pouco. Creio que, quando eu for visitá-los, as lembranças deste prédio serão muito fortes para mim. Saber que minha avó saiu daí para nunca mais voltar ainda me machuca muito.

— A morte de pessoas próximas e queridas é sempre muito dolorosa. Não fomos preparados para lidar com a separação, ainda que sejamos pessoas estudiosas da espiritualidade. Sei que, se Augusto morrer de repente, seu espírito seguirá sua jornada em outros locais, porém, admito que ficarei triste por me ver sozinha. Percebe que não sou tão evoluída assim?

— Se você não é evoluída, eu sou praticamente uma mulher das cavernas, esperando que um saudável brutamonte me acerte a cabeça com uma clava e me arraste pelos cabelos rumo ao acasalamento.

Alessandra soltou uma risada gostosa:

— Embora essa teoria já tenha sido desmentida por diversos historiadores, não consigo imaginá-la representando tal cena. Quanto ao prédio, está do mesmo jeito em que o deixou, salvo o fato de que dois episódios bastante desagradáveis aconteceram num curto intervalo de tempo.

Dominique ouviu a voz de Luciano, grave e forte, aproximando-se. Com a curiosidade cutucando-o por dentro, tentou apressar a amiga:

— O que aconteceu?

— Silvério e Pascoal foram assassinados em circunstâncias muito misteriosas. Até hoje, a polícia não tem a menor pista dos assassinos. Ouvi comentários de vizinhos dizendo que junto do corpo de Silvério foi encontrado um bilhete, que falava algo sobre um estuprador a menos no mundo.

Dominique sentiu o ar se tornar subitamente pesado e opressivo. O coração dela disparou, enquanto todo o sangue fugia de seu rosto. Como Luciano estava cada vez mais perto, ela murmurou rapidamente e sem mais explicações:

— Depois conversarmos. Obrigada, por enquanto.

Dominique desligou, deitou-se e fechou os olhos, colocando o celular sob o travesseiro. Instantes depois, Luciano entrou no quarto e parou perto da cama, contemplando-a com grande admiração. Ele deitou-se ao lado dela e beijou-a em vários pontos do rosto. O simples contato com a pele de Dominique era suficiente para excitá-lo.

— Oi. — Ela abriu os olhos, mantendo-o contraídos, como se estivesse sonolenta.

— Eu já lhe disse que você se torna ainda mais linda quando está dormindo? — Sorrindo, Luciano aproximou o rosto e beijou-a com carinho na boca.

— Obrigada. Deu tudo certo lá em cima?

— A velha monotonia de sempre. — Ele revirou os olhos, como um trabalhador cansado falando de seu serviço extenuante. — Venha, quero lhe mostrar uma coisa.

Ela mostrou um sorriso, demonstrando estar empolgada ante a surpresa. Intimamente, pensava nas palavras de Alessandra sobre os misteriosos crimes envolvendo Silvério e Pascoal. Ambos não foram as criaturas mais benévolas da face da Terra e ainda lhe deixaram marcas indeléveis no corpo e na alma, mas ela nunca lhes desejou um final tão horrível. O que ou quem estaria por trás dessas mortes?

Luciano voltou a se levantar e começou a se despir. Apesar de não amá-lo e nem mesmo se sentir atraída fisicamente por Luciano, Dominique reconhecia que o corpo dele era espetacular. Pernas torneadas, barriga reta e definida, peito bem trabalhado e braços duros e musculosos. Nu, ele era uma beldade, que atrairia muitas mulheres.

Ele fez um sinal para que Dominique saísse da cama, e, quando a jovem o fez, Luciano a despiu e a segurou pela mão. Caminhou devagar até a piscina de fundo transparente, que ficava próxima da cama. A água estava incrivelmente morna, causando uma deliciosa sensação na pele de ambos.

Assim que eles entraram, Luciano pegou um controle remoto branco, que cabia na palma da mão. Ele apertou dois botões e de repente pareceu que o mar abaixo deles explodira em luzes coloridas. Através do fundo de vidro da piscina, a água pareceu translúcida, como se o próprio sol a estivesse iluminando.

— Estamos atracados em alto-mar e ainda permaneceremos mais alguns instantes até Connor guiar o *Rainha do Mar* de volta à costa — ele explicou com calma e orgulho, como se falasse a uma criança atenciosa. — Enquanto isso, veja a mágica acontecer.

Ele apertou outro botão e as luzes no casco inferior do iate se movimentaram em círculos, brilhando nas cores amarela, azul, rosa e branca. Rodavam para todos os lados, penetrando nas águas salgadas, permitindo que enxergassem o que antes estava totalmente imerso na escuridão.

Três peixinhos tão coloridos quanto as luzes emergiram das profundezas e pareceram encarar Dominique diretamente nos olhos. Outros dois, de uma espécie maior, aproximaram-se, mas desapareceram depressa logo em seguida. Uma anchova gorda bateu contra o vidro e dois peixes-espada, longos e ágeis como cobras, assustaram Dominique com seus dentes expostos.

— As luzes os atraem, pois são peixes de hábitos noturnos. Acreditam que podemos ser alimentos e se aproximam aos poucos. Por outro lado, há espécies que se afastam, pois evitam qualquer claridade.

— Não sabia que você estudava biologia marinha.

— Quando vivemos no mar, somos obrigados a aprender de tudo um pouco.

Ali mesmo, De Lucca a tomou nos braços, beijando-a com paixão e possuindo-a dentro da água. Ela deixou-se levar, tentando seduzi-lo ao máximo, esforçando-se para demonstrar que estava enlouquecida de desejo, enquanto observava as espécies marinhas logo abaixo deles, entre uma miríade de luzes brilhantes.

Luciano dormiu logo depois, contudo, ela manteve-se desperta. Não conseguira reunir coragem suficiente para lhe dizer que o vira coordenando a operação secreta. Pior ainda, que fora flagrada e filmada por Yago cometendo uma falta grave. Alessandra a orientara a ser sincera e verdadeira, e seu coração lhe dizia o mesmo. Entretanto, sua mente, muito mais racional e prática, envolvida pelo temor da ameaça do segurança, recusava-se a permitir que ela confessasse qualquer coisa. Assim, decidiu que o melhor era atender de uma vez por todas às exigências daquele babaca, para que ele desse um sumiço no vídeo e a deixasse em paz.

Além disso, as informações sobre Pascoal e Silvério voltaram a incomodá-la. Deveria discutir o assunto com Luciano em momento oportuno? Ou o melhor seria fingir que nunca tomara conhecimento de tal coisa, já que não tivera nada a ver com as mortes, estava muito distante de Porto Alegre e não sabia quando retornaria para lá?

Mesmo relutando para não adormecer, acabou pegando no sono e acordou assustada de repente. O relógio no visor do celular mostrava três e vinte da manhã. Aguardaria acordada até as quatro, pois, se pegasse no sono novamente, perderia a hora.

Luciano estava com o braço sobre ela. Dominique mexeu-se com delicadeza, tentando desvencilhar-se do amante. Ele tinha sono leve, e a jovem temia despertá-lo se fizesse movimentos bruscos ou ruídos excessivos.

Ele continuou ressonando baixinho, quando ela se sentou na borda da cama. Faltavam agora vinte minutos para o encontro. Esperava com toda a sua fé que ele não estivesse somente fingindo dormir para monitorá-la melhor. Tentou fazer uma oração, mas estava nervosa demais e não conseguiu concentrar-se.

Faltando cinco minutos para as quatro, Dominique caminhou descalça pelo dormitório. Vestia um roupão e estava nua por baixo. Queria acabar logo com aquilo para voltar a ter um pouco de sossego. Yago a enojava, e ela sabia que o ato em si seria nojento e dantesco para ela. Só não se comparava ao que acontecera entre ela e Silvério, porque, desta vez, havia o consenso de sua parte.

Fechou a porta atrás de si sem fazer barulho. A brisa marítima agitou seus longos cabelos. A embarcação estava novamente em movimento, singrando devagar na direção da praia. Connor deveria estar na cabine de comando. Mais uma vez, Dominique caminhou apoiada nas paredes, pois não queria novas testemunhas do que pretendia fazer, para não ser chantageada por outras pessoas.

Quando chegou ao local combinado, abriu a porta do banheiro e conteve um arrepio de pânico quando viu que Yago já a aguardava do lado de dentro. Ele grunhiu e resfolegou como um porco suarento.

— Que mocinha pontual! — ele sussurrou, a voz queimando de desejo por ela.

— Onde está o vídeo?

Yago mostrou a mão em que segurava o celular.

— Ele será seu quando terminarmos.

— Quero sua palavra de que realmente não enviou uma cópia do vídeo para algum lugar, a fim de usá-lo contra mim futuramente.

— Minha palavra é sua. — Ele mostrou-lhe seus dentes gigantescos num sorriso sarcástico. — Aliás, pode ficar com meu celular também. Caso deseje mais segurança, atire-o ao mar.

Ele colocou o aparelhou na mão de Dominique. Assim que ela o segurou, Yago a agarrou pelo quadril e a forçou a virar-se de costas para ele. Como se já tivesse ensaiado aquele momento, através de gestos bem sincronizados, fez o roupão da moça escorregar para o chão. Um calafrio de pânico embrulhou o estômago de Dominique, que já havia deduzido o que estava por vir.

— Cara, você é muito mais gostosa do que aparentava. Isso é carne de primeira. — Ele deu um tapa forte nas nádegas dela, que fechou os olhos diante da humilhação. — E pensar que tudo isso será meu agora mesmo.

— Acabe logo com isso, por favor — Dominique praticamente implorou. Queria chorar, contudo, o pranto estava sufocado em sua garganta.

— Já que está com tanta pressa, faremos do seu jeito.

Ela deixou que Yago conduzisse o ato a seu modo. O segurança de De Lucca ria baixinho, aumentando a dose de nojo e revolta que ela alimentava por si mesma. Quando terminou, Dominique agradeceu a Deus por aquilo ter acabado.

Sem dizer uma única palavra, ela enrolou-se novamente no roupão e correu em direção à popa do iate, pois sabia que Connor, no comando, não a veria lá atrás. Inclinou-se por cima da amurada e vomitou. Pela primeira vez, sentiu-se muito enjoada.

A dor a consumia por dentro, e Dominique mal conseguia caminhar durante o retorno ao quarto. Percebeu algo viscoso em sua pele e notou que estava sangrando. Seu roupão estava parcialmente vermelho. Ela tirou-o e jogou-o nas águas escuras com o celular de Yago. Viu ambos desaparecerem entre as esteiras de espuma branca, que o iate erguia à medida que deslizava sobre o mar.

Retornou inteiramente nua e seguiu diretamente para o chuveiro. Estava terminando de se lavar, quando Luciano apareceu, os olhos estreitos de sono e a testa franzida.

— O que houve, Dominique? Por que está tomando banho a essa hora?

— Estava com calor e quis me refrescar um pouco. — Por sorte, não havia chorado, pelo menos não externamente. Luciano teria percebido isso com facilidade. — Por que não me faz companhia? Eu adoraria ter você comigo.

Ele a observou durante longos e incômodos segundos, como se estivesse estudando cada centímetro do corpo da jovem. Por fim, resolveu atender ao convite, juntando-se a Dominique. Desta vez, não houve sexo. De Lucca apenas a abraçou, e, unidos num silêncio estranho, deixaram a água morna escorrer por seus corpos.

CAPÍTULO 30

Era inadmissível. Era inacreditável. Era desumano e insensível. Era uma verdadeira afronta à sua dignidade e aos seus sentimentos femininos todo o desprezo que sofrera por parte de Pierre quando fora visitá-lo. Brígida não conseguia se conformar com o fato de ter sido tratada como se fosse lixo.

Quem ele pensava que era para evitá-la? Para menosprezá-la? Estava ciente de seus atributos sensuais, pois se considerava uma mulher muito atraente e bem conservada para sua idade. Outros já a haviam desejado, e ela só os recusara porque não tinham onde cair mortos. Pierre, um partidão cobiçado, dono de um dos restaurantes mais conceituosos de Porto Alegre, que inclusive já fora matéria em duas revistas especializadas sobre a culinária sulista, achara-se no direito de preteri-la, praticamente a expulsando de seu apartamento.

Mas isso não ficaria assim. Ele pagaria caro. Ninguém a tratava daquele jeito e saía ileso. Nunca levara desaforo para casa, e essa não seria a primeira vez. Até agora, não engolira a vergonha e a humilhação que sofrera quando levara de Pierre uma bronca de proporções épicas perante a lambisgoia daquela garçonete, que, pela graça divina, pedira as contas e sumira, provavelmente rumo ao inferno. E agora, quando decidiu se declarar a ele, foi quase colocada à força no olho da rua.

Dissera a ele que não trabalharia naquela noite, pois se sentira mal. Alegara que sua pressão subira e que pretendia descansar pelas próximas horas. Não esperava que Pierre sentisse remorso, porém, se funcionasse, ela ganharia um bônus.

Na solidão de seu apartamento, muito menor e mais simples do que o de Pierre, Brígida começou a elaborar seu plano. De posse de uma agenda e um celular, transcreveu alguns nomes e números para uma folha em branco. Em seguida, acessou sua conta bancária através do celular e confirmou que a quantia em dinheiro que tinha na conta seria suficiente para abastecer as mãos certas. E os donos dessas mãos lhe seriam muito úteis naquela mesma noite.

Satisfeita com seus ideais de vingança, Brígida fez o primeiro telefonema.

Pierre olhava com satisfação e orgulho para os clientes que lotavam o *Água na Boca*. Havia noites, normalmente às sextas e aos sábados, em que o restaurante atingia sua capacidade máxima, e os próximos clientes eram obrigados a aguardar a liberação de alguma mesa, caso não tivessem feito uma reserva. Naquela noite em especial, em que um sopro quente parecia predominar na atmosfera, como se convidasse as pessoas a saírem de casa, o restaurante estava abarrotado. Nem uma única cadeira encontrava-se vaga, o que representava motivo de muita alegria a Pierre. Isso provava a si mesmo que seu trabalho, desenvolvido com muito zelo e muita dedicação, estava rendendo excelentes frutos.

Mesmo com a ausência de Brígida, que passara mal e não fora trabalhar, o ambiente seguia na mais completa organização. Ela raramente faltava, mas, quando isso acontecia, o próprio Pierre deixava sua sala para acompanhar o trabalho dos funcionários, conversar com alguns clientes habituais ou rever velhos amigos que costumavam jantar ali. O garçom que substituíra Dominique era um tanto lento e preguiçoso, não tinha nem um terço da boa-vontade e agilidade da moça. Se continuasse daquele jeito, Pierre teria de substituí-lo também.

Estava acompanhando com o olhar o trabalho do rapaz, que praticamente se arrastava em direção à cozinha ou às mesas, quando uma mulher soltou um berro estridente, que fez todo mundo saltar de suas cadeiras. Ela estava acompanhada por um homem muito bem-vestido, cuja barba rala adornava seu rosto. Pierre nunca os vira antes, embora parecessem pessoas distintas.

— Que nojo! — ela gritou com uma vozinha irritante, quase infantil. — Há uma barata morta no meio do meu camarão!

Isso foi o suficiente para que um alvoroço se instaurasse no local. Enquanto Pierre corria até a mesa do casal, os demais clientes começaram a murmurar algo entre si, estudando os próprios pratos com mais atenção. Algumas pessoas simplesmente pararam de mastigar, mesmo aquelas que não haviam pedido camarão em seu cardápio. Expressões de surpresa, curiosidade e até nojo estavam evidentes em alguns semblantes.

Pierre não percebeu quando um homem de cabelos grisalhos, que se sentava sozinho em uma mesa no canto da parede, pegou um celular e começou a filmar a movimentação.

— O que aconteceu? — Pierre questionou a mulher, que gritava como uma desvairada.

— Você não está vendo? — Ela apontou para o prato com um dedo trêmulo. — Olhe isso aqui! É a coisa mais nojenta que já vi em muitos anos.

Pierre percebeu que, debaixo de um camarão bem temperado, havia uma barata voadora morta, mergulhada no molho alaranjado. De fato, a cena era asquerosa, capaz de enojar até os menos sensíveis.

— Quem é o dono desta espelunca? — O homem da barba rala se levantou, olhando furiosamente para Pierre.

— Sou eu mesmo. — Ele recolheu o prato, incapaz de acreditar no que estava vendo.

— Este é o nível do atendimento e da higiene que vocês oferecem aos clientes? — O sujeito parecia tão insano quanto sua companheira, gritando para que todos pudessem ouvir. — Cobram caro nos pratos para que venham baratas de brinde? Bela fama possui seu restaurante, meu amigo! — Ele olhou para a mulher, que estava igualmente revoltada. — Vamos embora, Anete. Deveríamos fazer uma denúncia à televisão e aos jornais.

Atordoado, ainda segurando o prato com o camarão e a barata, Pierre notou que outras pessoas simplesmente haviam se levantado de suas mesas e caminhavam em direção à saída, sem pagar pelo que haviam consumido até então. Outras permaneceram, mas o cenário de dúvida, desconfiança e asco já fora instaurado.

Cris, o supervisor dos garçons, acercou-se do patrão, lançou uma rápida olhadela no prato e sussurrou:

— É melhor o senhor se pronunciar em voz alta e depressa, antes que o restaurante fique vazio.

Cris pegou o prato e afastou-se com passadas largas. Trêmulo diante da situação improvisada e certo de que se tornara alvo dos olhares dos clientes que haviam permanecido, Pierre colocou as mãos nos bolsos da calça, para que ninguém as visse tremer.

— Peço a todos que me perdoem pelo ocorrido. Ainda não sei ao certo o que aconteceu ou como o inseto foi parar no prato de comida. Quem é cliente do *Água na Boca* há mais tempo sabe que prezo pela higiene em primeiro lugar. Nossa cozinha é aberta para todos que queiram conhecê-la, a qualquer momento, inclusive agora mesmo. Nossas cozinheiras e nosso *chef* são meus funcionários há bastante tempo também. São pessoas da minha mais alta confiança. Quem se sentir incomodado tem todo o direito de ir embora sem pagar nada, como alguns já fizeram, inclusive. Só posso pedir perdão a todos pelo transtorno, mas lhes garanto que não sei explicar o ocorrido. Até parece que foi coisa armada, se é que vocês me compreendem.

— Pierre, você é um lindo! — Uma mulher de meia-idade, coberta de joias, ergueu uma taça em um brinde. — Sou sua cliente fiel desde que meu saudoso Astolfo faleceu de pneumonia, em uma tarde quente de verão. Posso assegurar a todos que este restaurante é muito mais limpo do que a consciência de qualquer um de vocês, inclusive que a minha — Ela completou com uma gargalhada alta.

— Já ouvi falar de pessoas que plantam insetos, fios de cabelo ou sujeira em pratos de comida para se verem livres da conta. — Imitando a viúva das joias, um homem da idade de Pierre também ergueu sua taça. — Um brinde a nós que ficamos e que não temos medo de baratas.

Algumas risadas mais descontraídas se fizeram ouvir. Pierre agradeceu a todos, pediu licença e dirigiu-se à cozinha. As cozinheiras estavam aturdidas, sem entender nada. Uma delas comentou:

— Senhor Pierre, temos certeza de que aquele bicho não estava no prato. É impossível. Foi algo combinado, pode ter certeza disso.

— Eu levei os pratos àquela mesa — informou o rapaz que substituíra Dominique. — Garanto que não havia como uma barata daquele tamanho estar debaixo do camarão sem que eu tivesse percebido. E eles já estavam comendo há quase cinco minutos, quando notaram o inseto. Durante todo esse tempo, será que ninguém olhou direito para o prato? Papo-furado. Isso foi boicote.

— Eles nunca estiveram aqui antes, senhor — completou Cris. — Além disso, percebeu que os clientes fiéis estão do seu lado? Quem tentou prejudicá-lo não conseguiu.

Pierre assentiu. Um pouco mais calmo, pediu que todos retornassem aos seus postos e continuassem o serviço. Apesar do estresse de momentos antes, o expediente tinha que seguir dentro da normalidade.

Entretanto, duas horas depois, um fato ainda pior aconteceu. Dois homens, que também nunca estiveram no estabelecimento antes, começaram a falar em voz alta que havia um fio de cabelo no prato de um deles. A confusão se formou outra vez. Agora, o restaurante estava novamente lotado, e alguns clientes ficaram de pé.

— Que absurdo! Há cabelo misturado no molho da minha carne! — gritou um deles.

— Sou advogado e vou processar este restaurante de quinta categoria disfarçado de primeira linha! — acrescentou o homem que o acompanhava.

Mais uma vez, ninguém reparou no cliente que permanecera no restaurante e que continuava filmando tudo com o celular. De vez em quando, ele pedia uma sobremesa ou apenas um café, tão somente para ganhar tempo ali.

Pierre observou que, de fato, havia um fio de cabelo longo e escuro no molho da carne. Nervoso e angustiado, mal teve tempo de perceber que a cena, o comportamento e as falas dos homens eram muito semelhantes à do casal que estivera ali havia pouco tempo.

— Vou chamar a polícia agora mesmo! — berrou o sujeito que reclamara do cabelo.

— Calma, podemos conversar... — balbuciou Pierre, tentando impedir o homem de gerar um escândalo ainda maior. Ele simplesmente estava sem reação.

O cliente, contudo, já acionara a polícia, dizendo que necessitava de uma viatura no local devido a uma séria ocorrência. O outro, que se apresentara como advogado e estava fazendo uma algazarra sobre a sujeira na comida do restaurante, disse que, no dia seguinte, no primeiro horário, faria uma denúncia à Vigilância Sanitária.

Desta vez, apenas mais dois clientes foram embora. Mesmo assim, muitos olhavam friamente para Pierre, que estava inerte como uma estátua. O choque dos dois ocorridos na mesma noite simplesmente o deixara baqueado.

Cris tomou a dianteira e tentou conversar com os dois clientes, que se sentiam ultrajados por causa do fio de cabelo no prato. Sem muito sucesso, o chefe dos garçons apenas conseguiu que eles se retirassem. O homem do celular encerrou suas filmagens, pediu a conta e foi embora logo após acertar suas despesas no caixa.

Quando a polícia chegou, Cris novamente se adiantou, explicando que houve uma denúncia sobre falta de higiene, mas que os reclamantes já haviam ido embora. A presença dos policiais fardados no restaurante fez os clientes que jantavam se sentirem mal, já que muitos pediram a conta e foram embora. Os policiais disseram a Pierre que, no dia seguinte, seria aberto um chamado na Vigilância Sanitária. E, logo após a saída deles, por volta de onze da noite, o *Água na Boca* já estava praticamente vazio, o que nunca havia acontecido desde sua inauguração.

Pierre entrou em sua sala, sentou-se à mesa e enterrou o rosto entre as mãos. Uma vontade muito grande de chorar tomou conta dele, que só resistiu porque Cris e seu *chef* estavam ali também.

— O que aconteceu nesta noite é muito estranho, senhor — opinou Cris, chateado com o ocorrido e por ver o patrão entristecido. Todos os

215

funcionários gostavam muito de Pierre. — Duas situações semelhantes e totalmente atípicas.

— As chances de que aquele fio de cabelo tenha saído da cozinha são praticamente nulas. — O *chef* puxou uma cadeira e sentou-se diante de Pierre. — Trabalhamos com touca, aventais e luvas no preparo dos alimentos. Algo que nunca aconteceu em cinco anos, desde que estou aqui, ocorre duas vezes numa única noite. Alguém está tentando boicotar o restaurante. Talvez seja obra de algum concorrente nosso.

— E justo hoje a dona Brígida não está. — Cris pareceu entristecido. — Ela saberia como contornar a situação facilmente.

— Ainda que tenha sido algo combinado, que haja realmente um complô contra o *Água na Boca*, o escândalo aconteceu, e vocês sabem o quanto notícias como essas se espalham rapidamente pela cidade. — Pierre olhou com pesar e tristeza para os dois funcionários. — A imagem do restaurante está arranhada. Podem apostar que teremos um local de trabalho vazio a partir de amanhã.

— Mas vamos provar que nosso padrão de higiene é um dos mais elevados de Porto Alegre — garantiu o *chef*. — Não existem vestígios de sujeira na cozinha nem em qualquer outro cantinho.

— Ainda assim, nossa imagem já foi para o lixo — contrapôs Pierre. — Vocês não viram que os clientes estavam preocupados e desconfiados? Alguns até foram embora.

— Vai dar tudo certo. — Cris uniu as palmas das mãos. — Vamos confiar nisso, porque estamos do lado do bem e não temos nada a esconder. A verdade virá à tona.

Pierre limitou-se a balançar a cabeça em concordância. Se não fosse ateu, teria feito uma oração a alguém pedindo auxílio e força. Torceu para que não houvesse novas ocorrências durante as próximas horas.

Porém, assim que amanheceu, e os jornais começaram a ser entregues nas bancas, um famoso matutino da região estampava na capa uma foto da fachada do *Água na Boca* com o título da reportagem em letras garrafais, que dizia: FAMOSO RESTAURANTE DA CIDADE É ALVO DE DENÚNCIAS POR FALTA DE HIGIENE.

Antes do final daquela mesma manhã, Brígida reuniu-se com o casal que reclamara da barata, com os dois homens que se queixaram do fio de cabelo e do repórter que filmara tudo e vendera a matéria para o jornal. Pagou a cada um deles o valor combinado. O grupo deu altas gargalhadas, contando como fora fácil plantar as provas nos pratos de comida e que a cara de bobalhão de Pierre havia sido a melhor parte.

Brígida estava satisfeita, mas ainda havia mais a ser feito. Sem um pingo de remorso, ela sabia que só sossegaria quando visse o patrão na ruína. Tudo isso porque ele não quisera amá-la nem correspondera aos seus sentimentos.

CAPÍTULO 31

Ao contrário da linda manhã que surgira do lado de fora da casa, Manuela acordou sentindo-se péssima. Um forte desânimo, muito maior do que o que vinha sentindo nos últimos tempos, cobriu-a como uma capa. Queria simplesmente continuar dormindo para sempre, pois não era útil para ninguém. Queria desaparecer da Terra, já que não era amada. Queria morrer e deixar de sofrer, pois tinha certeza de que sua ausência não seria sentida por ninguém, exceto, talvez, por Viola.

Quando ainda estava bem, muitos e muitos anos atrás, chegara a julgar erroneamente que a depressão era frescura de pessoas desocupadas, já que "mente vazia era oficina do diabo". Agora, sentia o quanto a doença, que, em seu caso avançara para o estágio crônico, era séria e perigosa, muito pior e mais severa do que qualquer enfermidade no corpo. Não sentia apetite, nada a alegrava, não conseguia dormir direito, a menos que ingerisse remédios fortes. Sentia-se sempre assustada, insegura, cansada e confusa. As atividades que antes desempenhava agora não lhe pareciam prazerosas. A sensação de vazio era como um buraco negro, uma boca voraz e faminta, pronta para abocanhar qualquer resquício de felicidade e ânimo. Às vezes, irritava-se facilmente, mas, na maior parte das situações, simplesmente pensava que não valia a pena discutir. Seu raciocínio estava mais lento e sua memória a enganava de vez em quando. Só queria chorar, sofrer, morrer.

Assim, decidiu que aquilo não poderia continuar. Pensou em tomar todos os seus comprimidos de uma única vez e aguardar uma overdose. Todavia, não queria dar trabalho à irmã e aos dois empregados, que ainda teriam que acionar a polícia ou algum socorro para relatar seu óbito dentro de casa. O melhor a fazer seria desaparecer dali de um jeito mais fácil.

Pensou até em escrever uma carta de despedida para Viola, mas seu raciocínio estava lento demais, e ela não queria esmorecer agora. Se enrolasse muito, desistiria de tentar suicidar-se. E já sabia como o faria.

Do mesmo jeito que despertara, usando uma camisola branca e longa, que lhe concedia a aparência de uma alma penada, os cabelos desgrenhados e os olhos fundos e inchados, ela calçou um par de chinelos e saiu do quarto. Havia quanto tempo não saía dali? Havia quantos meses, não via as demais dependências de sua casa, já que seu dormitório tornara-se também sua prisão domiciliar?

Um relógio na parede mostrava que eram quase sete horas da manhã. Passou pelo quarto em que Viola deveria estar, abriu a porta e espiou pela fresta. Viu a irmã de costas, adormecida. Intimamente, pediu-lhe desculpas pelo que estava prestes a fazer. Sabia que ela se sentiria culpada por não ter feito seu melhor para auxiliá-la, mas não havia o que fazer. Manuela considerava-se um caso perdido.

Quando chegou ao lado de fora da casa, o sol forte, mesmo àquela hora da manhã, atingiu-a em cheio. Acostumada a se ver somente na semiescuridão, a luz solar a incomodou um pouco, causando-lhe uma leve dor de cabeça. Manuela tirou os chinelos para que pudesse caminhar melhor pela areia da praia. Sem rumo, foi seguindo pela água, ainda bastante gelada àquela hora. A visão à sua frente era paradisíaca, mas Manuela achava que estava morta por dentro. Só lhe restava terminar o serviço.

Outras mansões igualmente imponentes e belíssimas compunham a vizinhança ao longo da extensão da orla. Dali, conseguia enxergar outras ilhas. Apenas uma ou outra pessoa fazia caminhada na areia. Ainda não havia ninguém se banhando no mar, pelo menos não até onde ela conseguia enxergar.

Quando finalmente achou que se afastara o suficiente de sua casa, Manuela respirou fundo e entrou no mar. Seria rápido. Continuaria andando até que seus pés não tocassem mais o chão. Não sabia nadar direito, então, achou que seria fácil. Torceu para que as ondas levassem seu corpo para as profundezas, mas, caso ele fosse devolvido à areia, desejou que Viola não se sentisse mal por isso.

O mar mudava de cor. Começava esverdeado e terminava azul, à medida que se estendia para o fundo. Espumas brancas cobriam suas pernas, enquanto Manuela caminhava para frente. A água estava fria, mas ela não sentiu nada. Havia anos já não sentia nada.

Ouviu um cachorro ganir e latir em algum lugar perto dali. Isso não a impediu. A água agora a tocava na altura do peito. Sua camisola estava praticamente grudada ao seu corpo. Se caminhasse mais uns cinco ou seis metros, provavelmente seria engolida pelas ondas mais fortes, que quebravam ali.

O cachorro chorou tão dolorosamente que fez Manuela parar. Por mera curiosidade, ela olhou por cima do ombro e então viu. Dois adolescentes estavam armados com pedaços de pau, golpeando o cãozinho magro e indefeso, que se encolhia junto de um muro de pedra de uma casa. Os dois riam com crueldade, erguendo suas ripas de madeira e atingindo o animal nas costas e na lombar.

Manuela fechou os olhos. Não podia parar agora ou desistiria de seu intento. Só faltava um pouco mais para dar fim a tudo. Tinha que ser corajosa. O cachorro latiu de novo, como se pedisse socorro, como se esperasse a ajuda dela para ser salvo dos maus-tratos. Ela girou na água e continuou avançando, agora mais depressa, mais segura de si. Tropeçou em uma elevação de areia e caiu. Quando tentou se levantar, uma onda forte a chicoteou pelas costas, quase a derrubando outra vez. Mas Manuela tinha um foco e nada a deteria.

Sem saber como, estava novamente fora da água, andando como um veículo sem controle na direção dos meninos e do cachorro. Quando a viram se aproximando, os adolescentes recuaram um pouco e soltaram os pedaços de pau.

Ela viu o olhar abatido e entristecido do cachorro e sangue em sua cabeça. A veterinária que existia dentro dela, morta havia muitos anos, subitamente renasceu. Uma força descomunal, que Manuela, mais tarde, juraria ter vindo do próprio mar, estourou em seu peito como uma bomba.

— O que pensam que estão fazendo com esse cachorro?! — gritou irada.

— Vá se ferrar, dona! Estamos nos divertindo, e ele está abandonado.

Ambos tinham entre quinze e dezessete anos e continuavam rindo, satisfeitos com o sofrimento que estavam causando no pobre animalzinho. Experimentando a sensação de fúria pela primeira vez em muito tempo, Manuela também se armou com uma tora de madeira que estava jogada na areia e não hesitou. Golpeou as pernas do que estava mais perto com tanta força que o garoto caiu para trás. O segundo tentou atingi-la, mas ela foi mais rápida e o acertou com a madeira na barriga. Ele arfou e soltou o pedaço de pau que carregava consigo.

Manuela rodou sua arma improvisada e voltou a dar mais algumas pauladas nas pernas do que tinha caído. O rapazote começou a gritar, e ela girou a madeira contra o outro, atingindo-o nos braços e no ombro com toda a força que possuía.

Eles conseguiram se levantar novamente e saíram correndo, mancando, gemendo e gritando alguns palavrões para ela. Sozinha com o cachorro, ela observou-o melhor e finalmente se desarmou. Era um animal grande, já adulto, ela avaliou. Sua pelagem era amarelada, mas havia buracos nos pelos ocasionados por falta de vitamina. Percebeu sinais de sarna nas pernas e havia sangue escorrendo por seu pescoço e pela cabeça devido aos golpes que recebera dos garotos diabólicos.

A mulher depressiva dentro dela queria largar o cachorro ali, retornar ao mar e tentar afogar-se outra vez. A veterinária dentro dela, contudo, queria salvar o cachorro, porque fora para isso que estudara por tantos anos. Tentando lutar contra seu dilema interior, ela agachou-se. O cão recuou alguns passos, com os olhos arregalados de pavor.

— Calma! Não vou machucar você. Eu prometo — ela sussurrou com voz mansa, apesar de ainda estar um tanto ofegante.

O cachorro ganiu e encolheu-se, baixando a cabeça em submissão, como se esperasse receber novas pancadas. Manuela descobriu que aqueles meninos não foram os primeiros a maltratá-lo.

Tentando colocar seus pensamentos desordenados para funcionar melhor, ela rasgou um pedaço da camisola e andou devagar até o cachorro. Ele recuou mais um pouco, e Manuela também percebeu que uma das patas traseiras estava ferida, pois ele não a tocava na areia.

— Fique quietinho, por favor! — ela falava carinhosamente. — Vou cuidar de você.

Manuela reconhecia, através da postura corporal, que, além de bastante assustado, aquele animal estava sofrendo muito. As orelhas caídas, a cauda entre as pernas, as costelas salientes. Por ser vira-lata, não deveria pertencer a nenhuma das casas nobres da região. Provavelmente, alguém o trouxera de barco e o abandonara à míngua na ilha.

Ele tentou fugir, porém, Manuela foi mais rápida e conseguiu segurá-lo pelos flancos. Esperou que ele tentasse mordê-la, o que não aconteceu. O cãozinho simplesmente ficou paralisado ao ser tocado, pôs-se a tremer muito e a chorar baixinho.

— Sou sua amiga. Nunca o machucaria. Consegue entender isso?

Ela aproveitou para apalpá-lo em busca de algum osso quebrado, já que ele fora golpeado com pedaços de pau. Notou que as costelas pareciam inteiras, bem como os ossos das pernas. Havia um corte mais fundo na nuca e outro em cima da cabeça. Manuela encostou o tecido da camisola nos ferimentos, sabendo que a água salgada auxiliaria na cicatrização, e sentiu seu coração ficar mais apertado quando ele gritou de dor, mas ainda assim não tentou fugir de novo.

— Você deve estar com fome, com sede e com muita dor. Mas eu prometo que ninguém mais vai tocá-lo com violência, sabia?

Com cuidado, ela acariciou-o na cabeça, distante dos ferimentos. O rabo entre as pernas agitou-se um pouco, de forma hesitante.

Manuela olhou para o mar, onde deveria estar naquele momento. Viu as ondas em seu constante vaivém, alguns barcos brancos próximos de outra ilha e observou uma gaivota animada voando em círculos, para descer num voo rasante até a água e subir novamente, carregando um peixe agitado no bico.

Ela deveria estar morta. Fora para isso que criara coragem de sair de casa. Entretanto, além de estar viva, salvara outra vida. E ambos, mulher e cachorro, pareciam ter somente um ao outro agora.

— Venha, vou levá-lo comigo. Minha irmã Viola sempre gostou de animais e poderá cuidar de você.

Manuela ergueu-o no colo, surpresa ao perceber que ele era pesado, apesar de magricelo. Avançou alguns passos pela areia fofa com o cachorro nos braços, tropeçou e caiu de joelhos. Ágil, o animal encarou-a com temor e com certa curiosidade ao vê-la ajoelhada na areia. Por um milésimo de segundo, pareceu que ambos sorriram um para o outro com o olhar, mas tudo foi muito breve, apenas um vislumbre.

Ela pegou-o mais uma vez no colo e caminhou com dificuldade pela areia até avistar sua casa. Segurava-o com cuidado para não pressionar as áreas do corpo que estavam feridas. Quando parou diante do alpendre, que praticamente ficava na areia, chamou em voz alta:

— Viola! Jordânia! Fagner! Será que um de vocês poderia vir me ajudar?

Jordânia foi a primeira a aparecer e levou um susto ao ver a patroa do lado de fora da casa abraçada com um cachorro. Desde sua contratação, jamais vira a patroa sair do quarto.

— A senhora está bem?

— Não poderia estar melhor. Veja só quem eu encontrei na praia. — Apontou para o cachorro, que encarava Jordânia com os olhos arregalados de pavor.

— O que está havendo aqui? — Viola parou na soleira da porta e abriu um largo sorriso. — Que cachorrinho é esse?

— Acabei de encontrá-lo. Acho que foi abandonado na ilha. Alguns meninos estavam batendo nele. Nós podemos ajudá-lo a se recuperar

— Manuela falava e conferia novamente o corpo do animal, em busca de locais que necessitassem de maior atenção.

— Ele é lindo! — Viola aproximou-se devagar. — Estou surpresa em saber que você estava caminhando na praia. Nem me chamou, não é, sua danadinha?

— A história é outra e vou contá-la depois. — Manuela encarou a empregada. — Jordânia, por favor, pode me trazer gaze, esparadrapo e o unguento que está no armário do banheiro?

Jordânia assentiu, parecendo não reconhecer a patroa. Antes de sair para atender ao pedido, perguntou novamente:

— Tem certeza de que a senhora realmente está bem?

— Estou me sentindo... diferente. Agora faça o que lhe pedi.

Jordânia saiu correndo e quase esbarrou em Fagner, com quem trocou um olhar do tipo "Manuela enlouqueceu de vez".

— Você pretende ficar com ele? — sondou Viola, agachando-se ao lado do cachorro. Ele fixou-a por um longo tempo, antes de voltar a olhar para a areia.

— Não sei ainda. Não tenho tempo para cuidar de um cachorro.

— Tempo é o que você mais tem, irmã querida.

— Você sabe ao que estou me referindo. — Manuela baixou o tom de voz. — Eu saí de casa, porque pretendia me afogar. Inclusive, comecei a fazer isso. Meus cabelos e minha camisola ainda estão úmidos.

— Sim, estou vendo. Então você pretendia dar cabo da própria vida sem ao menos se despedir de mim? — Viola franziu a testa, parecendo indignada.

— Eu não encontro mais motivação para continuar vivendo. Nada me anima, nada me alegra, nada me dá prazer. Só quero ficar deitada, tomando meus remédios para que eles me apaguem e eu me esqueça de tudo.

— Então, se o mar não a levar, seus remédios darão cabo de você. Pelo jeito, não há mais o que fazer.

Viola falava num tom sarcástico, que não passou despercebido pela irmã.

— Você acha que não tenho coragem de me suicidar? Está enganada, Viola. Só eu sei do vazio que tenho dentro de mim. É uma escuridão tão profunda, tão angustiante, tão pesada e densa que toma conta de mim inteiramente. Não consigo reagir.

— Esse cachorrinho a fez reagir, não foi? Você o salvou dos meninos violentos e o trouxe para casa. Vai passar um medicamento nele, examiná--lo melhor e cuidar dele com amor e carinho. E só fará isso porque, em meio a toda essa escuridão, ainda existe luz dentro de você. Existe ânimo, força de vontade, o desejo de superação, esperança, fé em si mesma e existe, principalmente, Deus dentro de você, Manuela. É por isso que não deve entregar os pontos, querida. Veja o sinal que a vida lhe trouxe! Acha que foi por acaso que presenciou a cena dos maus-tratos ao cachorro exatamente na mesma hora e no mesmo lugar em que estava tentando tirar a própria vida? Consegue perceber que a vida é muito mais do que parece? Que há uma força poderosa do bem agindo a nosso favor?

— Você realmente acredita nisso?

— Por que eu não acreditaria, se é tão evidente? A gente não consegue ver, mas temos amigos espirituais que estão nos auxiliando em todos os momentos. Eles nos intuem, nos sugerem ideias, tentam nos fazer perceber as consequências de nossas escolhas. Porém, eles também respeitam nosso livre-arbítrio, então, não podem nos forçar a nada. Somos totalmente livres para fazer o que quisermos...

— Mas colheremos os frutos dessas escolhas mais tarde — completou Manuela.

Jordânia reapareceu trazendo uma caixinha branca com uma cruz vermelha estampada. Manuela pediu a Fagner que levantasse o cachorro com cuidado e o colocasse na sala. Estava satisfeita, pois o animalzinho parecia não estar com nenhum osso quebrado, embora somente uma ultrassonografia pudesse lhe dar a certeza de que seus órgãos não haviam sofrido nenhum grande dano. Ela passou o unguento na pata ferida e nos machucados que estavam abertos. O pobre animalzinho tremia como se estivesse na neve. Manuela usou a gaze para envolver o pescoço e a pata ferida e pensou que seria necessário comprar um remédio para a sarna com urgência.

Viola percebia a agilidade com que a irmã trabalhava no socorro ao cachorro. Suas mãos treinadas eram ágeis e firmes. Mesmo que a própria Manuela não percebesse, ela olhava para o animal com amor e carinho. Jordânia e Fagner, parados de pé ao lado, trocavam olhares entre si constantemente. Aquela mulher que estava ali, medicando o cãozinho, não se parecia com aquela que vivia sobre a cama, ingerindo um comprimido atrás do outro, escondida na escuridão do quarto hermeticamente fechado.

— Agora, ele está melhor e ficará bem. Quero que ele continue conosco durante essa noite — decidiu Manuela.

— Ele poderá ficar em seu quarto, não é? — provocou Viola. — E não somente por uma noite.

Manuela hesitou, mas por fim concordou com a cabeça.

— Jordânia, por favor, prepare um cobertor no chão, um pote com água e alguma ração. Quero tudo ao lado da minha cama. Fagner, quero que você saia para comprar ração, algumas vitaminas, mais gazes e alguns medicamentos que vou anotar em um papel. Enquanto ele não se alimenta com algo apropriado, vamos dar algo para ele forrar o estômago. Com certeza, está faminto.

— Se ele ficará com você, em seu quarto, as janelas e as cortinas ficarão abertas, certo? — Novamente, Viola perquiria a irmã.

Nova hesitação. Após alguns momentos de reflexão, Manuela decidiu:

— Veremos como ele se comporta.

— Precisamos pensar em um nome para ele. — Viola olhou com carinho para o cachorro, que ainda tremia um pouco. — Posso dar uma sugestão?

— Ainda não sabemos se realmente ficaremos com ele, mas aceito a sugestão.

— Considerando o que ele fez por você e por sua vida, o nome mais apropriado é Salvador. Tenho certeza de ele vai gostar do nome, pois salvou sua vida hoje, assim como você salvou a dele.

Manuela voltou a assentir com a cabeça. Ela própria estava atônita com tudo aquilo.

Jordânia, que havia ido à cozinha, retornou trazendo presunto e salsicha num pratinho. Manuela, como veterinária, sabia que nem de longe aqueles eram os alimentos adequados para um cachorro, porém, não havia muita coisa na casa, já que a própria Manuela não se alimentava direito e Salvador certamente estava com a barriga vazia.

O cão atacou o presunto e a salsicha com uma voracidade incrível, mas comia e encarava os humanos com certo temor, como se esperasse que alguém fosse agredi-lo enquanto estivesse vulnerável. Seu corpo tremia enquanto se alimentava, contudo, sua cauda agitou-se em alguns momentos, num breve sinal de contentamento.

Manuela o observava e, quando ergueu o rosto, viu Viola fazer um sinal de positivo com o dedo. Aquilo a fez sorrir. Um sorriso leve, fraco, sem humor, mas ainda assim era um sorriso. E foi justamente esse gesto da irmã que deu a Viola a certeza de que Manuela sairia da depressão e despertaria para a vida novamente, emergindo da escuridão em direção à luz e ao equilíbrio, recuperando sua alegria de viver, seu entusiasmo e sua fé na vida.

CAPÍTULO 32

A movimentação no *Rainha do Mar* era intensa. Nélia acordara cedo para adiantar o almoço, pois Luciano exigira uma refeição especial para a recepção de Roger. Não era todos os dias que seu filho vinha dos Estados Unidos para vê-lo, portanto, era justo que o melhor estivesse à sua espera.

O iate estava ancorado em um clube náutico no litoral carioca. Haviam navegado durante toda a noite anterior. Dominique já se acostumara ao movimento da embarcação de forma que mal notava quando ela estava deslizando sobre o mar.

Luciano lhe dissera que Kamil seria o responsável por buscar Roger no Aeroporto Internacional Tom Jobim, o famoso Galeão. Optara por não reencontrar o filho no setor de desembarque, pois gostaria de recebê-lo no iate com pompa e luxo.

— Como está indo o almoço? — ele perguntou a Nélia.

— Muito bem. Eu sei exatamente como Roger gosta de peixe gratinado com purê de batatas. Vou deixar tudo da forma como ele aprecia.

— Perfeito! — Luciano sorriu para Dominique. — Quando ele retorna ao Brasil, eu fico me sentindo um pai coruja bobão. Amo aquele moleque.

— Eu entendo. Não tenho filhos, mas sei do que somos capazes de fazer pelas pessoas que amamos. — Dominique pensou em Cida, e a dor da saudade machucou seu coração.

Luciano logo percebeu o motivo pelo qual ela se entristecera e a abraçou com força.

— Você vai gostar de Roger. Ele é bastante simples, embora extremamente inteligente e dedicado. Como já lhe disse, ele não se preocupa com as mulheres com quem me envolvo.

— Que bom! — Foi tudo o que ela respondeu, com um sorriso esmaecido.

Kamil e Roger apareceram por volta das onze e meia da manhã. O astro-rei brilhava com intensidade num céu azul pontilhado por tufos de nuvens brancas, como se alguém tivesse espalhado pedaços de algodão pelo céu. O mar, de um azul brilhante, sussurrava sua eterna canção com o marulhar das ondas fracas que quebravam no casco do iate.

Luciano o aguardava no deque superior, com Dominique ao lado. Nélia, Tavares, Connor e os demais seguranças do patrão estavam um pouco mais atrás, todos com as mãos atrás das costas, em posição de serventia.

Dominique observou o rapaz moreno, magro e alto subir rapidamente a rampa de madeira que dava acesso ao *Rainha do Mar*. Apesar de usar óculos escuros de lentes muito largas, ela percebeu que estava diante de uma versão jovem de Luciano. Os cabelos pretos e ondulados, o formato do rosto e os traços do nariz e dos lábios eram exatamente iguais aos do pai. Usava uma calça preta e uma camiseta colorida, com uma frase em inglês que Dominique não soube traduzir. Um brinquinho com o formato de um crucifixo balançava em uma de suas orelhas.

— E não é que o garoto mais bonito do continente está aqui! — exclamou Luciano, abrindo os braços para envolver o filho, e os dois permaneceram abraçados por um longo tempo. — Ei, deixe-me ver você melhor! Como consegue ser tão gato?

Roger ergueu os óculos escuros, colocando-o sobre a cabeça.

— Acho que aprendi com o pai mais charmoso e sensual que existe no mundo.

Luciano soltou uma gargalhada alegre. Roger já tinha se afastado para cumprimentar os funcionários do pai, abraçando Nélia com genuíno carinho.

Por fim, Luciano colocou o braço sobre os ombros do filho e o levou até onde Dominique estava:

— Quero que conheça minha atual companheira. O nome dela é Dominique.

Roger aproximou-se dela devagar, olhando-a fixamente nos olhos. E foi então que algo diferente aconteceu. Dominique sentiu o corpo todo esquentar, como se seu sangue se transformasse em brasa líquida. Ela também percebeu que efeito semelhante atingira o rapaz, que simplesmente não conseguia afastar os olhos dela.

Embora ele fosse muito parecido com o pai, Dominique sabia que nunca o vira antes. No entanto, por que tinha a sensação de conhecê-lo, de tê-lo visto pessoalmente em algum momento de sua vida? Por que aquele olhar intenso lhe era tão familiar? Como poderia ter certeza de já ter ouvido a voz de Roger, se eles nunca haviam conversado?

— Muito prazer. — Ele esticou a mão direita, hesitou um pouco e decidiu trocar o cumprimento por um beijo no rosto.

O contato com a pele de Roger despertou em Dominique sensações há muito adormecidas. Ou, talvez, jamais despertadas. A onda de calor que a atingiu estava tão forte que ela agradeceu por não estar suando.

— Seja bem-vindo — ela murmurou num fio de voz.

Roger ainda a estudou com atenção, com a mesma certeza de que não era a primeira vez que a via, porém, era impossível pensar em qualquer outra possibilidade. Estava certo de nunca ter conhecido uma mulher com o nome dela. Então, de onde vinha aquela impressão tão forte de que Dominique era uma velha conhecida?

Luciano, aparentemente, não havia percebido as chamas agitadas que nasceram entre eles. Voltou a abraçar o filho e começou a lhe contar algumas novidades do iate. Roger falou sobre seu trabalho e seus estudos no exterior.

O almoço foi serviço no deque superior. Luciano não desgrudava do filho e até Dominique fora deixada de lado. Enquanto o rapaz comia, tecendo inúmeros elogios à refeição preparada por Nélia, perguntou como estava Manuela.

— Faz muito tempo que não a vejo — Luciano deu de ombros. — Sua mãe não vai mudar nunca. Esconde-se atrás daquela depressão para ver se consegue comover as pessoas e mantê-las por perto. Jordânia e Fagner, os funcionários que contratei para cuidarem dela, contam-me que ela está bem, dentro do possível. Permanece trancada dia e noite no quarto, mal se alimenta e toma remédios com frequência. O médico que ela contratou a atende em casa e lhe traz os medicamentos.

— Eu sinto pena dela. — Roger cortou um pedaço do peixe gratinado, desviou o olhar rapidamente para Dominique e voltou a encarar o pai. — Queria que ela conhecesse outra pessoa, um cara do bem que a fizesse feliz. Não desejo vê-la adoecendo cada vez mais, afundando na própria solidão até os remédios a matarem de uma vez.

— Infelizmente, meu filho, isso está fora do nosso alcance. Veja só... — Luciano pegou o celular e mexeu nos álbuns de fotografias até encontrar o que desejava. — Esta é uma foto não autorizada que Jordânia tirou de sua mãe e me enviou.

Roger olhou para a mulher sobre a cama, com os olhos fechados, rosto pálido e cabelos desalinhados. Até parecia que ela já estava morta. O rapaz sentiu uma dor no peito ao vê-la naquela situação. Ele decidira estudar e morar nos Estados Unidos porque não suportava mais vê--la chorando e se lamentando. Manuela tornara-se uma mulher fraca, desanimada e cansativa. Parecia até que ela lhe sugava as energias. Perto da mãe, ele também teria adoecido.

O rumo da conversa mudou para a política americana. Roger estava falando sobre alguns posicionamentos radicais do atual presidente dos Estados Unidos, com os quais ele não compactuava, quando o celular de Luciano vibrou. Ele conferiu a tela e viu que a chamada era internacional.

— Só um instante. O dever me chama. — Ele piscou para Roger e saiu da mesa.

Roger não sabia exatamente o que o pai fazia para obter tanto dinheiro. Naturalmente, ele tinha suas desconfianças, todavia, nunca achou que o assunto merecesse uma pauta de discussão entre eles. Luciano era adulto e consciente o bastante para saber o que estava fazendo. Sabia como colher os frutos financeiros do seu trabalho, mas também as consequências dele.

— Alô? — ele atendeu, debruçando-se na amurada de proteção na proa do iate.

— Meu amigo, que bom conseguir falar com você. — A voz grave masculina falava num inglês perfeito. — Preciso de sua colaboração nos próximos dias.

Era Mohammed, o xeique árabe que promovera a grandiosa recepção dias atrás.

— Do que precisa exatamente? Meu filho chegou hoje dos Estados Unidos, e eu gostaria de passar alguns dias com ele.

— Compreendo, mas estamos falando de um peixe grande, tão grande quanto uma baleia-azul. Preciso de você em Dubai em, no máximo, trinta horas. Recebemos a informação de que um carregamento milionário de joias raras será transportada em uma embarcação comum, justamente com o objetivo de despistar os "interessados". Gostaria que você estivesse comigo quando abordarmos o barco e tomarmos para nós o carregamento. Já fizemos isso tantas vezes, não é mesmo?

Inquieto, Luciano virou-se para trás. Dali, avistou Roger almoçando e falando alguma coisa para Nélia. Ele queria estar com o filho. Por outro lado, a força da ambição era tão grande que quase o pressionou por dentro.

— Esse peixe grande tem qual tamanho, exatamente?

— Minha fonte, que é extremamente confiável, sugere que o valor das joias chegue à casa de um bilhão de dólares — revelou Mohammed.

— Um bilhão? — De Lucca estava espantado. — A quem pertence tudo isso?

— Digamos que um conterrâneo meu teve um grande prejuízo quando sua residência foi roubada. Trata-se de Jamal Abdallah, um dos sujeitos mais ricos do mundo. Todas as joias pertencentes às suas sete esposas estavam armazenadas dentro de um cofre seguro, mas não o bastante para que especialistas não pudessem abri-lo. E agora essa fortuna deslizará em alto-mar, à espera de nossas mãos.

— Ou seja, roubaremos as joias de quem as roubou primeiro. Aqui no Brasil há um ditado que diz: "Ladrão que rouba ladrão tem cem anos de perdão".

— Então, nossos pecados serão perdoados! — completou Mohammed com uma gargalhada. — Se você topar, quarenta por cento do valor será seu, sem dificuldades.

Quatrocentos milhões de dólares estavam à sua espera. Era uma fortuna, um valor inimaginável para muita gente. Luciano De Lucca já era um homem multimilionário, mas que mal havia em acrescentar mais alguns milhões à sua conta? O problema seria deixar Roger sozinho durante os dias em que durasse a operação. Do início ao término de toda a transação, adicionando as horas gastas na longa viagem do Rio de Janeiro a Dubai, Luciano presumia que ficaria fora por uns cinco dias, no máximo. Era quase o mesmo período em que Roger permaneceria no Brasil.

A possibilidade mais sensata que lhe vinha à mente era viajar até os Estados Unidos para passar uma semana com Roger. Luciano detestava deixar seu iate aos cuidados dos funcionários, mas às vezes era preciso. Eram homens responsáveis, e ele nunca tivera problemas com isso.

Levaria Ezra, Kamil e Yago com ele. Nunca viajava desacompanhado. Os outros dois seguranças ficariam zelando pelo iate com seus demais funcionários. A questão era: como daria a notícia a Roger, que viajara milhares de quilômetros para estar com ele?

Quando retornou à mesa, percebeu que Roger o estudava, notando que algo estava errado.

— Algum problema, pai?

— Tenho uma péssima notícia, mas antes gostaria que me prometesse que não ficará chateado comigo.

— Impossível me aborrecer com o melhor pai do mundo. — Roger piscou para Luciano. — O que houve?

— Tenho que viajar imediatamente a Dubai. Negócios urgentes que demandam minha intervenção. Levarei alguns dos meus homens comigo e estimo que ficarei fora por até cinco dias.

Luciano preparou-se para ouvir Roger reclamar, contestar ou demonstrar decepção e tristeza, entretanto, para sua surpresa, o filho respondeu:

— Vá cuidar de suas necessidades, pai. Eu ficarei bem. E vou esperar aqui até que esteja de volta.

— Tem certeza disso? Não quero magoá-lo nem que pense que não sou um bom pai...

— Não precisa me dar tantas explicações, senhor De Lucca. Eu vou ficar bem. Se você autorizar, eu gostaria que o iate permanecesse onde está até sua volta. E também queria lhe perguntar se Dominique poderia me acompanhar em alguns passeios que pretendo fazer pelo Rio de Janeiro.

Ao ouvir seu nome, Dominique estremeceu. Ninguém lhe falara nada sobre aquilo. Tinha certeza de que Luciano não autorizaria, mas a resposta dele a surpreendeu:

— Se ela quiser lhe fazer companhia, tudo bem. Mas nada de provocar a garota do seu pai, moleque. Se quiser uma, procure na cidade.

Todos riram, menos Dominique. Durante o almoço, ela evitava encarar Roger, pois, quando seus olhares se cruzavam, ela sentia um calor intenso percorrê-la. Como seria estar na companhia de Roger sem Luciano por perto?

Naquela tarde, Luciano quis fazer amor com ela. Era parte de uma despedida, segundo ele mesmo dissera. O ato foi intenso, deixando ambos saciados e relaxados ao final. Em seguida, ele preparou uma mala, jogou algumas roupas dentro dela e beijou Dominique nos lábios com força, antes de partir.

— Amo você. — Foi tudo o que ele disse.

Era a primeira vez que dizia a uma amante que a amava e mal sabia como tais palavras haviam brotado de sua boca. Dominique gostaria de poderia dizer o mesmo, mas não seria verdadeiro. Por isso, respondeu:

— Obrigada. Tenha uma excelente viagem.

— Cuide do meu filho. Estarei com meu celular, caso precisem me ligar.

Ele assoprou um beijo e saiu. Passou pelo dormitório do filho para despedir-se dele também. Em seguida, deixou o iate acompanhado de seus três seguranças, entrando em um táxi rumo ao aeroporto.

Sem saber ao certo como seriam seus próximos dias sem Luciano, Dominique sentou-se na cama de seu quarto. E, enquanto refletia, observava algumas gaivotas brincarem sobre as águas azuis, completando a beleza daquele cenário idílico.

CAPÍTULO 33

Após o almoço e a partida de Luciano, Dominique recolheu-se em seu dormitório. Pretendia permanecer ali nos próximos dias. A presença de Roger a deixara bastante incomodada, mesmo que tal incômodo viesse acompanhado de uma sensação de prazer e alegria. Era como rever um velho amigo, mesmo que eles nunca tivessem se encontrado antes.

Ela se deitou e ligou a televisão. Raramente, encontrava algum programa que a entretivesse. Segurando o controle remoto, zapeou alguns canais até ouvir alguém bater à porta. Pensou que fosse Nélia querendo conversar. As duas haviam se dado muito bem desde que foram apresentadas.

— Pode entrar — autorizou, sem tirar os olhos da televisão.

Dominique ouviu os passos se aproximando da cama e, quando tornou a virar o rosto, levou um susto ao se deparar com Roger parado ali, fitando-a fixamente. Visto daquele ângulo, em que ele parecia ser ainda mais alto, ela o achou incrivelmente lindo.

— Acho que não conseguimos conversar direito há pouco. — Sem cerimônia, ele se sentou na beirada da cama da jovem. — Eu a achei um tanto tímida.

Ela corou, sentindo novamente a onda de calor atravessá-la por dentro.

— Deve ser porque escolhi ficar mais quietinha. — Dominique ajeitou melhor o travesseiro atrás das costas, sentou-se e dobrou as pernas. — Você é muito parecido com seu pai.

— Só na aparência, né? Não sou mulherengo como ele. — Roger riu.

— Você ficará aqui por quantos dias?

— Uma semana. Vou esperar ele voltar. Consegui alguns dias de férias em meu emprego. Sou estagiário em uma grande empresa fabricante de aparelhos para cassinos, como roletas, caça-níqueis etc. Como já deve ter ouvido falar, Las Vegas é a terra dos cassinos, e é lá onde moro.

— Já vi fotos de Las Vegas em revistas e já assisti a alguns filmes que se passam nesses cassinos.

— Se um dia tiver oportunidade, vá conhecer pessoalmente. É lindo demais. Acho que é a cidade mais colorida, brilhante e viva de que já tive notícias.

Dominique sorriu, e Roger disse a si mesmo que aquela moça era a amante mais perfeita que seu pai já havia conseguido. Além disso, demonstrava um comportamento diferente das anteriores. Ele quase poderia jurar que ela não estava feliz ali e que não se deixara levar pela ganância que contagiara todas as outras.

— Estamos ancorados no Rio de Janeiro, certo? — ela anuiu, e Roger continuou: — Não conheço muito bem a capital. Minha mãe mora em Angra dos Reis. Já ouviu falar?

— Sim, seu pai me disse.

— Ela está enfrentando uma depressão. Eu me vi obrigado a sair de lá ou acabaria deprimido também.

— Espero que ela possa melhorar.

— Acho difícil, pois ela se entregou facilmente à desilusão e à tristeza, quando meu pai não a quis como esposa. Minha mãe lhe nega o divórcio, como se isso lhe trouxesse alguma certeza de que o casamento poderá continuar do ponto onde parou algum dia.

— Penso que ela deveria seguir a vida dela e esquecer seu pai.

— Eu também penso da mesma forma.

Roger parou de falar e observou Dominique por alguns instantes. Constrangida com o olhar intenso do rapaz, ela enrubesceu levemente.

— Podíamos sair para dar uma volta e conhecer melhor a região, não acha? Como lhe disse, não conheço direito o Rio nem tenho amigos aqui. Topa o passeio?

Ela não hesitou:

— Obrigada, mas prefiro permanecer deitada. Estou com um pouco de dor de cabeça.

— Tome um analgésico e me faça companhia. É só o que lhe peço. — Ele fez um biquinho, como uma criança tristonha, o que arrancou uma risada de Dominique. — Vamos, não seja preguiçosa.

— Está bem, vou com você — ela decidiu. — Só me aguarde trocar de roupa.

— Agora sim ganhei o dia. — Roger levantou-se. — Vou esperá-la lá fora.

Em dez minutos, ela estava pronta. Escolhera um vestido azul-claro, de tecido leve e simples, mas que deveria ter custado uma fortuna. Calçou sandálias sem salto e deixou soltos os cabelos longos e com cachos.

233

Roger estava conversando com Nélia ao lado da piscina externa e ela lhe dizia algo que o fazia sorrir.

— Aí está você! — Ele piscou, atordoado, quando a viu. Como Dominique conseguia parecer ainda mais bonita, a cada vez que a via? — Já avisei a Nélia que vamos dar uma volta por aí.

— Cuidem bem um do outro — desejou Nélia, mas Dominique percebeu alguma mensagem subliminar nos olhos da funcionária, como se lhe dissesse: "Tome cuidado e não ultrapasse os limites". — Vou preparar um jantar que ambos irão amar.

Eles saíram do clube náutico e seguiram a pé contornando a faixa litorânea. Dominique lhe perguntou se era verdade que as máquinas dos cassinos eram adulteradas, e Roger lhe explicou que algumas delas realmente eram.

— Por incrível que pareça, há lugares honestos, em que as pessoas realmente conseguem ganhar verdadeiras fortunas, dependendo da sorte. Ou, obviamente, perdê-las em questão de minutos. — Ele apontou para um vendedor de picolé. — Que tal tomarmos um sorvete antes de decidirmos para onde iremos?

— Eu aceito.

Compraram o sorvete, e Roger procurou um mapa da cidade em uma papelaria próxima dali. O primeiro local que Dominique escolheu visitar foi o Cristo Redentor. Ela não havia trazido um único real, até porque Luciano não lhe deixara dinheiro, mas o rapaz logo explicou que trocara seus dólares por reais assim que chegou ao aeroporto carioca e que arcaria com todas as despesas que tivessem.

Aos poucos, Dominique deixou a timidez de lado e começou a se soltar. Roger era mais divertido do que ela imaginara. Ele parecia pensar em diversas maneiras de vê-la sorrir, como se seu sorriso o cativasse. Contava piadas americanas, que quase a faziam chorar de rir. Enquanto aguardavam a van que os levaria aos pés da estátua, ele imitou um casal de japoneses, que andavam balançando o corpo para os lados, quase como se rebolassem. Dominique soltou uma gargalhada como havia muito tempo não fazia.

Subiram todos os degraus com bastante disposição, e Roger fez uma *selfie* dos dois usando o próprio celular, tendo como fundo a imensidão do oceano, barquinhos e a Cidade Maravilhosa lá embaixo, com destaque para a Baía de Guanabara. Tiraram outras fotos focando o Cristo e pediram para um grupo de turistas nordestinos os fotografarem abraçados.

— Eita, casalzinho arretado! — comentou a mulher que tirara as fotos.

Dominique novamente ficou vermelha, mas Roger riu e a beijou no rosto. O contato dos lábios do rapaz a deixou com as pernas tão moles que lhe tirou a certeza de conseguir descer a escadaria novamente.

— Acho que todo mundo pensa que somos namorados. — Ele riu.

— Só espere que seu pai não pense o mesmo quando retornar.

— Esqueça o meu velho, garota. O mundo é nosso agora.

Visitaram a praia de Copacabana e de Ipanema e tiraram muitas fotos na Lagoa Rodrigo de Freitas. Subiram de bondinho ao Pão de Açúcar, de onde tiraram muitas outras fotos. Roger a abraçava e se aproximava tanto dela que Dominique estremecia.

Antes de retornarem ao iate, passaram pelo bucólico bairro de Santa Teresa, onde lancharam e deram uma volta no famoso bondinho amarelo da região. Ambos estavam exaustos, corados, alegres e tão distraídos que mal prestavam atenção nas outras pessoas. Por isso, não viram a mulher que os acompanhava a certa distância, segurando uma câmera profissional nas mãos, como se fosse uma turista captando cada detalhe de seu passeio.

Keila os seguia desde que eles deixaram o iate de Luciano. Seu próprio iate, que pertencera ao finado Xerxes, estava ancorado próximo ao *Rainha do Mar*. Como as fofocas corriam rapidamente, inclusive em um clube náutico de luxo, ela logo soube que o filho de Luciano chegara de viagem e que De Lucca viajara logo em seguida. Como não era idiota, deduziu que a amante insossa de Luciano seduziria Roger. Por isso, quando os viu saindo juntos, através das lentes de seu potente binóculo, soube que precisava agir. Colocou uma peruca de cabelos vermelhos e cacheados, que combinava perfeitamente com o tom de sua pele escura, apanhou sua câmera e pôs-se a segui-los.

Até então, eles não haviam feito nada que lhe chamasse a atenção. Para Keila, o tour pelo Rio estava se tornando enfadonho. Comportavam-se como amigos muito próximos, mas isso não lhe dava as armas que ela esperava. Eles se abraçavam e encostavam o rosto um no outro para tirarem *selfies*. Ela os fotografara assim apenas para reunir material. Quando os viam sorrir como dois idiotas, sentia uma raiva crescente dentro de si. Era por causa de meninas imbecis como aquela que ela não estava mais com Luciano. Jamais o perdoaria por ter sido "dada de presente" ao velho Xerxes, que, graças a ela, agora repousava no fundo do oceano. Daria o troco em Luciano e Dominique, assim que tivesse uma oportunidade.

Quando desceram do bondinho, Roger colocou o braço sobre os ombros de Dominique enquanto caminhavam. O gesto mais íntimo a deixou estranhamente excitada, sensação que quase a encheu de vergonha. Aquela tarde fora suficiente para perceber que gostava de estar com o rapaz. Ao contrário de Luciano, para quem ela fingia sentimentos e sensações visando a agradá-lo, com Roger tudo era natural, espontâneo e verdadeiro.

Ao pararem diante da colorida Escadaria Selarón, Roger segurou as mãos de Dominique.

— Aqui encerramos nosso passeio. Vou chamar um táxi para nos levar de volta ao iate. Espero que tenha curtido nossa aventura.

— Foi maravilhoso, Roger. Acho que nunca me diverti tanto! — Ela baixou o olhar quando sentiu os dedos do rapaz entrelaçando-se aos dela. — Obrigada por me proporcionar esses momentos de alegria e descontração.

— Podemos sair amanhã de novo, se você quiser. Faltaram muitos lugares bacanas. — Ele soltou a mão dela para tirar o mapa dobrado do bolso da calça. — Veja só: a Pedra da Gávea, o Teatro Municipal, o Estádio do Maracanã, o Sambódromo Marquês de Sapucaí e até o Jardim Botânico. Isso sem falar nas praias, pelas quais passamos para tirar fotos, mas não entramos na água.

— Eu estou dentro. Vou para onde você quiser me levar.

Ela disse isso com tanta naturalidade que Roger se surpreendeu. Ela estava corada, alegre, com os cabelos longos jogados nos ombros. Ele guardou o mapa e voltou a segurar a mão de Dominique. Só que, desta vez, ele foi além. Puxou-a para junto de si e beijou-a com força nos lábios.

A já conhecida sensação de calor que Dominique estava sentindo transformou-se numa explosão arrebatadora, como a erupção de um vulcão expelindo lava para todos os lados. Ela abraçou-o, encostando seu corpo ao dele e retribuiu o beijo com avidez, como se há anos não fosse beijada por alguém. Quando percebeu que ele estava ficando excitado, teve de fazer um grande esforço para se afastar dele.

Keila, próxima dali, como se tirasse fotos da escadaria, havia registrado cada momento do beijo. Estava satisfeita, porque, no final das contas, alcançara seu objetivo.

— É melhor irmos embora. Estou um pouco desnorteada — comentou Dominique, afogueada e nervosa.

Roger não disse nada. Simplesmente sorria, como um adolescente ao beijar a namorada pela primeira vez, embora já tivesse dezenove anos. Era apenas nove meses mais velho que Dominique. Os dois passaram por Keila, que se virara de costas, e nem se deram conta de sua presença.

Quando pisaram no *Rainha do Mar*, Nélia os aguardava ali e percebeu que a Dominique acanhada que vira sair do iate nem de longe era a mesma que estava retornando. Ambos estavam animados demais, acesos como duas lâmpadas. Certamente, haviam se entrosado bem, talvez mais do que o necessário. Não sabia o que realmente acontecera entre eles, mas pareciam ser melhores amigos. Só esperava que ambos soubessem o que estavam fazendo.

Jantaram e se despediram. Diante de Tavares, Connor, Nélia e os dois seguranças que ficaram, Roger e Dominique se comportaram com discrição. Ao se separarem, ela seguiu diretamente para o chuveiro em seu quarto. Precisava jogar água gelada no corpo, para tentar aplacar as chamas que cresciam dentro dela. Permitiu que a água fria banhasse seu corpo por alguns instantes. Como alguém conseguia mexer tanto com seus sentimentos como Roger fizera, ainda que não intencionalmente?

Fechou o chuveiro e não se deu ao trabalho de se enxugar nem de se vestir. Sabia que já passava das vinte e duas horas, mas a agitação daquele dia lhe tirara o sono, apesar do cansaço que a acometia. Nua, pretendia ficar diante da janela para que a morna brisa marítima a secasse aos poucos. Às vezes, fazia isso só para provocar Luciano.

Foi assim que saiu do banheiro e mal conteve um grito de susto ao notar Roger ali, sentado em sua cama, olhando-a com um sorriso peralta nos lábios. Mas logo seu sorriso se transformou num semblante de excitação e prazer ao vê-la nua e molhada diante dele.

— O que... faz aqui? — Dominique balbuciou, mais entusiasmada por vê-lo ali do que constrangida.

— Eu vim secar você... com minha língua.

A partir dali, não houve mais nenhuma palavra. Ele a agarrou e a deitou sobre a cama, enquanto despia a si mesmo com uma rapidez impressionante. O rapaz deitou-se por cima de Dominique, que, pela primeira vez, se entregou de verdade a um homem, já que com Luciano o fazia apenas para contentá-lo e com Yago fora um ato grosseiro para proteger a própria segurança. Ela o recebeu e o mergulhou em um misto de prazer e paixão que Roger havia muito não experimentava. Fizeram amor por horas até que finalmente as energias deles se esgotaram e ambos adormeceram abraçados.

CAPÍTULO 34

Pierre estava esgotado quando entrou em seu apartamento. A clientela do *Água na Boca* diminuía a cada dia, sem que houvesse nada que ele pudesse fazer. Desde a noite dos escândalos, em que clientes afirmaram ter encontrado uma barata e um fio de cabelo misturados na comida, seguida por uma devastadora matéria no jornal local, que punha em dúvida a credibilidade e a higiene de um dos mais famosos restaurantes de Porto Alegre, só diminuía o número de pessoas que ainda optavam por almoçar ou jantar no local.

Além disso, com a publicação da reportagem no jornal, que incluía fotos do momento da confusão, Pierre recebeu a visita de funcionários da Vigilância Sanitária, que, obviamente, nada encontraram. Tudo atendia aos requisitos básicos de limpeza e conservação de alimentos. Mesmo assim, isso não foi o suficiente para restabelecer o público do *Água na Boca*. Cris, o chefe dos garçons, propôs ao patrão que lançasse promoções, inclusive divulgadas em jornais de maior circulação, o que também não surtiu o efeito desejado. Por ser um restaurante caro e requintado, se a situação permanecesse daquele jeito, em breve ele se veria forçado a demitir alguns funcionários, fato que o entristecia profundamente.

Brígida, fingindo não saber de nada, consolava Pierre com palavras de incentivo, dizendo que em breve aquela má fase passaria e o restaurante voltaria a brilhar. Intimamente, ela estava satisfeita com aquela situação, que saíra conforme havia planejado. Ver Pierre sofrendo a preenchia de satisfação, fazendo-a sentir-se vingada por ele a ter desprezado.

Extremamente triste com tudo aquilo, Pierre entrou em seu apartamento e seguiu diretamente para o sofá. Sentou-se, recostou-se e fechou os olhos. De repente, duas lágrimas escorreram. Tudo o que queria naquele momento tão difícil era o abraço da filha, poder ouvir sua voz e ver seu sorriso. Se não fosse cético quanto ao que não podia ser comprovado cientificamente, talvez se surpreendesse se soubesse que o espírito de Ingrid estava sentado ao seu lado, observando-o com pesar.

Desde que se viu na condição de desencarnada, Ingrid passou a culpar o pai por sua morte e decidiu se vingar dele. Até então, seu maior desejo era que ele sofresse, pois achava que estava morta por culpa de Pierre. Agora, ele estava ali, sofrendo por causa dos planos malignos de uma funcionária invejosa, ambiciosa e interesseira. E vê-lo naquele estado não lhe dava satisfação alguma. O que deveria fazer?

Ingrid sentiu uma mudança no ar, como se uma rajada de vento entrasse pela janela. Olhou para um canto da sala e viu um brilho forte e cintilante, que logo assumiu a forma de uma mulher. Era Marília novamente, que fez um sinal para que ela se aproximasse.

— Como você está? — Marília perguntou, com um sorriso sereno nos lábios.

— Já disse que não irei com você a lugar algum.

— Calma. Não precisa ficar tão armada. Podemos conversar?

Ingrid hesitou, mas deu de ombros. Não queria admitir o quanto sentia falta de conversar com as pessoas, de ser vista por elas e poder tocá-las. Não confessaria o quanto gostaria de estar fisicamente ao lado de seu pai.

— Da última vez em que nos encontramos, você me disse que pretendia destruir seu pai, pois acredita ter desencarnado por causa dele. — Marília caminhou devagar até o sofá. — Hoje, seu comportamento está bem diferente. O que houve?

— Só estou um pouco cansada. — Ingrid virou o rosto para o pai. — Era exatamente assim que eu desejava vê-lo. Sofrendo, chateado, entristecido. Não entendo por que não estou satisfeita.

— Porque seu pai é a pessoa que você mais ama — concluiu Marília.

Aquela frase pareceu deixar Ingrid ainda mais desnorteada.

— Eu não o amo! Eu morri por causa dele.

— Ele não a matou, Ingrid. Nós duas sabemos disso.

— Mas o acidente aconteceu porque eu estava nervosa. Havíamos discutido momentos antes.

— Do que você se lembra exatamente? Pode me contar?

Ingrid soltou um suspiro de resignação. Voltou a olhar para Pierre, que novamente secava as lágrimas no rosto. Ela própria teve vontade de chorar, porém, se conteve a tempo. Não queria dar a Marília a impressão de que era um fantasma chorão.

— Ele sempre foi a pessoa mais importante para mim. Nem mesmo com minha mãe eu tinha um vínculo tão forte quanto tinha com meu pai. Depois que eles se divorciaram e minha mãe se mudou para Brasília, onde vive até hoje com um deputado, decidi que moraria com meu pai. E, por incrível que pareça, tenho a impressão de que isso aumentou nosso amor. Formávamos uma parceria que sempre deu certo. Ele cuidava muito bem de mim, com tanto amor e carinho que às vezes eu nem achava ser merecedora.

Marília reparava no quanto os olhos de Ingrid brilhavam quando a jovem se referia ao pai, mesmo que ela própria não percebesse isso.

— Então, ele decidiu abrir o restaurante. Ele é formado em nutrição e fez diversos cursos de gastronomia, administração e gestão de pessoal. Muito dinheiro foi investido no estabelecimento, pois ele queria abrir um local voltado para pessoas com posses. Deu certo. Rapidamente, o *Água na Boca* tornou-se um dos melhores restaurantes da cidade. Várias matérias sobre ele foram publicadas em jornais e revistas. Um ano antes da minha morte, ele ganhou um prêmio. Celebridades eram constantemente vistas jantando por lá. Obviamente, para manter um local assim na ativa, angariando clientes e ostentando sua fama, é preciso dedicação. E foi o que ele fez. Pôs-se a cuidar do restaurante como se isso fosse a coisa mais importante de sua vida. Parecia até que fui colocada em segundo plano. Os negócios se tornaram a prioridade de meu pai. Ele pouco parava em casa e parecia nunca ter tempo para mim.

— Você acha que o restaurante afastou seu pai de você?

— Sim. Ele trabalhava demais, às vezes até dezoito horas por dia. Depois, decidiu que o restaurante abriria vinte e quatro horas, oferecendo café da manhã, almoço, lanche da tarde, jantar, ceia e pizzas. Por incrível que pareça, isso fez triplicar sua clientela. Ele dormia apenas duas ou três horas por noite. Quando conversávamos, o que também se tornou raro, ele me contava, sorrindo, que estava ganhando bastante dinheiro. Mas não era o que eu queria. Nunca fui ambiciosa nem desejava ficar milionária à custa do trabalho dele.

— O que aconteceu depois?

— Aposto que você já sabe de tudo isso e está me fazendo de besta, pedindo para eu repetir uma história cujo final já conhece.

— Gostaria de ouvi-la de você, Ingrid. — Sorriu Marília. — Quero conhecer sua versão dos acontecimentos.

— No dia em que completei dezoito anos, ganhei um carro. Aquilo me deixou feliz, mas não realizada. Meu pai não percebia o quanto eu sentia falta dele, o quanto seu distanciamento me entristecia. Nunca expus meus sentimentos, porque não queria que ele se sentisse culpado ou deixasse de conduzir o restaurante por minha causa. Ele sempre parecia tão feliz com o sucesso do *Água na Boca*... Eu não queria jogar um balde de água fria no sonho dele.

— Você nunca revelou seus sentimentos?

— Na noite em que discutimos, sim. Entrei em uma autoescola para tirar a carteira de motorista. O carro estava em nossa garagem, aguardando minha habilitação. Quando meu documento ficou pronto, eu o convidei para darmos uma volta pelo bairro. Seria meu primeiro trajeto como motorista oficial, e eu me sentiria ainda mais importante por levar comigo um passageiro, meu querido pai. — Novamente, o brilho ressurgiu em seu olhar. — Ele disse que não tinha tempo, pois estava contratando novos funcionários e os entrevistaria naquela noite. Eu saí sozinha, muito chateada com a resposta dele. Eu tinha muitas amigas a quem poderia convidar, mas a maioria delas também tinha os próprios veículos. Eu me sentiria uma tola, já que não era a mais perfeita das motoristas. Ainda estava bem crua ao volante.

Pierre levantou-se do sofá e Ingrid parou de falar. Ela o viu seguir na direção do banheiro. Ele parecia devastado, e a jovem queria confortá-lo. Marília, como se percebesse seu desejo, incentivou-a a continuar:

— O que houve em seguida?

— Em uma noite, eu acordei e o ouvi discutindo com alguém pelo celular. Ouvi a conversa atrás da porta e ele dizer algo sobre "mandá-la estudar na Europa e que as coisas mudariam daquele dia em diante". Ele ria e parecia empolgado com a ideia. Eu sabia que aquilo era comigo. Se eu fosse morar na Europa, ele poderia se dedicar ainda mais ao restaurante sem remorso por me deixar de lado. Tirei a camisola e coloquei uma roupa, essa que estou usando até hoje. Então, saí do meu quarto e o confrontei. Lembro-me das lágrimas caindo dos meus olhos.

— *Você quer que eu vá estudar na Europa? Por quê?* — eu perguntei, e ele desligou o telefone rapidamente.

— *Do que está falando?* — Ele fingiu espanto.

— *Eu ouvi tudo. Acha que sou alguma idiota?!* — Nervosa, eu falava aos gritos. — *Você me abandona mais a cada dia, e tudo por causa daquele restaurante metido a besta! Ele se tornou sua prioridade. Você dorme e acorda pensando naquela porcaria de lugar. Eu não significo mais nada para você. E, agora, quer me expulsar daqui.*

— *Ingrid, você está entendendo tudo errado. Posso me explicar?*

— *Eu sei quais são seus planos. Sua filha se tornou uma pedra em seu sapato. Mande-a viver na Europa, e todos serão felizes. Agora entendo por que me presenteou com aquela droga de carro. Quando damos um brinquedinho novo a uma criança, conseguimos distraí-la por algum tempo.*

— *Do que está falando? Eu nunca...*

— *Nunca o quê? Vamos, será que tem coragem de desmentir?*

— Notei que os olhos dele estavam ficando marejados de lágrimas, só que eu estava furiosa demais, cega de raiva, enciumada por causa de um restaurante.

— *Você não faz ideia do quanto eu sinto sua falta, sabia?* — continuei. — *Tomara que aquela porcaria de* Água na Boca *pegue fogo numa madrugada qualquer.*

— *Ingrid, acalme-se. Deixe eu me explicar. Você está fazendo uma grande confusão. Eu...*

— *Cale a boca! Não quero mais ouvi-lo. Odeio você. Odeio.*

— Rapidamente, apanhei minha bolsa e saí correndo do apartamento. Dentro dela estavam as chaves do carro. Desci as escadas e, quando alcancei o veículo, acelerei com força. Era noite, e eu dirigia com os olhos encharcados, porque não conseguia parar de chorar. Quanto mais eu pensava no fato de que ele queria se livrar de mim, mais eu chorava, mais estremecia. Acho que estava em uma velocidade acima do permitido para aquela região. Estava tão confusa... acho que peguei uma rua pela contramão. Só sei que era mão única, e eu continuei em frente. O caminhão surgiu bem na curva, ouvi o som de uma buzina muito forte, muito barulho, e me vi deste lado, machucada como estou até agora. Desde então, cinco anos se passaram. Eu não quis ser socorrida, pois voltei para me vingar dele. Como deve saber, meu pai não acredita que eu esteja viva. Eu soube que ele entrou em uma depressão profunda após minha morte, mas isso não me comoveu. Era apenas remorso por ter sido o responsável pelo acidente. Se ele não tivesse me deixado tão nervosa, eu nem teria saído de casa.

— E você ainda acredita que seu pai queria se livrar de você para administrar melhor o restaurante?

— Sim, tenho certeza disso. — Ingrid secou as lágrimas no rosto machucado.

— Qual a possibilidade de você ter agido por impulso após interpretar errado o pedaço de uma conversa que ouviu? Havia tempos, você vinha guardando dentro de si a indignação por acreditar que Pierre não parecia ter tempo para você. Isso pode ter acendido o pavio que a levou a explodir na noite do acidente.

— Eu não me enganei. Meu pai realmente queria se livrar de mim. Consigo sentir isso aqui dentro. — Deu um tapa forte sobre o peito. — Pelo menos, no fim, os planos dele deram certo. Eu morri e lhe restou o restaurante. Quem sabe agora que Brígida sabotou o local e os clientes parecem ter desaparecido, ele reflita sobre seus erros e se arrependa de tudo o que me fez.

— O que pretende fazer? Levar adiante seus objetivos de vingança contra Pierre?

Ingrid não respondeu. Em vez disso, encarou o chão e guardou silêncio.

— Da outra vez em que nos vimos, eu lhe fiz um convite e você ficou brava. Vou repeti-lo: gostaria de me acompanhar para que eu possa encaminhá-la a um tratamento? Você sabe que há muitos locais de recuperação no astral, voltados para os espíritos mais necessitados.

— Não quero nada. Eu estou bem aqui. E agora, se quiser ir embora, esteja à vontade. Já lhe dediquei mais tempo do que deveria.

Ingrid saiu na direção de seu quarto e atravessou a porta. Marília balançou a cabeça para os lados. A jovem ainda teria grandes surpresas, e Marília imaginou como o espírito da moça lidaria com elas.

Antes de sair dali, fez uma prece por Pierre e Ingrid. Em seguida, pensou na filha. Retornaria à cidade astral em que vivia, mas antes faria uma breve visita a Dominique, apenas para matar a saudade.

CAPÍTULO 35

Aquele fora mais um dia intenso no Rio de Janeiro. Dominique e Roger foram conhecer o Parque Lage, o Santuário de Nossa Senhora da Penha, e tiraram fotos em um mirante na Floresta da Tijuca. Saíram de manhã, almoçaram em um restaurante na Praia do Arpoador, onde também mergulharam na água e só retornaram ao iate para o jantar. Desta vez, passearam de mãos dadas e beijavam-se sempre que estavam em locais menos movimentados. Roger propôs que tirassem fotos para gravarem cada beijo que trocassem, mas Dominique achava que isso era arriscado. Preferia não guardar nenhum registro que, de alguma forma, pudesse cair nas mãos de Luciano.

Isso, contudo, não significava muita coisa, uma vez que Keila novamente os seguira, em êxtase com cada imagem dos dois pombinhos se beijando. Ela até achava que De Lucca merecia um par de chifres para aprender a tratar melhor suas amantes. Dominique, com aquela cara de idiota, fora mais esperta do que ela própria, que nunca traíra Luciano enquanto estiveram juntos.

De volta ao *Rainha do Mar*, Roger avisou que tomaria um banho e convidou Dominique para caminharem pela orla após o jantar, para aproveitarem a maravilhosa noite carioca, cujo ar muito quente se misturava à brisa suave e agradável do mar.

Dominique saiu do banheiro após se banhar, quando ouviu alguém bater à porta. Na noite anterior, Roger e ela estiveram juntos por várias horas, tentando agir com a maior discrição possível. Como ninguém havia comentado nada, ela tinha certeza de que não foram vistos juntos no quarto da jovem. Ele dissera que pretendia retornar nesta noite, mas Dominique sugeriu que ele aguardasse. Embora desejasse fazer amor com ele, receava ser vista e denunciada a Luciano. Já bastava a chantagem que Yago lhe fizera.

— Pode entrar. — Ela estava enrolada em um roupão que tinha a mesma cor do mar em volta do iate.

Nélia surgiu com um sorriso nos lábios. Ela sempre parecia estar bem-humorada. Era a funcionária de Luciano de que Dominique mais gostava.

— O jantar está pronto, Nélia?

— Daqui a pouco. Tavares, além de médico, também tem grande habilidade na cozinha. Pedi que ele terminasse de preparar tudo, enquanto eu vinha conversar com você.

O tom de Nélia estava sério e firme, o que preocupou Dominique.

— Aconteceu alguma coisa? Você me parece preocupada.

— Você é quem deveria estar preocupada, minha querida. O que pretende envolvendo-se sexualmente com o filho do seu amante?

A notícia de que o iate estava afundando em mar aberto não teria causado mais devastação em Dominique do que ouvir aquela pergunta. Seu rosto perdeu toda a cor, e ela apertou o roupão com força para disfarçar o tremor das mãos.

— Eu...

— Não precisa negar. Não sei se os outros já perceberam, mas é algo tão evidente que qualquer criança notaria.

— Como assim evidente?

— Você está se apaixonando por Roger, não é mesmo?

A lividez no rosto de Dominique cedeu espaço para uma vermelhidão violenta.

— Por que diz isso?

— Querida, não vim aqui julgá-la, ameaçá-la de contar tudo ao meu patrão ou deixá-la assustada com o que eu percebi. O que pretendo é orientá-la. Sei que não é possível controlar os sentimentos nem dominar o coração. Se você e Roger realmente estão gostando um do outro e isso os fizer felizes, só posso pedir a Deus que abençoe essa união. Já lhe disse que você é diferente das outras garotas que De Lucca trouxe para cá, assim como lhe disse que notei que você não me parecia feliz aqui. Se veio, foi por aceitar a proposta de Luciano, que, por alguma razão, lhe pareceu sua melhor saída, ou nem teria vindo. Já sabe exatamente qual é o seu papel neste lugar e o que deve fazer ou não para agradá-lo e prolongar sua permanência com ele.

— Desculpe, Nélia, sei que estou errada. — Assustada, Dominique começou a chorar. — Também sei o que Luciano será capaz de fazer comigo se souber o que Roger e eu fizemos.

— Seu erro não é se apaixonar por Roger. — Nélia estendeu as mãos para segurar as de Dominique. — Ele tem sua idade praticamente, é bonito, divertido e inteligente. Além disso, Luciano a força a manter intimidades com ele, e você o faz para agradá-lo. Com Roger, seus sentimentos fluem, porque são naturais. Você não precisa fingir nada.

— Acho que só estou saboreando cada momento. Ele retornará aos Estados Unidos dentro de poucos dias e, quando voltar ao Brasil, não sei se ainda estarei com Luciano. Nunca namorei nem me apaixonei antes, mas reconheço o quanto é bom ansiar para que o tempo passe depressa apenas para estar com a pessoa da qual gostamos.

— Você já conversou com Roger sobre isso?

— Sobre como serão as coisas quando o pai dele voltar? — Dominique enxugou o rosto.

— Isso mesmo. Você sabe que não será possível estar com ele. Luciano nunca permitiria. Ademais, Roger tem uma vida estabilizada no exterior. Estuda e trabalha em outro país. Organizou a vida dele desde que deixou a mãe e assumiu sua independência.

— Eu bagunçaria tudo isso — admitiu Dominique.

— Mesmo que você enfrentasse Luciano pelo filho dele, não sabemos quais são os planos de Roger a seu respeito. Noto que você está bem envolvida com ele, mas o que Roger realmente pensa sobre isso? Pouco conheço aquele menino, porém, e se ele for como o pai, que, a cada temporada, seleciona mulheres com quem gosta de desfrutar bons momentos? Mesmo que ele tenha negado, não sabemos se ele namora alguém em Las Vegas ou se pretende assumir um relacionamento com você. Não quero que sofra, minha menina. É por isso que vim aqui. Quero que mantenha seus pés no chão e encare a realidade.

Dominique inclinou o corpo para frente e abraçou Nélia com força. As duas permaneceram juntas por alguns instantes, enquanto Dominique tentava aplacar o pranto. Será mesmo que Roger só estava usando-a? Seria ele exatamente como o pai? Quando Luciano regressasse, Roger demonstraria que Dominique não tinha importância alguma para ele e voltaria para os Estados Unidos praticamente esquecido de que ela existia?

— Não sei o que fazer, Nélia. — Dominique afastou-se da funcionária e foi até a janela. A lua cheia, linda como um olho de prata, refletia-se de forma trêmula nas águas escuras do mar. — Você está certa. Acho que estou me envolvendo depressa demais, sem enxergar as consequências futuras. Quando eu me reencontrar com Roger, direi a ele que não podemos mais sair ou ficar juntos, até que o pai dele regresse. Minha vida já foi marcada por muito sofrimento até aqui. Quero ter dias de paz e não de tristeza ou angústia.

— Lembre-se do que lhe falei há pouco. — Nélia foi até Dominique, parou atrás da moça e colocou uma mão em seu ombro, num gesto de conforto. — Não conseguimos controlar nossos sentimentos pelas pessoas. Mesmo que sua mente seja racional e você queira dar um basta em sua relação com Roger, antes que você se machuque, seu coração agirá de outra forma, incentivando-a a se apaixonar, a se envolver ainda mais e deixar o amor ganhar espaço. Não serei eu quem dirá o que você deve fazer. Procure dentro de si as respostas para seu dilema. Converse com Deus por meio de uma oração singela e exponha seus sentimentos. A resposta sempre chega, e você saberá o que realmente deve fazer.

Dominique lembrou-se de Augusto e Alessandra, que também haviam lhe falado sobre a importância da oração. Ela sabia que precisava rezar mais, acreditar mais no bem e na positividade e ter mais fé no poder do invisível.

— As pessoas, quando morrem, sempre vão para algum lugar? — ela perguntou de repente, fitando os outros iates ancorados ali.

— Nem todas. Há aquelas cujo espírito permanece no corpo físico ou se mantém no local em que morreram. Cada um atrai para si aquilo que pratica e em que acredita. O local para onde iremos após o desencarne será de acordo com nossas crenças e nossas ações no plano físico. Existem, no astral, regiões escuras, sombrias e muito tristes, para onde vão pessoas cuja consciência, por diversas razões, as faz sentir afinidade com tal espaço. Outras conseguem estar em cidades espirituais muito mais evoluídas.

Dominique pensou em Silvério e em Pascoal, ambos assassinados num curto espaço de tempo. Junto do corpo de Silvério, de acordo com Alessandra, encontraram um bilhete falando algo sobre um estuprador a menos no mundo. Não houve testemunhas que presenciaram o ato em si, pelo menos não que ela soubesse, e a única pessoa com quem se abrira e para quem revelara a verdade fora Luciano. Ele também era o único que sabia das maldades que Pascoal lhe fizera. O que deveria pensar e concluir sobre isso? E, se analisasse do ponto de vista espiritual, para que tipo de lugar esses dois homens haviam ido após seu espírito deixar o corpo físico?

— O que acontece com as pessoas que morrem no mar? Por exemplo, se um navio naufragar e não houver sobreviventes, os espíritos que permanecerem no local do acidente ficarão onde? Dentro do navio, no fundo do oceano ou nadando eternamente?

— Por incrível que pareça, já houve diversos relatos envolvendo situações distintas. Há alguns anos, um barco pesqueiro com sete passageiros afundou na região do litoral norte de São Paulo. Ninguém sobreviveu. Tempos depois, surgiram relatos de pescadores, em que diziam ter visto espíritos sobre as águas, como se flutuassem sobre elas. Outros relataram ter visto alguns dos homens mortos caminhando sobre a areia, totalmente desorientados. Há até algumas versões mais exageradas em que contam ter avistado até o próprio barco desaparecendo em meio à neblina do mar.

— E o que você acha que aconteceu com essas pessoas?

— Alguns podem ter sido resgatados e encaminhados a lugares de refazimento no astral. Como lhe disse, há muitos lugares especializados nos mais diversos tipos de desencarne. Por exemplo, há casas de socorro que atendem os que deixaram o corpo físico devido ao uso excessivo de drogas, bem como os que chegaram lá após acidentes violentos ou grandes tragédias, os que foram assassinados, os que desencarnaram ainda em terna idade, e por aí vai. Os outros, que por alguma razão permaneceram no plano carnal, podem ter continuado presos no corpo físico, inclusive sentindo as impressões da carne ou vagando no local do acidente.

Apenas por instinto, Dominique encarou o mar novamente, como se esperasse avistar algum desencarnado ali.

— Um espírito pode permanecer no corpo mesmo após a morte?

— Sim, e isso é mais comum do que você imagina. Eles sentem o corpo se deteriorando aos poucos e sendo consumido pelos vermes da terra. É muito triste e doloroso. No caso daqueles que morrem na água e continuam presos ao corpo, com certeza experimentam todas as sensações de um afogamento, pouco antes de os peixes os devorarem. Nesse caso, eles também sentem as dores das mordidas como se ainda estivessem vivos.

— E por que isso acontece?

— Os motivos podem ser os mais variados. Há aqueles que continuam no corpo por serem apegados à matéria, por não acreditarem em vida após a morte, por temerem o desconhecido, para se esconderem de espíritos vingativos... A ajuda do bem sempre existe, mas nem todos estão dispostos a aceitá-la. No mar, há tantos espíritos perdidos quanto no continente. A quantidade de embarcações que está no fundo do mar é muito maior do que você pensa, se contarmos desde os primórdios da história. Pode parecer assustadora a ideia para alguns, mas o mar também pode ser assombrado. Esses espíritos permanecem lá até hoje. Alguns vivenciam um eterno ciclo de afogamento, outros realmente conseguem nadar, outros apenas transitam normalmente pelo leito do oceano, uma vez que se libertaram das sensações físicas e não precisam mais do nosso oxigênio para respirar.

— Acho que nunca mais vou encarar o mar da mesma forma.

— De qualquer forma, não há o que temer. Existem espíritos em qualquer lugar. Pode haver alguns inclusive aqui, neste iate, observando nossa conversa.

— Eu não tenho medo. — Mesmo assim, Dominique olhou rapidamente para os lados.

— E nem precisa temê-los. Os espíritos são pessoas como nós duas, que agora vivem num outro plano de existência. Algo simples, tranquilo, sem mitos ou fantasias. Quando desencarnarmos, também seremos como eles — Nélia piscou um olho.

— Entendi. Obrigada por ter vindo conversar comigo e me ensinar um pouco mais sobre espiritualidade. Roger me convidou para caminharmos na orla após o jantar. Direi que não estou me sentindo bem e permanecerei no quarto. Penso que, se eu puder evitá-lo, de forma a não chateá-lo, não teremos problemas maiores no futuro.

— Faça como achar melhor, respeitando a vontade do seu coração. — Nélia a abraçou de novo. — Aguardo você para o jantar dentro de quinze minutos.

Depois que Nélia saiu, Dominique sentou-se na cama, pensativa. Não fazia ideia de que realmente havia um espírito ali e que se tratava de sua mãe, Marília, que acompanhara o diálogo entre as duas e ainda inspirara Nélia a dizer algumas palavras à jovem.

— Aja com cautela e inteligência, meu amor. Negar seus sentimentos por Roger é inútil. O amor de vocês ultrapassa a linha das encarnações. Ele não quer brincar com seus sentimentos. Saiba que ele também a ama. Não a deseja como um brinquedinho passageiro. Intimamente, você já reconheceu isso. No entanto, você sabe que, em nome desse amor, será preciso superar inúmeros desafios e alguns deles serão bem difíceis. Rogo a Deus que Luciano permita o envolvimento de vocês. Rogo também que possa ser feliz novamente ao lado de seu companheiro de vidas passadas.

Dizendo isso, Marília beijou carinhosamente a testa da filha antes de partir.

Dominique não ouviu nenhuma palavra, mas, repentinamente, experimentou uma sensação agradável percorrê-la por dentro. Pensou em Roger e ansiou por vê-lo. Seu coração batia mais depressa, quando a imagem do rapaz vinha à sua mente. Estava confusa, presa no limite da decisão entre abandoná-lo e entregar-se de corpo e alma à relação.

Outra batida surgiu na porta. Provavelmente, era Nélia novamente, avisando que o doutor Tavares terminara o jantar mais cedo do que o previsto. Ao abrir, foi envolvida subitamente pelos braços magros, porém musculosos de Roger. Ele empurrou-a para dentro com força, enquanto a puxava para si e preenchia os lábios dela com sua boca. Dominique, que ensaiara algumas formas de dispensá-lo, viu-se tão envolvida que não soube como recusar suas carícias.

— O que está fazendo aqui? Por acaso, endoidou de vez?

— Escapei dos olhares dos guardiões para ficar com você. Não vou conseguir esperar, Dominique. Meu corpo anseia pelo seu. — Roger a beijou diversas vezes nos lábios, conduzindo-a até a cama. — Acho que amo você, sabia?

— Eu já tenho certeza. Amo você, Roger — Dominique declarou, nem um pouco arrependida de dizer tais palavras.

Ao perceber que nem Roger e nem Dominique iriam jantar, Nélia inventou um pretexto qualquer aos outros homens e desejou sinceramente que os dois jovens pudessem desfrutar do amor que os unia e que ninguém tentasse separá-los.

CAPÍTULO 36

Confortavelmente instalada em um sofá de couro, que ficava debaixo de uma cobertura de vidro fumê, do lado externo de seu reluzente iate, Keila acompanhava com o olhar o movimento de algumas gaivotas, que davam voos rasantes à caça de peixes. Se pudesse utilizar a espingarda que Xerxes lhe deixara de herança, bem como aquela embarcação e alguns imóveis espalhados pelo continente, atiraria nas aves apenas para ter o prazer de vê-las explodir em pleno ar.

Se pudesse, também atiraria em algumas pessoas.

A questão era que uma espingarda era uma arma grande, indiscreta e barulhenta. Não havia como escondê-la nem era possível caminhar com uma na rua. Se realmente desejasse levar adiante seus planos de vingança contra Luciano, era melhor conseguir algo bem menor e silencioso. Nada de testemunhas para seus objetivos secretos.

Dalva, a funcionária que trabalhara para Xerxes durante décadas e que deveria ser a pessoa mais velha ainda viva que Keila conhecia, aproximou-se com uma bandeja na qual havia um copo com uma bebida azulada e algumas torradas com creme de mirtilo.

— Dona Keila, trouxe algo para distraí-la, do jeito que a senhora gosta. — Dalva pousou a bandeja numa mesinha diante da patroa.

Keila encarou a bandeja com desinteresse e voltou a focar nas gaivotas.

— Ótimo. Agora dê o fora daqui.

— Há algo mais que eu possa fazer pela senhora?

— Eu acabei de falar: saia da minha frente, velha idiota.

Dalva empalideceu um pouco, seus olhos encheram-se de lágrimas, e ela se afastou depressa. Não tinha família vivendo no Brasil e o que ganhava de aposentadoria não seria o bastante para sustentá-la. Era por isso que suportava calada as humilhações de Keila, que parecia sentir um prazer mórbido em desprezar as pessoas que lhe serviam.

Dando pouca importância àquilo, Keila pensou em Luciano, em sua amante insossa e na relação da jovem com Roger. Apesar de ser uma mocinha sem graça, era esperta o bastante para se envolver com o pai e com o filho. Certamente, estava interessada na grana dos De Lucca, portanto, sairia no lucro se fisgasse qualquer um deles em definitivo. Keila tinha certeza de que Dominique arranjaria um jeito de engravidar de um dos dois, para garantir uma vida confortável e segura por muitos anos.

E isso era exatamente o que Keila não deixaria acontecer. Um dia, no passado, Luciano a servira a Xerxes, exatamente como as torradas que Dalva acabara de lhe trazer. Logo depois, ele estava com uma moça linda, com seios siliconados e glúteo avantajado. Pouco se importara com seus sentimentos, ao "doá-la" a um velho de mil anos de idade. Keila o faria se lembrar disso, em breve, muito em breve.

Aproveitando-se do fato de que havia sinal de sua operadora móvel no celular, pois estava ancorada em um píer no Rio, telefonou para um dos seus contatos mais importantes. Jefferson, ou apenas Jeff para ela, era um dos facilitadores de produtos ilícitos da capital carioca, como ele mesmo gostava de ser nomeado. Trocando em miúdos, ele era um dos traficantes mais perigosos e atuantes de uma grande comunidade da região. De vez em quando, quando cruzava a costa do Rio de Janeiro com seu iate, Keila o contatava para que pudessem aproveitar alguns momentos a dois. Ele não era bonito, mas era sensual e a excitava com seu corpo musculoso. Além disso, era conveniente para ela manter amizade com alguém tão influente quanto ele. Nunca se sabia quando precisaria de algum favor.

Jeff atendeu à ligação no segundo toque, porém, não disse nenhuma palavra. Ele nunca dizia nada enquanto a pessoa do outro lado da linha não se identificasse primeiro. Segurança e cautela vinham sempre em primeiro lugar, segundo ele lhe dizia.

— Sou eu... Keila. Durante os próximos dias, estarei aqui, no Rio de Janeiro, e gostaria de vê-lo. Estou com tanta saudade... — ela ronronou como uma gatinha.

— Eu estava pensando em você esses dias e, quando me lembro do que já fizemos, fico daquele jeito! — Jeff completou a frase com uma risada maliciosa.

— Vamos nos ver hoje? Estou nua à sua espera. Venha esquecer-se de seus problemas.

Ela sorriu, quando percebeu que ele engolira em seco do outro lado. De fato, os homens reagiam sempre do mesmo jeito ante a provocação sexual de uma mulher.

— Darei um jeito de estar aí por volta das dezenove horas.

— Jura? Estou tão feliz! — Keila simulou uma vozinha tão doce que quase a irritou. — Vou pedir que a infeliz da minha funcionária lhe prepare um prato saboroso, pois, mais tarde, eu serei seu prato principal.

— Mal posso esperar por isso, minha gostosa.

Era hora de esquentar as coisas um pouco mais:

— Sabe, Jeff, queria lhe pedir um favor. Na verdade, gostaria de ouvir um conselho seu...

— Um conselho? Agora você me fez me sentir importante — ele riu novamente.

— Você sabe que administro meu iate praticamente sozinha. Sou a comandante, a segurança, a mecânica, tudo por conta própria. Dalva cuida da limpeza, da organização e da alimentação. Somos só nós duas, e ela já tem mais de oitenta anos, ou seja, não serviria para muita coisa se eu fosse ameaçada.

— Do que está falando?

— Serei sincera: recentemente, tive um caso passageiro com um rapaz no litoral de Florianópolis. Ele é bem mais jovem que eu, mas desfrutamos de bons momentos. Quando eu lhe disse que não pretendia manter nenhum compromisso oficial, o sujeito me ameaçou e disse que eu não viveria para ficar com outros homens, caso não fosse dele. — Keila modificava o tom da voz à medida que falava. Agora, demonstrava medo e agitação em suas palavras mentirosas. — Ontem, recebi um telefonema desse cara... Ele disse que sabe que estou no Rio de Janeiro e que pretendia vir me encontrar. Jeff, estou um tanto preocupada.

— Isso é fácil de resolver. Diga-me o nome desse mané e onde posso encontrá-lo em Floripa. Tenho contatos lá, que me devem favores e podem resolver essa questão em poucas horas.

— Eu sei, mas não gostaria de resolver desse jeito. Preciso me defender sozinha, pois eu criei toda essa situação. Se eu tivesse um revólver pequeno, com silenciador, com certeza me sentiria segura e protegida. Eu mal sei usar a velha espingarda que Xerxes me deixou.

— Acha que isso resolveria a questão?

— Não acredito que ele realmente terá tanta ousadia de vir aqui tentar me acuar, contudo, se vier, farei uso da minha arma. Só tenho a intenção de feri-lo, caso ele queira me machucar. Não sou uma assassina, Jeff. — Ela alterou a voz de novo, que se tornara um murmúrio choroso.

— Fique calma. Estarei com você hoje e levarei um brinquedinho para sua segurança. É tão pequeno que cabe em sua mão e é mais silencioso do que o estalar de dedos. Creio que seja isso que você esteja procurando.

— Muito obrigada. Eu sabia que poderia contar com você. Ai...

— O que foi, Keila?

— Nada. Só senti uma coceira em uma região do meu corpo muito bem conhecida por você. Acho que é ansiedade para que você a toque com sua língua.

Jeff começou a falar sobre uma série de propostas eróticas que pretendia desenvolver com ela quando se vissem à noite, enquanto Keila ria baixinho. Sim, definitivamente os homens eram todos iguais. Aquele, pelo menos, lhe traria exatamente o que ela desejava para a concretização de seu plano contra Luciano.

Quando Cida abriu os olhos, viu um quarto branco e notou que era a única pessoa nele. Notou também uma mesinha de cabeceira com um vaso com flores, uma jarra com água sobre ela, uma janela que dava para um espaço de onde ouvia o chilrear alegre de pássaros e uma energia tão gostosa e salutar que ela se sentiu instantaneamente bem.

E soube que havia desencarnado.

Cida sentou-se na cama em que estava e estudou melhor o ambiente. Ela já lera diversos romances espíritas que descreviam cenário semelhante, no qual muitas pessoas eram recebidas após deixarem seu corpo físico. Ela sempre acreditou na existência de vida após a morte, portanto, se ela realmente estava no plano espiritual, provavelmente reencontraria amigos e parentes que chegaram ali antes, principalmente, sua amada filha Marília. Deus, em Sua infinita bondade e sabedoria, poderia dar melhor presente às pessoas do que a possibilidade de rever aqueles que já haviam morrido, descobrindo que eles permaneciam mais vivos do que nunca?

A porta abriu-se, e alguém entrou devagar. Quando voltou o rosto para aquela direção, Cida abriu um largo sorriso, ao mesmo tempo que derramava lágrimas de emoção. Ali estava Marília, tão linda quanto sempre fora até adoecer e vir a óbito devido a uma grave infecção pulmonar. Sim, Deus era mesmo maravilhoso!

— Mãe, que saudade!

Marília correu até a cama, e elas se uniram em um abraço forte, apertado, chorando e sorrindo ao mesmo tempo. Cida deslizou as mãos pelo rosto de Marília, que a beijou várias vezes na face.

— Você está tão linda, meu amor! Como é bom revê-la assim, tão bela e feliz. Dominique e eu sentimos tanto sua falta, Marília.

— Eu também senti falta de vocês. Quando cheguei aqui, confesso que não aceitei de imediato a ideia de deixar para trás minha mãe e minha filha amada de apenas oito anos à época. Pensei em voltar para ficar próxima de vocês, mas me convenceram de que isso não seria produtivo para nenhuma de nós. Hoje, vejo o quanto a presença de um espírito desequilibrado próximo de um encarnado abala a ambos. O sofrimento só se torna maior. — Marília pensou em Ingrid obsediando Pierre e sofrendo mais do que o próprio pai.

— E como está Dominique? Ela mentiu para mim, mas sei que foi para me proteger. Ela...

— Acalme-se, mãe. Está tudo bem. Dominique deu início a uma nova fase em sua vida, que já estava prevista para acontecer. Envolveu-se com pessoas com quem já esteve em encarnações passadas, principalmente com seu grande amor, que hoje se chama Roger.

— Ela arrumou um namorado? — Cida arregalou os olhos. — Que menina danada!

As duas riram e se abraçaram de novo. A alegria por se reverem era tamanha que, se pudessem, passariam os próximos dias abraçadas uma à outra.

— Ele não é exatamente um namorado, mas logo falaremos sobre isso. Por enquanto, vou pedir a um médico que venha até aqui conferir se está tudo bem com seu corpo astral ou se necessitará de cuidados. À primeira vista, você me parece perfeita.

— Estou me sentindo ótima, querida. Sei que o AVC que me trouxe para cá é uma doença que ficou com meu corpo de carne. Aqui, não existem doenças.

— Existem, sim, para aqueles que acreditam nelas. No umbral, por exemplo, a quantidade de espíritos que se mostra doente, tanto fisicamente quanto psicologicamente, é gigantesca. Aqui, no astral, os males físicos podem se refletir no perispírito de cada um, dependendo da consciência que cada um traz. A cabeça coordena tudo, tanto na Terra quanto aqui. Mente positiva, corpo saudável.

— Entendi ou acho que entendi. Só o que me importa saber é se Dominique está bem. Ela era muito apegada a mim — explicou Cida.

— Eu sei e sempre lhe serei eternamente grata por ter criado tão bem nossa menina. Ela passará por grandes desafios, nos quais sua fé será testada, e precisará seguir o coração para alcançar os melhores resultados.

Alguém bateu na porta, e Marília autorizou a entrada. Um rapaz jovem, com um lindo sorriso num rosto imaculadamente bonito, entrou com uma tigela nas mãos.

— Este é o Felipe, que irá examiná-la, mãe. Logo depois, a senhora tomará o caldo que ele lhe trouxe, que revitalizará suas energias.

— Ah, não. Havia tantos médicos me examinando quando eu estava na Terra e aqui também é a mesma coisa? Não acredito!

Cida cruzou os braços e esboçou uma careta engraçada, fazendo todos rirem.

Manuela estava sentada em sua cama, observando Salvador dormindo em um sono agitado, pois, a todo instante, o cãozinho estremecia, como se estivesse sonhando que estava sendo maltratado. Isso a fez agachar-se perto dele e afagar carinhosamente sua cabeça. O contato com o pelo do animal lhe trouxe uma sensação gostosa.

Quando virou o rosto para trás, enxergou seus remédios na mesa de cabeceira e percebeu que ainda não os tomara naquele dia. Quando não se medicava, ficava ainda pior. Via-se agitada, assustada, insone e muito nervosa. Eles a acalmavam e a faziam se esquecer, temporariamente, de seu desânimo pela vida.

Quando se voltou novamente para o cachorro, quase pulou ao notar Viola parada ali, com um sorriso brilhante na boca.

— Que susto! Você parece uma assombração! Deveria bater antes de entrar.

— Assombração parece você com esses cabelos desalinhados, essa camisola da década de 1930 e essas olheiras tão escuras que a fazem se parecer com um urso panda. Quando vai melhorar seu visual? — dizendo isso, Viola agachou-se também e acariciou os pelos esburacados na lombar de Salvador.

— Não invente. Não tenho que mudar nada em mim. Estou bem desse jeito.

— Bem para colocar medo nas pessoas. Se eu estivesse sozinha, andando pela praia à noite e, de repente, me deparasse com você desse jeito em meu caminho, seria capaz de correr por três dias seguidos, gritando por socorro em altos brados.

Manuela tentou fazer uma cara feia, mas acabou mostrando um sorriso fraco.

— Eu gostaria de odiá-la por me falar essas coisas, mas, infelizmente, eu a amo, Viola. E você se aproveita disso.

— Veja pelo lado bom das coisas. Nesta casa, depois que Roger foi para o exterior, você se tornou sozinha, contando apenas com Jordânia e Fagner, que, aliás, é um delicioso funcionário.

— Viola, contenha-se! Você se tornou viúva há poucos dias.

— Meus hormônios não sabem disso! — Viola soltou uma gargalhada animada. — A questão é que a família aumentou. Primeiro, com minha chegada, linda e plena, vinda da França. E agora com Salvador, o cachorrinho maltratado e sofredor que a impediu de se afogar. Eu adoro ouvi-la me contar que deu umas madeiradas nos garotos que o atacaram.

Manuela assentiu, e, desta vez, seu sorriso foi maior.

— Agora é a vez de você se cuidar, minha irmã. Você precisa se valorizar. Infelizmente, Luciano e Roger não voltarão mais para cá. Quando entenderá isso, para que possa colocar uma pedra nesse ponto?

— Para quem eu me valorizaria? Exceto você, Jordânia e Fagner, as pessoas nem sabem que eu existo.

— Penso que nem você sabe que existe, Manuela. O que aconteceu com aquela mulher alegre, com a qual convivi durante minha vida inteira? Com aquela veterinária que salvava a vida de tartarugas, chinchilas, ouriços e até cobras? Onde foi parar a mãe que transformou Roger no garoto maravilhoso que ele se tornou? Tudo morreu? Tudo foi perdido com a chegada de uma depressão que está matando-a aos poucos? Pretende continuar se medicando até que a dor da tristeza e do vazio seja forte o bastante para fazê-la suicidar-se? Dê-se a devida importância, minha linda. Valorize-se! Faça isso por si mesma. Isso é o suficiente.

— Não tenho mais vontade de fazer nada.

— Mas eu tenho e farei isso por você.

— Não quero, Viola. Tenho medo. Eu me tornei uma pessoa medrosa.

— Quem joga fora os medos descobre um valor imenso na coragem. — Viola levantou-se e fez um sinal para que a irmã fizesse o mesmo. — Tire essa camisola horrorosa agora mesmo.

— Não vou ficar nua diante de você.

— Sou sua irmã mais velha e não o bonitão do Fagner. Vamos, me obedeça.

Resignada, apenas porque queria acabar com aquilo de uma vez, Manuela tirou a camisola e ficou nua. Um rubor violento coloriu seu rosto. Quase rindo daquela situação, Viola parou perto do guarda-roupa e estudou-o com atenção.

— Procure o vestido mais lindo que encontrar.

— Para quê? Eu não vou a lugar algum... — Mas, ao encontrar o olhar apertado de Viola, Manuela não discutiu mais. Estudou os variados vestidos pendurados em cabides. Havia anos não usava nenhum deles.

257

— Deixe-me ver esse vermelho. — Viola parou atrás da irmã, esticou o braço e tocou no tecido da roupa. — Não, precisamos de algo mais leve. Que tal esse azul-celeste?

Manuela tirou o vestido do cabide e colocou-o diante do corpo. Viola soltou um assovio de admiração, provocando:

— Vista pelo menos uma calcinha, criatura. Ou quer bancar a pelada de Angra dos Reis?

Quase como um robô, Manuela colocou o vestido sobre a cama e escolheu uma lingerie branca e simples. Em seguida, pôs o vestido, ouvindo os resmungos de aprovação de Viola.

— Meu Deus! Que gata você ficou! Se eu fosse um homem e não fosse de sua família, com certeza transaríamos nessa cama até você se esquecer de seu nome!

— Viola, você só diz besteiras! — Manuela riu.

— O próximo passo é modificar esse penteado. Nem mesmo um ninho de pombo é tão desorganizado quanto os seus cabelos. Outro dia, eu escutei Jordânia dizendo a Fagner que fez um curso de cabeleireiros. Você sabia disso? Aposto que não.

— Eu não converso tanto assim com eles.

— Pois deveria. Chame Jordânia e diga que quer um tratamento completo de beleza.

— Não vou fazer isso.

— Então, eu farei. Porém, vou pedir a ela que faça outras coisas além de apenas arrumar seus cabelos. — Viola girou o corpo e fez menção de sair.

— Espere. Eu vou chamá-la, ou você não me dará paz.

Manuela saiu, e Viola sentou-se na cama com um sorriso de vitória nos lábios. Quando a irmã retornou na companhia de Jordânia, ouviu-a perguntar com timidez:

— É verdade que você também é cabeleireira? Acho que a ouvi falar isso.

— Sou, sim. A senhora gostaria de alguma coisa?

— Poderia cortar meu cabelo e pintá-lo com uma cor que me surpreenda?

— A senhora quer mudar seu visual? — Jordânia esbugalhou os olhos.

— Sim. Meus cabelos estão feios!

— Acho que tenho uma tintura em meu quarto. Vou pegar. A propósito, belo vestido, dona Manuela.

— Você se sente bem quando é elogiada? — perguntou Viola, quando a funcionária saiu.

— Acho que sim. Experimento uma sensação boa.

— Essa sensação vai aumentar quando você se olhar novamente no espelho.

Duas horas depois, Jordânia finalizou seu trabalho. Manuela, que permanecera de olhos fechados durante todo o tempo, criou coragem para se encarar no espelho, antes que a irmã a beliscasse para que fizesse isso.

Ao ver seu reflexo, sua boca abriu-se e não fechou mais.

Os cabelos escuros e desmazelados deram lugar a um corte na altura das orelhas, levemente encaracolados e loiríssimos, sob o efeito de luzes douradas. Suas sobrancelhas estavam mais finas e um batom de cor de pêssego coloria seus lábios. Manuela custou alguns segundos para reconhecer-se na imagem que a fitava.

— Gostou, dona Manuela? — Quis saber Jordânia.

— Se eu gostei? Acho que estou apaixonada por mim mesma. Obrigada pelo trabalho que teve comigo.

— A senhora ficou linda! — elogiou Jordânia antes de deixá-la a sós com a irmã.

— Viola, não sei o que lhe dizer...

— Você está se sentindo viva novamente! Está saindo da escuridão para a luz e despertando para as belezas da vida outra vez. Não sabe o quanto isso me alegra.

Mais tarde, naquele mesmo dia, Manuela confrontou seus medicamentos sobre a mesa de cabeceira. Salvador latia para ela, e sua cauda agitava-se um pouco. Seus olhinhos, sempre muito tristes e assustados, demonstravam o primeiro sinal de alegria genuína desde que ela o levara para casa. Ele também pareceu feliz por vê-la com seu novo visual. Então, Manuela olhou novamente para seus remédios, que pareciam convidá-la a ingeri-los.

No dia seguinte, quando foi ao quarto da patroa para limpá-lo, Jordânia encontrou todos os medicamentos no cesto de lixo.

CAPÍTULO 37

Pierre ouviu a campainha de seu apartamento tocar e levantou-se pesadamente de sua cama. Seus olhos estavam avermelhados, denunciando o choro que o acometera minutos antes. Apenas sete clientes estiveram no *Água na Boca* durante o jantar e menos do que dez apareceram no horário do almoço. Gradativamente, seu público diminuía. Ele já tentara de tudo para reverter a situação, mas não obtivera sucesso até o momento.

Parada à porta estava Brígida. Vestia-se de preto, calçava sapatos de salto agulha, soltara os cabelos e não maquiara o rosto. Ao notar o olhar do patrão, uma alegria pérfida a invadiu por dentro, satisfeita por ter conseguido dar o troco nele. Agora, fora até ele para mostrar seu lado amigo e compreensivo, dizendo que faria tudo para que o restaurante voltasse à sua época de ouro e glória.

— Aconteceu alguma coisa, Brígida? — Pierre não costumava deixar que ambos se ausentassem ao mesmo tempo, mas, quando isso acontecia, era Cris quem assumia o comando do estabelecimento.

— Estou bem. Vim aqui porque gostaria que você também estivesse bem. Posso entrar?

Pierre afastou-se para que Brígida entrasse. Assim que pisou no apartamento, sentiu uma energia ruim e esquisita, como uma estranha brisa gelada. O espírito de Ingrid, sentado no sofá, observava-a fixamente.

— Às vezes, não conseguimos conversar tranquilamente no restaurante, ainda que nossa clientela tenha se reduzido drasticamente. — Brígida baixou a cabeça. — Estou aqui para lhe oferecer meu apoio e dizer que pode contar comigo sempre que precisar.

— Falsa! Hipócrita! Mentirosa! — esbravejou Ingrid, acompanhando o diálogo. Como gostaria de ser vista e ouvida.

— Obrigado — murmurou Pierre em resposta.

— Farei de tudo para recuperar nosso posto de um dos melhores restaurantes da cidade. É uma questão de honra, Pierre. Não vão conseguir difamar nossa imagem.

Pierre assentiu, mas não respondeu. Ele estava tão triste e parecia tão depressivo que Brígida decidiu tirar proveito da situação.

— Você jantou? Sua aparência está péssima.

— Estou bem...

— Venha, deite-se e descanse. Vou retornar ao restaurante assim que sair daqui. Se precisar tirar alguns dias para se recuperar, posso assumir o comando do *Água na Boca* sem grandes problemas.

— Não vou me entregar, Brígida. Sei da nossa inocência, do nosso padrão de qualidade e de higiene. O que fizeram foi mera sabotagem para tentar nos afundar. Acredito até que tenha sido um trabalho desonesto e antiético de algum concorrente.

— Não tenho a menor dúvida. De qualquer forma, deite-se um pouco. — Ela segurou-o pela mão e levou-o em direção ao quarto. Pierre deixou-se conduzir passivamente.

Assim que ele se deitou na larga e espaçosa cama de casal, lançou a Brígida um olhar desanimado:

— Cris me disse hoje que poderíamos usar as imagens das câmeras de segurança para analisar melhor os rostos das pessoas que criaram a confusão. E, depois, entregá-las a um bom detetive particular para que ele tente localizá-las. É uma pena não termos câmeras na cozinha, ou veríamos se a tal barata realmente estava na comida.

Brígida concordou com a cabeça, sentindo um ódio cego de Cris. O imbecil não tinha nada que dar ideias ao patrão. Se conseguisse convencer Pierre a permanecer em casa durante alguns dias e ficasse à frente do restaurante, demitiria o chefe dos garçons e depois inventaria uma boa desculpa. Além disso, precisava avisar às pessoas que contratara que tomassem as devidas precauções, evitando ser vistas em lugares públicos, pelo menos até que a poeira baixasse. E, assim que retornasse ao *Água na Boca*, daria um jeito de destruir todas as imagens das câmeras daquela noite.

Vendo Pierre deitado ali, no centro da cama, Brígida desejou poder saltar sobre ele e forçá-lo a transar com ela. Queria tanto que ele a pedisse em casamento. Se fosse a dona do restaurante, demitiria todos aqueles funcionários incompetentes.

— Pai, não acredite nessa mulher! — gritou Ingrid, fazendo o máximo para que o pai a escutasse. — Foi ela quem causou todo esse problema! Tire-a do restaurante ou nunca mais terá sucesso.

A brisa gelada passou por Brígida novamente, que lamentou não ter trazido consigo uma blusa de tecido leve.

— Pierre, conte comigo para o que precisar. — Ela cutucou-o no braço. — Sabe que sou uma amiga para todos os momentos.

— Só quero que essa má fase termine de uma vez.

— Vamos, chegue mais pra lá. Vou me deitar com você, pelo menos até que durma um pouco. Não sairei daqui enquanto não tiver certeza de que ficará bem.

— Eu já estou bem.

— Não me faça de tola e me dê um pouco de espaço aí.

— Foi ela, pai! Não deixe que ela se deite com você! Foi ela quem estragou tudo — insistia Ingrid, praticamente gritando na orelha de Pierre.

Ele estava tão cansado de tudo que não encontrou forças para discutir. Simplesmente se afastou para o outro lado da cama, vendo Brígida deitar-se ao seu lado com a velocidade de um raio.

"Até aqui, tudo certo", pensou Brígida. Bastava agora forçar um pouco as coisas.

De repente, Pierre virou-se para ela.

— Cris me disse que aquelas pessoas foram contratadas para fazer aquele *show*. O que pensa a respeito disso?

Brígida empalideceu um pouco, mas soube disfarçar bem.

— Trabalho de um restaurante concorrente.

— Há anos, trabalhamos ali e temos sido bem-sucedidos. Por que fariam isso somente agora?

— Sempre há tempo para maldades.

— E justo na noite em que você não foi trabalhar.

A palidez de Brígida tornou-se mais acentuada. Ingrid repetia sem parar que a gerente era a verdadeira responsável pelo ocorrido.

— Não me conformo com isso, Pierre — murmurou Brígida. — Eu nunca falto, e, quando isso acontece, surgem todos esses dissabores.

Pierre, obviamente, não captara nenhuma palavra dita pelo espírito da filha. No entanto, lembrou-se de quando Brígida mentiu sobre Dominique, que perdera a avó naquela noite. A mulher contou a mentira tão naturalmente que ele acreditou nela e demitiu a jovem.

Um dia antes da confusão, ele desprezara Brígida. Ela se insinuara exatamente como estava tentando fazer agora, mas Pierre a rejeitou.

Logo depois, o caos instaurou-se no restaurante, justamente quando ela não compareceu ao trabalho, alegando uma desculpa qualquer sobre mal-estar. Quem mente uma vez, mente sempre. Mas será que ela realmente seria capaz de uma atitude tão vil apenas para feri-lo?

Ele deveria testá-la e estudar atentamente sua reação.

Ainda deitados lado a lado, Pierre virou o corpo para melhor observá-la.

— Brígida, eu me esqueci de lhe contar uma novidade.

— Espero que seja algo bom, pois, em meio a tantas notícias desagradáveis, precisamos de coisas positivas.

— A notícia é ótima! Dominique voltará a trabalhar conosco — mentiu. — Mas, desta vez, estou pensando em colocá-la como supervisora. Ela seria sua chefe, digamos assim.

Pierre notou quando o rosto de Brígida ficou tão branco quanto ricota. Também notou que os olhos dela brilharam de fúria.

— Que brincadeira é essa, Pierre? Adianto que é de muito mau gosto.

— Eu pretendia divulgar a notícia mais adiante, mas, como você é de minha extrema confiança, vou lhe contar em segredo: Dominique e eu estamos namorando. O novo emprego dela não deu muito certo, e, desde que Dominique voltou a Porto Alegre, nós temos nos entendido muito bem. Quero pedi-la em casamento antes do final do ano. Você, obviamente, será minha convidada de honra.

Brígida saltou da cama e ficou de pé. Seus olhos despejavam chispas de ódio, e seu rosto estava tão pálido quanto estaria se não houvesse sangue em suas veias.

Analisando o olhar e a postura de Brígida, Pierre finalmente descobriu a verdade. Ela era capaz de fazer coisas bem piores.

— Você não pode estar falando sério! Diga-me que isso é mentira.

— Foi você, não foi? — Lentamente, Pierre sentou-se na cama.

— Eu o quê?

— Foi você quem contratou aquelas pessoas para sabotar meu restaurante. Fez isso para se vingar de mim, porque eu não a quis naquela noite. Desde que começamos a trabalhar juntos, você aguarda uma oportunidade de se envolver amorosamente comigo. Dominique foi uma ameaça aos seus objetivos, por isso você fez de tudo para prejudicá-la.

Brígida recuou como se tivesse sido empurrada. Ingrid, em espírito, sorria com satisfação.

— Você não sabe do que está falando, Pierre. Sua cabeça está doente.

— Doente está você, que alimenta esperanças de se tornar minha esposa. Como pôde fazer isso comigo? Trabalhamos juntos há anos, Brígida. Confiei em você durante todo esse tempo.

— Eu não fiz nada! Você está me acusando injustamente. — Ela sabia, porém, que havia se denunciado. Seu grande defeito era não saber mascarar seus sentimentos da forma correta.

— Acabe com ela, pai! — Estimulou Ingrid, aplaudindo animadamente.

— Você é movida por ódio, vingança e ambição. Só agora consigo enxergar isso tão claramente. Responda-me, Brígida: por que me traiu desse jeito?

— Eu não fiz nada! — Brígida repetiu, sabendo que era tolice continuar negando. Como pôde ser tão burra? — Pode realmente ter sido armação, mas sou inocente.

— Você sempre se insinuou para mim. No começo, era de maneira muito discreta e, agora, escancaradamente. Quando vai entender que não quero nada com você? Seu corpo, seu rosto e seu comportamento não me atraem nem um pouco. Portanto, desista dos seus planos e vá procurar outro homem mais necessitado.

Aquilo foi uma ofensa tão grande que Brígida se entregou de vez:

— Você mereceu, seu imbecil! Não tem o direito de me rechaçar! Se não ficar comigo, também não ficará com Dominique! Serei capaz de fazer da sua vida um inferno.

— Minha vida se tornou um inferno quando perdi uma filha por minha culpa. Tornou-se um inferno quando vi minha clientela desaparecer aos poucos. Nada do que você tentar fazer poderá me machucar mais.

— Eu quero me casar com você, Pierre! — Brígida gritava como uma desvairada. — Serei a dona do *Água na Boca* e demitirei aqueles cretinos que você contratou. Cris será o primeiro. Ele...

— Você não fará nada disso, porque você está demitida. E por justa causa. Vou reunir provas que atestem sua fraude. Vá procurar seus direitos com um advogado trabalhista. Não quero vê-la mais. Pedirei a Cris que junte suas coisas e as deixe separadas para quando for buscá-las. Você será vigiada o tempo todo durante o período em que permanecer no restaurante.

Brígida arfou e levou a mão ao coração. Estava lívida e seus olhos estavam arregalados de fúria.

— Não pode fazer isso comigo! Não sou uma bandida!

— Nem mesmo um bandido faria o que você fez comigo — rebateu Pierre. — Suma da minha vida.

Brígida lançou um grito de ódio e avançou sobre o patrão. Ingrid preparou-se para saltar sobre a gerente e agredi-la da melhor forma que conseguisse, mas não foi necessário. Pierre segurou-a pelos punhos e empurrou-a para trás com tanta força que Brígida acabou caindo sentada em uma cadeira.

Longe de se dar por vencida, ela ergueu-se novamente e tentou estapear Pierre, xingando-o com os mais criativos palavrões. Ele agarrou-a pelo braço com firmeza e arrastou-a na direção da porta.

— É certo o ditado que só conhecemos o verdadeiro lado das pessoas quando não fazemos aquilo que elas desejam! — resmungou Pierre, conduzindo Brígida.

— Me solte, seu desgraçado! Saiba que vou fazer ainda pior com aquela porcaria de restaurante. Você não me conhece.

— Tente mais alguma coisa, e eu darei um jeito de enfiá-la na cadeia. Saia e nunca mais volte aqui. Esteja amanhã de manhã, às dez horas, no *Água na Boca* para retirar seus pertences.

— Você mereceu perder sua filha! — Brígida apostou em sua última maldade. — Não sabe como eu ria sozinha vendo-o chorando baixinho por causa da defunta.

Uma sombra atravessou os olhos muito azuis de Pierre. Em seguida, sem dizer nada, ele abriu a porta do apartamento e atirou Brígida para fora, como quem joga um saco de lixo na lixeira. O empurrão foi forte, ela desequilibrou-se nos sapatos de salto alto e caiu ajoelhada no chão. Ingrid surgiu atrás dela e deu um pontapé nas nádegas de Brígida, que, subitamente, sentiu uma pressão impulsionando-a para frente e fazendo-a tombar de vez no piso do corredor.

Ao retornar ao apartamento, Pierre fechou a porta, ignorando os impropérios da mulher descontrolada do lado de fora. Rendida e humilhada, com os joelhos ralados e doloridos, Brígida finalmente empreendeu o caminho de saída. Poderia, sim, pensar em outras coisas para vingar-se de Pierre, mas, desta vez, estava amedrontada. Preferia a morte à prisão.

Dentro do elevador, pensou em todos os anos em que trabalhou com Pierre. Sempre tentou conquistá-lo e, no final, terminou, literalmente, na sarjeta. Estava tão amargurada que não sabia nem o que faria daquele dia em diante, desempregada e com sua ficha trabalhista suja.

Já na rua, sem saber ao certo o motivo, resolveu olhar para cima, como se procurasse a janela do apartamento de Pierre. Ao localizá-la, também viu a jovem loira que a fitava com ar sarcástico no rosto. De tanto olhar para o porta-retratos na mesa de Pierre, sabia que aquela moça era Ingrid, a filha do patrão que havia muito falecera. Como aquilo podia ser possível?

Piscou para focalizar melhor a imagem da jovem, mas ela já havia desaparecido. Cada vez mais apavorada, Brígida chamou um táxi e, ao entrar no veículo, pediu ao motorista que se afastasse bem depressa daquele lugar.

CAPÍTULO 38

O romance entre Dominique e Roger seguia de vento em popa. Dominique comentou com ele sobre a conversa que tivera com Nélia e as certezas da funcionária sobre o envolvimento de ambos. Despojado e tranquilo, ele respondeu que não estava preocupado com isso, que sabia que a governanta era discreta e que jamais os delataria a Luciano. Mesmo assim, Dominique pediu que tivessem mais cautela e evitassem ser vistos juntos enquanto estivessem a bordo, pois os outros tripulantes também poderiam desconfiar de algo.

Porém, por volta da meia-noite e meia daquela noite, Roger reapareceu no quarto de Dominique e, mais uma vez, os dois se amaram com intensidade e paixão. Ele disse que não suportava mais ficar longe dela e que, se pudesse, passaria o dia inteiro deitado ao seu lado.

Estavam recostados na borda da piscina com fundo de vidro, próxima à cama, vendo as luzes coloridas atraindo os peixes do outro lado. Ambos estavam nus, e Dominique estava de costas para Roger, com os braços dele envolvendo seu corpo.

— Venho pensando a respeito do nosso romance secreto... — ele murmurou, roçando os lábios na orelha de Dominique.

— Devo ficar preocupada com isso?

— Jamais. É impossível negar que estou apaixonado por você, Dominique. Nem eu mesmo consigo esconder esse sentimento de mim. Só que você é a amante do meu pai, o que complica bastante as coisas.

— Além disso, você não mora no Brasil.

— Quero voltar a morar aqui. A empresa para a qual trabalho em Las Vegas tem uma filial em São Paulo. Não aceitei a transferência antes, porque ficaria no estado vizinho ao da minha mãe e não quero vê-la por enquanto. Você já sabe que me mudei justamente por não aguentar a depressão dela. Não queria adoecer também.

— Seu pai já havia me falado a respeito. Mesmo assim, ela sempre será sua mãe. Com certeza, ela o ama muito e precisa de ajuda. Talvez esteja sofrendo por estar sozinha. Aproveite que está aqui e visite-a. Ela ficará feliz em reencontrá-lo.

Roger refletiu sobre aquela possibilidade, mas pareceu hesitante:

— Será?

— Faça o teste, Roger. Não deixe a mágoa que você alimenta por ela tomar força e dominá-lo. A negatividade inibe as coisas boas.

— Olha só como ela está reflexiva.

Os dois riram juntos e estudaram um cardume de peixinhos brancos que espiaram através do vidro e fugiram apressados logo depois.

— Se eu fosse visitar minha mãe, você iria comigo?

— Sou a amante do marido dela e, agora, também do filho. Creio que ela me odiaria se soubesse disso, não acha?

Roger mostrou um sorriso.

— Não precisamos entrar em detalhes. Eu posso apresentá-la como uma amiga. Assim, não criaríamos polêmicas desnecessárias. Depois que entrou nesse estágio mais avançado da depressão, minha mãe se tornou uma criatura insuportavelmente chata.

— Ela continua sendo sua mãe, Roger — repetiu Dominique. — E a depressão é uma doença. Você precisa ajudá-la. Sei que, no fundo, você também a ama. Faça com que ela se sinta bem.

Roger lembrou-se de Manuela deitada sobre a cama, em um quarto escuro, com uma camisola larga, os olhos inchados e avermelhados de tanto chorar e os cabelos alvoroçados. Pensou nos remédios sobre a mesinha de cabeceira e no mal-estar que sentia ao ver tudo aquilo.

— Verei o que fazer quando meu pai retornar. Por enquanto, tudo o que eu mais quero é ficar com você.

Roger começou a beijá-la na nuca, deixando Dominique arrepiada, apesar de estarem na água morna. Ela se rendeu fácil às carícias do rapaz e novamente se entregaram aos prazeres sexuais.

E foi nesse momento que escutaram a voz de Luciano De Lucca aproximando-se do quarto.

O susto misturado com a surpresa foi tamanho que os dois saltaram pelados da piscina e se enrolaram em toalhas felpudas com incrível agilidade. Dominique vestiu-se num roupão branco, enquanto Roger colocava apenas a bermuda e a camiseta. No instante em que pensou em procurar a cueca, Luciano abriu a porta do quarto.

De Lucca entrou e fixou os olhos em Dominique. Em seguida, desviou-os para Roger. Viu as luzes da piscina ligadas e os cabelos molhados de ambos. Dominique estava com o rosto enterrado entre as mãos e sacudia os ombros, como se chorasse. Roger estava de pé, ao lado dela, e tentou demonstrar serenidade diante da presença imponente do pai.

— Não sabia que você já estava de volta, pai.

— Cheguei antes do previsto. — A operação na Arábia Saudita saíra a contento, as joias foram roubadas e vendidas, e o xeique lhe dissera que os 400 milhões de dólares estariam em sua conta em até vinte e quatro horas. — O que está acontecendo aqui?

— Dominique não está bem. — Roger cruzou os braços para evitar que tremessem. — Eu a encontrei vagando pelo deque inferior e vi quando ela se inclinou sobre a amurada, como se pretendesse saltar no mar. Pedi para conversarmos e a trouxe para cá. Ela ligou a piscina e se jogou na água. Confesso que achei que ela tentaria se afogar aqui mesmo. Precisei entrar na água também para ajudá-la a se salvar.

As mentiras estavam péssimas e tão mal contadas que o próprio Roger sabia que dificilmente alguém acreditaria nelas. Ainda assim, como já havia começado, decidiu concluir:

— Ela está saudosa da avó. Disse que a única coisa boa que lhe ocorreu na vida foi ter conhecido a avó e você.

Decidiu massagear o ego do pai para tentar distraí-lo, contudo, não soube dizer se funcionou.

— Compreendo. — Luciano olhou para uma direção, e, quando Roger acompanhou o olhar do pai, o rapaz avistou sua cueca jogada sobre seus chinelos. Empalideceu tanto quanto os peixinhos que vira havia pouco. — Pode me deixar sozinho com ela, por favor?

— Não faça nada com ela, pai.

Roger hesitou entre largar a cueca lá ou levá-la consigo, mas, como Luciano já a havia visto, decidiu pegá-la antes de sair. Assim que a porta se fechou, De Lucca trancou-a por dentro:

— Fique de pé, Dominique. Quero olhar em seus olhos.

O tom de voz de Luciano era frio e impessoal, e Dominique percebeu que ele não fora enganado. Ninguém enrolava Luciano De Lucca com tanta facilidade.

A jovem obedeceu à ordem e ficou de frente a ele. Quando o viu se aproximar, esperou que ele fosse lhe acertar uma bofetada no rosto. Contudo, supreendentemente, enxergou tristeza e desolação em seus lindos olhos profundamente escuros.

— Há quanto tempo estão juntos? — Luciano perguntou de chofre.

— De quem está falando?

268

— Não use esse jogo comigo, por favor. Sabe que não gosto que me façam de idiota. Você e Roger estavam juntos na piscina, provavelmente transando. Quero saber se isso começou logo que viajei para Dubai.

Dominique tentou pensar em alguns pretextos, mas, como estava muito nervosa, sua mente tornou-se um campo branco e infértil. Sabia que negar só o irritaria.

— Começou no mesmo dia em que você viajou. Ele se aproximou de mim, conversamos e percebemos que tínhamos muito em comum. Então, ele me perguntou se eu poderia acompanhá-lo em alguns passeios aqui no Rio, e eu concordei.

Luciano encarava-a com tanta frieza que Dominique sentiu vontade de chorar.

— Eu sabia que estava te traindo — ela continuou. — Sabia que a traição se tornaria ainda mais dolorosa para você, quando descobrisse que a pessoa com quem me envolvi era o seu próprio filho. Também estou consciente de que mereço ser castigada, se você desejar assim. Pode me expulsar do seu iate, me mandar de volta para Porto Alegre, fazer o que quiser comigo, desde que não me machuque. É só o que lhe peço.

— Eu deveria ter imaginado que você e Roger poderiam se apaixonar. Vocês têm, praticamente, a mesma idade e devem gostar das mesmas coisas. São bonitos, saudáveis, inteligentes... Também sei que você não está satisfeita em ser minha amante. Nunca esteve. Ao contrário de todas as outras que estiveram aqui antes, você foi a única que nunca fingiu nada. Fez o que pôde para me agradar, talvez até como forma de gratidão, mas nós dois sabemos que este lugar nunca foi para você.

— Meu sonho sempre foi me casar com um homem rico, que me desse tudo o que eu quisesse. — Dominique secou uma lágrima teimosa. — Mal acreditei quando a oportunidade surgiu, mesmo que fosse em um momento tão difícil da minha vida. Você era o passaporte para uma vida de rainha. A questão é que nunca fui interesseira, e você já deve ter percebido isso. Na prática, descobri que a vida luxuosa não me trouxe felicidade. Sei também que nunca conseguiria amá-lo de verdade, Luciano.

— Acha que está amando Roger?

— Talvez sim, pois não tenho muita certeza. Tudo é muito recente ainda. Aconteceu rápido e de forma inesperada. Admito que nos envolvemos além do que poderíamos. Eu assumi um compromisso com você e o traí, quando decidi dar espaço para seu filho. Você acha que isso me torna uma mulherzinha qualquer?

Novamente, as palavras grosseiras de Silvério assaltaram sua memória: "Você nasceu para ser vagabunda". Ela não se sentia uma, mas, sim, uma mulher que estava em busca de sentimentos verdadeiros. Queria sua liberdade de volta, que, ao lado de De Lucca, dificilmente teria.

— Não vou responder à sua pergunta, Dominique. Você foi a primeira garota que conseguiu me trair, enquanto esteve comigo. Sua ousadia é ainda maior, porque o pivô da traição é o filho que tanto amo. Está apaixonada por ele, não é?

Ela meneou a cabeça em concordância.

— Acho que sim, mas, como acabei de dizer, tivemos pouco tempo para nossos sentimentos aflorarem melhor. Gosto dele e da companhia dele.

— Você se sente melhor estando com ele do que comigo?

A pergunta era difícil, e Dominique sabia que a resposta poderia comprometê-la.

— Você é uma companhia muito agradável, Luciano, contudo, Roger e eu apreciamos as mesmas coisas. Isso nos tornou ainda mais próximos. Ademais, eu sempre soube que não poderia me envolver demais com ele. É como se eu estivesse vivendo um daqueles romances proibidos. Quando você descobrisse, certamente nos separaria... e talvez seja exatamente isso o que fará agora.

— Por que disse que não quer que eu a machuque? — Ainda de pé, um diante de outro, Luciano chegou mais perto de Dominique e encarou-a atentamente.

Dominique deixou um suspiro de desânimo escapar de seus pulmões. Com certa apreensão, sustentou o olhar duro de Luciano.

— Aqueles homens... Silvério, Pascoal... Sei que eles me fizeram mal, mas não mereciam ser assassinados. Foi você, não foi?

Luciano fez um leve sinal de concordância, sem responder.

— Meu Deus! — Dominique passou a mão pelo rosto. — Isso faz de você um assassino. Quantos outros você já eliminou? Você brincou de Deus com quantas vidas humanas, Luciano? Quantas vezes decidiu se essas pessoas viveriam ou não?

— Eles fariam mal a outras pessoas, Dominique. Silvério era um estuprador cretino e, provavelmente, já havia machucado outras mulheres da mesma forma. Pascoal era ganancioso, que agiu de má-fé quando a tirou do apartamento à força. Não estou arrependido.

— Você é um assassino! — gritou Dominique, furiosa.

— Um justiceiro.

— Quando atendi àquela ligação por engano, seu amigo disse ao telefone que matariam uma pessoa que havia cometido um erro no trabalho. Esse é o valor que as pessoas têm para você?

— Gosto de manter as coisas equilibradas.

— Porcaria nenhuma! — Ela virou as costas para ele, pálida e irritada. — Você é um traficante de joias e objetos de arte muito valiosos, que são roubados e comercializados no mercado paralelo. Essa é sua fonte de renda, que o colocou na privilegiada situação financeira que tem atualmente. — A jovem voltou-se para ele de novo. — Ou também vai negar isso?

— Eu me considero um comerciante internacional. Apenas isso.

— Justiceiro, comerciante internacional... é impressionante como você arranja nomes bonitos para mascarar seus erros. Você é como um daqueles piratas de antigamente, que saqueavam embarcações alheias. Foi assim que você conseguiu comprar este iate caríssimo. É desse jeito que o dinheiro chega até suas contas.

— Você é mais inteligente do que eu pensava. Conseguiu virar o jogo contra mim, uma vez que o assunto em pauta era seu relacionamento com Roger.

— Pelo menos ele não é um criminoso. Deus do céu, quando em minha vida eu poderia imaginar que me deitaria com um bandido?

— Já chega, Dominique. Esta conversa não nos levará a lugar algum.

— Você também matou outras mulheres, ex-amantes, não foi? — Recordou-se da ameaça e da chantagem de Yago.

— Eu jamais machucaria uma mulher. Quando me cansava delas ou achava que estavam se metendo demais nos meus negócios, as colocava para fora e nunca mais as via.

Luciano parecia sincero em suas palavras, o que deixou Dominique em dúvida. Talvez ele realmente estivesse dizendo a verdade, pelo menos naquele aspecto.

— Quero ir embora deste iate. — Ela decidiu de repente. — Quero voltar para minha cidade. Vou procurar Pierre de novo e pedir outra oportunidade no restaurante.

— Compreendo sua decisão e não vou prendê-la aqui. Está livre para partir neste momento, se quiser. Entretanto, gostaria apenas que me ouvisse lhe dizer algo. Mesmo que não acredite em mim, saiba que serão as palavras mais sinceras que já disse a alguém.

Dominique aguardou em expectativa, reparando que o olhar frio e implacável de Luciano havia serenado.

— Como já sabe, fui casado durante alguns anos com Manuela, a mãe de Roger. O casamento logo perdeu forças, desestruturou-se, e eu senti que não era mais feliz naquela relação. Quando pedi o divórcio, ela me negou e disse que jamais o daria, tanto que até hoje somos oficialmente casados. Naquela época, eu já estava envolvido com certas transações que me rendiam um bom retorno financeiro. Foi quando conheci as primeiras mulheres que me atraíram, e muitas delas passaram por minha cama.

Assim que comprei o *Rainha do Mar*, várias mulheres estiveram aqui. Mulheres lindas, charmosas, criativas no sexo e boas companhias. Algumas eram de diferentes nacionalidades. Houve algumas que permaneceram aqui por mais de um ano, outras, contudo, por menos de dez dias. Muitas me agradavam bastante, outras nem tanto. E, claro, havia aquelas que não se habituaram em residir em um barco, pois ficavam enjoadas, sentiam-se mal e preferiam manter-se em terra firme. Entretanto, todas elas tinham a mesma coisa em comum: ambição. Estavam comigo, porque queriam ter a tal vida de rainha da qual você acabou de falar. Ganhavam roupas caras, sapatos de grife, experimentavam as melhores comidas. Para isso, apenas precisavam ser amantes sedutoras. Quando eu enjoava delas ou achava que a coisa caíra na mesmice, dispensava-as. Então, conheci você.

"Assim que a vi pela primeira vez usando o uniforme de garçonete, percebi que você era diferente de qualquer outra. Um sentimento desconhecido me invadiu e eu me peguei querendo saber tudo sobre você. Meus homens pesquisaram um pouco sobre sua vida, e não tardou a descobrirmos que você morava com sua avó, era solteira e estava em seu primeiro emprego. Tentei me aproximar cada vez mais e, quando a oportunidade surgiu, fiquei satisfeito ao concluir que não havia nenhum homem especial em sua vida. As situações que ocorreram depois, envolvendo a violência de Silvério, a morte de sua avó e seu despejo do apartamento me fizeram perceber que teria uma chance se tentasse algo. Fiz a minha proposta e você a aceitou."

Luciano quase sorriu e continuou:

— Acredite, Dominique, que você foi minha melhor escolha. Existe algo de inocente ou ingênuo em você que me atrai muito. Isso a torna diferente de qualquer outra mulher com quem me envolvi. Você nem sequer se mostrou verdadeiramente interessada no império que eu poderia lhe oferecer. Bastava desejar e teria seu pedido prontamente atendido. E o fato de não o fazer me encantava ainda mais. — Ele fez uma pausa, esperando que ela estivesse absorvendo cada palavra sua. — Meus homens deram um jeito nos dois imbecis que a prejudicaram, e minha consciência está tranquila quanto a isso.

— O que quer dizer com tudo isso?

— Que você conseguiu um fato inédito: eu estou apaixonado por você e não estou dizendo isso porque quero concorrer com meu próprio filho. Nunca achei que um dia diria isso a uma mulher, mas eu a amo e admito que estou confuso com esse sentimento tão novo para mim. Flagrar você e Roger juntos me causou um impacto bastante desagradável. Ciúmes? Talvez. De qualquer forma, não vou tentar impedi-los de ficarem juntos.

Ao contrário, fico feliz em saber que Roger está envolvido com uma mulher tão especial quanto você. Isso é tudo.

Luciano virou-se para sair do quarto. Dominique correu até ele e segurou-o pelo ombro.

— Espere, por favor. Só queria que soubesse o quanto sou grata por tudo o que fez por mim. Você praticamente me tirou da rua e me ofereceu um mundo novo. Nunca teria essa chance se não o tivesse conhecido.

Vê-la ali, tão próxima dele, com seus lindos lábios entreabertos, fez Luciano não resistir. Ele, então, tomou Dominique nos braços e beijou-a com força, ciente de que provavelmente aquele seria o último beijo entre eles.

Ela correspondeu ao beijo, não por excitação ou desejo, mas por gratidão e consolo. Ambos haviam se ferido e exposto ao outro suas verdades decepcionantes, revelando os segredos de uma paixão que não os levara a lugar algum.

Quando se separaram, Luciano fez uma única pergunta:

— Quando você pretende ir embora?

— Não sei. Preciso conversar com Roger e acertar nossa situação, uma vez que ele mora nos Estados Unidos.

— Desejo sorte para vocês.

Luciano De Lucca saiu do quarto sem olhar para trás. Dominique não tinha certeza de como seriam seus próximos dias, nem se Luciano realmente concordaria tão facilmente em deixá-la com o filho, mas sabia que em um jogo de paixões secretas não havia vencedores.

CAPÍTULO 39

Assim que Marília retornou ao apartamento de Pierre, avistou o espírito de Ingrid sentado à mesa de jantar diante do pai, que fazia um esforço para engolir um pouco da macarronada que trouxera na marmita do restaurante.

— Outra vez por aqui? — Ingrid lançou um olhar cansado para Marília.

— Será que nós duas podemos conversar?

— Você adora bater papo. Mas, se esse é o preço para eu me livrar de você, vamos lá. O que deseja?

— Venha comigo. — Marília foi andando na direção do quarto que fora de Ingrid. Logo após cruzarem a porta do quarto sem precisar abri-la, sentaram-se na cama, que nunca mais fora usada desde o desencarne da jovem. — Na verdade, estou aqui para levá-la comigo. Você tem sofrido demais aqui sozinha e só está atrapalhando seu pai com suas energias pesadas.

— Estou morta por culpa dele. Meu pai deixou de me amar, quando quis me enviar para a Europa apenas para se livrar de mim.

— Sabemos que isso não é verdade e que ele jamais faria mal à pessoa que mais ama. Ingrid, você escutou parte de uma conversa, fez sua interpretação e a tomou como uma descoberta chocante. Será que foi realmente o que ocorreu? Será que seu pai a queria longe dele para se dedicar exclusivamente ao restaurante?

Ingrid ficou calada. Marília movimentou a mão, e uma espécie de tela branca plasmou-se na direção da parede. Imagens surgiram nela, e Ingrid, surpresa e curiosa, assistia a tudo como se fosse um filme. Viu a si mesma adormecida na mesma cama na qual estavam sentadas agora e logo depois viu seu pai digitando algo em um *notebook*. Ele estava montando uma planilha financeira com o balancete do movimento de clientes dos últimos trinta dias.

De repente, a imagem no *notebook* alterou-se para um site de pacotes de viagens. Pierre percorreu os olhos por alguns hotéis, conferindo a galeria de fotos de cada um, bem como as regalias que eles ofereciam aos hóspedes. Por fim, pareceu se decidir por um e usou o celular para fazer uma ligação.

— Você me disse que eu poderia lhe telefonar a qualquer momento. — Ele ouviu a pessoa do outro lado e sorriu. — Já escolhi o hotel no qual nos hospedaremos. Você já pode fechar nosso pacote... — interrompeu o que dizia para escutar novamente. — Sim, claro. Pode mandar o voucher e as passagens aéreas diretamente para meu e-mail.

— Ele pretendia viajar? — Ingrid sussurrou para Marília, que fez um sinal lhe pedindo silêncio.

— Minha filha adora o mar, portanto, acredito que esse hotel seja exatamente o local em que ela gostaria de ficar — continuou Pierre ao telefone. — Ela sempre desejou conhecer a Jamaica. É um sonho antigo, que está prestes a se tornar realidade! — Ouviu a agente de viagens dizer mais alguma coisa e respondeu: — Sim, ela merece esse presente. Percebi que tenho me afastado demais da minha menina por causa do restaurante. Esses dez dias que passaremos no Caribe será meu pedido de desculpas. Também prometerei a ela que voltarei a ser mais presente como sempre fui... Sim, Angélica, Ingrid é a pessoa que mais amo nessa vida. Mal posso esperar para ver a carinha de felicidade que ela fará, quando souber dessa viagem surpresa para daqui a quinze dias. É provável que ela ainda fique brava por avisá-la em cima da hora, de forma que ela não terá tempo de se preparar direito. — Ouviu alguma coisa e completou: — Ótimo. Pode me passar o número da conta bancária da agência. Vou transferir o valor agora mesmo.

Pierre anotou alguns números, agradeceu a agente pelo atendimento e desligou com um sorriso nos lábios. Admirou o retrato de Ingrid ao lado de seu *notebook* e murmurou:

— Primeiro, você ganhou o carro e agora ganhará uma viagem incrível. Ah, Ingrid, como eu te amo.

— Nós iríamos viajar juntos? — Os olhos de Ingrid estavam cheios de lágrimas. — Ele havia comprado um pacote de viagem para nós dois?

— Ouça, minha querida. Ainda há mais.

O celular de Pierre tocou, e ele achou que fosse a funcionária da agência de viagens novamente, mas, ao olhar para o visor do aparelho, sorriu ao ver o rosto redondo de um homem na faixa dos cinquenta anos.

— Eu nunca duvidei da expressão "quem é vivo sempre aparece", meu velho Lázaro. O que manda? — Ele apertou um botão e pôs a ligação no modo viva-voz.

— Cara, só você pode me ajudar, justamente por ser pai de uma mocinha também. Lembra-se de que, quando conversamos pela última vez, eu lhe disse que a Jarine estava me dando muito trabalho? Então, as coisas fluíram da pior forma possível.

— O que ela fez?

— Suspeito de que ela esteja envolvida com drogas.

Assim como Pierre, Lázaro só tivera uma filha, que era dois anos mais velha do que Ingrid. Anteriormente, o amigo havia dito a Pierre que a moça estava andando com jovens suspeitos, que não pareciam ter boa índole. E, quando inquirida, Jarine mostrava-se agressiva e irritada, defendendo os amigos com unhas e dentes. O comportamento da jovem mudara drasticamente nos últimos tempos, deixando Lázaro e sua esposa extremamente preocupados. Isso ocorrera havia três meses e, desde essa última conversa, Pierre não tivera mais notícias da família.

— Júlia e eu percebemos que alguns objetos valiosos desapareceram de casa. Há noites em que Jarine dorme fora, e nunca sabemos onde ou com quem nossa filha está. Entrei em contato com a universidade, e me informaram que ela mal frequenta o curso, ou seja, fica em outro lugar, com outras pessoas, quando deveria estar estudando. Ontem, tentamos conversar com ela, mas Jarine foi mal-educada e grosseira. O que devo fazer?

— Creio que o primeiro passo seja afastá-la desses amigos, caso ela realmente esteja consumindo drogas. — Pierre tirou o celular do viva-voz, colocou-o na orelha e caminhou até a janela. — Mas, se ela já estiver dependente dos entorpecentes, talvez você precise encaminhá-la para uma clínica de reabilitação.

— Deus do céu, não posso perder minha garotinha para as drogas.

— Não vai perdê-la. Lázaro, você e Júlia trabalham de forma autônoma com vendas. Seria indiferente para vocês estar no Rio de Janeiro, aqui em Porto Alegre ou no Nordeste. Tendo internet, vocês podem trabalhar de onde estiverem.

— O que quer dizer com isso, meu amigo? Tem alguma ideia em mente, pelo amor de Deus? — Era a súplica de um pai desesperado, e Pierre colocou-se no lugar do amigo. Provavelmente, ele se sentiria do mesmo jeito se fosse Ingrid que estivesse usando drogas.

— Por que não passam uma temporada na Europa? Sugiro Portugal, pela questão da facilidade com o idioma. Obviamente, lá existem tantas pessoas consumindo drogas quanto aqui, mas acredito que ajudaria bastante se vocês a tirassem do círculo de amigos com quem ela convive na cidade. E, naturalmente, vocês precisarão ficar de olho nela o tempo todo ou ela fará novas amizades por lá e começará tudo de novo. Agora, caso ela já esteja dependente, sugiro que ela seja internada em uma clínica de reabilitação. Ouvi falar que há algumas excelentes em Lisboa.

Nesse momento, as imagens do telão mostraram Ingrid despertando em seu quarto, andando até a porta e parando para ouvir o diálogo do pai com o amigo.

— Mandá-la estudar na Europa é a melhor solução. Ela precisa sair daqui.

Pierre ouviu alguma coisa e riu ao ouvir alguma brincadeira de Lázaro. O amigo estava tentando descontrair-se, para tentar afastar o peso da dor por ver o que sua única filha estava se tornando.

— Enviá-la para longe daqui, interrompendo suas amizades estranhas, é a única alternativa que encontro.

Ingrid saiu do quarto furiosa. Lágrimas de raiva escorriam por seu rosto.

— Você quer que eu vá estudar na Europa? Por quê?

— Lázaro, eu já lhe retorno. — Pierre desligou e guardou o celular no bolso. Estava assustado com a reação e a má interpretação da filha. — Do que está falando?

— Eu ouvi tudo! Acha que sou idiota? — Ingrid gritava, chorava e tremia. — Você me abandona mais a cada dia. E tudo por causa daquele restaurante metido a besta! Ele se tornou sua prioridade. Você dorme e acorda pensando naquela porcaria de lugar. Eu não significo mais nada para você. E, agora, quer me expulsar daqui!

Pierre logo percebeu o equívoco e tentou sorrir.

— Você está entendendo tudo errado. Posso me explicar?

— Eu sei quais são seus planos. Sua filha se tornou uma pedra em seu sapato! Mande-a viver na Europa, e todos serão felizes. Agora entendo por que me presenteou com aquela droga de carro. Quando damos um brinquedinho novo a uma criança, conseguimos distraí-la por algum tempo.

— Do que está falando? — repetiu Pierre. — Eu nunca...

— Nunca o quê? Vamos, será que tem coragem de desmentir?

Pierre já não estava mais sorrindo. Ingrid estava nervosa demais e confusa. A jovem interpretara erroneamente o que ouviu. Suas palavras duras estavam machucando o pai, que, sensibilizado, não disfarçou as primeiras lágrimas que surgiram.

277

— Você não faz ideia do quanto sinto sua falta, sabia? — Ingrid prosseguiu. — Tomara que aquela porcaria de *Água na Boca* pegue fogo durante uma madrugada qualquer.

— Ingrid, acalme-se. Deixe-me explicar. Você está fazendo uma grande confusão. Eu...

— Cale a boca! Não quero mais ouvi-lo. Odeio você! Odeio!

As imagens a seguir mostraram o que Ingrid já sabia. Ela saiu correndo do apartamento e entrou em seu carro. A moça mal sabia dirigir, e pegou a contramão em uma via de mão única. As lágrimas teimosas de tristeza e decepção turvavam sua visão, enquanto pisava cada vez mais fundo no acelerador. Então, na curva seguinte, surgiu o caminhão, e ela nada pôde fazer para evitar a colisão.

Marília movimentou a mão novamente e fez a tela branca desaparecer. Ingrid chorava incontrolavelmente. Comovida, ela abraçou o espírito da jovem, que não conseguia se conter.

— Acalme-se, minha criança. Agora, você já sabe a verdade.

— Ele nunca deixou de me amar. Nunca... — Ingrid balbuciou. — Ele ia consertar as coisas, e nós voltaríamos a ficar próximos um do outro. Ele estava se culpando por não ter tanto tempo para mim por causa do restaurante e queria mudar isso. Meu Deus, ele me amou muito...

— Ainda a ama e mais do que você pode imaginar. Faz ideia de como Pierre ficou quando soube do seu acidente e o informaram de que você havia morrido no local? Até hoje, ele ainda se culpa de várias maneiras. Por ter a presenteado com o carro no qual se acidentou, por não ter feito a viagem antes, por ter se afastado de você por causa do restaurante... Mas sabe o que mais doeu nele? Sabe o que realmente o levou a uma depressão violenta, do qual ainda não está totalmente recuperado, mesmo após cinco anos?

— O fato de ele se declarar ateu e não acreditar em vida após a morte?

— Isso também. Porém, o que o destruiu foi não ter tido tempo para lhe dizer que a amava e que restaurante nenhum seria mais importante do que você. Foi você ter morrido devido a uma conversa mal interpretada, na qual ele não teve a oportunidade de lhe explicar o que estava acontecendo. Se naquela noite você tivesse olhado para o *notebook*, teria visto a tela aberta no site de viagens. Mas você reapareceu aqui, em espírito, para se vingar dele por sua morte, o que nunca conseguiu. Sabe por quê?

— Sei, sim. Porque nunca deixei de amá-lo.

— Assim como ele nunca deixou de amá-la, Ingrid. Pierre a amou até seu último dia e nunca mais conseguiu ser feliz desde então — afirmou Marília. — Você era o bem mais precioso da vida dele. Ele se tornou um homem solitário, triste, deprimido, sem ânimo para viver. A luz de seu pai apagou-se no dia em que ele a enterrou. Infelizmente, Pierre não acredita que você esteja aqui.

Ingrid levantou-se devagar e andou um tanto trôpega até a cozinha, onde Pierre estava jogando fora a macarronada que mal conseguira comer. Ela o viu ali, tão encolhido, sozinho e tristonho, que desejou mais do que nunca ser vista por ele. Ali estava seu pai, o homem que ela sempre amou desde que aprendeu o que era esse sentimento. Ele fora a maior alegria da sua vida. Ele realizaria seu sonho de conhecer uma ilha no Caribe, sonho este que jamais se realizou.

— Infelizmente, também foi tarde para Jarine, a filha de Lázaro. Duas noites após sua morte, Ingrid, ela se envolveu em uma briga com um traficante, com o qual adquiria cocaína. Ela não pagou uma dívida que tinha com ele e tentou denunciá-lo à polícia. Foi assassinada com dois tiros. Ele foi preso, porém, assim como Pierre, Lázaro também não teve tempo suficiente de ajudar sua única filha a se livrar do vício. Entende a importância de viver um dia de cada vez, nunca adiando as oportunidades? De repente, estamos na Terra e, num piscar de olhos, passamos para o lado de cá. A vida existe para ser vivida, Ingrid. Não devemos colecionar arrependimentos, pois o tempo não volta. Temos de viver o hoje, o agora, saborear cada momento, pois logo tudo se torna somente boas ou más lembranças.

— Eu amo meu pai! — gritou Ingrid fitando Pierre fixamente. — Eu amo você, papai, mesmo sabendo que não pode me ouvir nem me ver aqui. Obrigada por ter sido esse pai maravilhoso durante meus breves dezoito anos.

A imagem do rosto de Ingrid surgiu forte na mente de Pierre, que não conteve as lágrimas de emoção. Por um momento, jurara ter sentido o perfume da filha.

— Me perdoe por ter sido burra, por não tê-lo ouvido, por estar enciumada com o restaurante. Me perdoe por tentado me vingar de você e dizer que o odiava. Isso nunca foi verdade, paizinho. Eu o amo demais, tanto que meu coração está sangrando por vê-lo tão sozinho.

Ingrid abraçou-o com força, querendo ficar ali e que ele a abraçasse também. Queria apenas mais uma chance, uma única oportunidade de ser vista novamente. Ela estava ali, mais viva do que nunca, e desejou que o pai tivesse certeza disso.

— Temos de ir agora, Ingrid — convidou Marília. — Você precisa passar por um tratamento. Não está tão bem quanto pensa que está.

— Eu voltarei a vê-lo?

— Em breve, eu a trarei de volta ao mundo físico. E, futuramente, o verá também quando Pierre vier para o astral, mas isso ainda deve demorar muitos anos.

— Ele vai ficar bem, Marília? Voltará a ser feliz um dia? Se você não me der essa certeza, eu não arredarei o pé daqui.

— Nenhuma tristeza dura eternamente. Fomos criados para a felicidade. Pierre deve conhecer uma mulher muito especial em breve.

— Ele se casará de novo? Com quem? Posso ver uma foto dessa mulher?

Marília riu e tomou Ingrid pela mão.

— Deixe de ser curiosa, menina. Venha, você precisa descansar e se recuperar.

Ingrid voltou o rosto para o pai e olhou-o com amor e ternura. Então, virou-se mais uma vez para Marília e disse:

— Não posso deixá-lo sozinho. Ele ainda precisa de mim. Sinto isso.

Ela desprendeu-se da mão de Marília e correu para perto de Pierre.

CAPÍTULO 40

Era incrível como um simples corte de cabelo conseguia transformar uma mulher em outra pessoa. Somando-se a isso, ao vestir roupas que havia anos não eram tocadas, Manuela realmente se sentiu uma nova mulher.

Sabia que devia essa drástica mudança à insistência da irmã, mas também à sua coragem e ousadia em quebrar um pouco o grosso véu da escuridão e passar para o outro lado. Nunca mais ingerira seus remédios, pois jogara fora os que tinha em casa e não tornara a comprar outros. Também estava surpresa por perceber que seu sono estava se normalizando aos poucos. Dormia cerca de oito horas por noite e raramente cochilava durante a tarde.

Também por insistência de Viola, que sabia ser chata quando queria, Manuela estava se alimentando melhor. Nos primeiros dias, Jordânia dificilmente retornava com a bandeja vazia para a cozinha. Depois, Viola disse que Manuela era uma preguiçosa por comer na cama e a obrigou a dirigir-se à sala ou à cozinha para fazer suas refeições.

Manuela sentia-se melhor, era verdade. Entretanto, o buraco negro e profundo ainda existia dentro dela, como a imensa boca de um dragão faminto disposta a engolir quaisquer vestígios de alegria, estímulo e animação. A depressão estava ali, tão real quanto seu novo visual. Ela sabia que precisava vencer aqueles sentimentos negativos, que eram um passaporte para mergulhá-la cada vez mais fundo no mar do desânimo e nas entranhas da dor e do sofrimento. Precisava reagir, motivar-se, mas como faria isso, se não enxergava nada que a incentivasse a melhorar?

Em poucos anos, ela escorregara por uma vertiginosa descida da luz às trevas, da satisfação ao suplício, da alegria ao amargor. Via-se caindo cada vez mais fundo, mais depressa e simplesmente não conseguia se deter. Chorava facilmente e não havia nada que a fizesse sorrir ou pudesse estimulá-la. Talvez estivesse ainda na mesma situação, se a irmã não tivesse ido morar com ela. Viola trouxera brilho consigo, ensinando-lhe a importância de voltar a brilhar também.

Salvador parecia compartilhar de sentimentos parecidos. O cãozinho ainda não confiava nos humanos à sua volta, sempre dando a impressão de que aguardava ser agredido a qualquer momento. Ele estava se recuperando rapidamente da sarna, mas permitia que apenas Manuela o tocasse. Ele rosnava para Jordânia e mostrava os dentes para Fagner, escondendo-se debaixo da cama quando alguém tentava aproximar-se.

E agora, diante do espelho, admirando seus cabelos curtos e com reflexos alourados, Manuela refletia sobre as mudanças que acontecem na vida de uma pessoa. Será que ela finalmente estava iniciando sua subida de volta à superfície, onde existia a mulher feliz que fora um dia?

Bateram à porta, e ela olhou naquela direção, saindo de seus devaneios.

— Pode entrar.

Jordânia apareceu, trazendo um sorriso nos lábios.

— Bom dia, dona Manuela! A senhora tem visitas.

— Bom dia! Quem está aí? — Ninguém nunca vinha visitá-la. Seria alguém querendo Salvador de volta? Ela não devolveria o cachorro para alguém que o maltratava ou que fora negligente o bastante para deixá-lo fugir.

— Pediram para eu não revelar seus nomes, mas tenho certeza de que a senhora vai amar a visita.

— Tudo bem. Já estou descendo. Viola está com eles?

Jordânia, que já estava saindo, não respondeu, talvez por não ter ouvido a última pergunta. Manuela ajeitou o vestido branco que estava usando, de tecido simples e leve, e desceu as escadas devagar. Seu coração pulou dentro do peito ao avistar o sorriso largo do filho que tanto amava. Ali estava Roger, segurando a mão de uma bela jovem.

Manuela terminou de descer os degraus praticamente correndo e lançou-se nos braços de Roger. Trocaram um abraço longo e apertado, deixando que a emoção do reencontro fluísse livremente. Manuela enxugou duas lágrimas do rosto quando eles se separaram.

— Você está tão lindo. Que orgulho do filho que tive!

— Você também está muito diferente, mãe. Esse cabelo ficou perfeito!

Roger estava realmente assombrado com a imagem de Manuela. A mulher que vira na última vez em uma de suas breves visitas à ilha era descabelada, malvestida e tinha olhos que pareciam eternamente inchados e avermelhados, pois ela vivia chorando. A pessoa diante dele era uma mulher esbelta, alourada e que até parecia rejuvenescida.

— Obrigada, filho. Fico feliz que tenha gostado. — Manuela lançou um olhar curioso para a moça morena que acompanhava o filho. — Seja bem-vinda à minha casa.

— Desculpe-me pela falta de educação em não apresentá-la — interveio Roger sorrindo. — Fiquei tão surpreso ao vê-la assim que perdi qualquer reação.

Os três riram. Roger voltou-se para a acompanhante, que sorria com timidez.

— Esta é Dominique, a minha namorada.

— Você a conheceu nos Estados Unidos? Ela fala português?

— Sim, sou brasileira. Roger me conheceu há poucos dias, durante seu período de férias por aqui — esclareceu Dominique.

Para ela, não poderia haver sensação mais estranha do que estar parada diante da esposa de Luciano. Durante seu trajeto com Roger até a ilha, eles haviam decidido que contariam a verdade a Manuela. Dominique não queria mais saber de mentiras. Já bastava sua relação com Luciano, que fora totalmente criada em cima de ilusões e falsos sentimentos.

— Mãe, nós precisamos conversar. É um assunto sério e importante.

Manuela ficou preocupada. Na última vez em que Roger lhe dissera palavras semelhantes fora para anunciar que estava se mudando para Las Vegas e que a deixaria sozinha. Ela indicou-lhes o sofá e perguntou se tomariam alguma coisa. Roger e Dominique optaram por um suco com biscoitos amanteigados. Assim que Manuela repassou o pedido dos visitantes a Jordânia, comentou:

— Antes de começarem a falar, quero que vejam Viola. Sua tia está de volta ao Brasil.

— Sério?! — O rosto de Roger iluminou-se. — E onde ela está, que ainda não desceu para nos ver?

— Deve estar dormindo. Depois, ela ainda briga comigo dizendo que sou preguiçosa e dorminhoca. — Manuela virou o rosto para trás e gritou: — Violante, sua molenga, saia desse colchão e venha ver quem está aqui embaixo. — Baixou o tom de voz e acrescentou: — Ela vai me matar por chamá-la de Violante.

— Você vai amar minha tia — prometeu Roger a Dominique. — Eu a considero a pessoa mais divertida que já conheci.

— Isso foi ideia dela. — Manuela tocou nos cabelos. — Confesso que fui resistente no começo e até agora não me acostumei.

Enquanto a anfitriã falava, Dominique a estudava. Manuela não se encaixava muito no perfil das moças selecionadas por De Lucca. A única que conhecera foi Keila, mas recebera descrições das anteriores por meio de Nélia. Ao que parecia, Luciano escolhia moças jovens, belíssimas, de corpos perfeitos e curvilíneos. Tinha certeza de que as chances do casal reatar o romance eram as mesmas de alguém ser atingido três vezes por um raio durante um único temporal.

O que Manuela diria quando soubesse que estava diante de uma das ex-amantes de seu marido, a quem se negava dar o divórcio? Será que ela manteria a tranquilidade ou ficaria furiosa e expulsaria Dominique dali?

— Acho que Viola saiu para uma de suas caminhadas pela praia, já que não apareceu. Ela faz isso às vezes. — Manuela lembrou-se de sua pequena aventura quando decidiu fazer o mesmo. Saíra de casa para afogar-se no mar, mas acabou dando umas pauladas em uns moleques cruéis e salvando um cachorro abandonado. — Enquanto ela não chega, falem-me de vocês. Quero saber de todas as novidades.

Roger assentiu, feliz por ver que Manuela estava bem mais animada do que antes. Ele fora embora porque não aguentava mais vê-la chorosa, reclamando a todo instante, lamentando o casamento perdido e sua má sorte. Não havia um único dia em que não a visse chorar. Aquilo o esgotava tanto que, quando lhe surgiu a oportunidade de morar e trabalhar no exterior, não pensou duas vezes e abraçou o convite com força.

— Como Dominique disse, estou passando as férias aqui e decidi vê-la, mãe. Já passei no iate do papai e ele está bem. Cheguei com alguns planos e voltarei com outros.

— Como assim?

Era hora de finalmente expor a verdade, e Roger não mediu as palavras:

— Eu conheci Dominique durante minha visita ao papai. Eles estavam juntos. Dominique era sua amante.

Manuela olhou-a com interesse, contudo, não demonstrou nenhum sinal de irritação. Parecia apenas curiosa em saber por que Dominique trocara o pai pelo filho.

— Antes de me julgar ou me colocar para fora de sua casa a pontapés, será que a senhora poderia ouvir minha história? — pediu Dominique. — Para mim, é importante lhe contar.

Manuela assentiu, sem responder. Havia algo de intrigante naquela moça, e ela só não sabia exatamente do que se tratava.

Dominique começou a falar. Havia partes de sua história que ela ainda não dividira nem mesmo com Roger. Contou-lhes o problema de saúde de sua avó, com quem residia em um apartamento alugado, até o falecimento de Cida. Falou também sobre Pascoal e suas mentiras sujas para despejá-la e sobre Silvério, seus assédios e sua violência. Roger estava pálido como uma folha de papel. Ele nunca poderia imaginar que Dominique fora vítima de um estupro.

A jovem, contudo, falou também sobre as partes boas de sua vida, incluindo seu trabalho no restaurante de Pierre, apesar das maldades de Brígida e da última discussão que tivera com a antiga gerente. Disse que foi lá onde Luciano a conheceu e lhe fez uma proposta irrecusável quando ela foi despejada do apartamento. Explicou-lhes por que aceitara morar com De Lucca no iate, assumindo o papel de sua amante. A jovem também garantiu que nunca tivera interesse nos bens materiais de Luciano, embora seu sonho desde pequena fosse ser rica. Ela, contudo, descobrira na prática que o luxo não trazia felicidade a ninguém.

Quando concluiu seu relato, ela estava emocionada. Roger abraçou-a com carinho e puxou Dominique para perto de si para aninhar-se a ele.

— Então, Roger chegou, e tivemos a oportunidade de nos conhecermos melhor durante uma viagem de Luciano a Dubai — finalizou Dominique. — Tínhamos muito em comum, e eu experimentei, pela primeira vez, um sentimento de amor. Admito que não queria vir aqui, porque estava com medo de ser desprezada pela senhora.

— Por ter ficado com meu marido e com meu filho?

A pergunta de Manuela não foi feita num tom reprovador, e Dominique arriscou um sorriso.

— Penso que qualquer mulher em seu lugar não me veria com bons olhos.

— Não estou em condições de julgar ninguém. Sua história me comoveu em muitos momentos. Você agiu por necessidade e não por interesse. Há muito meu casamento com Luciano acabou.

— Por que não se divorcia dele, então? — indagou Roger.

Manuela suspirou. Ela pensara bastante sobre essa questão nos últimos dias.

— Acho que tudo tem um ciclo, que acaba um dia. Hoje, percebo que dar ou não o divórcio a Luciano não mudará nossa situação. Ele seguirá com a vida dele, assim como eu preciso dar um rumo à minha. Não há motivos para tentar prendê-lo a mim. — Manuela mostrou um sorriso para Dominique. — Ele é um bom homem, apesar de sua ambição desmedida por dinheiro.

Dominique pensou nas mortes de Silvério e Pascoal. Como foi mesmo que Luciano se justificara? Ele era um justiceiro, não um assassino. Mas, durante o tempo em que conviveu com ele, percebeu que Luciano não tinha um coração maligno.

— Então, você vai se divorciar dele? — Roger insistiu. Sabia que a depressão da mãe começara justamente por causa de sua separação de Luciano.

— Vou. Não sei se um dia vou conhecer outra pessoa, mas, se a oportunidade surgir, por quê não? — Manuela sorriu. — Seja bem-vinda à família, Dominique. Espero que Roger a faça feliz, ou ele terá sérios problemas comigo.

— Vou voltar a morar no Brasil, mãe. Já tomei essa decisão. Retornarei daqui a três dias para Las Vegas para acertar minhas coisas por lá. Enquanto isso, Dominique ficará aqui, pois não tem passaporte nem visto, o que me impede de levá-la comigo neste momento.

— Você pode ficar em minha casa, se quiser — convidou Manuela. — É uma residência grande. Minha irmã está hospedada em um quarto, mas há mais um para acomodá-la. — Após uma pausa, completou: — Sua situação com Luciano ficou resolvida? Não o quero aqui arranjando confusão por sua causa.

— Ele não virá, embora saiba que estejamos aqui a visitando — replicou Dominique pensativa. — Em nossa última conversa, tentei ser clara ao expor que o relacionamento havia terminado. Luciano se mostrou compreensivo.

— Você acredita realmente nisso?

Dominique não respondeu à pergunta de Manuela, pois não tinha tal resposta. O que De Lucca poderia lhe fazer? Ele não chegaria ao ponto de tentar matar a mulher pela qual alegava ter se apaixonado. Ela tinha quase certeza de que ele não faria nada que a prejudicasse.

— E, então, meu amor? — Roger encostou seus lábios nos de Dominique, em um beijo rápido e suave. — Você ficará aqui com minha mãe? Eu ficaria bem mais tranquilo se sua resposta fosse positiva.

— Vocês dois podem ficar aqui, mesmo parecendo bastante estranha a ideia de a amante estar morando na casa da esposa.

Houve novas risadas, que fizeram bem aos três. A Roger, por aliviá-lo um pouco da tensão que estava sentindo. Decidira pedir transferência da empresa na qual trabalhava para a filial em São Paulo, mas ainda não sabia onde moraria na capital paulista. Já Dominique sentiu um bálsamo acalentador preenchê-la ao dar uma risada. Estava preocupada com Luciano e rezava para que ele se conformasse com o final da relação e não lhe criasse problemas. E, para Manuela, rir lhe trazia um efeito tão benéfico que nem o melhor dos medicamentos conseguiria o mesmo resultado. Era como dar o primeiro passo em sua lenta escalada rumo à sua luz interior.

Sob um céu estrelado e diante do mar calmo, em que cerca de vinte embarcações luxuosas estavam ancoradas à espera de que seus endinheirados proprietários decidissem para onde as levariam, Yago apreciava o suave sussurro das águas. Aquela era sua noite de folga e, como não havia um local próximo para onde pudesse ir, acabava ficando por ali mesmo, pois o *Rainha do Mar* também havia se tornado sua casa desde que passou a trabalhar para Luciano De Lucca.

Ele estava pensando em Dominique e em seu quase incontrolável desejo de voltar a transar com ela à força. Kamil e Ezra concordavam que a moça era uma das melhores aquisições do patrão nos últimos anos e alimentavam uma intenção secreta de levá-la para cama. Só não tinham coragem de ir adiante com seus planos, pois temiam Luciano como quem teme uma prisão perpétua.

No entanto, Yago fora esperto ao chantageá-la com um vídeo comprometedor. A essa altura do campeonato, ele sabia que, se Luciano tomasse conhecimento das imagens que ele gravara de Dominique espreitando a operação, nada de pior aconteceria à moça. No entanto, a jovem não sabia disso, e bastava que ele mentisse, dizendo que outras amantes foram atiradas ao mar para que ela fizesse o que ele queria.

A questão é que a infeliz se apaixonara pelo filho do chefe. Quanta ironia! Ele não acreditava naquele romance. Tinha certeza de que a garota só estava interessava no dinheiro do rapaz, único e absoluto herdeiro da fortuna ilícita de Luciano. Dominique trocara De Lucca por carne mais jovem, da mesma faixa etária que ela. De tola a jovem não tinha nada. E, com toda essa reviravolta, ela saíra do iate quase às escondidas, mal se despedindo das pessoas. De que adiantara ter guardado uma cópia do vídeo para chantageá-la futuramente?

— O mar está para peixe? — Yago ouviu uma voz feminina e familiar. Antes mesmo de se virar para a mulher que lhe fizera a pergunta, já sabia de quem se tratava.

A beleza selvagem e natural de Keila sempre o excitou. Na época em que ela conviveu com Luciano em seu iate, Yago também ambicionou transar com ela. Porém, ao contrário de Dominique, que demonstrava uma ingenuidade quase irritante, Keila era vivaz, arguta e maliciosa. Era fria como uma pedra de gelo e um tanto perigosa. Ele tinha suas dúvidas quanto ao misterioso e trágico final do velho Xerxes, de quem ela herdara um iate belíssimo e uma fortuna incalculável.

— Eu estava justamente pensando nisso. Em um momento, o mar nos oferece muitos peixes e, em outros, não cai nenhum em nossa rede.

A fala de Yago estava carregada de lascívia e desejo, o que fez Keila sorrir.

— Por que está dizendo isso? Não tem conseguido nenhum peixinho interessante nos últimos tempos?

— Ah, eu estava de olho em uma truta deliciosa, que, mesmo não sendo minha propriedade, com certeza me satisfaria. Acontece que essa truta foi pescada por outra pessoa e já não está mais entre nós.

Subitamente interessada naquele assunto, Keila mostrou-lhe um sorriso provocante e, propositadamente, mexeu no decote da blusinha que vestia, de forma que seus seios ficassem um pouco mais expostos. Notou os olhos de Yago brilharem como as estrelas acima deles.

— Por que não conversamos um pouco em meu iate? A menos que só esteja curtindo alguns minutos de descanso.

Ela o estava convidando para fazerem sexo, Yago tinha certeza disso. Sua voz tornou-se trêmula de desejo.

— Eu estou de folga durante a noite inteira. Há muito tempo para uma boa diversão.

— Então, venha comigo. — Keila piscou para ele e fez um sinal para que a seguisse. — Vamos dar um passeio.

Pouco depois, estavam dentro do iate de Keila, menor que o de Luciano, mas tão bem equipado quanto. Ela entrou em contato com o centro de operações do clube náutico via rádio e solicitou autorização para retirar a embarcação dali por algumas horas. Odiava aquela palhaçada burocrática que a impedia de guiar seu iate quando tivesse vontade. Quando foi liberada, pôs-se a movimentar o barco em direção ao mar aberto.

Sentado em uma poltrona branca, Yago contemplava Keila embevecido, admirado por ver aquela mulher de rara beleza, cuja pele era tão cremosa quanto chocolate derretido, guiando seu próprio iate como uma deusa dos oceanos.

Ele experimentou o drinque que a funcionária de Keila lhe trouxera, notando cada detalhe das curvas da moça, observando seus seios firmes e fartos, seu quadril largo, abaixo de uma cintura fina e delicada. Estava tão excitado que seria capaz de agarrá-la ali mesmo.

Após mais de uma hora de navegação constante, Keila deteve a embarcação e baixou a âncora. Ela sorria para Yago, quando saiu da cabine de comando. Sentou-se ao lado dele na poltrona e, para deleite do grandalhão, colocou suas pernas sobre as dele e apanhou sua própria taça.

— Por que não me conta suas angústias? O que está acontecendo lá?

— Dominique, a namoradinha gostosa de Luciano, deu no pé. Ela o traiu com Roger, o filho do patrão, e ambos se mandaram do iate. É a primeira vez que uma amante dele o deixa por vontade própria. As outras, mesmo as que passavam mal por morarem num barco, resistiram até ele se cansar delas.

288

Cada vez mais interessada, Keila pressionou suas pernas contra as de Yago e percebeu que ele tentava conter a lubricidade que o consumia.

— Então, ela deixou Luciano...? Que interessante!

— Ele viajou a trabalho, e a danada se aproveitou disso para seduzir o filho dele.

Keila lembrou de si mesma seguindo-os por diversos pontos turísticos do Rio de Janeiro, fotografando cada beijo do casal, cada carícia, cada prova da traição. Mesmo que agora Luciano já soubesse de tudo, ela ainda daria um jeito de enviar tais imagens para ele.

— E para onde ela foi? Você sabe?

— Eu ouvi rumores de que Roger a teria levado para conhecer a mãe dele, que mora em Angra dos Reis. A amante de Luciano foi conhecer a esposa dele. Irônico, não acha?

Yago bebeu o restante do drinque de um só gole, e Keila comentou:

— A esposa de Luciano, até onde eu sei, é uma mulher doente, que vive no escuro como um morcego. Não se divorcia do marido, pois acha que Luciano voltará para casa um dia, amando-a como na época em que se conheceram. Se for tão insossa quanto Luciano dizia que ela era, nem vai implicar com a garota na casa dela.

— Ela transou comigo, sabia? — Yago revelou de repente. Em poucas palavras, ele falou sobre o vídeo, a chantagem e que prometera a Dominique que as imagens gravadas seriam jogadas ao mar. A questão é que ele tinha uma cópia em outro celular e mostrou a Keila seu tesouro.
— Agora não importa mais, já que ela foi embora.

— Envie a mim esse vídeo. Talvez eu possa fazer bom uso dele.

— E o que eu ganharei em troca? — Ele arreganhou a boca num sorriso esparramado. — Não faço nada de graça.

Keila suspirou e sorriu também.

— Não deve mesmo fazer nada de graça. Aguarde aqui. Vou preparar uma surpresa para você.

Yago tentou perguntar do que se tratava, mas Keila já havia desaparecido no interior do iate. Quando retornou, trazia uma toalha dobrada na mão e estava completamente nua.

— Meu Deus, mulher! — Yago esbugalhou os olhos. — Quer me matar?

— Você acertou.

Keila retirou a pequena pistola que estava enrolada na toalha e disparou um tiro certeiro na testa de Yago, que caiu meio recostado sobre a amurada. Ela tirou o celular do bolso dele e precisou usar de toda a sua força para terminar de empurrar o brutamonte no mar.

— Que você seja um excelente banquete para os peixinhos!

Satisfeita, ela guardou a arma que ganhara de Jeff, seu amante traficante, e o celular que confiscara de Yago com o vídeo de Dominique. Por sorte, o aparelho não exigia senha para acessá-lo, ou ela teria de levá-lo em algum técnico. E como se nada tivesse acontecido, com toda a tranquilidade do mundo, Keila voltou à poltrona onde estivera sentada e terminou de beber seu drinque.

CAPÍTULO 41

Manuela abriu os olhos ao escutar um ruído no quarto e levou um susto ao deparar-se com o vulto da irmã sondando-a no escuro.

— Viola, se pretende me matar do coração, não sei por que está me ajudando a me curar da depressão!

Manuela sentou-se e ligou o abajur.

— Passei o dia todo fora, pois precisei resolver uns assuntos, e, quando retorno, descubro que seu filho está aqui com a namorada. — Sorrindo, Viola sentou-se na beirada da cama. — E que era a amante do seu marido até poucos dias atrás. Estou adorando essas novidades.

— Palhaça! — A situação era tão peculiar que a própria Manuela começou a rir. — Acho que eles ficarão aqui durante os próximos dias. Não sinto nenhuma raiva da garota. Ela me pareceu tão simples, tão humilde, tão verdadeira em suas palavras. Além disso, se Roger está gostando dela, torço pela felicidade de ambos.

— E eu torço pela sua, irmã querida. Por isso, você vai se levantar dessa cama e comprar uma passagem para viajar. Escolha uma cidade de interesse e caia na estrada! Ou pegue um avião, se seu destino for muito longe.

— Como assim, viajar? E de uma hora para outra? Acho que você enlouqueceu de vez.

— Vamos nós duas. Deixemos os dois pombinhos sozinhos curtindo sua casa. Eles merecem, certo?

— Viola, eu não posso simplesmente viajar.

— Claro que pode. Você não trabalha, não deve satisfações a ninguém, tem dinheiro para bancar as passagens e o hotel...

Manuela sabia que ainda resistiria, teimaria, relutaria, assim como sabia que Viola insistiria e a convenceria a fazer o que ela estava propondo. Não sentia o menor ânimo de viajar, contudo, a irmã não desistiria dos seus planos.

— E quando acha que devemos viajar?

— Amanhã cedo. Sei que em algum lugar desta casa você tem um celular, que se conecta à internet. O fato de ter decidido não usá-lo e escondê-lo num canto qualquer não me fará mudar meu objetivo.

— Era o que eu temia.

Manuela levantou-se, acendeu a luz do quarto e logo pegou o celular, que ela guardara em uma gaveta da cômoda. Ligou o aparelho e conectou-se ao *Wi-Fi* da casa. Essa inovação tecnológica fora obra de Roger, na penúltima vez em que ele visitara a mãe. Ainda assim, Manuela nunca fez uso do sinal de internet sem fio.

— Pronto. Aqui estou eu, navegando na internet, algo que não faço há anos.

— Ótimo saber que você está desenferrujando. — Viola mudou-se de lugar e sentou-se ao lado da irmã, para que também pudesse acompanhar o processo de compra do pacote de viagem. — Para onde gostaria de ir? Que tal alguma capital do Nordeste?

— Trocar o calor daqui e as lindas praias de Angra por um cenário parecido? Não vejo muita graça nisso.

— Eu soube que no Sul o clima está bem frio. Por que não escolhe ir para lá? Florianópolis é espetacular, e Curitiba tem um charme único.

— Pode ser... — Sem muita empolgação, Manuela consultou os valores das passagens nos sites de duas companhias aéreas. — Veja, essa aqui está fazendo promoção para Porto Alegre. Podemos experimentar o famoso chimarrão.

— A ideia me parece fantástica! — Animada, Viola aplaudiu. — Iremos para Porto Alegre. Pode reservar duas passagens para amanhã mesmo, se ainda houver lugar no avião. Veja também o hotel em que ficaremos hospedadas.

Manuela concordou e, minutos depois, fechou o pacote. Haviam escolhido um hotel de padrão médio, localizado nas cercanias do Lago Guaíba. Ela também confirmou os assentos no avião e pagou pelo despacho das bagagens.

— Amanhã, acordaremos cedo, irmã linda! — informou Viola, contente pela transação ter dado certo. — Não se esqueça de contratar um serviço de transporte aquático que nos deixe no continente. De lá, seguiremos de táxi ao aeroporto. Vamos nos divertir muito juntas.

Pulando como uma criança, Viola acenou, desejou boa-noite a Manuela e saiu do quarto, largando a porta aberta ao passar. Ela sabia que a irmã tinha as melhores intenções ao se esforçar para tirá-la de casa. Viola gostaria que Manuela voltasse a viver como antes, alimentar sonhos, ter esperança na vida, se dedicar à sua profissão e ter um coração contornado por alegria e fé. Manuela compreendia que a irmã fazia isso de uma maneira um tanto apressada e exagerada, mas aquele era o jeito Viola de ser. E ela amava a irmã por lhe trazer, dia a dia, mais luz à sua vida.

Na manhã seguinte, Viola a despertou por volta das quatro e meia da manhã. Já estava vestida e segurava uma mala de rodinhas. Aquela seria toda a sua bagagem.

— Vá ao quarto de Roger e despeça-se dele e da namorada. Não dê muitas explicações. Diga-lhes apenas que está viajando para Porto Alegre e que eles deverão cuidar bem da casa na sua ausência.

Manuela obedeceu ao comando. Acordou os jovens e explicou sua decisão em poucas palavras, finalizando:

— Não se preocupe comigo, Roger, pois Viola estará ao meu lado o tempo todo. Ela cuidará de mim, como tem cuidado desde que voltou da França.

— Ontem foi tudo tão corrido que não tive tempo de vê-la — murmurou Roger sonolento, cuja noite havia sido maravilhosa ao lado de Dominique.

— Ela disse que chegou bem tarde aqui, pois estava cuidando de assuntos pessoais. Tenho quase certeza de que ela está paquerando alguém por aqui. Sua tia é danadinha, sabia? Mas, antes de irmos, pedirei que ela venha até aqui se despedir de vocês.

— Desejo uma excelente viagem a você, Manuela. — Dominique esfregou os olhos, que estavam quase se fechando. Ela e Roger haviam ido dormir tarde devido às peripécias sexuais e pareciam estar aproveitando cada momento a dois. — E agradeço mais uma vez pela acolhida em sua casa.

— Obrigada. Aliás, preciso que vocês cuidem da casa para mim, durante os dias em que ficarei fora. Comprei somente as passagens de ida e reservei dez noites num hotel em Porto Alegre. Talvez, Viola e eu decidamos permanecer mais alguns dias por lá. Peço que também cuidem de Salvador com muito amor e carinho. Acho que vocês já perceberam a fragilidade daquele cãozinho, que foi vítima de maus-tratos.

— Ele será um novo cachorrinho quando você voltar, mãe — prometeu Roger.

Dominique abaixou a cabeça ao ouvir a menção ao nome de sua cidade natal. Uma saudade grande a acometeu, o que fez diversas lembranças surgirem em sua mente. Pensou nos seus cuidados com Cida, em sua luta para conseguir dinheiro para pagar Pascoal, no crime violento cometido por Silvério, na bondade e confiança que Pierre depositara nela, em suas noites de aprendizado no *Água na Boca*, na presença insuportável de Brígida, no enterro da avó e nos conselhos espiritualistas de Alessandra e Augusto. Sim, em Porto Alegre vivera as maiores emoções de sua vida até então e esperava que a cidade também proporcionasse muitas coisas boas a Manuela.

Percebendo que Dominique estava com os olhos rasos d'água, Roger a abraçou, puxando-a para perto de si. Manuela deu um beijo no rosto de cada um e logo depois seguiu para sua aventura. Era a primeira vez que saía de casa para além da ilha nos últimos anos e mal fazia ideia do que o mundo lhe reservava do outro lado do mar.

O barqueiro que as levou ao continente pareceu interessado em Manuela, pois ignorou Viola o tempo inteiro, o que fazia a irmã rir e piscar disfarçadamente. O mesmo aconteceu com o taxista a caminho do aeroporto. Ao desembarcarem lá, a irmã não escondeu um comentário debochado.

— Já vi que você fará mais sucesso do que eu em Porto Alegre! Uma mulher às vésperas de um divórcio e outra viúva formam uma dupla imbatível, não acha?

— Eu sabia que essa viagem tinha intenções escusas — Manuela falava e ria, enquanto ambas caminhavam em direção à fila do guichê, onde despachariam as malas. — Você quer que eu arranje um homem e seja feliz, aliás, deve ter um objetivo semelhante para si. Estou certa?

— Quase... — Viola apresentou um sorriso intrigante. — Na verdade, já conheci uma pessoa com quem estou envolvida. Ele mora aqui mesmo, no Rio de Janeiro e... Bem, ele me disse que viria se despedir de mim e estou vendo aqui no celular que ele acabou de chegar. Já volto.

— E você não vai apresentá-lo a mim?

Mas Viola já estava correndo na direção da saída, arrastando sua mala com rodinhas. Manuela aguardou-a por alguns instantes parada no mesmo lugar, porém, com o relógio correndo, decidiu dirigir-se à fila para adiantar seu *check-in* e despachar sua bagagem.

E nada de Viola retornar. Intrigada, ela seguiu pela mesma direção em que vira a irmã seguir às pressas. Ao chegar do lado de fora, não a viu em lugar algum. O aeroporto era grande e estava bem movimentado. Talvez Viola tivesse saído por outra direção. Manuela pegou o celular e ligou para a irmã, mas, estranhamente, ouviu a mensagem de que aquele número não existia. Tentou novamente e escutou a mesma coisa. Viola, do jeito que era amalucada, nem lhe dera o telefone correto.

— Manuela!

Ela virou-se costas e finalmente a viu, andando rápido em sua direção e sem a mala, com o rosto avermelhado.

— Você endoidou, Viola? Onde já se viu sair correndo desse jeito? Quer nos fazer perder o voo, que você tanto insistiu para que pegássemos? E onde está sua mala?

— Tenho uma notícia, e você decidirá se é algo positivo ou não. — Viola pousou a mão sobre o peito, como se tentasse conter as batidas aceleradas de seu coração. — Eu não vou poder viajar com você.

Manuela perdeu toda a cor do rosto, porque a expressão séria da irmã não demonstrava que ela estava apenas tentando assustá-la.

— Do que está falando?

— Ele está me esperando no carro e disse que quer me levar para conhecer sua família. Sinto muito, Manuela, mas minha felicidade é minha prioridade. Já deixei a mala no bagageiro do carro dele.

— Quem é ele? Como se chama esse sujeito? Está me trocando por um homem que você mal conhece? Viola, você precisa de tratamento e posso lhe indicar todos os psicólogos e psiquiatras com quem conversei nos últimos anos. Não tenho como cancelar as passagens agora nem o hotel. E não viajarei sozinha para uma cidade na qual nunca pisei.

— Você precisa ir. Sua felicidade também é importante para você. E será lá que encontrará o que seu espírito procura. Dois corações perdidos se unirão em nome do amor. Não faça perguntas agora e confie em si mesma. Eu te amo muito, Manuela. Lembre-se disso quando precisar.

— Que conversa maluca é essa? Eu...

— Preciso ir! Ele está me aguardando. Vamos nos falando pelo celular.

Viola assoprou um beijo, virou-se e saiu correndo outra vez, desviando-se de passageiros que empurravam carrinhos ou puxavam malas. Manuela nem teve tempo de lhe dizer à irmã que o número cadastrado em seu celular estava incorreto.

Naquele momento, Manuela sentiu o pânico instalar-se dentro dela. Teve vontade de voltar correndo para casa, mas algo a impeliu a não desistir. Viola lhe aprontara uma falseta, uma espécie de pegadinha de muito mau gosto. De repente, a pouca animação que tinha de viajar havia desaparecido. Sem alternativa, viu-se obrigada a seguir para o portão de embarque, pois uma força maior parecia impulsioná-la a seguir em frente e não desistir.

O voo até Porto Alegre foi tranquilo, e Manuela lamentou o tempo todo ao observar o assento vazio ao seu lado, em que Viola deveria estar sentada. A irmã sempre fora uma doidivanas, porém, Manuela não fazia ideia de que chegava a tanto. Onde já se viu cancelar uma viagem, que ela mesma insistira em fazer, por causa de uma paixonite qualquer que arranjara por aí?

Ao desembarcar no aeroporto gaúcho, Manuela pegou sua bagagem na esteira e dirigiu-se à porta de saída. Realmente, a cidade estava bem fria, justamente o que clima que ela estava buscando. Estava ainda bastante chateada com o que Viola fizera e talvez reduzisse sua estadia de dez noites para apenas quatro ou cinco. Sempre achou que não havia nada mais chato ou monótono do que viajar sozinha.

Saiu do aeroporto e avistou alguns táxis parados na calçada do outro lado da pista. Caminhou devagar até lá, puxando sua mala pela alça, quando ouviu uma freada e gritou. O carro preto parara praticamente em cima dela, e Manuela não saberia dizer de onde ele saíra. Estava tão distraída que mal prestara atenção ao atravessar a rua.

O motorista magro, loiro, dono de intensos olhos azuis desceu do carro. Estava pálido como uma folha de papel.

— Você está bem? Desculpe-me, mas você se colocou na frente do carro. Não estava olhando ao atravessar.

— Sim, eu lhe devo desculpas. — Ela evitou olhá-lo nos olhos. — Está tudo bem comigo, sim.

— Precisa de alguma ajuda? Vim trazer ao aeroporto um velho amigo meu, que passou alguns dias em Porto Alegre e foi conhecer meu restaurante. — O homem mostrou um sorriso e estendeu a mão direita. — Meu nome é Pierre.

— Sou Manuela. — Ela correspondeu ao cumprimento, ainda um tanto atordoada. — Acho melhor sairmos do caminho. Há mais gente querendo passar.

Pierre olhou para trás e confirmou que já havia mais veículos atrás dele, querendo seguir trajeto. Ele voltou ao carro e estacionou-o um pouco mais à frente.

Manuela, sem saber direito o que fazer, seguiu até onde ele parara. Quando Pierre tornou a saltar do carro, ela finalmente o encarou nos olhos, e ambos sentiram o coração bater mais forte.

Era a primeira vez que Manuela experimentava aquela sensação, desde que Luciano a abandonou. O olhar de Pierre parecia convidá-la a desbravar um mundo mágico, do qual ela não queria mais retornar. Simplesmente, gostaria de olhá-lo, porque essa sensação lhe fazia bem.

Desde a morte de Ingrid, ele nunca mais se interessara por mulher alguma. No entanto, algo havia despertado dentro dele quando encarou Manuela. O que seria aquilo? De repente, era como se desejasse saber tudo sobre a desconhecida.

— Você não é da cidade — ele concluiu, observando o sotaque dela.

— Moro em Angra dos Reis. Estou aqui a turismo. Era para minha irmã ter vindo comigo, mas você acredita que ela desistiu de última hora por causa de um namorado?

— Se o motivo foi importante para ela, está tudo certo, não é mesmo?

Pierre sorriu, algo que raramente fazia. Manuela também retribuiu o sorriso, pensando no que Viola diria se a flagrasse ali, engraçando-se com um estranho.

— Onde ficará hospedada? Bem... — Pierre pigarreou. — Não quero ser invasivo, desculpe.

Manuela informou o nome do hotel, parecendo divertir-se com a situação.

— Fica próximo de mim. Como faltou pouco para que eu a atropelasse, só me sentiria perdoado se você aceitasse jantar comigo em meu restaurante — que já tivera seus dias de glória e ainda não se recuperara completamente após as sabotagens de Brígida. A gerente já retirara todos os seus pertences do trabalho e partido sem se despedir de nenhum outro funcionário, nem mesmo de Pierre. — Ele se chama *Água na Boca*.

— Nome bem criativo. Gostei da ideia e aceito o convite — concluiu Manuela, sabendo que não haveria nada melhor a fazer.

Pierre entregou-lhe um cartão de visitas do restaurante, e, ao segurá-lo, os dedos deles se tocaram. Durante esse rápido contato, pareceu que uma faísca brotou entre eles. Pierre pensou em lhe oferecer carona até o hotel, porém, achou que seria exagero de sua parte.

— Eu a esperarei lá, se possível ainda hoje. Espero que goste de Porto Alegre.

— Obrigada, Pierre. Pode me aguardar. Estarei lá.

Os dois ainda se encararam por alguns instantes, até que Manuela seguiu na direção dos táxis e ele retornou ao carro. O que ambos não haviam percebido era que seus corações batiam num ritmo descompassado e que essa sensação era tão nova e ao mesmo tempo tão familiar para eles.

CAPÍTULO 42

A imensa residência de Manuela reluzia diante do sol maravilhoso de Angra dos Reis. Parecia uma joia brilhante em uma das ilhas da região. De dentro do seu iate, Luciano a acompanhou com o auxílio de binóculos. Não demorou muito para avistar Roger e Dominique saindo de mãos dadas em direção ao alpendre e beijando-se diante do mar maravilhoso que tinham diante deles.

Aquela cena deixou Luciano mais enciumado do que ele poderia imaginar. Desde que Dominique deixou o *Rainha do Mar* em companhia de Roger, sua residência náutica tornara-se fria, vazia e solitária. Ele nem cogitava a ideia de encontrar outra moça para substituí-la. Dominique fora única em sua vida e sabia que nenhuma outra mexeria tanto com os sentimentos dele.

Como ele pôde se apaixonar pela amante? Como ela pôde se apaixonar pelo filho dele?

— Kamil e Ezra, inflem nosso bote. Quero ir até a casa de minha ex-esposa — ele repetiu o comando em árabe, para que o outro segurança pudesse compreender.

— Agora mesmo, senhor. — Kamil hesitou antes de continuar: — Yago não retornou nem responde às minhas ligações. Ele tinha algum compromisso?

— Não que eu saiba. Depois me preocupo com ele — decidiu Luciano. Ainda não sabia ao certo o que pretendia ao confrontar Dominique e Roger. Além disso, ainda reveria Manuela. Só tinha certeza de que precisava ver Dominique outra vez.

Assim que o bote foi inflado e lançado à água, Luciano e seus dois seguranças subiram nele. Após ligarem o motor, começaram a navegar em direção à praia.

O que eles não haviam percebido era que o iate de Keila também estava nas proximidades. Ela sabia que a mãe do filho de De Lucca morava naquela casa. Agora, a amante também estava residindo ali. Que estranho encontro familiar aconteceria na mansão. E ela, que já tinha em mente o que pretendia fazer, não poderia ficar de fora.

Keila inflou seu próprio bote e lançou-o à água. De posse de sua câmera, com todas as fotografias que tirara de Dominique e de Roger, do celular que confiscara de Yago e da arma que ganhara de Jeff, ela, finalmente, teria a oportunidade de concluir sua vingança contra Luciano. Como ele não a quisera, também não escolheria mais ninguém.

Dominique foi a primeira a notar a intensa movimentação no mar. A jovem apontou para as embarcações, e Roger olhou na direção que ela indicava.

— Alguém está vindo para cá. Aquele iate ao fundo não é o *Rainha do Mar*?

— É o próprio. Meu pai e os seguranças estão vindo nos infernizar.

Dominique teve uma sensação tão ruim que seu estômago se contraiu. A jovem teve a impressão de que uma brisa gélida lhe atravessou o corpo, o que era impossível, considerando o sol forte e a sensação de abafamento que havia naquele momento.

— Repare que há outro bote vindo atrás deles. — Dominique estreitou as vistas para tentar enxergar melhor. — Ainda está muito longe para ter certeza, mas parece que há apenas uma pessoa dentro dele.

— Achei que não fôssemos ter problemas com meu pai. — Roger segurou a mão de Dominique com força. — Estou com você, meu amor. Não precisa ficar preocupada.

Dominique, contudo, não estava apenas preocupada, mas apavorada. Não sabia o que Luciano era capaz de fazer. Quando se lembrava de que ele era o mandante dos assassinatos de Silvério e Pascoal, seu coração ficava apertado de medo.

Em menos de cinco minutos, o bote atracou na areia, e Luciano e seus homens saltaram dele. De Lucca caminhou depressa até parar diante do casal. Dominique mantinha os braços cruzados para esconder seu tremor.

— Pelo jeito, o romance de vocês está evoluindo rapidamente! — A voz de Luciano estava carregada de sarcasmo e ciúmes. — Até estão morando juntos na casa de minha esposa.

— Pai, por favor, nos deixe em paz. — Roger abraçou Dominique com força. — Ela não tem mais nada com você. O ciclo terminou. Compreenda isso.

299

Como se não tivesse escutado nenhuma palavra do filho, Luciano fitou Dominique.

— Mesmo que não acredite no que lhe direi, gostaria que soubesse que você foi a mulher mais especial que já conheci. Quando a vi pela primeira vez trabalhando como garçonete no restaurante e pedi que me servisse, percebi que ali começava uma forte conexão entre nós. Sei que cometi erros, embora tenha me esforçado para mantê-la longe deles.

— Eu reconheço tudo o que fez por mim, Luciano, principalmente quando mais precisei. Eu aprendi a amá-lo, mas não da maneira que você esperava. Eu o amo por ter sido um grande amigo, por ter me dado a oportunidade de conhecer novos lugares e ter uma vida luxuosa. Infelizmente, não consegui amá-lo como um homem — revelou Dominique, sem saber como estava conseguindo manter a voz tão firme.

— E agora está apaixonada pelo meu filho?

— Sim. — Não havia por que negar. — Amo Roger. Sinto muito por lhe dizer isso tão diretamente.

— Essa é uma de suas características que mais amo: sua sinceridade. — De Lucca mostrou um sorriso triste.

— Senhor, Keila está se aproximando — informou Kamil, após observar pelo binóculo a embarcação que se aproximava.

— O que ela quer aqui? — Luciano voltou-se para o mar e contraiu os olhos para tentar enxergar melhor.

— Não estamos esperando nenhuma visita — acrescentou Roger.

Keila atracou seu bote praticamente na areia e desceu com graciosidade. Exibiu um sorriso aos homens de Luciano e outro ainda mais amplo ao seu ex-amante. Trazia uma bolsinha a tiracolo e usava um vestido de estampa florida, que mal ocultava sua virilha:

— Olha só! A família De Lucca quase toda reunida. Só está faltando a esposa moribunda, que toma um comprimido a cada vez que respira.

— O que está fazendo aqui? — Luciano indagou com frieza.

— Ora, vim à praia tomar um banho de sol! — Seus dentes muito brancos surgiram em outro sorriso. — Aquela mocinha ali não era a garota que estava com você na festa de Mohammed? Por que está abraçada com seu filho? Será que você também foi trocado, exatamente como fez comigo?

— Saia daqui, Keila — rosnou Luciano.

— Não saio, porque a praia é pública. E, enquanto permanecer aqui, gostaria que você observasse isso. — Ela abriu a bolsa, notando que Kamil e Ezra levavam as mãos até a cintura, onde provavelmente guardavam seus revólveres. Mostrou a câmera e notou que os seguranças relaxaram um pouco. — Como a excelente turista que sou, dias atrás estive a passeio por alguns pontos turísticos do Rio de Janeiro, quando, durante algumas fotografias, seu filho e essa garota sem graça apareceram nelas. Não acha interessante? — Keila apertou alguns botões na câmera e a ofereceu a Luciano. — Veja por si mesmo.

Ele já fazia ideia do que veria ali. De alguma forma, observar as imagens de Dominique e Roger se beijando em cenários variados não o impactou tanto. Ele já sabia que o romance entre eles começara durante sua viagem a Dubai.

— Você está um pouco atrasada em suas revelações. Eu já sabia que eles estavam envolvidos. Foi melhor eu ter descoberto por mim mesmo, não acha?

— Pode ser. — Longe de se dar por vencida, Keila tirou um celular da bolsa. — Aposto, contudo, que você não sabia que Dominique espiava suas operações secretas.

O vídeo gravado por Yago começou a rodar. Ao vê-lo, a cor fugiu do rosto de Dominique, enquanto suas pernas amoleciam. O próprio Luciano parecia mais lívido desta vez.

— Este vídeo foi gravado por seu segurança Yago. Segundo ele, para que esse vídeo não chegasse às suas mãos, ele chantageou Dominique. Para se manter em silêncio, seu segurança propôs que ela transasse com ele. Yago ainda me contou que isso aconteceu antes de sua viagem a Dubai, ou seja, o perigoso Luciano De Lucca foi chifrado debaixo de suas barbas — Keila completou com uma gargalhada alta.

— Isso é verdade, Dominique? — inquiriu Luciano. Roger parecia igualmente assustado.

— Sim... — Os olhos dela lacrimejaram, pois sabia que seria inútil negar. — Eu estava com tanto medo de você me fazer mal... Sei que deveria ter lhe contado a verdade. Eu só queria saber em que você trabalhava ou do que se tratavam os tais carregamentos dos quais todos falavam. Então, ele me disse que você me mataria e jogaria meu corpo no mar, exatamente como fizera com outras mulheres que especularam demais.

— Eu já havia lhe dito que nunca havia machucado nenhuma mulher. Como pôde acreditar em tamanha sandice? Como pôde me trair, depois de tudo o que fiz por você? — Descontrolado, Luciano aproximou-se dela. — Logo, trairá Roger também. É isso que você pretende?

— Pai, já chega! — Roger se interpôs entre Dominique e Luciano. — O que passou, passou. Não vou julgar Dominique por nenhuma atitude que ela tenha tomado antes de me conhecer. Ela é minha namorada agora e não lhe deve satisfações.

— Mas eu gostaria de lhe pedir perdão. — Dominique afastou-se de Roger e parou diante de Luciano. — Além da minha avó, você foi a pessoa mais especial que conheci. Tudo isso aqui — ela abriu os braços para indicar o entorno — só foi possível graças a você. Admito que cometi erros, contudo, foi por temê-lo. Acho que eu não me senti livre desde que fui para o seu iate. Tudo tinha que ser do seu jeito, e a mim cabia obedecê-lo. Aprendi que a vida luxuosa com a qual sempre sonhei tinha seu preço, um valor tão alto que eu não conseguia pagar. E agora, apaixonada por Roger, descobri que nada é mais precioso do que o amor e a liberdade.

Enquanto Dominique falava, Keila, lentamente, tirava a arma de sua bolsa. Nem mesmo os seguranças de Luciano estavam prestando atenção em seus movimentos sutis.

— Eu amo você, Dominique. — Luciano estava com a voz embargada. — Tive a impressão de que já a amava antes mesmo de conhecê-la direito. Sempre tive a sensação de que nos conhecíamos e que esta cena, com você, Roger e eu reunidos, não ocorreu pela primeira vez aqui no Rio de Janeiro. Não vou atrapalhar o namoro de vocês. Amo meu filho e quero vê-lo feliz. Sabendo que ele estará ao seu lado, terei a certeza de que vocês ficarão juntos por muito tempo.

— Que discurso emocionante, De Lucca! — chamando a atenção para si, Keila mostrou um sorriso gelado. Em sua mão, ela mantinha a pequena arma que ganhara de Jeff firmemente apontada para o peito de Luciano. — Qual é a sensação de ser abandonado? Será que foi algo parecido com o que senti, quando você simplesmente me escorraçou da sua vida?

Em menos de dois segundos, Kamil e Ezra também sacaram seus revólveres e os apontaram para Keila, que demonstrava toda a tranquilidade do mundo.

— Jogue essa arma na areia antes que faça uma besteira — Luciano falou devagar, com os olhos fixos nos da ex-amante.

— Não vou fazer isso. Sabe por que vim até aqui? Não me importo com o destino dessa garota. — Com o queixo, ela indicou Dominique. — Se ela vai ficar com seu filho ou sozinha, isso pouco me importa. Eu simplesmente a ignoraria, se ela não tivesse me ofendido muito. — Keila olhou feio para Dominique. — Lembra-se de quando debochou do meu passado, dizendo que eu havia sido doada a um velho? Quanto a você, De Lucca, nem se importou em ridicularizar minha história, contando a ela o que fez comigo?

— Eu nunca disse nada a Dominique — explicou Luciano. Com movimentos imperceptíveis, ele foi movimentando a mão na direção do bolso da calça. — Não sei como ela tomou conhecimento disso.

— Eu nunca o perdoei pelo que me fez, querido. As pessoas não deveriam desprezar umas às outras, descartando-as como se fossem um copinho de café. — Keila sorriu, um sorriso carregado de ódio e mágoa. — Mas as pessoas pagam pelo que fazem. Você está sentindo na pele o peso de ser traído e abandonado. Sua bonequinha de luxo o trocou por seu filho! Faz ideia do tamanho dessa traição? Eu dou risada da sua cara, seu babaca!

— Onde está Yago? — indagou Kamil de repente. — Como conseguiu esse vídeo com ele?

— Yago está repousando no fundo do mar, fazendo companhia aos peixinhos. — Keila riu alto. — Assim como Xerxes, que eu fiz questão de empurrar na água a fim de ficar com toda a sua herança.

— Abaixe a arma, Keila — ordenou Luciano. — Nós podemos terminar essa conversa de forma pacífica.

— Forma pacífica? Acredita mesmo na paz? Saiba que eu nunca tive um dia de paz desde que me mandou embora, porque em minha mente só vinham ideias de vingança, planos para acabar com você, seu maldito! Acha mesmo que...

Keila parou de falar no instante em que notou que Luciano tirava a própria arma do bolso da calça. E, sem pensar duas vezes, atirou.

Uma explosão vermelha surgiu do peito de Luciano, que não teve tempo suficiente para contra-atacar. Dominique e Roger gritaram ao mesmo tempo, vendo o proprietário do *Rainha do Mar* desabar sobre a areia muito clara. Kamil também atirou, e o projétil acertou o ombro de Keila, fazendo-a soltar a arma. Assustada, ela virou-se e correu na direção do bote em que viera. Porém, os seguranças de Luciano, mais fortes e mais rápidos, a alcançaram em menos de cinco segundos.

Ezra murmurou alguma coisa em árabe, e Kamil traduziu para Keila.

— Ele está dizendo que Yago não era o melhor ser humano do mundo, mas era nosso amigo e companheiro de trabalho. Faremos com você exatamente o que fez com ele.

— Não! — Com a mão sobre o ombro ferido, que jorrava sangue, Keila tentou dar sua última cartada. — Tenho muito dinheiro. Se vierem comigo, pagarei o triplo do que ganham com De Lucca. Repasse minha proposta ao seu colega.

— Para nós, acima do dinheiro, existe a lealdade às pessoas. Nunca abandonaremos Luciano — confessou Kamil.

Ezra segurou Keila com força, imobilizando-a totalmente. Os dois a atiraram dentro do bote dela e ligaram o motor da embarcação, que logo ganhou distância rumo ao alto-mar. Mesmo várias milhas depois, era possível ouvir os gritos de socorro de Keila.

Na areia, com os olhos semicerrados, Luciano ofegava. Ao ouvirem os ruídos dos disparos, Jordânia e Fagner saíram da casa, com Salvador em seu encalço. O cãozinho assustado, ao notar a movimentação de pessoas diferentes, voltou correndo para o interior da residência.

303

— Tragam um kit de primeiros socorros, por favor — Dominique pediu aos dois funcionários. — Ele foi baleado.

Jordânia entrou na casa para cumprir a ordem, enquanto Fagner tentava usar o *Wi-Fi* para chamar uma equipe médica. Sabia que eles vinham de barco, o que poderia demorar muito e ser tarde demais para Luciano.

— Pai, vai dar tudo certo! — Desesperado, Roger tirou a própria camiseta para pressioná-la contra o ferimento de Luciano, que sangrava em abundância. — Pediremos ajuda médica. Eles não devem demorar a chegar aqui.

— Não dará tempo, meu filho. — Luciano fechou os olhos e, ao reabri-los, fitou Dominique. — Você sabe o que eu descobri?

— O quê? — Ela chorava muito, cada vez mais desesperada.

— Que meu iate precisa mudar de nome, pois a verdadeira Rainha do Mar é você.

A voz dele estava enfraquecendo. Roger segurava as mãos do pai, notando que elas estavam esfriando rapidamente.

— Você não vai morrer. — Dominique, ajoelhada, tremia e chorava. — Eu o amo muito também, não da forma como amo Roger, mas de um jeito fraterno.

— É muito bom ouvir isso. Obrigado por ter me feito companhia durante esses dias gloriosos... — Ele parou de falar, respirou fundo e completou: — Saiba que foram os mais felizes da minha vida.

— Pai, pelo amor de Deus, aguente mais um pouquinho.

— Roger, meu filho, faça essa mocinha feliz, ou eu voltarei do túmulo para puxar seu pé. — Luciano sorriu. — Peça perdão à sua mãe por eu tê-la feito sofrer tanto. Eu gostaria de ir em paz.

Ele voltou-se para Dominique e, como sempre fazia, ergueu o braço para segurá-la pelo queixo.

— Seja feliz, meu amor. E, por favor, nunca se esqueça de mim. — Ele assoprou um beijo e fechou os olhos.

— Será impossível me esquecer de você — ela respondeu baixinho, sabendo que ele já não escutara essas palavras.

E, diante do corpo de De Lucca, Roger e Dominique se abraçaram e choraram por muito tempo.

Como se fosse um fardo do qual era necessário se livrar, Ezra e Kamil atiraram Keila na água, sob gritos de protesto e pedidos de ajuda. Estavam em alto-mar, a uma profundidade de pelo menos trinta metros naquela região. Quando a jogaram no mar, os dois manobraram o bote e retornaram na direção da praia sem olhar para trás.

Keila sabia nadar, de forma que não afundou de imediato. De onde estava, conseguia enxergar o próprio iate, mas sabia que nunca conseguiria chegar nadando até ele, não com uma bala enfiada no ombro, que sangrava e ardia intensamente em contato com a água salgada. Sabia ainda que seu sangue atrairia espécies marítimas famintas por carne. Embora nunca tivesse se preocupado com as questões espirituais, naquele momento ela fez uma prece sincera para que pudesse ser auxiliada.

Tempos depois, seu iate, que estava ancorado no mar, foi localizado pela Marinha brasileira e destinado a um local adequado. Dalva, a funcionária de Keila, foi levada com segurança de volta à terra firme. A proprietária jamais retornou para reclamar sua embarcação, assim como seu corpo nunca foi encontrado.

A questão que perduraria por muitos anos era: afinal, Keila havia morrido ou sobrevivido?

CAPÍTULO 43

Atendendo ao convite feito por Pierre, Manuela foi ao *Água na Boca* e se apaixonou pela elegância do estabelecimento e, principalmente, pela saborosa comida que era servida. Cris, Olívia e os demais funcionários ficaram felizes observando o patrão jantando com uma mulher bonita e desconhecida por todos. Em unanimidade, todos gostavam dele, e não havia quem não torcesse para que Pierre prosperasse cada vez mais. Com a saída de Brígida, o clima no local se tornara mais leve e muito mais agradável. Pierre ainda não havia designado uma pessoa para assumir a gerência do restaurante, portanto, era ele mesmo quem estava supervisionando tudo.

Não demorou para que ambos percebessem o quanto tinham em comum. Após algum tempo em que falaram sobre seus gostos pessoais, Pierre contou a Manuela sobre Ingrid, a forma como a filha morrera e que nunca se perdoara desde então. Explicou que se tornara depressivo e que, graças ao trabalho em excesso, não perdera a sanidade. Manuela contou-lhe sobre Luciano e Roger, disse que ainda estava oficialmente casada, mas que pensara muito naquela questão e decidira divorciar-se do marido. Ela também falou sobre sua depressão, que abandonara sua antiga vida ao afundar num lamaçal de desânimo e tristeza e que só melhorara com a ajuda de Viola e de Salvador, que a impedira de suicidar-se.

— Confesso que ainda não sei de onde tirei coragem para viajar sozinha, uma vez que Viola "abandonou o barco" no último instante. Quando eu voltar a conversar com ela, vou lhe passar um sermão de uma hora de duração.

— Acho que, se você tivesse vindo com ela, talvez não tivéssemos nos conhecido.

— Você acredita em destino?

— Não. — Pierre sorriu. — Não acredito em Deus, em fantasmas, em santos, em vida após a morte... Acha que eu não seria um homem muito mais feliz e conformado sabendo que Ingrid continua viva, mas em espírito?

Ingrid estava ali, parada próxima à mesa. Quando queria visitar o trabalho do pai, bastava memorizar o restaurante que era automaticamente levada para lá. Não sabia como esse processo de locomoção funcionava nem estava interessada em saber.

Ela analisou Manuela atentamente, desde que a viu jantando com o pai. Imediatamente, gostou dela, e, após ouvir seu relato de vida, a simpatia da jovem pela ex-veterinária aumentou ainda mais. Tanto seu pai quanto aquela mulher eram pessoas solitárias, que tiveram grandes perdas na vida e que tinham o direito de levar uma vida mais feliz. Pegou-se vibrando para que eles se entendessem e dali surgisse algo além de uma amizade.

Naquela noite, quando Pierre deixou Manuela na frente do hotel, por muito pouco ela se controlou e não o convidou para subir. Eles haviam combinado de almoçarem juntos novamente no dia seguinte e, durante à tarde, ele deixaria o restaurante aos cuidados de Cris para levá-la a alguns pontos turísticos interessantes da cidade. Ele parecia ansioso, e Manuela, empolgada.

No quarto do hotel, após tomar um banho, ela tentou entrar em contato com a irmã novamente, porém, outra vez ouviu a mensagem de que o número não existia. Já estava telefonando para a própria casa a fim de confirmar com Jordânia se ela tinha o contato de Viola, quando notou um número diferente no visor do seu celular. Parecia ser uma chamada internacional, e ela atendeu com desconfiança:

— É Manuela falando? — perguntou a voz masculina, carregada com um forte sotaque francês.

— Sim. Quem é?

— Antoine, marido de Viola.

Manuela apertou o celular com força, completamente desconcertada. Como Antoine poderia estar ligando, se ele morrera após um infarto fulminante? Não fora isso que Viola lhe dissera? Será que alguém estava se passando pelo cunhado apenas para lhe pregar uma peça?

— É difícil falar com você — ele falava em um português precário, embora compreensível. — Há muitos dias venho tentando, mas não consigo.

— Você não deveria estar falando comigo. Isso não é possível. Viola...

— Estou muito triste... a tragédia... não consigo superar.

— Que tragédia? — Manuela estava nervosa e confusa.

— Você não soube? — Ele fez uma pausa e pareceu-lhe que Antoine estava chorando. — O acidente de avião...

— Que acidente? Eu não estou acompanhando as notícias.

— O avião de Viola... caiu no mar... ninguém... nenhum sobrevivente.

— Do que está falando? Viola esteve comigo hoje de manhã.

— Não pode ser. — Antoine respirou fundo. — Viola morreu há mais de três semanas. Veja... internet. Vou falar o número do voo, e você poderá achar a lista com os nomes dos passageiros.

A ligação começou a chiar, mas Manuela conseguiu memorizar o número do voo e a companhia aérea.

— Ela estava indo visitá-la, Manuela. Queria ajudá-la. Ainda dói tanto...

Manuela desligou com as mãos trêmulas. Imediatamente, consultou o Google e lançou as informações que acabara de receber. E lá estava. Há vinte e dois dias, um avião com mais de duzentos passageiros decolou do aeroporto de Paris com destino ao Rio de Janeiro, mas, quando estava sobrevoando o Atlântico, após uma série de falhas mecânicas, perdeu altitude e explodiu ao cair no mar. Destroços do avião foram localizados num raio de muitos quilômetros a partir do local da queda. Alguns corpos foram resgatados, incluindo as caixas-pretas da aeronave, contudo, outras pessoas nunca foram encontradas.

E, na lista das vítimas, ela enxergou o nome da irmã: Violante.

Sabia que não estava ficando louca e que não imaginara tudo aquilo. Com o corpo gelado, ela discou para casa. Jordânia atendeu à ligação com rapidez:

— Jordânia, por favor, ouça sem me interromper. Minha irmã Viola esteve comigo nesses últimos dias, não é mesmo? Você a viu. Fagner também.

— Senhora... sua irmã jamais esteve nesta casa.

— Isso não é verdade... — As lágrimas pingavam dos olhos de Manuela. — Você está mentindo, todos estão tentando me enganar. Quando você cortou e tingiu meu cabelo, ela estava conosco. Essa mudança foi ideia dela. Você estava junto...

— Fagner e eu decidimos não contrariá-la, mesmo tristes por vê-la conversando sozinha. Achamos que a senhora havia criado mentalmente a imagem de sua irmã apenas para não se sentir solitária. Viola nunca esteve aqui. Eu nem a conheço.

— E Salvador? Vai dizer que eu também imaginei um cachorro?

— Não, ele está em seu quarto. Além dele, nesta casa estão seu filho Roger e sua namorada Dominique. Mas sua irmã... sinto muito.

Manuela desligou. Não conseguia raciocinar direito. Se as pessoas estavam tentando enlouquecê-la, certamente conseguiriam.

Ela abriu uma garrafa de água, que retirou do pequeno frigobar, e bebeu o líquido gelado em grandes goles. Tentando acalmar-se, lembrou-se do dia em que Viola lhe telefonara para contar-lhe sobre a morte de Antoine e dizer que estava vindo morar com ela. Essa ligação ocorrera num momento em que Manuela estava um tanto grogue devido aos medicamentos, no limiar entre o sono e a consciência. Será que sonhara com aquilo?

Depois, pensou no momento em que a irmã entrou em seu quarto, espalhafatosa e alegre. Só agora ela se lembrava de não ter abraçado nem beijado Viola. Nunca tocara nela desde que chegara. Ela dissera a Jordânia para abrir as cortinas, mas talvez a funcionária apenas tivesse seguido sua intuição. Pensou também na maneira estranha com que Salvador a fixou quando a viu pela primeira vez e que Viola "sumira", quando Roger e Dominique chegaram. Analisando com calma, Viola jamais abrira ou fechara uma porta, tanto que ela se assustava quando a via parada ao lado de sua cama. Por último, pensou no barqueiro e no taxista que as levaram ao aeroporto, mas que só conversaram com Manuela. Isso era óbvio. Eles não estavam vendo mais ninguém.

Ainda incrédula quanto àqueles acontecimentos, Manuela decidiu que procuraria orientação espiritual no dia seguinte. Pesquisaria na internet algum centro espírita em Porto Alegre e o visitaria. Acreditando ou não no invisível, Pierre teria que acompanhá-la, uma vez que, além dele, não tinha nenhum amigo na cidade.

Ela mal conseguiu dormir, pensando na irmã o tempo todo. Antoine dissera que Viola estava vindo ao Brasil para lhe fazer companhia, quando o acidente aéreo aconteceu. Será que ela realizara seu último desejo assim mesmo, materializando-se para a irmã como se ainda estivesse viva para ajudá-la a se curar da depressão? Seria isso possível?

Na manhã seguinte, entrou em contato com o restaurante de Pierre e, como ele sempre parecia estar no estabelecimento, conseguiu falar com ele e lhe explicar o ocorrido. Finalizou:

— Não importa o quanto você seja incrédulo em relação ao que não pode ser comprovado pela ciência, mas, amanhã, irei a um centro espírita e gostaria que fosse comigo. Quero que alguém me explique o que está acontecendo, porque tenho certeza de que ainda não enlouqueci.

— Eu lhe farei companhia, mesmo que você esteja ciente de que eu nunca vou acreditar em nada que meus olhos não vejam.

— Depois disso, eu não duvido de mais nada. Quero, pelo menos, tentar compreender como algumas coisas funcionam.

O centro que Manuela escolheu não ficava muito distante do hotel. Como o local não possuía estacionamento próprio, Pierre deixou seu carro na rua de trás, e os dois caminharam a pé até o sobrado simples e convidativo. Havia cerca de vinte pessoas reunidas para os trabalhos daquela noite.

Eles foram encaminhados à sala de passe, e Pierre encarou com certo sarcasmo o trabalho de imposição de mãos do passista à sua frente. "As pessoas acreditam e fazem cada coisa esquisita", pensou.

Na sequência, houve uma palestra, cujo tema foi a superação após o desencarne de entes queridos. O assunto despertou um pouco o interesse de Pierre, que continuava achando tudo aquilo uma grande baboseira. A palestrante falava que havia muito misticismo e desconhecimento envolvendo a morte, que, na realidade, é apenas a transição de um plano a outro, pela qual todos passarão um dia.

Para não aborrecer Manuela, Pierre preferiu guardar suas opiniões incrédulas para si mesmo. Na verdade, não via a hora de tudo aquilo terminar.

Ao término de palestra, haveria o momento em que alguns médiuns, trabalhadores da casa, se reuniriam para trazer mensagens de espíritos que pudessem ou quisessem estabelecer comunicação com os presentes. Conforme os via falando com algumas pessoas, Pierre teve vontade de rir. Aquilo era um circo, e o espetáculo parecia-lhe bem engraçado.

Manuela, ao contrário de Pierre, estava convicta de estar em um lugar sério, honesto, cujas pessoas realmente desenvolviam um trabalho voltado para o bem, buscando, de alguma forma, consolar as pessoas que ali estavam em busca de notícias de amigos e familiares que já haviam morrido.

E foi então que uma moça magra, vestida de branco, que permanecera de olhos fechados até então ao lado dos demais trabalhadores, a encarou de repente e sorriu:

— Olá, irmãzinha linda! — a moça cumprimentou Manuela exatamente como Viola fazia.

Manuela sentou-se diante da moça, que sorria, mas seus olhos pareciam vidrados, como se não a enxergasse ali. Pierre ficou parado de pé, observando a situação com um sorriso debochado.

— Viola, é você?

— Mais ou menos. Eu mesma estaria em melhor forma e muito mais elegante se estivesse aí.

Manuela sentiu seu corpo todo se arrepiar. Se fechasse os olhos, poderia jurar que sua irmã estava diante dela.

— Agora, você já sabe de muitas coisas — continuou a médium. — Durante o breve período que me foi permitido estar com você, espero que tenha conseguido ensiná-la a caminhar com as próprias pernas.

— Não consigo acreditar que você não esteja viva, Viola! — Manuela, emocionada, começou a chorar. — Diga que não imaginei tudo ou que eu esteja ficando louca.

— Eu sabia que você estava mal, tanto que, se continuasse daquele jeito, teria vindo para cá antes de mim. Então, conversei com Antoine e disse que passaria uma temporada com você em Angra. Ele quis vir comigo, mas o convenci a ficar. Afinal, aquela era a minha missão. Minha irmã mais nova era responsabilidade minha. No entanto, embarquei em um avião que, infelizmente, nunca chegou ao seu destino.

Manuela chorava, confiante de que o espírito de sua irmã realmente estava ali. Nunca havia pisado antes naquele centro, então, como a médium sabia tantos detalhes sobre sua depressão, sobre Antoine e sobre Angra dos Reis? Até mesmo Pierre estava surpreso com daquilo.

— Ainda não compreendi direito como as coisas funcionam deste lado, Manuela. Só sei que não senti medo durante o acidente aéreo que me trouxe para cá. O que sei é que meu último desejo, antes de perder a consciência, foi pedir a Deus uma oportunidade de ajudá-la. Acho que permitiram que eu ficasse ao seu lado durante um breve período para tentar ajudá-la a se desenvolver espiritualmente. Você morreria de tristeza se alguém não fizesse algo por você. Saiba que você também é médium, assim como esta moça bonitinha que está emprestando a voz para mim. Foi isso que facilitou a nossa comunicação. Você conseguia me ver e conversar comigo com naturalidade.

— Não estou preparada para seguir em frente sem você. Por favor, Viola...

— Está, sim. Na última vez em que conversamos, lá no aeroporto, eu lhe disse que dois corações perdidos se encontrariam. Adivinha só de quem eu estava falando?

Manuela olhou rapidamente para Pierre, que não estava mais sorrindo.

— Eu já sabia que você o encontraria, por isso a intuí a viajar a Porto Alegre. Lamento ter gastado seu dinheiro comprando minha passagem e reservando minha vaga no hotel.

A médium gargalhou, exatamente como a própria Viola teria feito.

— Preciso ir, minha irmã. Ainda vou aprender como funcionam as coisas por aqui, para depois poder ajudá-la quando você precisar de novo. Aquele período em que estivemos juntas foi divertido, mesmo que cada uma estivesse em um plano diferente. Amo você, minha irmã.

— Eu também te amo, Viola. — Manuela enxugou as lágrimas, que pingavam abundantes. — Obrigada por tudo, por ter me ensinado a viver e por me alegrar tanto.

— Aprenda a amar a si mesma. Esse é o segredo para curar a depressão.

— Farei isso, sim, prometo. E quero que, quando eu também passar para o seu lado, seu rosto seja o primeiro que eu reencontre. Promete?

— Claro. Estarei linda e plena à sua espera — completou o espírito de Viola, com mais uma risada divertida. E, quando a moça virou o rosto para Pierre, ela completou: — Há mais alguém que deseja conversar, mas agora o assunto é com o bonitão de olhos azuis. Aliás, você mandou bem, hein, dona Manuela?

Manuela levantou-se e fez um sinal para que Pierre ocupasse a cadeira em que ela estivera sentada. Ele balançou a cabeça negativamente, enquanto a médium estremecia e esticava as duas mãos para frente, como se quisesse segurar as dele.

— Pai?

Ele piscou aturdido. Jurou ter ouvido a voz de Ingrid brotando da boca daquela mulher desconhecida. O que estava acontecendo?

— Saiba que eu não acredito em nada do que está acontecendo aqui.

— Não acredita nem mesmo em seu amor por mim?

— Ingrid? — Ele parou e sorriu. — Estou ficando louco. Isso não existe.

— Você pretendia me levar à Jamaica na noite em que morri. Estava comprando a viagem momentos antes de seu amigo Lázaro lhe telefonar e falar sobre a filha dele.

Pierre arregalou os olhos, sentou-se na cadeira e engoliu em seco. Seus olhos encheram-se de lágrimas. Como aquela moça poderia saber de um fato tão íntimo? Nunca compartilhara aquilo com ninguém.

— Ingrid? É você?! Diga que eu não enlouqueci.

— Há muito mais do que seus olhos materialistas podem enxergar, pai. Nem tudo pode ser comprovado cientificamente, mesmo que a gente saiba que existe. O amor não é algo concreto, mas você me amou a vida inteira. Ou estou enganada?

Ele não respondeu. Naquele momento, não conseguiria. Simplesmente, balançou a cabeça em concordância. Manuela, de pé atrás dele, massageou os ombros de Pierre com carinho.

— Desde que entendi que havia morrido no acidente, eu o culpei, pai. Então, decidi ficar perto de você para fazê-lo sofrer. Tinha certeza de que só havia morrido por sua causa. O máximo que consegui foi deixá-lo deprimido por todos esses anos. Eu nunca, contudo, fui capaz de lhe fazer uma maldade maior, porque o amava, mesmo furiosa por pensar que você não estava preocupado comigo.

— Eu nunca deveria ter aberto aquele restaurante — ele murmurou de olhos fechados, como se falasse com Ingrid mentalmente e não por meio da médium. — Foi isso que me afastou de você.

— Não diga isso. Seu restaurante voltará a ser bem-sucedido, mesmo após a sabotagem de Brígida. Há muitas famílias que dependem do salário que ganham no *Água na Boca* e precisam continuar lá. Portanto, dedique-se cada vez mais a ele.

— Por causa dele, eu a perdi.

— Uma amiga chamada Marília me explicou que tudo o que é material tem um tempo de duração. Meu ciclo aí terminaria naquele dia. Isso já estava programado antes de nós voltarmos à Terra, pai. Já havíamos sido companheiros em outras vidas, segundo ela. Todos nós estivemos juntos em vidas passadas, mesmo que você não acredite em nada disso. Nesses últimos cinco anos estive com você, mas hoje é o dia em que finalmente eu irei embora.

— Ingrid, você é capaz de me perdoar?

— Eu o amo, paizinho lindo. Só quero que seja feliz. Errei em tentar prejudicá-lo, porque nunca consegui nada com isso. Dei boas risadas quando você se livrou daquela gerente pérfida! Você será feliz com Manuela, porque isso está estampado no rosto de ambos. Agora posso ir tranquila, sabendo que o deixarei em boas mãos. Já fiz uma nova amiga, a Viola, que conversou com Manuela há pouco. Ela é engraçada e disse que me deixará plena também. E que poder conversar com vocês é um luxo.

— Esse é o dia mais feliz da minha vida.

— E o meu também, pai. Eu deveria tê-lo ouvido naquela noite trágica. Marília também me disse que não adianta nada nos arrependermos das coisas quando tínhamos oportunidade de fazê-las de um jeito ou de outro. Meu tempo já passou, mas o seu está começando. Uma nova fase está chegando, um ciclo repleto de alegrias, porque você merece. Diga ao seu amigo Lázaro que ajudarei Jarine, assim que descobrir onde ela está.

— Ingrid, minha filha, você está viva, mesmo que agora esteja morando em outro lugar. — Pierre abriu os olhos e, por um instante, por uma fração de segundo apenas, avistou a moça loira atrás da médium. Seus cabelos estavam soltos, e ela sorria. Seus ferimentos haviam desaparecido, e a roupa rasgada fora substituída por um vestido amarelo, que combinava com seus cabelos. Naquele único momento, que pareceu durar uma eternidade, pai e filha se encararam e só enxergaram amor. Quando ele piscou novamente, fitou apenas a parede branca. — Amarei você para sempre.

— Eu também. Amo você, papai. Cuide bem de Manuela, assim como ela cuidará de você. Se ela não fizer isso, eu lhe darei um chute no traseiro! Aprendi como se faz isso. — Ingrid pensou em Brígida e soltou uma risada alta.

— Eu prometo que farei do seu pai um homem feliz — garantiu Manuela, enxugando as próprias lágrimas.

— Principalmente, depois de nos casarmos — ele falou rindo.

— Isso é verdade, até porque... — Manuela olhou-o espantada. — A gente vai se casar?

— Logo que seu divórcio for homologado. Quero uma esposa e a escolhi.

Manuela fechou os olhos e agradeceu a Deus por aquela oportunidade tão abençoada em que Viola e Ingrid puderam se manifestar.

Mais tarde, ela receberia a notícia do assassinato de Luciano, pois Roger ainda estava chocado demais para conseguir pensar com lucidez. Por enquanto, ela estava aproveitando cada minuto daquela sensação gostosa chamada amor e descobriu que esse era o verdadeiro medicamento que curava qualquer depressão.

Já Pierre, enquanto caminhava abraçado com Manuela de volta ao carro, refletia sobre as descobertas daquele dia. Toda a sua incredulidade caíra por terra. Seus questionamentos sobre a espiritualidade eram tantos que, naquele mesmo dia, já pretendia comprar alguns livros sobre o assunto para que pudesse se inteirar melhor.

E as palavras que Dominique lhe disse no último dia em que a viu chegaram com força à sua mente: "Que um dia o senhor possa encontrar motivos bobos que o façam sorrir, que alegrem seu coração e que tragam mais luz aos seus olhos".

CAPÍTULO 44

Marília explicou a Ingrid e a Viola que todos já estiveram juntos em várias existências anteriores. Disse que, na última, Ingrid e Dominique haviam sido irmãs.

— Desta vez, vocês não se conheceram, mas nossa ligação é muito forte. Vocês eram minhas filhas, por isso, insisti tanto em ajudá-la, Ingrid.

— Quero muito conhecer Dominique, de tanto que você fala dela.

— Vai conhecê-la, sim. Ela viverá ao lado de Roger, o grande amor dela. Em outras vidas, Roger, Luciano e Dominique viveram um triângulo amoroso que não terminou bem. Luciano sempre se apaixonou por ela, mas Dominique sempre preferiu ficar com Roger. Houve crimes e tragédias envolvendo os três, que, finalmente, aprenderam que precisam se desapegar de certas coisas. Dominique, em outros tempos, foi muito materialista, por isso nasceu nesta existência com o desejo de tornar-se rica. Nesta encarnação, percebeu, contudo, que a riqueza material não a leva a lugar algum, e, sim, a riqueza espiritual, que faz nossa consciência expandir-se e o nosso espírito se desenvolver. Quanto a você, Viola, sempre se dedicou a ajudar Manuela, que, nas últimas vidas, se suicidou por perder o gosto de viver. Parece que, dessa vez, você teve êxito e ela também.

— Eu faria tudo de novo, se precisasse. — Viola arregalou os olhos. — Espere um pouquinho. Para que minha presença em Angra fosse justificada, precisei contar umas mentirinhas. Disse à minha irmã que Antoine havia morrido... Isso vale um castigo?

— Claro que não — sorriu Marília. — Ninguém castiga ninguém, a não ser nós mesmos. A depressão é um sinal de que alma nos dá de que estamos nos castigando. Se nós não nos amarmos em primeiro lugar, qual é o sentido da vida, então?

Ingrid e Viola concordaram. Sabiam que havia muito a ser feito ali. Como se adivinhasse os pensamentos delas, Marília explicou:

— Preciso ver como está Luciano. Ele foi trazido para um posto de socorro. Teremos um trabalho enorme para convencê-lo a ficar conosco e a não voltar à Terra, tornando-se um obsessor de Dominique e Roger.

— Exatamente como fiz com meu pai — Ingrid balbuciou com pesar na voz. — Acho que eu posso ajudar nisso, pois, por experiência própria, sei que isso não o favorecerá em nada. É pura perda de tempo.

— Formaremos uma equipe muito boa! — Sorriu Marília.

— Eu estou adorando as novidades! — Aplaudiu Viola animada. — E vamos em frente, meninas, porque estou empolgadíssima!

Dois meses se passaram. Brígida finalmente foi admitida em um novo emprego, mesmo após saberem que ela fora demitida por justa causa do trabalho anterior. A ex-gerente do restaurante de Pierre não tinha dinheiro para contratar um bom advogado trabalhista, pois usara seus investimentos para pagar as pessoas que criaram tumulto no *Água na Boca*. E, até onde soube, o público estava retornando aos poucos ao restaurante. Brígida não conseguira se casar com Pierre e nem fechar de vez o estabelecimento. E ainda perdeu o emprego. Agora, a cada vez que apresentava sua carteira de trabalho nas entrevistas e viam que fora demitida por justa causa, dispensavam-na. E tudo isso por ter sido burra e impulsiva.

Mas, finalmente, parecia que as coisas mudariam agora. Brígida conseguira uma vaga de auxiliar de serviços gerais em uma mercearia pequena, a quarenta minutos de sua casa. O patrão era gay, portanto, não poderia investir nele, mas soube que a supervisora que tomava conta do lugar estava em férias e que retornaria dentro de poucos dias.

Brígida fazia de tudo. Atendia no caixa, varria o chão, repunha mercadorias nas prateleiras e até fazia café. Ganhava pouco, mas precisava se sustentar. Pelo menos ninguém enchia sua paciência. Já havia tido atritos com a moça que trabalhava no caixa e já pensava em reclamar dela ao patrão. Quem sabe a idiota não seria demitida?

O inferno de Brígida começou quando a supervisora voltou a trabalhar. Assim que colocou os olhos nela, a mulher disse que Brígida ela era muito lenta e que, se quisesse fazer valer seu salário, deveria ser mais rápida:

— E não se esqueça de que eu mando neste lugar, portanto, faça o que eu disser ou será demitida. Caso não esteja satisfeita, pode ir agora.

Mas, se decidir continuar trabalhando conosco, comece lavando os banheiros. Quero os vasos sanitários brilhando.

Brígida assentiu de cabeça baixa e foi cumprir a ordem, mesmo furiosa com a humilhação. Nem de longe imaginaria que experimentaria um pouco do que já fizera a muitos funcionários. A vida não castiga, mas a Lei de Ação e Reação é implacável.

Dominique e Roger caminhavam de mãos dadas por uma das muitas praias de Angra dos Reis. Manuela nunca mais voltou de Porto Alegre. Ela ficara muito triste quando soube da morte de Luciano, mas disse que havia conhecido um homem com quem pretendia se casar em breve. Disse ainda que estava pensando em se mudar definitivamente para Porto Alegre. Jordânia e Fagner, que estavam namorando, concordaram em acompanhar a patroa à nova cidade, se ela os quisesse. Aprenderam a amar Manuela e ficaram felizes em saber que ela, finalmente, estava recuperada. E levariam Salvador com eles.

Manuela também contou a Roger que estava organizando os trâmites burocráticos para que pudesse abrir uma clínica veterinária em Porto Alegre. Pierre a incentivava a retomar sua profissão e estava muito feliz também em ver que o *Água na Boca* permanecia lotado outra vez, como sempre fora.

— O mundo é mesmo pequeno — disse Dominique. — Manuela saiu daqui para conhecer e se apaixonar pelo meu ex-patrão! Ela fez a escolha certa, e ele também. Pierre é um homem maravilhoso.

— Atenção! Atenção! Ciúme detectado! — brincou Roger imitando a voz de um robô.

— Que bobo! Não precisa sentir ciúme. Sabe que eu o amo.

— Sim, eu sei. — Ele parou para beijá-la. — Às vezes, não consigo acreditar em como as coisas aconteceram rápido demais. Sinto tanta falta do meu pai.

— Eu também. Graças a ele, estou com você aqui. Luciano me ajudou muito, e guardarei essa gratidão em meu coração enquanto eu viver.

— Você sabe que esses dias maravilhosos neste paraíso lindo estão terminando, não é? Consegui minha transferência da filial de Las Vegas para São Paulo. Só estou aguardando a empresa acertar alguns detalhes para que me mudar para lá.

— Estou tranquila quanto a isso, consciente de que estamos tomando a melhor decisão. Concordamos em renunciar à toda a fortuna do seu pai, pois não era um dinheiro lícito. Connor voltou aos Estados Unidos, e os seguranças de Luciano pareceram evaporar no ar. Nélia e Tavares, que estão bem envolvidos, ficarão com o *Rainha do Mar* como herança, mas acredito que irão vendê-lo em breve. Nem todo mundo sabe administrar uma embarcação daquele porte.

— Você está consciente de que a vida de luxo terminou? Agora nós dois teremos de trabalhar.

— E desde quando trabalho é castigo? Nunca tive preguiça. É uma pena Pierre não ter uma segunda unidade do seu restaurante em São Paulo.

— Já falei que amo você, Dominique?

— Hoje? Acho que não estou lembrada.

Eles se beijaram, enquanto a água morna do mar banhava seus pés e o sol acima deles parecia colaborar para aquecer ainda mais aqueles corações, que finalmente estavam juntos.

FIM

GRANDES SUCESSOS DE
ZIBIA GASPARETTO

Com 20 milhões de títulos vendidos, a autora
tem contribuído para o fortalecimento da literatura
espiritualista no mercado editorial e para a popularização
da espiritualidade. Conheça os sucessos da escritora.

Romances
pelo espírito Lucius

A força da vida

A verdade de cada um

A vida sabe o que faz

Ela confiou na vida

Entre o amor e a guerra

Esmeralda

Espinhos do tempo

Laços eternos

Nada é por acaso

Ninguém é de ninguém

O advogado de Deus

O amanhã a Deus pertence

O amor venceu

O encontro inesperado

O fio do destino

O poder da escolha

O matuto

O morro das ilusões

Onde está Teresa?

Pelas portas do coração

Quando a vida escolhe

Quando chega a hora

Quando é preciso voltar

Se abrindo pra vida

Sem medo de viver

Só o amor consegue

Somos todos inocentes

Tudo tem seu preço

Tudo valeu a pena

Um amor de verdade

Vencendo o passado

Rua das Oiticicas, 75 – SP
55 11 2613-4777

contato@vidaeconsciencia.com.br
www.vidaeconsciencia.com.br